Trois vœux

Liane Moriarty

Trois vœux

ROMAN

*Traduit de l'anglais (Australie)
par Sabine Porte*

Albin Michel

Ce livre est un ouvrage de fiction. Les noms, les personnages, les lieux et les événements relatés sont le fruit de l'imagination de l'auteur et sont utilisés à des fins de fiction. Toute ressemblance avec des faits avérés, des lieux existants ou des personnes réelles, vivantes ou décédées, serait purement fortuite.

© Éditions Albin Michel, 2021
pour la traduction française

Édition originale australienne parue sous le titre :
THREE WISHES
Chez Pan Macmillan Australia Pty Ltd en 2003
© Liane Moriarty, 2003

*À mes quatre petites sœurs et mon petit frère,
Jaci, Kati, Fiona, Sean et Nicola.*

Prologue

Le hasard veut parfois que l'on se retrouve à jouer en public la comédie, la tragédie ou le mélodrame de sa propre vie.

On court pour attraper le bus le matin, en balançant allègrement son attaché-case, quand soudain, on trébuche et on s'étale au beau milieu du trottoir comme dans une cour de récréation. On est coincé dans le silence oppressant d'un ascenseur bondé quand notre chéri(e) fait une remarque exaspérante (« Quoi, qu'est-ce que tu as dit ? »), notre progéniture nous pose une question un peu délicate ou notre mère nous appelle sur notre portable pour brailler des avertissements. On se faufile devant une rangée de genoux, au cinéma, pris dans les lumières des bandes-annonces, quand on renverse son pop-corn sur les jambes d'un inconnu. Un jour de poisse où les catastrophes s'accumulent, on se dispute violemment avec quelqu'un qui est en position de force : un guichetier de banque, un teinturier, un bambin de trois ans.

On a le choix entre ignorer les spectateurs qui nous décochent en silence un sourire narquois, les fusiller du regard ou hausser les épaules avec humour. Si l'on a du panache, on leur fera peut-être même un petit salut. Quoi qu'il en soit, cela n'a pas grande importance car nous ne pouvons guère contrôler le rôle qui nous est attribué dans les petites anecdotes amusantes qu'ils sont déjà en train d'inventer ; si ça leur chante, ils nous dépouilleront un peu plus encore de notre dignité.

C'est ce qui arriva à trois femmes à Sydney, par une fraîche soirée du mois de juin. (En réalité, elles avaient toujours été coutumières du fait, mais cette fois-là, le spectacle fut particulièrement grandiose.)

La scène se déroulait dans un restaurant de fruits de mer archicomble recommandé par le *Good Food Guide* de Sydney comme « plein de surprises » et seuls ceux qui souffraient d'un excès de savoir-vivre détournèrent le regard. Tous les autres burent l'algarade des yeux avec une joie sans mélange.

En l'espace de quelques heures, ce petit incident fut décrit et rejoué pour le plus grand plaisir des baby-sitters, colocataires et compagnons qui les attendaient chez eux. Dès la première heure, le lendemain matin, une bonne dizaine de versions de l'anecdote faisait le tour des bureaux, des cafés, des pubs et des maternelles. Les unes étaient drôles, les autres réprobatrices ; un grand nombre avaient été censurées, certaines pimentées.

Naturellement, il n'y en avait pas une qui soit semblable à l'autre.

La bagarre d'anniversaire

Hier soir ? Mouvementé.

Non, mec, pas dans ce sens-là. La *blind date* était un désastre.

Non, ce n'était pas trop tôt après Sarah. Je te l'ai dit, je suis prêt à me lancer dans une nouvelle histoire. Le problème, c'était sa voix. Comme au téléphone, quand la ligne est mauvaise et que tu essaies de comprendre ce que dit l'autre.

Je ne suis pas difficile, je ne l'entendais tout simplement pas ! Tu ne peux pas demander en permanence à quelqu'un de répéter, au bout d'un moment, c'est super gênant. J'ai passé la soirée penché sur la table à tendre l'oreille, en essayant de deviner au pif ce qu'elle chuchotait. À un moment, je me suis marré en croyant entendre la chute d'une histoire et la pauvre a eu l'air horrifiée.

Elle pourrait être très sympa. Pour quelqu'un qui a l'oreille plus fine. Bionique, de préférence.

Mais oublie le rendez-vous. Je suis sûr qu'elle l'a oublié, elle aussi. Enfin, je suis sûr que non, parce que je te l'ai dit, ç'a été… mouvementé.

Le restaurant était bondé et on était assis à côté de trois femmes. Au début, je ne les ai pas remarquées, j'étais trop occupé à apprendre à lire sur les lèvres. La première fois que j'ai tourné la tête, c'est à cause de la bandoulière du sac d'une des filles qui s'était enroulée autour de ma chaise.

Ouais. Mignonnes. Même si j'avais une petite préférence pour... mais je m'emballe, là.

Bref, au début, ces trois filles s'amusaient visiblement comme des folles, elles hurlaient de rire, faisaient de plus en plus de bruit. Chaque fois qu'elles riaient, la fille avec qui j'étais et moi, on se souriait tristement.

Vers 23 heures, on a retrouvé le sourire car on voyait le bout du tunnel. On a pris la carte des desserts et elle m'a proposé en langue des signes de partager le cheesecake aux myrtilles. Je ne sais pas ce qu'elles ont toutes à vouloir partager les desserts. Ça leur fait tellement plaisir. Évidemment, je ne lui ai pas dit que j'aimais pas les trucs sucrés.

Mais on n'a jamais pu commander car soudain, ç'a été le branle-bas. Toutes les lumières se sont éteintes dans le restaurant et trois serveuses sont arrivées en trimballant trois énormes...

... GÂTEAUX D'ANNIVERSAIRE, enfin ! Et j'ai dit à Thomas, mince alors, trois gâteaux ! Un chacune ! Tous illuminés de ces cierges magiques crépitants, qui présentent un sacré risque d'incendie, si tu veux mon avis. Puis elles ont chanté *Joyeux anniversaire* – trois fois ! Thomas a trouvé ça ridicule. À chaque « joyeux anniversaire », elles braillaient de plus en plus fort, et à la fin, tout le monde s'est mis à chanter en chœur dans le restaurant.

À part Thomas, bien sûr. Il avait été gêné toute la soirée par le bruit qu'elles faisaient. Il s'est même plaint à la serveuse ! Moi, je trouvais que c'étaient des jeunes filles sympathiques et pleines d'entrain. Au début, en tout cas. Celle qui était enceinte m'a souri très gentiment quand elle est allée aux toilettes.

Elles ont pris chacune une part de gâteau plus que généreuse. Aucune n'était au régime, de toute évidence ! Et elles ont toutes pioché dans les autres gâteaux ! C'était charmant.

Bref, je les observais du coin de l'œil. Je ne sais pas pourquoi, elles m'intriguaient. J'ai remarqué qu'après le gâteau, elles ont lu quelque chose à voix haute chacune à leur tour. Ça ressemblait à des lettres. Je ne sais pas de quoi parlaient les lettres, mais c'est quelques secondes plus tard qu'elles se sont mises à hurler.

Seigneur ! Quelle prise de bec ! Tout le monde les regardait. Thomas était effaré.

Une des filles s'est levée de table en faisant racler sa chaise, je n'avais jamais vu quelqu'un dans une telle colère ! Son visage était marbré de rouge et elle agitait une fourchette en hurlant – oui, en hurlant.

C'est que... je ne sais pas si je peux raconter ça.

Bon, d'accord. Approche que je te le dise tout bas.

Elle hurlait : « Toutes les deux...

... VOUS AVEZ FOUTU MA VIE EN L'AIR ! »

Et je me dis, c'est quoi ce merdier ? Je venais justement de glisser à Sam que la six allait me filer un énorme pourboire car elles avaient pas mal bu et s'amusaient comme des folles.

Même celle qui était enceinte avait pris deux verres de champagne. Pas terrible, hein ? Si on boit quand on est enceinte, le bébé risque d'être handicapé, non ?

Ce que j'ai du mal à croire, c'est qu'elle puisse faire ça à sa sœur. Ça m'arrive d'engueuler ma sœur, mais là – waouh ! Et sa triplée, en plus !

Je t'ai dit que c'étaient des triplées ?

Elles fêtaient leurs trente-quatre ans ensemble. Je n'avais jamais rencontré de triplées et elles étaient sympas alors je leur ai demandé ce que ça faisait. Les deux blondes se ressemblaient comme deux gouttes d'eau. C'était flippant ! Quand j'ai su ça, je n'ai pas arrêté de les regarder. Comme au jeu des sept erreurs. C'était bizarre.

L'une a dit que c'était fabuleux d'être une triplée. Elle trouvait ça génial ! L'autre, que c'était horrible. Elle avait l'impression d'être une espèce de mutante. Et la troisième a dit que ça n'avait rien d'extraordinaire, il n'y avait pas de quoi en faire un plat, c'était comme dans n'importe quelle autre famille.

Sur ce, elles ont commencé à se chamailler sur ce que ça faisait d'être des triplées. Mais c'était drôle et affectueux.

Du coup, je n'en suis pas revenue quand je les ai entendues se disputer. Mais alors violemment, comme si elles se détestaient. C'était plutôt embarrassant, tu vois ? Comme si elles se montraient en public dans leur intimité.

Sam m'a dit de leur apporter leur café pour faire diversion. Alors, je suis allée vers leur table en faisant comme si de rien n'était et c'est là que c'est arrivé.

Tu veux que je te dise, j'ai eu un tel choc que les cafés tanguaient dans mes mains.

Tu sais, les deux vieux croûtons qui viennent un jeudi sur deux ? Mais si, la grosse dame qui prend toujours la crème brûlée ? Avec son mari tout maigrichon qui a un balai dans le cul ? Bref, j'avais la main qui tremblait tellement que j'ai renversé de la mousse de cappuccino sur le crâne luisant du vieux !

OK, OK ! C'est bon, je voulais juste te planter le décor !

Une des filles s'est levée et s'est mise à hurler sur ses sœurs, tu vois ? Et tout ce temps, elle n'arrêtait pas de brandir sa fourchette à fondue.

Elles avaient partagé la fondue du chef en entrée, tu vois. Maintenant que j'y pense, d'ailleurs, c'est de ma faute si la fourchette était encore sur la table.

Houlà ! J'espère qu'elles ne peuvent pas me faire un procès. Aïe.

Donc, la fille tient la fourchette et elle hurle comme une folle. Puis elle lance la fourchette sur sa sœur. Tu imagines un peu ?

Et la fourchette se plante dans le ventre de celle qui est enceinte !

Elle reste là à regarder son gros ventre avec la fourchette piquée en plein milieu ! C'était hyperbizarre.

Celle qui l'a lancée est là, la main figée en l'air. Comme si elle avait voulu empêcher un verre de tomber avant de s'apercevoir qu'il était trop tard.

Et sur ce – devine quoi – elle tourne de l'œil. Non, pas celle qui est enceinte. Celle qui a lancé la fourchette. Elle s'affaisse et s'écroule par terre – lourdement – et en tombant, elle se cogne le menton, mais alors violemment, sur le bord de la chaise.

Elle est étalée par terre, complètement dans le cirage.

Celle qui est enceinte reste là à regarder la fourchette qui lui sort du ventre, muette. Elle se contente de la fixer d'un air rêveur, puis elle met le doigt sur son ventre, le lève, et il est couvert de sang ! C'était dégueu !

Dans le restaurant, c'est le silence. Un silence assourdissant. Tout le monde les regarde.

Sur ce, la troisième sœur pousse un soupir, secoue la tête comme si ce n'était rien, se penche sous la table, ramasse son sac et sort...

... son portable et elle a appelé les secours pour les deux.

Et après elle m'a appelée et je les ai retrouvées à l'hôpital. Franchement ! Quel désastre.

Elles ont plus de trente ans, enfin ! et elles se conduisent comme des gamines. Se jettent des choses dessus en public ! C'est une honte. Et qui plus est, le jour de leur anniversaire !

Je crois que ce qu'il leur faut à toutes les trois, c'est un bon psychiatre. Vraiment.

Tu te souviens, le restaurant en ville, quand elles étaient petites ? Tu te souviens ? Lyn avait jeté son verre de limonade à la figure de Catriona et le directeur nous a demandé de partir. Quel fiasco ! Je n'ai jamais été aussi humiliée de toute ma vie. Sans parler de la bonne bouteille de shiraz que nous avons dû laisser. Il a fallu faire quatre points de suture à Cat, ce jour-là.

C'est de ta faute, Frank.

Non. C'est évident.

Eh bien, si tu y tiens, tu n'as qu'à partager la responsabilité avec Christine.

Christine, c'est la femme qui a brisé notre couple, Frank. Voilà qui montre à quel point tu étais investi dans ce petit incident sordide.

Je ne m'écarte pas du sujet, Frank ! L'échec de notre couple a manifestement traumatisé nos filles. Ce qui s'est passé aujourd'hui n'est pas normal ! Même pour des triplées !

J'étais encore avec le comptable quand j'ai reçu le coup de fil. Je suis restée sans voix !

Je me voyais mal lui dire : « Excusez-moi, Nigel, mais ma fille s'est fracturé la mâchoire en tombant dans les pommes après avoir jeté une fourchette à fondue sur sa sœur qui est enceinte ! »

Tu aurais dû les voir quand je suis arrivée à l'hôpital. Elles pouffaient de rire ! Comme si c'était une blague hilarante. J'étais furieuse.

Je ne les comprends pas du tout.

Et ne va pas me dire que tu les comprends mieux que moi, Frank. Tu ne leur parles pas. Tu leur fais du charme.

Et en plus, elles empestaient l'ail. Elles avaient pris une fondue de fruits de mer en entrée, apparemment. Franchement, quelle idée de choisir ça ! Ça a l'air immangeable.

Je crois qu'elles boivent trop, en plus.

Je ne vois pas en quoi c'est drôle, Frank. Le bébé aurait pu être blessé. Il aurait pu mourir.

Notre fille aurait pu tuer notre petit-enfant !

Seigneur, nous aurions pu faire la une du *Daily Telegraph*.

Non, je ne crois pas que je dramatise le moins du monde.

Oui, bien sûr, c'est ce que j'aimerais savoir. C'est la première chose que je leur ai demandée en arrivant.

« Mais comment ça a commencé ? »

1

On pourrait dire que tout avait commencé lorsque le jeune Frank Kettle, un grand blond hyperactif de vingt ans, ancien enfant de chœur, s'était laissé submerger par le désir en posant les yeux sur Maxine Leonard, une langoureuse rousse aux jambes interminables qui allait avoir dix-neuf ans quelques jours plus tard.

Il était gonflé à bloc de testostérone fraîche. C'était une erreur, elle le savait, mais elle le fit tout de même. À l'arrière de la Holden du père de Frank. Deux fois. La première, ce fut une succession de coups de tête, de grognements, de changements de position haletants au son de Johnny O'Keefe qui braillait à la radio. La seconde, ce fut plus lent, plus doux et plutôt agréable. Elvis leur susurrait de l'aimer tendrement. Dans un cas comme dans l'autre, le résultat fut le même. Désastreux. Un des exubérants petits spermatozoïdes de Frank heurta de plein fouet un des ovules nettement moins enthousiastes de Maxine, interrompant ce qui aurait dû être un voyage sans histoire jusqu'à l'inexistence.

Les jours suivants, pendant que Maxine sortait chastement avec des garçons plus convenables et que Frank pourchassait une brune pulpeuse, deux œufs fraîchement fécondés remontaient cahin-caha les trompes de Fallope de Maxine pour rejoindre le refuge de son jeune utérus horrifié.

À l'instant précis où Maxine laissait le très fréquentable Charlie Edwards retenir ses longs cheveux roux tandis qu'elle gonflait les joues pour souffler ses dix-neuf bougies, un œuf entra dans une telle effervescence qu'il se divisa en deux. L'autre vint se nicher confortablement entre les deux nouveaux ovules identiques.

Les gens invités à l'anniversaire de Maxine se dirent qu'ils ne l'avaient jamais vue aussi éblouissante – svelte, rayonnante, incandescente, presque ! Qui aurait pu se douter qu'elle portait les triplées d'un jeune catholique ?

Frank et Maxine se marièrent, naturellement. Sur leurs photos de mariage, ils ont tous les deux le regard vide et l'air anesthésié de récentes victimes d'un traumatisme.

Sept mois plus tard, leurs triplées vinrent au monde en se débattant et en hurlant. Maxine se retrouva avec trois bébés alors qu'elle n'en avait jamais tenu un seul dans ses bras de toute sa vie ; ce fut le pire moment de désespoir de sa jeune existence.

C'est du moins ainsi que Gemma choisissait d'expliquer comment tout avait commencé. Cat lui répondait que si elle tenait à remonter à leur conception, pourquoi ne pas remonter aux origines de leur arbre généalogique, tant qu'on y était ? À la préhistoire ? Au big bang ? C'est ce que j'ai fait, gloussait Gemma – le big bang de papa et maman. Très drôle, disait Cat. Soyons logiques, les interrompait Lyn. De toute évidence, ça a commencé le jour des spaghettis.

Et bien entendu, Lyn avait raison.

C'était un mercredi soir, six semaines avant Noël. Un soir comme les autres. Un modeste soir de semaine qui aurait dû disparaître de leur mémoire dès le vendredi. « Qu'est-ce qu'on a fait mercredi ? – Je ne sais pas. Regardé la télé ? »

Précisément. Ils mangeaient des spaghettis arrosés de vin rouge devant la télévision. Cat était assise par terre en tailleur, adossée contre le canapé, son assiette sur les genoux. Son mari Dan était, lui, au bord du canapé, penché sur son plat qui était posé sur la table basse. Ils dînaient toujours ainsi.

C'était Dan qui avait préparé les spaghettis, ils étaient donc copieux et fades. Des deux, Cat était la plus douée aux fourneaux. Dan avait une approche quelque peu fonctionnelle de la cuisine. Il mélangeait ses ingrédients comme s'il malaxait du béton, un bras enroulé autour du récipient, l'autre touillant la mixture gluante si vigoureusement qu'on voyait ses biceps à l'œuvre. « Et alors ? C'est efficace. »

Ce mercredi-là, Cat n'éprouvait rien de particulier ; elle n'était ni particulièrement heureuse, ni particulièrement triste. Quand elle y repensait, c'était étrange de se revoir assise là, enfournant les pâtes de Dan avec une confiance aussi aveugle dans la vie. Elle avait envie de hurler par-delà le temps : « *Mais concentre-toi !* »

Ils regardaient *Med School*. C'était une sitcom sur une bande de jeunes et beaux étudiants en médecine avec des dents blanches étincelantes et des vies amoureuses compliquées.

Chaque épisode était gorgé de sang, de sexe et d'angoisse.

Cat et Dan étaient vaguement accros à *Med School*. À chaque rebondissement, ils manifestaient bruyamment leur enthousiasme en braillant devant l'écran : « Salaud ! » « Plaque-le ! » « Tu t'es planté de médicament ! »

Cette semaine, Ellie (blonde, mignonne, tee-shirt au ras du nombril) était dans tous ses états. Elle ne savait pas s'il fallait avouer à son petit ami Peter (brun, ténébreux, abdos anormalement développés) qu'elle l'avait trompé sous l'effet de l'alcool avec une guest-star venue jouer les trublions.

« Dis-lui, Ellie ! lança Cat à la télévision. Pete te pardonnera. Il comprendra ! »

Puis ce fut la pub et un énergumène en veste jaune virevolta dans un grand magasin en montrant les offres de Noël d'un doigt incrédule.

« J'ai réservé le week-end bien-être et beauté aujourd'hui, dit Cat en s'appuyant sur le genou de Dan pour passer devant lui et attraper le poivre. La conseillère avait une voix gluante quasi extatique. Rien qu'en réservant, j'avais l'impression de me faire masser. »

Pour Noël, elle offrait à ses sœurs (et elle-même) un week-end dans un spa des Blue Mountains. Elles vivraient toutes les trois une « délicieuse expérience » de « soins cocooning ». Elles seraient enveloppées dans des algues, plongées dans des bains de boue, tartinées de crèmes enrichies de vitamines. Ce serait très amusant.

Elle se félicitait d'y avoir pensé. « Quelle bonne idée ! » lui dirait-on le jour de Noël. Lyn avait incontestablement besoin de détente. Gemma n'en avait pas besoin, mais elle prétendrait aussitôt que si. Cat n'était pas particulièrement stressée non plus, quoique, elle n'était toujours pas enceinte alors qu'elle avait arrêté la pilule depuis presque un an. « Ne t'angoisse pas pour ça », lui conseillaient les gens avec sagesse, comme s'ils étaient les premiers à lui refiler ce bon tuyau. Apparemment, dès que les ovaires s'apercevaient qu'on s'inquiétait de ne pas tomber enceinte, ils refusaient de coopérer. *Eh bien, puisque tu le prends comme ça, on ferme boutique.*

Une pub d'assurance maladie apparut à l'écran et Dan grimaça. « Je déteste cette pub.

– Elle est efficace. Tu la regardes avec plus d'attention que toutes les autres. »

Il ferma les yeux et détourna la tête. « OK, je ne regarde pas, je ne regarde pas. Mais ce n'est pas vrai, j'entends encore la voix énervante de cette bonne femme. »

Cat prit la télécommande et mit plus fort.

« Aaahh ! » Il attrapa la télécommande et la lui arracha des mains.

Son comportement était parfaitement normal. Elle s'en souvint par la suite et cela ne fit qu'aggraver les choses. Chaque instant où il s'était comporté normalement ajoutait à la trahison.

« Chut. Ça reprend. »

Pete, le petit ami trompé, apparut à l'écran, contractant ses monstrueux abdos. Ellie lançait des regards coupables aux téléspectateurs.

« Allez, dis-lui, lui enjoignit Cat. Il faut qu'il sache. Je ne supporterais pas de ne pas savoir la vérité. Il vaut mieux lui dire, Ellie.

– Tu crois ? lui demanda Dan.

– Oui, pas toi ?

– Je ne sais pas. »

Il n'y eut aucune sonnette d'alarme dans la tête de Cat. Pas le moindre grelot. Rien. Elle avait posé son verre de vin sur la table basse et tâtait un bouton qui avait surgi à la minute même sur son menton, messager maléfique annonçant sans nul doute l'imminence de ses règles. Tous les mois, il pointait comme un timbre officiel au même endroit. *Pas de bébé ce mois-ci pour madame. Non. Désolé, essayez encore !* Cat s'était mise à glousser amèrement en renversant la tête comme une sorcière dès que les premières taches de sang traîtresses apparaissaient. C'était une telle plaisanterie, une déception si cruelle après toutes ces années passées à s'assurer de ne pas tomber enceinte, ces mois à se dire : « Est-ce qu'on est prêts à apporter ce changement radical dans notre vie ? Je pense que oui, pas toi ? Oh ! et si on se donnait un dernier mois de liberté ? »

N'y pense pas, se dit-elle. N'y pense pas.

« Cat, dit Dan.

– Quoi ?

– Il faut que je te dise quelque chose. »

Elle pouffa de rire en entendant son ton solennel, soulagée de cette diversion qui lui évitait de penser à son bouton. Elle crut qu'il parodiait la série. « Oh non ! » lança-t-elle avant de fredonner la musique de *Med School* qui prévenait aimablement les téléspectateurs qu'un coup de théâtre allait se produire.

« Quoi ? Tu as fait comme Ellie ? Tu m'as trompée ?

– En fait… oui. »

Il semblait sur le point de vomir et il n'était pas vraiment doué pour la comédie.

Cat posa sa fourchette. « C'est une blague ? Tu es en train de me dire que tu as couché avec quelqu'un d'autre ?

– Oui. » Sa bouche se tordait de manière bizarre. On aurait dit un petit garçon coupable surpris en train de faire quelque chose de dégoûtant. Elle attrapa la télécommande et éteignit la télévision. Son cœur battait à tout rompre sous le coup de la peur et d'un désir étrangement pressant, un désir de savoir. Cette sensation maladive de résistance fébrile que l'on éprouve tout en haut du grand huit – je ne veux pas plonger dans ce précipice, mais j'en meurs d'envie !

« Quand ça ? » Elle avait encore du mal à y croire. Elle riait à moitié. « Il y a des années ? Quand on a commencé à sortir ensemble ? Pas récemment ?

– Il y a un mois environ.

– Quoi ?

– Ce n'était pas sérieux. »

Il baissa les yeux sur son assiette et prit un champignon du bout des doigts. Il était sur le point de le porter à ses lèvres, quand il le lâcha et s'essuya la bouche d'un revers de main.

« Tu veux bien reprendre depuis le début ? Quand ça ?

– Un soir.

– Quel soir ? J'étais où ? » Elle fouilla dans ses souvenirs, essayant de se rappeler ce qui s'était passé au cours des dernières semaines. « Quel soir ? »

Apparemment, un mardi soir, trois semaines auparavant, en buvant un verre après le squash, il avait rencontré une fille. C'était elle qui l'avait dragué et il était flatté car pour tout dire, elle était très jolie. Il était un peu éméché et l'avait raccompagnée chez elle et à partir de là, ça avait dérapé. Ce n'était pas sérieux, évidemment. Il ne savait pas pourquoi il avait fait une connerie pareille. Peut-être à cause du stress au boulot, et puis cette histoire de bébé. Ça n'arriverait plus jamais, bien entendu, et il était vraiment, vraiment désolé et il l'aimait si fort et il était tellement soulagé de le lui avoir dit !

À croire qu'il avait oublié de raconter à Cat quelque chose d'insolite qui lui était arrivé. Elle lui posa des questions et il lui répondit. « Elle habitait où ? » « Comment tu es rentré ? »

Quand il eut fini son histoire, Cat le fixa bêtement en s'apprêtant à souffrir. Tous ses muscles étaient tendus, anticipant la douleur. Elle avait l'impression de donner son sang et d'attendre que le médecin souriant trouve la veine.

« Elle s'appelait comment ? » demanda-t-elle.

Il l'esquiva du regard. « Angela. »

Enfin. Un serrement de cœur exquis car cette fille avait un nom et que ce nom, Dan le connaissait.

Elle regarda les pâtes figer dans son assiette, distinguant chaque serpentin de spaghetti avec une précision nauséeuse. Elle était à présent équipée d'une lentille de télescope et son univers jusqu'alors noyé dans le flou était désormais d'une netteté tranchante.

Elle contempla son salon d'un œil neuf. Des coussins disposés nonchalamment sur le canapé, un improbable tapis bariolé sur le parquet ciré. La bibliothèque garnie de photos soigneusement sélectionnées et encadrées en gage de leur vie heureuse et dynamique. Regardez comme on est amoureux et cosmopolites, drôles et en pleine forme ! Là, on sourit, enlacés, en tenue de ski. Là, on rigole avant de faire de la plongée ! On fait la fête avec nos amis ! On fait des grimaces ironiques devant l'objectif !

Elle se retourna vers Dan. Il était beau garçon, son mari. Avant, ça l'inquiétait un peu sans l'inquiéter vraiment, ce qui n'était pas déplaisant.

Il m'a trompée, se dit-elle pour voir l'effet que ça faisait.

C'était bizarre. Irréel. Une part d'elle avait envie de rallumer la télévision et de faire comme si de rien n'était. Je dois repasser ma jupe pour demain, se dit-elle. Il faut que je fasse ma liste de Noël.

« Ce n'était rien, dit-il. Une simple connerie, un coup d'un soir.

— Ne dis pas ça !

— OK.

— C'est tellement minable. »

Il la regarda d'un air suppliant. Une goutte de sauce tomate tremblotait sous son nez.

« Tu as de la sauce sur la figure », lança-t-elle d'un ton féroce. Face à sa culpabilité, elle se sentait gonflée d'orgueil, imbue de dignité outragée. Il était le malfaiteur et elle, le flic. Le méchant flic. Celui qui attrapait le coupable par la chemise et le plaquait au mur.

« Pourquoi tu me racontes ça maintenant ? lui dit-elle. Pour soulager ta conscience, c'est ça ?

— Je ne sais pas. Je n'arrêtais pas de changer d'avis. Et puis tu as dit que tu préférais savoir.

— Je parlais à Ellie ! Je regardais la télé ! Je mangeais !

— Tu ne le pensais pas ?

— Enfin merde, c'est trop tard maintenant. »

Ils restèrent un moment sans rien dire puis soudain, elle eut envie de pleurer comme une petite fille de cinq ans dans la cour de récré parce que Dan était censé être son ami, son meilleur ami.

« Mais pourquoi ? Sa voix se brisa. Pourquoi tu as fait ça ? Je ne comprends pas que tu aies pu faire une chose pareille.

— Ce n'était pas sérieux. Vraiment pas. »

Ses amis lui avaient-ils conseillé de lui dire ça ? « Dis-lui que ce n'était pas sérieux, mec. C'est tout ce qu'elles attendent de nous. »

Si elle avait été dans *Med School*, une unique larme aurait coulé le long de sa joue avec une lenteur déchirante. Au lieu de quoi, elle poussait de curieux halètements sifflants comme si elle revenait d'un jogging.

« Ne sois pas triste. Cat. Chérie.

— Ne sois pas triste ! »

Dan lui posa timidement la main sur le bras. Elle la repoussa violemment. « Ne me touche pas ! »

Ils se dévisagèrent avec horreur. Dan était blafard. Cat tremblait, soudain frappée par une révélation abyssale : il avait dû toucher cette femme qu'elle n'avait jamais vue. La toucher réellement. Il avait dû l'embrasser. Tous ces petits détails insignifiants du sexe.

« Tu lui as enlevé son soutien-gorge ?

— Cat !

— Évidemment, son soutien-gorge a bien dû sauter à un moment ou un autre. Je veux juste savoir si c'est elle qui l'a enlevé ou toi ? Est-ce que tu lui as passé les mains dans le dos pendant que vous vous embrassiez pour le dégrafer ? Tu as eu du mal ? Il était galère ? C'est dur, hein, quand ils sont galères ? Ça faisait longtemps que tu n'avais pas eu ce genre de souci. Comment tu as fait ? Tu as poussé un ouf de soulagement quand tu as réussi à le dégrafer ?

— Arrête.

— Je n'arrêterai pas.

— OK, je lui ai enlevé son soutien-gorge ! Mais ce n'était rien. J'étais bourré. Ça n'avait rien à voir avec nous. Ce n'était…

— Ce n'était pas sérieux, oui, je sais. Et quelle position négligeable as-tu adoptée ?

— Cat, s'il te plaît.

— Elle a joui ?

— S'il te plaît, pas ça.

— Mon pauvre chéri. Ne t'en fais pas. Je suis sûre que oui. Tes petites techniques sont très fiables. Je suis sûre qu'elle a apprécié.

– Cat. Je t'en supplie, arrête. »

Il avait la voix tremblante. Elle essuya la sueur qui perlait sur son front. Il faisait trop chaud.

Elle se sentait laide. Elle était laide. Elle se toucha le menton et sentit le bouton. Du maquillage ! Il lui fallait du maquillage. Du maquillage, une garde-robe, un coiffeur et un plateau de tournage climatisé. Alors elle éprouverait des vagues de chagrin pures et sublimes comme les stars de *Med School*.

Elle se leva et débarrassa leurs deux assiettes.

Le fond de la gorge la grattait horriblement. Le rhume des foins. Ça ne pouvait pas plus mal tomber. Elle reposa les assiettes sur la table basse et éternua quatre fois de suite. Chaque fois qu'elle fermait les yeux pour éternuer, l'image d'une bretelle de soutien-gorge glissant explosait dans son cerveau.

Dan alla dans la cuisine et revint avec la boîte de kleenex.

« Ne me regarde pas, dit-elle.

– Quoi ? » Il lui tendit les mouchoirs.

« Ne me regarde pas. »

Sur ce, elle attrapa une des assiettes de spaghettis et la balança contre le mur.

De : Gemma
À : Lyn ; Cat
Objet : Cat
LYN ! ATTENTION, ATTENTION ! DANGER, DANGER ! Je viens de parler à Cat et elle est de TRÈS, TRÈS mauvaise humeur. Je ne te conseille pas de l'appeler pour lui demander de garder Maddie avant vingt-quatre heures au moins.
Bisous, Gemma.

De : Cat
À : Gemma
Objet : MOI
Attention, attention, quand vous échangez des mails pour parler de ma mauvaise humeur, assurez-vous au moins que je ne les reçoive

pas. Pour le coup, ça risque vraiment de me mettre de mauvaise humeur.

De : Lyn
À : Gemma
Objet : Cat
G.
Il faut que tu évites de cliquer sur « répondre à tous » au lieu de « répondre » sur les anciens mails. Crée-toi une liste de contacts ! Cat doit être très impressionnée. Kara garde Maddie, aucun problème. L.

De : Gemma
À : Lyn ; Cat
Objet : Kara
Chère Lyn,
Je ne sais pas créer une liste de contacts mais merci quand même. Je ne veux pas t'affoler, mais le SYNDROME DU BÉBÉ SECOUÉ, ça te dit quelque chose ? Je pense que c'est très dangereux de laisser Maddie à Kara. Un jour, je l'ai vue secouer FURIEUSEMENT une boîte de cornflakes. C'est une ado et les ados ont des problèmes d'hormones qui les rendent un peu dingues. Tu ne pourrais pas demander à Cat, quand elle ne sera plus de mauvais poil ? Ou alors je peux annuler mon rencard avec le séduisant serrurier. Je suis prête à faire ça pour sauver Maddie. Tiens-moi au courant.
Bisous, Gemma.

Cat se demandait si son visage avait changé. Elle avait l'impression qu'il n'était plus le même, qu'il était couvert de bleus, tuméfié. Qu'elle avait les yeux au beurre noir. En fait, elle avait une curieuse sensation de fragilité dans tout le corps. Elle s'était tenue avec raideur toute la journée comme si elle avait des coups de soleil.

C'était étonnant de voir à quel point ça la faisait souffrir, et en permanence. Au bureau, elle avait passé la journée à se dire qu'elle devait acheter des antalgiques avant de se rappeler qu'elle n'éprouvait pas de douleur physique.

Elle n'avait pas beaucoup dormi, la nuit précédente.

« Je vais dormir sur le canapé, avait annoncé Dan, l'air pâle et héroïque.

– Non », lui avait répondu Cat, refusant de lui donner cette satisfaction.

Mais quand ils s'étaient couchés et qu'elle s'était retrouvée à fixer le plafond en écoutant la respiration de Dan ralentir – il allait vraiment s'endormir –, elle avait rallumé la lumière et lui avait ordonné : « Dégage. »

Il était parti en serrant son oreiller contre son ventre d'un air somnolent. Cat était restée au lit à imaginer son mari couchant avec une autre femme. Elle était là, avec eux sous les draps, observant leurs mains, leurs bouches.

Elle ne pouvait pas s'en empêcher. Elle ne voulait pas. Il fallait à tout prix qu'elle imagine la scène seconde après seconde, dans le moindre détail insoutenable.

Au milieu de la nuit, elle avait réveillé Dan pour lui demander de quelle couleur étaient les sous-vêtements de la fille.

« Je ne me rappelle pas, avait-il répondu d'un ton vaseux.

– Mais si ! Si ! » Elle s'était acharnée jusqu'à ce qu'il finisse par dire qu'il croyait se souvenir qu'ils étaient noirs, sur quoi elle avait éclaté en sanglots.

Cat regardait ses collègues de la réunion de service de 16 h 30 en se demandant s'ils avaient déjà eu à subir cette abominable humiliation.

Rob Spencer, le directeur des ventes, était à sa place préférée, devant le tableau blanc où il griffonnait avec enthousiasme des cases et des flèches fantasques. « Voilà, c'est beaucoup plus clair comme ça ! »

Rob Spencer. Ça, c'était de la blague. Depuis près de cinq ans, Rob avait une liaison avec la belle Johanna de la comptabilité. C'était le secret préféré de l'entreprise. Chez Hollingdale Chocolates, raconter aux nouvelles recrues la légende de Rob et Johanna faisait partie du processus d'intégration. Il était probable que les seuls à ne pas être au courant étaient la femme de Rob et le mari de Johanna. Tout le monde regardait les deux malheureux conjoints avec une plaisante compassion quand ils faisaient une apparition à la fête de Noël, chaque année.

Cat songea soudain qu'elle avait désormais quelque chose en commun avec la pitoyable épouse de Rob. Elle était l'épouse anonyme de l'anecdote de l'homme marié avec qui Angela avait eu une aventure. « *Ça me fait de la peine pour sa femme...* » « *Angela n'est pas responsable de sa femme...* » « *On s'en fout, de sa femme, Ange, on veut tous les détails !* »

Elle déglutit et étudia l'analyse de Rob en cherchant un moyen de l'humilier vite fait.

Des graphiques colorés. Un astucieux petit tableau. Le tout réalisé par ses sous-fifres, évidemment.

Ah.

« Rob », dit-elle.

Dix têtes soulagées se tournèrent à l'unisson vers elle.

« Catriona ! » Rob se détourna brusquement du tableau blanc, les dents étincelantes sur son bronzage cabine jaunâtre. « C'est toujours intéressant d'avoir ton avis !

— Je me demandais d'où venaient ces chiffres.

— Je crois que c'est la fabuleuse Margie qui a fait les calculs pour moi, répondit-il en tapotant ses chiffres d'un geste sensuel comme si Margie l'avait gratifié en même temps d'une fabuleuse pipe.

— Oui, mais quels chiffres lui as-tu donnés ? demanda Cat.

— Ah, voyons voir. » Rob se mit à feuilleter vaguement ses papiers.

Elle savoura cet instant, avant de lui porter le coup de grâce. « Si on regarde le budget marketing ici, il semblerait que tu lui aies donné les chiffres de l'an dernier. Si bien que ton analyse, si fascinante soit-elle, est, comment dirais-je... sans intérêt ? »

C'était vache. Les hommes avaient l'ego aussi sensible que leurs couilles. Elle le paierait.

« Rob, tu t'es salement planté, mon vieux ! » Joe de la production asséna un coup de poing sur la table.

Rob capitula en levant les mains d'un geste puéril. « Bon ! Apparemment, je me suis encore fait prendre en flagrant délit par Cat dont l'œil acéré ne laisse passer aucune erreur. »

Il consulta sa montre. « Il est presque 17 heures et on est vendredi ! Qu'est-ce que vous faites encore ici ? Je vais noyer mon humiliation chez *Alberts*, qui veut se joindre à moi ? Catriona ? Je peux offrir un verre à ma bête noire ? »

Ses yeux étaient de petites billes opaques. Cat esquissa un sourire pincé. « Une autre fois. » Elle ramassa ses dossiers et sortit de la pièce, éprouvant à l'égard de Rob Spencer une haine maladive parfaitement déplacée sur le lieu de travail.

De : Gemma
À : Cat
Objet : Un verre
Ça te dirait de prendre un verre ?
On pourrait parler de cette mauvaise humeur qui n'en est pas une.
Bisous, Gemma.
PS : Il faut absolument que tu me soutiennes pour Kara !
PPS : Tu ne me devrais pas de l'argent, par hasard ? Je suis à sec.

Cat était assise dans un coin du pub faiblement éclairé avec trois bières devant elle et attendait ses sœurs.

Elle ne leur dirait rien. Il leur fallait du temps pour régler la question tout seuls, Dan et elle. Il n'était pas indispensable de leur raconter leur vie de couple dans ses moindres détails. C'était bizarre et trop fusionnel. « Tu leur dis tout ! » répétait Dan, et encore, il n'avait pas idée.

Si elle leur disait, elles n'arrêteraient pas de l'interrompre en poussant des cris d'indignation. Gemma filerait acheter des provisions de glace et de champagne. Lyn appellerait aussitôt des amis sur son portable pour leur demander s'ils avaient un bon thérapeute de couple à lui recommander. Elles la submergeraient de conseils. Elles batailleraient ferme pour savoir ce qu'elle devait faire et ne pas faire.

Elles prendraient la chose trop à cœur et la rendraient réelle.

Elle avala une gorgée de bière et montra les dents en voyant un homme indiquer avec espoir les deux tabourets qu'elle avait réservés.

« Je vérifiais, c'est tout ! » dit-il en levant les mains, l'air vexé.

Elle ne le dirait certainement pas à ses sœurs. Il suffisait de voir ce qui était arrivé quand elle avait arrêté la pilule. Son cycle était tombé dans le domaine public ; elles l'appelaient tous les mois pour lui demander gaiement si elle avait eu ses règles.

Elles avaient arrêté d'appeler, mais uniquement depuis qu'elle avait dit à Gemma que oui, elle les avait eues et oui, elle était sans doute stérile, elle était satisfaite, à présent ? Gemma avait pleuré, naturellement. Et à la douleur des règles s'était ajouté un horrible sentiment de culpabilité.

« Ces tabourets... ?
– Oui, ce sont des tabourets et non, ils ne sont pas libres.
– C'est quoi son problème ?
– Laisse tomber. Pétasse. »

Les deux filles en tailleurs Barbie assortis s'éloignèrent d'un air grincheux en vacillant sur leurs talons hauts, tandis que Cat examinait son poing avec une furieuse envie de se ruer sur elles pour le coller dans leur belle bouche rouge.

Elle se demandait à quoi elle pouvait ressembler.

Angela.

Elle devait être petite et pulpeuse comme ces deux pimbêches toutes gloussantes et gazouillantes qui venaient de s'arrêter devant un groupe d'hommes sans nul doute mariés.

Cat détestait les petites femmes pulpeuses. Les femmes féminines, semblables à des poupées, qui levaient vers elle leur joli minois comme si elle était une géante pataude.

Ses sœurs comprenaient. Comme toutes les femmes grandes.

Mais elle ne voulait pas être comprise, c'était trop humiliant.

Pour tout dire, la seule pensée de leur expression apitoyée la mettait étrangement en rage. C'était de leur faute.

Elle se creusa la tête pour trouver une raison valable de leur en vouloir.

Pour commencer, c'était de leur faute si elle avait rencontré Dan.

La Melbourne Cup, plus de dix ans auparavant. Vingt et un ans et délicieusement grisées de champagne, du temps où l'on avait encore le droit d'appeler champagne le simple mousseux. Pariant des sommes d'argent considérables à chaque course. Riant comme des bossues, comme disait leur grand-mère. Se donnant en spectacle, comme disait leur mère.

Elles abordaient tous les garçons qui passaient à côté de leur table.

Gemma : « On est des triplées ! Ça se voit ? Tu te rends compte ? Elles, ce sont des vraies jumelles, mais moi, pas. Je suis un œuf à part. Elles ne sont que la moitié d'un même œuf. Des demi-œufs. Ça te dirait de nous offrir un verre ? On aime bien le champagne. »

Lyn : « Tu as des tuyaux ? Moi, j'aime bien Lone Ranger dans la cinquième. On prend la bouteille de champagne à 9,99 dollars, si tu veux nous offrir à boire. Pas de souci, on a déjà des verres. »

Cat : « Tu as une tête plus grosse que la normale. Elle est pile devant l'écran et je suis sur le point de gagner une fortune. Tu peux te pousser ? À moins que tu veuilles nous offrir à boire. »

Le garçon à la grosse tête s'assit sur la banquette à côté de Cat. Il était très grand et elles furent obligées de se serrer pour lui faire de la place.

Il avait des yeux verts craquants et une légère barbe.

Il était canon.

« Alors comme ça, vous avez squatté le même ventre ? »

Gemma trouva ça hilarant et rit aux larmes. Cat sirota tranquillement son champagne en attendant que le canon tombe amoureux de Gemma. Quand ils l'entendaient rire, les hommes tombaient généralement amoureux de Gemma. Ils étaient incapables de dissimuler un sourire de fierté vaguement penaud. Ils n'avaient plus qu'une obsession, la faire rire de nouveau.

Mais apparemment, celui-là s'intéressait plus à Cat. Il posa la main sur son genou. Elle la retira et la reposa sur la table.

« T'as posé la main sur le genou de Cat !? s'écria Lyn, dont la voix avait tendance à monter de quelques décibels quand elle avait bu. GEMMA ! Ce mec a posé la main sur le genou de Cat !

– Elle te plaît ? demanda Gemma. Tu as envie de l'embrasser ? Elle embrasse bien. Enfin, c'est ce qu'elle dit. Quand tu l'auras embrassée, tu pourras nous reprendre du champagne, s'il te plaît ?

– Je ne veux pas l'embrasser ! protesta Cat. Il a une tête plus grosse que la normale. Et il ressemble à un camionneur. »

Elle avait très envie de l'embrasser.

« Si je trouve le cheval gagnant dans cette course, tu voudras bien m'embrasser ? » demanda-t-il.

Elles le lorgnèrent avec intérêt. Toutes les trois étaient joueuses dans l'âme. C'était un gène canaille qu'elles avaient hérité de leur grand-père.

Lyn se pencha en avant. « ET S'IL PERD ?

– Une bouteille de champagne, dit-il.

– Ça marche ! »

Gemma renversa le champagne de Cat en passant le bras devant elle pour lui serrer la main.

« Vous jouez les mères maquerelles, toutes les deux ? » demanda Cat.

Il choisit un cheval baptisé Dancing Girl.

« ÇA VA PAS, NON ? cria Lyn. Il est à cinquante contre un ! Pourquoi tu n'as pas choisi le favori ? »

Gemma et Lyn passèrent toute la course debout à hurler. Cat resta assise à côté du garçon, les yeux rivés sur l'écran. Dancing Girl courut au milieu du peloton jusqu'aux dernières secondes, où elle se détacha et se mit à sprinter. La voix du commentateur se précipita, plus forte, haletante de surprise. Gemma et Lyn gémirent.

Cat sentit la main du garçon à l'arrière de sa tête.

Alors que Dancing Girl fonçait vers la ligne d'arrivée dans un grondement de sabots, il l'attirait vers lui et Cat fermait les paupières comme si elle plongeait dans les profondeurs d'un sommeil délicieux. Il sentait les Dunhill et le savon Palmolive, sa bouche avait un goût de Colgate et de bière Tooheys et elle désirait ce garçon comme elle n'avait jamais rien désiré.

Il s'était avéré que ce garçon était Dan, que Dan était devenu son mari et que son mari l'avait trompée.

Cat descendit sa bière et attaqua une des deux autres.

Gemma et Lyn avaient adoré Dan dès l'instant où, Dancing Girl étant arrivée deuxième, elles s'étaient retournées pour exiger leur champagne et l'avaient surpris en train de réclamer le baiser qu'il n'avait pas gagné.

Il extirpa tant bien que mal son portefeuille de la poche arrière de son jean et le tendit à Lyn tout en gardant la langue solidement entrelacée avec celle de Cat. Il était si cool ! Si sexy ! Si habile !

Comment admettre que l'adorable Dan n'était pas si adorable que ça ?

Elle ne leur dirait rien.

Elle reposa violemment la bière sur la table, prit la troisième et, quand elle leva la tête, vit ses sœurs qui traversaient le pub pour la rejoindre. Comme d'habitude, Gemma avait une allure de clocharde étrangement belle. Elle était vêtue d'une robe à fleurs délavée et d'un curieux gilet à trous trop grand pour elle qui n'allait pas avec la robe. Ses cheveux roux flamboyant ébouriffés et tout emmêlés lui arrivaient sous les épaules. Les pointes étaient fourchues. Cat vit un type à la porte qui se retournait sur son passage. La plupart des hommes ne remarquaient pas Gemma, mais ceux qui la remarquaient la remarquaient vraiment. C'était le genre d'hommes à lui écarter les mèches des yeux, lui remonter les manches de son gilet et lui dire de fermer son sac avant qu'on ne lui vole son portefeuille.

Lyn était directement venue du club où elle donnait des cours d'aérobic. Ses cheveux blonds lisses étaient soigneusement enroulés en chignon. Elle avait les joues fraîches et roses. Elle portait un jean et un tee-shirt blanc qui avait tout l'air d'avoir été repassé. Longiligne, l'allure sportive. Le nez trop pointu, de l'avis de Cat, mais assez séduisante. (Quoique ?) Quand elle regardait Lyn, Cat se voyait en trois dimensions. Trois dimensions très énergiques, très Lyn.

Cat éprouva le plaisir et la fierté qu'elle ressentait toujours quand elle retrouvait ses sœurs en public. « Regardez-les ! avait-elle envie de dire à tout le monde. Mes sœurs. Elles sont fabuleuses, non ? Énervantes, hein ? »

Elles virent Cat et s'assirent sans la saluer sur les tabourets qui les attendaient.

C'était un de leurs rituels, elles ne se saluaient jamais et faisaient mine de ne pas se connaître. Les gens trouvaient ça bizarre, ce qui les enchantait.

« Le midi, je vais chez un nouveau traiteur, dit Gemma. Chaque fois que je demande quelque chose, n'importe quoi, la vendeuse a l'air choquée. Je lui dis : "Je prends la salade de fruits", et elle écarquille les yeux et me répond : "La salade de fruits !" C'est trop marrant.

— Je croyais que tu détestais la salade de fruits, dit Lyn.

— Oui. C'est juste un exemple.

— Pourquoi ne pas citer quelque chose que tu as demandé ? »

Cat regarda ses sœurs et son soulagement fut tel que ses membres n'avaient plus de force. Elle passa le doigt sur le bord de son verre de bière vide et annonça : « J'ai quelque chose à vous dire. »

Le truc de la feuille de chou

Voyez-vous, je ne peux pas voir un chou sans penser à l'allaitement.

Je me demande si ça se fait toujours. Le truc de la feuille de chou. Je me souviens encore de la première fois où j'ai vu ça. C'était il y a plus de trente ans. Ma première semaine en tant qu'aide-soignante. À l'hôpital, c'était l'effervescence parce qu'une jeune fille avait donné naissance à des triplées. Tout le monde voulait les voir. Il y avait même des journalistes !

J'étais en train de faire les lits au service maternité quand on a amené les trois bébés pour la tétée. Sœur Mulvaney, qui était la femme la plus cruelle qui soit, dirigeait les opérations. J'ai été stupéfaite de voir les infirmières dégrafer le soutien-gorge de la mère et retirer des feuilles vertes toutes mouillées ! Quand on commence à allaiter, les seins deviennent très durs et gonflés, voyez-vous, et pour une raison ou une autre, les feuilles de chou rafraîchies les soulagent.

Elle souffrait tellement, cette pauvre jeune maman. Ça se voyait. Elle était toute blanche, le visage crispé. Les trois petites dormaient à poings fermés mais à l'époque, les infirmières étaient à cheval sur la régularité. Il fallait leur donner la tétée pile toutes les quatre heures. La première petite ne voulait pas qu'on la réveille. Elles ont tout essayé. La déshabiller. La remuer. Sœur Mulvaney a fini par asperger sa petite frimousse d'eau bénite. Pour le coup, ça l'a réveillée. Mais dès qu'elle a commencé à pleurer, les deux autres s'y sont mises aussi. Elles hurlaient toutes les trois !

Elles ont pris deux des bébés et montré à la mère comment les glisser sous ses bras, une de chaque côté. Mais elle ne réussissait pas à mettre les petites au sein. Sœur Mulvaney aboyait des ordres et la maman faisait de son mieux pour les suivre. À ce stade, les bébés étaient dans une rage folle. Quel raffut ! Tout le service les regardait.

Elles ont fini par renoncer et sont allées chercher un tire-lait pour enclencher la lactation. En ce temps-là, c'étaient d'horribles engins encombrants. Entre les petites qui braillaient, sœur Mulvaney qui secouait la tête d'un air désapprobateur et tout le monde qui faisait semblant de ne pas regarder, la pauvre maman était dans tous ses états, ça se voyait. Subitement, elle a fondu en larmes. Mon infirmière en chef a dit, le ton très pédant : « Ah ! c'est le blues des trois jours, toutes les mères pleurent le troisième jour. » Et je me souviens m'être dit, mais enfin, qui ne pleurerait pas ?

2

« Crève, espèce de petit enfoiré ! » Lyn était accroupie sur le sol de la cuisine et braquait la bombe anticafard comme une mitrailleuse.

« Surveille ton langage, jeune fille ! »

Lyn leva la tête et vit Kara, sa belle-fille, qui creusait les joues en parodiant un parent horrifié.

« Je croyais que tu étais partie », dit Lyn, un peu gênée d'avoir été surprise dans son numéro de gangster hollywoodien. Elle n'avait pas l'habitude d'employer des mots comme « enfoiré ». D'une manière générale, elle ne disait des gros mots que dans les situations où il était question de cafards ou de ses sœurs.

« Il se sauve ! » l'avertit Kara avec obligeance.

Lyn se retourna et vit le cafard déguerpir sur le carrelage en filant vers un microscopique tunnel ménagé sous l'évier. Nul doute qu'il y vivrait une longue et heureuse vie et donnerait naissance à plusieurs milliers d'adorables petits bébés cafards.

Lyn se releva et regarda sa montre. Il était 9 heures pile. « Tu es très en retard, non ? »

Kara poussa un soupir las indiquant qu'on ne devait pas s'attendre à ce qu'elle supporte une autre question imbécile.

« C'est vrai, non ? insista Lyn car c'était plus fort qu'elle.

– Lyn, Lyn, Lyn. » Kara secoua tristement la tête. « Mais qu'est-ce que je vais faire de toi ? »

Kara avait six ans quand Lyn l'avait rencontrée. C'était une petite fille très princesse, avec des barrettes papillons dans ses boucles noires et de petits bras maigrichons cliquetant de bracelets roses scintillants. Son bien le plus précieux était une énorme trousse qu'elle appelait sa Boîte à activités ; elle contenait des accessoires essentiels comme des paillettes, de la colle et de gros ciseaux en plastique. Lyn avait le privilège de pouvoir utiliser la Boîte à activités et, le dimanche, elles passaient des après-midi entiers à fabriquer des objets en carton et en bâtonnets de glace. Lorsque Kara se trouva de nouveaux centres d'intérêt, Lyn se cramponna, persistant à lui suggérer de nouveaux projets, pleine d'espoir. Elle ne renonça que le jour fatidique où Kara la plongea dans l'embarras en lui offrant cérémonieusement la Boîte à activités avec ces mots : « Tiens ! Comme ça tu pourras jouer avec toute seule quand tu voudras. »

Désormais, Kara qui avait aujourd'hui quinze ans se lissait soigneusement les cheveux et se maquillait les yeux à gros traits d'eye-liner noir. Certains jours, elle restait vautrée des heures durant sur le canapé en bâillant à s'en décrocher la mâchoire comme si elle était en plein décalage horaire. D'autres, elle avait les joues empourprées et des paillettes dans les yeux, et nageait dans une euphorie quasiment hystérique. Son bien le plus précieux était à présent son portable qui signalait nuit et jour les SMS de ses amis.

Lyn regarda Kara ouvrir le réfrigérateur et se camper devant en se déhanchant. Elle jeta vaguement un œil à l'intérieur en jouant avec la porte et lança subitement : « Quand est-ce que tu as perdu ta virginité ?

— Ça ne te regarde pas, répondit Lyn. Tu veux manger quelque chose ? Tu as pris ton petit déjeuner ? »

Kara se retourna avec fougue. « Très tard ? Genre, ridiculement tard ? Pourquoi ça ? Personne ne voulait coucher avec toi ? Faut pas avoir honte. Tu peux bien me le dire !

— Les pommes sont bonnes. Prends une pomme. »

Kara prit une pomme. Elle claqua la porte du réfrigérateur et se percha d'un bond sur le plan de travail.

« Et papa, qui l'a dépucelé ? Tu crois que c'était maman ?
– Je ne sais pas. »

Kara la dévisagea d'un œil malin au-dessus de sa pomme. « Je compte perdre ma virginité d'ici la fin de l'année prochaine.
– Ah oui ? Très bien. »

Lyn n'était pas préoccupée outre mesure par la sexualité de Kara. La jeune fille était maniaque et facilement dégoûtée. Hier encore, au dîner, Michael avait dit : « Lyn, j'ai un problème et j'aimerais que tu te creuses la cervelle pour trouver une solution », et Kara avait explosé et s'était enfoui le visage entre les mains en lui faisant promettre de ne plus jamais employer une expression aussi ignoble que « se creuser la cervelle ».

Il était peu probable qu'elle s'intéresse à quelque chose d'aussi peu ragoûtant qu'un pénis.

Lyn ouvrit le lave-vaisselle et entreprit de rincer les bols du petit déjeuner. Avec la nouvelle terrible et franchement choquante qu'elles avaient apprise sur Dan, le pot de la veille en compagnie de Cat et Gemma avait duré trois heures de plus que prévu. Ce qui signifiait que sa *to-do list* était plus longue que d'habitude. Elle était debout depuis 5 h 30.

Dan était un vrai fumier de l'avoir trompée... Il fallait qu'elle rappelle à Michael de téléphoner à sa mère pour son anniversaire... Mais pourquoi Dan avait-il été le dire à Cat ? À quoi bon ?... Si Maddie dormait une heure ou deux, elle pourrait préparer le rendez-vous de demain à la boulangerie... Cat était tellement déraisonnable, parfois. Leur couple y résisterait-il ?... Dix cartes de Noël par soir à compter d'aujourd'hui...

Et sous toutes ces pensées, il y avait une lueur d'inquiétude, un petit problème épineux enfoui depuis longtemps, qu'elle ne voulait pas ressortir de peur qu'il ne soit vraiment sérieux.

« Ça sera ma résolution du Nouvel An, disait Kara, la bouche pleine de pomme. Perdre ma virginité l'an prochain. Tu vas le dire à papa ?

— Tu veux que je lui dise ?

— Je m'en fiche.

— Comme tu veux. Tu ne crois pas que tu ferais mieux d'y aller ?

— Alors, t'en penses quoi que je perde ma virginité cette année ?

— Je pense que c'est une décision très personnelle.

— Donc tu penses que je devrais. Attends un peu que je dise à papa que tu m'as conseillé de perdre ma virginité l'an prochain. Il va péter un câble.

— Je n'ai jamais dit ça.

— Si tu prends tous les hommes avec qui tu as couché, où est-ce que tu situes papa ? Il est, genre, plutôt bon ? » Kara fit une grimace de dégoût mêlé de délectation. « Il fait partie de ton top ten ? T'as un top ten ? Est-ce que t'as au moins couché avec plus de dix mecs ?

— Kara.

— Oh non, ne réponds pas. Je viens de t'imaginer coucher avec papa. Je vais vomir. Oh non ! Je peux pas me sortir ça de la tête ! C'est ignoble ! »

Une minuscule silhouette en pyjama rose tituba dans la cuisine en suçotant un biberon vide comme un angélique petit poivrot. « Coucou ! »

Lyn faillit lâcher l'assiette qu'elle avait dans la main. « Maddie !

— Coucou ! » Maddie accorda un regard poli à sa mère et se tourna immédiatement vers Kara avec des yeux pleins de vénération en lui tendant son biberon comme une offrande à une déesse.

Kara accepta aimablement le biberon. « Elle réussit à sortir toute seule de son lit, maintenant ?

— Visiblement », dit Lyn en essayant de se faire à l'idée d'un monde où Maddie ne pourrait plus être soigneusement incarcérée derrière les barreaux de son lit. La sonnette de la porte d'entrée et le téléphone du bureau se mirent à sonner simultanément. « Tu peux la surveiller une minute ? demanda Lyn.

— Désolée. » Kara sauta du plan de travail et rendit son biberon à Maddie. « Je suis vraiment en retard pour le lycée. » Elle ébouriffa négligemment les boucles noires de Maddie. « À plus, mon chat ! » La lèvre inférieure de Maddie tremblota. Elle balança le biberon par terre. Lyn ramassa la pomme à moitié mangée que Kara avait laissée sur le plan de travail et la jeta à la poubelle. Elle souleva Maddie et se dirigea vers la porte.

« Kara, Kara, sanglotait pitoyablement Maddie.

— Je sais bien, ma chérie », dit Lyn en serrant son petit corps qui se tortillait.

De : Lyn
À : Michael
Objet : Dépêche-toi de rentrer
Journée épouvantable. Tes deux filles m'ont rendue dingue.
PS : Qui t'a dépucelé ?
PPS : Tu peux prendre du lait et des pièges à cafards en chemin, stp.

De : Michael
À : Lyn
Objet : OK
Je serai là à 18 h 30 au plus tard. Fish & chips sur la plage pour compenser les filles ? Je me suis fait dépuceler par Jane Brewer après avoir vu *Star Wars* au cinéma. La force était avec moi ! Ha ha !
PS : Pourquoi ?

Il était minuit passé, ce soir-là. Michael l'embrassa tendrement et lui dit : « Tu as joui, hein ?

— Évidemment, dit Lyn. Il y a un moment, déjà. » Elle bougea les hanches. « Tu es un peu lourd.

— Pardon. » Il roula sur le dos en soupirant et attrapa un

verre d'eau sur la table de chevet. « Je n'ai pas besoin de draguer des filles qui traînent dans les bars.

— Michael !

— Je veux juste que tu saches qu'avec moi tu ne risques rien, mon ange.

— Merci, c'est agréable, espèce de gros porc macho. »

Il reposa son verre, s'installa confortablement dans le lit, remonta la couette et se lova contre le dos de Lyn en ronronnant d'aise.

Il était toujours si joyeux après avoir fait l'amour.

« Cat est effondrée, dit Lyn.

— Hmm.

— Tu n'es pas très compatissant.

— Ta charmante sœur peut être une vraie garce, quand elle s'y met.

— Moi aussi.

— Non, impossible.

— On est des vraies jumelles, donc on est identiques, tu te souviens ?

— Non, tu es mon adorable petite Lynnie. »

Il ramassa ses cheveux sur le côté et les écarta avec efficacité pour éviter qu'ils ne lui chatouillent la figure, l'embrassa sur l'omoplate et en quelques secondes se mit à ronfler dans le creux de sa nuque.

Coucher avec mon mari. OK, c'est fait.

Non, je n'ai pas pensé ça, se dit-elle.

Elle n'aurait jamais dû laisser Michael traiter Cat de garce. Et d'une, ce n'était pas le cas, mais surtout, Cat ne laissait jamais qui que ce soit dire du mal de ses sœurs. Elle-même ne s'en privait pas, évidemment, mais personne d'autre n'en avait le droit, pas même Dan dans le secret de leur chambre, aurait parié Lyn.

Quand elles étaient jeunes, Cat était leur tueur à gages, leur gorille. Quand elles avaient sept ans, par exemple, Josh Desouza avait répandu une rumeur perfide sur Gemma. À ce qu'on racontait, elle lui avait montré sa culotte. (La rumeur était vraie. Il lui avait tendu un piège en l'accusant de ne pas en porter. « Mais si ! » s'était écriée Gemma, atterrée. « Prouve-le », lui avait-il rétorqué.) Quand Cat l'avait appris, elle était devenue écarlate. Elle avait foncé droit sur Josh dans la cour de récréation et lui avait donné un coup de tête. Ça faisait très mal de donner un coup de tête, avait-elle avoué par la suite, mais elle n'avait pas pleuré, enfin juste un peu, quand elle avait vu la marque rouge sur son front en rentrant à la maison.

Elles avaient beau avoir passé la trentaine, Cat était toujours prête à prendre leur défense, sans que ce soit nécessaire, bien souvent. L'autre jour encore, Lyn avait déjeuné avec elle. « Tu n'avais pas commandé une salade ? lui avait dit Cat. Pardon ! Ma sœur n'a pas eu sa salade !

– Je suis parfaitement capable de demander moi-même », avait protesté Lyn.

« Ma sœur. » Cat avait prononcé cela avec une telle fierté, c'était inconscient chez elle. Et pourtant, elle venait de lui dire qu'elle était totalement débile d'avoir commandé une salade de mozzarella alors que tout le monde savait que la mozzarella était un complot pour forcer les gens à manger du caoutchouc.

« J'ai quelque chose à vous dire », leur avait-elle annoncé comme si elles ne l'avaient pas deviné en voyant son visage anéanti de l'autre bout de la salle.

Lyn sombra soudain dans un profond sommeil.

La voix était d'une suavité à faire grincer les dents. « Lyn ! C'est Georgina ! Comment allez-vous ? » Lyn sentit les muscles de son ventre se contracter à l'avance. Elle coinça son portable sous son oreille. « Bonjour, Georgina. Bien, et vous ? »

Elle était en train de déshabiller Maddie pour lui donner un bain improvisé. Maddie venait de passer cinq délicieuses minutes à se barbouiller de Vegemite noir gluant et ne voulait pas que l'on détruise son œuvre.

Il n'y avait qu'une personne capable de laisser un pot de Vegemite ouvert par terre au beau milieu du salon : la fille de Georgina, Kara.

« Pour être franche, Lyn, je ne suis pas contente. »

Maddie sentit l'attention de sa mère se relâcher et se libéra en se tortillant. Elle s'échappa de la salle de bain en gloussant avec une joie espiègle.

« Qu'y a-t-il ? »

Lyn ferma les robinets de la baignoire et suivit Maddie dans le couloir. Ses sœurs lui disaient qu'elle avait payé cher le fait d'avoir brisé le mariage de Georgina en élevant quasiment sa fille pendant qu'elle vivait dans l'oisiveté. Elles lui rappelaient également que non seulement Georgina s'était remariée avec un type qui ressemblait à Brad Pitt et paraissait curieusement sympathique, mais que c'était une garce vindicative qui méritait qu'on lui pique son mari sous son nez.

Il n'en demeurait pas moins que Lyn gardait toujours à l'esprit que Georgina était la partie lésée. Et jouait donc son rôle dans ces conversations affreusement civilisées où l'on devait faire preuve de maturité, sans même essayer de recourir à l'une des quatre techniques préconisées face aux comportements passifs-agressifs.

« Kara est bouleversée, dit Georgina. Je m'étonne que Michael ait autorisé une chose pareille, vraiment. Avec tout le respect que je vous dois, Lyn, ça m'étonne de vous !

— J'ignore de quoi vous parlez. » Lyn regarda Maddie ramasser le tee-shirt préféré de Kara qui traînait par terre et le serrer avec adoration contre sa poitrine couverte de Vegemite. Elle ne pouvait rien faire pour l'en empêcher.

« Je parle de l'article de *She*, dit Georgina. Kara dit que vous ne lui avez même pas demandé la permission de citer son nom ! C'est une enfant sensible, Lyn. Nous devons tous veiller à ne pas la blesser.

– Je n'ai pas vu l'article. » Lyn respira profondément par le nez pour gérer son stress. Elle s'efforça de ne pas penser au visage tout chiffonné de Kara quand elle avait dix ans chaque fois que Georgina appelait pour annuler une sortie. Veiller à ne pas la blesser, tu parles.

« Je comprends, bien sûr. Vous accordez tellement d'importance à votre image, poursuivit Georgina. Mais à l'avenir, faites attention, c'est entendu ? Et comment va votre petite canaille, au fait ? Kara vous la garde très souvent, apparemment. Ça doit beaucoup vous aider ! Si seulement j'avais eu de l'aide quand Kara était petite ! Bon, je dois filer ! »

Lyn songea un instant à balancer son portable contre le mur.

« Salope, dit-elle.

– Salope », répéta Maddie qui avait une oreille infaillible pour repérer de nouveaux gros mots à ajouter à son vocabulaire. Elle applaudit allègrement de ses mains potelées. « Salope, salope, salope ! »

AMOUR. ENFANTS. CARRIÈRE.
LES FEMMES QUI ONT TOUCHÉ
LE « TRIPLE » JACKPOT !

Si la plupart d'entre nous ont toutes les peines du monde à jongler entre leur carrière et leur famille, certaines femmes semblent avoir trouvé la mystérieuse formule magique.

À tout juste trente-trois ans, Lyn Kettle est la fondatrice et directrice générale de l'entreprise Gourmet Brunch Bus qui connaît un succès phénoménal.

Brunch Bus est spécialisé dans la livraison à domicile de savoureux brunchs du dimanche. Comme le savent tous les fans de Gourmet Brunch Bus (dont je suis !), ces brunchs sont à tomber. Croissants sortis du four, œufs Bénédicte, jus de fruits fraîchement pressés – sans compter, naturellement, des pâtisseries incroyables !

Lyn, une blonde filiforme (de toute évidence, elle ne s'autorise que rarement les brunchs de son bus !), a créé ce concept il y a de cela trois ans, alors qu'elle était à la tête d'un café qui marchait bien. Depuis, l'entreprise a connu un essor remarquable en implantant des franchises dans tout le pays, suscitant l'intérêt d'investisseurs étrangers. Au mois d'août, Lyn a raflé le prix prestigieux de Femme d'affaires de l'année.

Mais sa position à la tête de Gourmet Brunch Bus n'empêche pas Lyn de passer des moments privilégiés avec son compagnon, le génie de l'informatique Michael Dimitropoulos, leur fille de dix-huit mois, Maddie, et sa belle-fille de quinze ans, Kara. Lyn travaille chez elle et sa mère s'occupe de Maddie deux ou trois fois par semaine.

« Ma famille est extrêmement importante pour moi », a déclaré Lyn dans sa ravissante maison avec vue sur la baie. Pour l'interview, elle était vêtue d'un tailleur merveilleusement coupé, coiffée d'un élégant carré blond arrivant aux épaules, et impeccablement maquillée.

Un énorme vase de roses ornait la table de la salle à manger. Je lui ai demandé si c'était son anniversaire.

« Non, a répondu Lyn en rougissant légèrement. J'ai beaucoup de chance. Michael achète souvent des fleurs sans raison particulière. »

Mais ce n'est pas tout ! Elle trouve également le temps de donner des cours d'aérobic deux soirs par semaine. « J'adore ça, explique-t-elle en croisant ses jolies jambes. C'est une détente. Je ne pourrais pas m'en passer. »

Lyn aime également skier (Aspen, cette année !), lire (elle a un faible pour les livres de développement personnel !) et le VTT (si, si, je vous assure !).

Et, détail fascinant, Lyn est une triplée ! Lyn et sa sœur Catriona, responsable marketing chez Hollingdale Chocolates, sont de vraies jumelles. Gemma, qui n'est pas identique aux deux autres (bien qu'elle ait une ressemblance frappante avec ses sœurs !), est institutrice. Les triplées sont toutes très proches.

« *Mes sœurs sont mes meilleures amies* », *confie Lyn.*

Leur mère, Maxine Kettle, qui est présidente de l'Association australienne des mères d'enfants multiples et intervient régulièrement lors des congrès de mères de jumeaux et de triplés, est l'auteur du livre Mère de multiples : le Paradis et l'Enfer, *qui s'est vendu dans le monde entier. Leur père, Frank Kettle, est un célèbre promoteur immobilier. Leurs parents ont divorcé quand elles avaient six ans.*

« *Nous avons eu une enfance merveilleuse, dit Lyn. On se partageait entre papa et maman et on était très heureuses.* »

Quelle sera la prochaine étape pour notre superwoman ?

Il se peut qu'un autre bébé soit au programme et Lyn envisage d'étendre son activité aux déjeuners et aux dîners gastronomiques. (Miam !)

Quoi qu'elle fasse ensuite, vous pouvez être sûre que cette jeune femme remarquable rencontrera le succès. Quelle inspiration !

Pour commander votre brunch gastronomique livré à domicile, appelez dès maintenant Gourmet Brunch Bus au 1300 BRUNCH. »

Lyn frémit en tendant le magazine à sa mère. « Dieu merci, elle a mis la pub de la boîte. Je ne vois pas en quoi ça pose un problème à Kara, c'est moi qui passe pour une idiote.

– Moi si, dit Maxine. C'est la photo. Kara est affreuse, dessus. »

Lyn reprit le magazine et examina la photo de près. Le photographe avait pris Kara en train de faire la grimace, un pli amer à la bouche, une paupière tombante très disgracieuse. Ce n'était pas la faute du photographe – Kara avait passé toute la séance à bouder, soupirer et faire la tête, elle n'était là que parce que son père avait insisté.

« Tu as raison, dit Lyn.
— Je sais. » Maxine regarda Maddie qui bavardait allègrement avec son reflet dans la vitrine du vaisselier. « Mais qu'est-ce que cette enfant a sur la figure ? Elle est toute sale !
— Du Vegemite. Quand Gemma et Cat vont lire ça, je n'aurai pas fini d'en entendre parler.
— Je ne vois pas pourquoi. » Maxine s'agenouilla et tint fermement le menton de Maddie pour essuyer le Vegemite avec un mouchoir. Maddie gardait les yeux rivés sur la petite fille de la vitrine en souriant mystérieusement. « Tu as dit qu'elles étaient tes meilleures amies.
— Exactement ! Et je n'ai jamais dit ça. »
Lyn prit ses clés sur la table basse et regarda Maddie qui était à présent occupée à déchirer des pages du *She*.
« Un bisou pour maman ? demanda-t-elle sans grand espoir.
— Non ! » Maddie leva les yeux, offusquée. Lyn se baissa vers elle et Maddie agita un doigt grondeur. « NON !
— Bon, bon. »
Lyn prit son attaché-case. « Je rentre vers 18 heures. Je dois passer chercher Kara chez sa copine après le rendez-vous à la boulangerie.
— Tu as une mine épouvantable, Lyn, annonça Maxine.
— Merci, maman.
— Je t'assure. Tu es squelettique, pâlichonne, éteinte, tu fais peine à voir. Cette couleur ne t'avantage pas, bien sûr. Je vous ai toujours déconseillé de vous habiller en noir, les filles, mais vous ne m'écoutez pas. Tu veux que je te dise, tu en fais beaucoup trop. Pourquoi la mère de Kara ne va pas la chercher ? Enfin, franchement, Michael ne pourrait pas mettre les choses au point ?
— Arrête, maman. »
Lyn sentit que sa gorge la gratouillait. Elle posa sa mallette et éternua à trois reprises.

« Le rhume des foins, dit Maxine avec satisfaction. C'est la période pour vous trois. Je vais te chercher un antihistaminique.
– Je n'ai pas le temps.
– Ça ne prendra qu'une minute. »

Elle disparut dans le couloir au rythme enlevé de ses talons qui claquaient sur le carrelage, suivie par Maddie qui galopait derrière elle.

Soudain épuisée, Lyn se rassit dans le canapé écru rembourré de sa mère.

Elle regarda les photos familières qui ornaient les murs. Les triplées Kettle dans leur pose traditionnelle : Gemma au milieu, Lyn et Cat de part et d'autre. Le fait que les deux blondes soient séparées par la rousse satisfaisait le sens de l'équilibre de leur mère. Robes identiques, rubans identiques dans les cheveux, poses identiques. Trois fillettes qui plissaient les yeux en riant devant l'objectif. Elles riaient aux blagues de leur père, évidemment. Quand elles étaient petites, elles trouvaient qu'il était l'homme le plus drôle au monde.

Elle entendait sa mère parler à Maddie dans la cuisine. « Non, tu ne peux pas en avoir. Ce sont des comprimés, pas des bonbons. Inutile de me regarder comme ça, jeune fille. Ça ne sert à rien. »

Certains amis de Lyn se plaignaient que leurs enfants soient pourris gâtés par des grands-parents complètement gagas. Avec Maxine, rien à craindre, Maddie ne risquait pas d'échapper à son quota de discipline. C'était comme si elle l'envoyait en camp d'entraînement.

Sur la table basse, il y avait un document imprimé que sa mère était manifestement en train de corriger. Lyn le prit. C'était un discours destiné à un atelier éducatif qu'elle organisait, intitulé : « Trois fois plus de chagrin, trois fois plus de rire ! »

« Elle s'est servie de nous pour faire carrière sous prétexte qu'elle était notre mère, se plaignait toujours Cat.

– Et alors ? disait Lyn.
– C'est de l'exploitation.
– Oh, arrête. »
Lyn feuilleta nonchalamment le discours.
Elle en connaissait une bonne partie pour l'avoir lue dans de précédents discours, des articles et le livre de sa mère.

« Vous avez parfois l'impression d'être dans une foire aux monstres. Vous finirez par vous habituer aux inconnus qui vous fixent ou vous abordent. Je me rappelle avoir compté un jour le nombre de fois où des gens bien intentionnés m'avaient arrêtée en plein milieu du centre commercial de Chatswood pour regarder mes filles. Il y en avait... »

Quinze, se dit Lyn. On sait, oui, quinze fois !

« On a calculé que cela prenait vingt-huit heures par jour de s'occuper de triplés. Ce qui est problématique quand on songe que nous n'en disposons que de vingt-quatre ! (ATTENDRE LES RIRES.) »

Je ne suis pas sûre que tu en auras, maman. Ce n'est pas franchement drôle.

« Les jumeaux monozygotes – ce qui signifie d'un unique œuf – ont 100 % de leurs gènes en commun. Les dizygotes – deux œufs – ont 25 % de gènes en commun, comme tous les frères et sœurs normaux. »

Gemma serait offensée de s'entendre décrire comme une sœur « normale ». Quand elles étaient en CE1, sœur Joyce Mary avait dessiné au tableau un trèfle à trois feuilles pour illustrer comment « le Père, le Fils et le Saint-Esprit étaient trois personnes mais un seul Dieu ». Gemma avait aussitôt levé la main. « Comme des triplés ! Comme nous ! » La religieuse avait grimacé. « Je ne pense pas que l'on puisse comparer les Kettle à la sainte Trinité !

— Mais moi je crois que si, ma sœur », avait aimablement répondu Gemma.

Quand Gemma avait raconté l'histoire à leur mère, Maxine leur avait expliqué que son analogie aurait pu être acceptable si elles étaient toutes issues du même œuf. Mais comme seules Cat et Lyn étaient identiques, et Gemma un « œuf à part », on ne pouvait sans doute pas les comparer à la sainte Trinité, qui de toute façon n'était qu'un tas d'inepties.

« Je ne veux pas être un œuf à part ! avait hurlé Gemma.

— Et si on était des triplées siamoises ? avait demandé Cat. Avec les têtes collées ensemble ? »

Mais leur mère avait monté le son de l'autoradio pour couvrir les braillements de Gemma.

« Naturellement, la rivalité au sein de la fratrie est un sujet complexe, dont je reparlerai longuement. D'un autre côté, vous enviez parfois les mères d'enfants "seuls", en craignant que vos petits se sentent plus proches les uns des autres que de vous. C'est parfaitement normal. »

Voilà qui était nouveau. Il était impossible que leur mère si pragmatique ait eu ce genre de crainte.

« Pourquoi as-tu dit à la journaliste que Gemma était institutrice ? » Maxine revint dans la pièce et lui tendit un verre d'eau et un comprimé.

« Il me semble qu'elle enseigne encore de temps à autre, dit Lyn en reposant le discours. Qu'est-ce que tu voulais que je dise d'elle ?

— Oui, ce n'est pas faux, admit Maxine. Factotum. Touche-à-tout. Je l'ai appelée l'autre jour et elle a mentionné en passant qu'elle allait marcher sur des échasses pour une promotion quelconque aux studios de la Fox. "Tu sais vraiment marcher sur des échasses ?" je lui ai demandé.

— Non, elle ne savait pas, répondit Lyn. Elle m'a dit qu'elle n'a pas arrêté de tomber. Mais apparemment, les enfants dans le public ont trouvé ça hilarant.

— Hilarant, tu l'as dit. Gemma est une marginale. J'ai lu un article aujourd'hui sur le meurtrier de Melbourne. Il disait que c'était un marginal à la dérive. On dirait la même chose de Gemma, je me suis dit. Ma fille ! Une marginale à la dérive !

— Elle ne dérive pas bien loin. Elle reste du côté de Sydney.

— Je te l'accorde. » Maxine, qui était assise dans le canapé en face de Lyn, prit soudain sa respiration et posa les mains sur ses genoux d'un geste curieusement emprunté. « Voilà, je voulais te parler de quelque chose. Une broutille.

— Ah bon ? » Sa mère n'avait pas pour habitude de tergiverser. Généralement, elle se contentait de dire ce qu'elle avait à dire. « Quoi donc ? »

Sur ce, le portable de Lyn se mit à sonner en vibrant sur la table basse. Elle jeta un coup d'œil au nom qui s'affichait sur l'écran. « Tiens, en parlant de la marginale. Je la rappellerai.

— Non. Réponds. Je t'en parlerai une autre fois. Tu es pressée, de toute façon. » Maxine se leva brusquement et lui reprit le verre d'eau. « Dis à Gemma d'arroser les fleurs de ce pauvre homme », lui ordonna-t-elle mystérieusement avant de repartir au fond du couloir dans un cliquetis de talons en lançant : « Qu'est-ce que tu fabriques, Maddie ? »

« Cat a perdu les pédales ! annonça gaiement Gemma. Devine où elle est ?

— Je ne sais pas, où ça ?

— Bon d'accord, je vais te le dire. Elle est dans sa voiture devant chez la fille.

— Quelle fille ?

— Comment ça, quelle fille ? Mais la fille ! Celle avec qui ce salaud de Dan a couché. Cat l'a suivie. On se croirait dans

Liaison fatale. Cat est parfaitement capable de faire bouillir un petit lapin, à mon avis. Tu ne crois pas ? Ou un chiot ? Même un chaton.

— Tu ne pourrais pas être sérieuse, pour une fois ? dit Lyn. Qu'est-ce qu'elle fait là-bas ?

— Attends que je te dise comment elle l'a retrouvée ! Elle a joué les flics en civil.

— Gemma...

— Mais je suis sérieuse. Très sérieuse. Il faut l'arrêter ! Elle dit qu'elle veut seulement voir à quoi elle ressemble, mais Cat n'est pas du genre à rester sans rien faire, tu ne crois pas ? Elle a probablement l'intention de lui jeter de l'acide à la figure, pour la défigurer horriblement. On peut prendre ta voiture pour y aller ? Ma clim ne marche plus.

— J'ai un rendez-vous – Lyn regarda sa montre – dans une demi-heure.

— À tout à l'heure. Je t'attends devant.

— Gemma !

— Je ne peux pas parler, je vais éternuer ! »

Gemma raccrocha au milieu d'un éternuement. Lyn posa le portable et s'essuya les yeux avec la paume des mains en essayant de se rappeler où habitait Gemma en ce moment.

Elle repensa à son rendez-vous à la boulangerie. Aux délicieux arômes qui l'envelopperaient, au respect avec lequel elle serait accueillie, au plaisir de traiter avec des gens efficaces, professionnels, calmes, normaux.

Elle lança à Maxine : « Il vaut mieux que tu me donnes deux autres antihistaminiques. »

La « broutille » de sa mère lui était totalement sortie de l'esprit.

3

« Vous m'avez posé un lapin.
– Ah bon ?
– Quelqu'un est mort ?
– J'espère que non. »

Gemma ne détestait rien tant que se réveiller. Chaque jour, elle résistait. Et même quand elle était réveillée par un coup de téléphone, comme aujourd'hui, elle faisait tout pour ne pas reprendre conscience et gardait les yeux bien fermés, en respirant profondément et en évitant de trop se concentrer.

Avec un peu de chance, cette conversation serait brève et elle pourrait replonger aussitôt dans un sommeil délicieux.

« En fait, j'espérais vaguement que quelqu'un était mort. Quelqu'un sans grande importance. Histoire de soulager mon ego blessé. » La voix masculine avait un certain charme mais elle ne savait pas qui c'était ni de quoi il parlait, et elle pouvait encore se rendormir.

« Je comprends, marmonna-t-elle poliment.
– Vous aviez mieux à faire ?
– Mmm. »

Elle respira à fond et s'enfouit sous la couette.

« Vous êtes encore au lit ? La nuit a été courte ?
– Chut, dit Gemma. Arrêtez de parler. C'est encore l'heure de dormir. On est samedi. »

Mais quelque chose s'agitait de façon insistante, agaçante, à la lisière de sa conscience.

« Exact. On est samedi. Hier soir, on était vendredi. J'ai attendu. Longtemps, très longtemps. Au restaurant, tout le monde me plaignait. On m'a offert du pain à l'ail.

– Qui est à l'appareil ? » Tel le monstre de Frankenstein prenant vie, Gemma se redressa subitement sur son lit.

« Et vous avez déjà fait faux bond à beaucoup de gens comme hier soir ? C'est une habitude chez vous, le vendredi soir ?

– Oh non ! Vous êtes le serrurier ! »

Elle rejeta la couette et se leva d'un bond, le portable collé à l'oreille. Elle repoussa sa frange d'une main. Comment était-ce possible ?

« Je n'en reviens pas d'avoir oublié ! C'est tellement impoli. Tellement mal élevé. Je suis vraiment désolée. Un problème familial. Un truc de dingue, ma sœur s'est transformée en harceleuse psychopathe. N'empêche, ce n'est pas une excuse.

– Continuez.

– Je m'en veux. Sincèrement. »

Elle s'en voulait réellement. Non seulement elle avait blessé le serrurier, mais si elle était capable d'oublier totalement quelque chose comme ça, quelque chose qu'elle attendait avec impatience, allez savoir ce qu'elle avait encore pu oublier dans sa vie. Peut-être d'autres choses sans jamais se rappeler qu'elle les avait oubliées. Des choses bien. Des gros lots. Des propositions de poste. C'était effrayant.

« Vous pouvez, dit le serrurier. Comment avez-vous l'intention de vous racheter ? »

Gemma s'assit les jambes croisées au bord de son lit et tira son tee-shirt sur ses genoux. Il avait un ton sexy et sévère. Peut-être devrait-elle poser des lapins plus souvent.

« Ah ! la rédemption, dit-elle. Je suis catholique, on est à fond là-dedans. Qu'est-ce que je dois faire ? Vous inviter à prendre le petit déjeuner quelque part ?

— Non. Vous devriez plutôt me préparer le petit déjeuner. Petit déjeuner pour vous. Déjeuner pour moi. Brunch pour nous deux. Vous pourrez me parler de votre sœur psychopathe.
— J'aimerais bien, sincèrement, mais je ne sais pas faire la cuisine. Il faudrait trouver autre chose.
— Je suis là dans vingt minutes. »
Gemma laissa son tee-shirt glisser de ses genoux et les serra avec plaisir contre elle.
« Je ne sais pas faire la cuisine, répéta-t-elle. Mes sœurs, oui.
— Vos sœurs ne m'ont pas posé de lapin. »
Il raccrocha sans dire au revoir.
Mais c'est qu'il avait l'air sympa !
Évidemment, au début, ils étaient tous sympas.
Lyn était persuadée que Gemma était accro à une molécule du nom de phényléthylamine. Cette divine molécule qui se répandait délicieusement dans tout le corps quand on tombait amoureux. Gemma avait eu quatorze petits amis ces dix dernières années (Lyn tenait les comptes) et, pour sa sœur, ça commençait à dépasser les bornes ; c'en devenait même effrayant. Visiblement, Gemma rompait avec ces garçons parfaitement sympathiques dès que la relation passait de l'étape 1 – l'attirance –, à l'étape 2 – l'intimité – à cause de son addiction.
Ce qu'il y avait de bien, c'est qu'on trouvait également la phényléthylamine dans le chocolat. D'après Lyn, Gemma devait donc manger plus de chocolat et passer à l'étape 3 en s'installant dans une relation amoureuse de longue durée.
Gemma se demanda quelles étaient ses chances d'atteindre l'étape 3 avec...
Avec... ?
C'était quoi son nom, déjà ?
Elle avait un trou de mémoire.
Il avait une connotation particulière, elle le savait.
Elle se souvenait d'avoir pris les clés sur la table de la cuisine et de les avoir agitées d'un geste maternel, l'air de dire

« crétines, va ! », comme si c'était de leur faute si elles étaient restées enfermées dans la maison. Le serrurier lui avait souri. Il avait souri en la regardant droit dans les yeux parce qu'il était exactement de la même taille qu'elle.

Gemma et ses sœurs avaient une politique stricte qui imposait un minimum d'un mètre quatre-vingts, mais c'était agréable et même un peu choquant de regarder cet homme dans les yeux comme s'ils étaient au lit ensemble. Il était peut-être temps de changer de politique.

« C'est drôle, les gens tiennent toujours à me montrer les clés qu'ils ont laissées à l'intérieur », dit-il.

Il avait les cheveux coupés si ras qu'il était presque chauve. Il avait les épaules carrées, le nez légèrement busqué et... des cils incroyablement longs. Avec des cils pareils, un bel homme aurait été efféminé. Mais chez le serrurier, l'effet était pas mal du tout.

« Vous avez des cils extraordinaires », lui dit Gemma.

Elle avait la mauvaise habitude de complimenter des inconnus sur certains de leurs traits physiques. Un jour, dans l'ascenseur, elle avait dit à une femme qu'elle avait des clavicules ravissantes. Celle-ci avait été prise de panique et s'était mise à appuyer sur tous les boutons de l'ascenseur.

« Je sais, dit le serrurier. Je m'étonne que vous ayez mis si longtemps à m'en parler. » Il se pencha vers elle en battant furieusement des cils et Gemma éclata de rire, stupéfaite. Il se mit à rire à son tour. Il avait le gros rire rassurant d'un homme bien plus corpulent que lui. Ce qui la fit rire de plus belle.

Elle pouffait encore quand il lui dit comment il s'appelait et lui demanda s'il pouvait l'inviter à dîner ce vendredi-là.

Son nom avait une connotation vaguement comique. Quelque chose qui lui avait fait penser, ha ha ! voilà un nom que je ne risque pas d'oublier. Mais il avait aussi un côté un peu triste. Une ombre de tristesse, légère, subtile. C'était très curieux. Comment pouvait-il s'appeler ? Quel nom pouvait bien être drôle et triste à la fois ? C'était fascinant ! Elle avait hâte que ça lui revienne.

Elle regarda autour d'elle, en quête d'inspiration. Le soleil entrait à flots par la fenêtre ouverte, la brise soulevait et abaissait un rideau de dentelle passée. Elle n'était là que depuis deux semaines, mais elle avait l'impression que c'était peut-être une de ses maisons préférées. Les solides meubles en acajou étaient empreints de patience et de sagesse, et les tiroirs et les étagères encombrés de bric-à-brac étaient chaleureux et rassurants.

Elle venait de passer deux mois dans un appartement branché du centre-ville. Toute cette branchitude avait fini par lui donner la migraine. Maintenant qu'elle était noyée dans la verdure de la banlieue résidentielle de Hunters Hill, elle pourrait enfin être sereine et méditative. Elle apprendrait peut-être même à faire la cuisine.

Gemma était home-sitter. Elle avait un encart publicitaire en gras dans la rubrique Home-sitting de l'annuaire de Sydney.

« Jeune femme célibataire d'une trentaine d'années avec d'excellentes références. Très responsable. Extrêmement attentive à la sécurité. Je prends le home-sitting très au sérieux ! En rentrant chez vous, vous aurez l'impression de ne vous être absenté que cinq minutes ! Je serai aux petits soins pour votre intérieur, vos animaux et vos plantes ! »

Cette maison-ci appartenait aux Penthurst, un couple de médecins à la retraite qui faisait le tour de l'Europe pendant un an. Dr & Dr Penthurst, Mary et Don, s'étaient pris d'amitié pour Gemma et lui avaient déjà envoyé une carte postale. *Comment vont mes violettes du Cap ?* écrivait de Venise le Dr Don.

Le Dr Don avait une collection de six saintpaulias aux épaisses feuilles veloutées. « Il faut leur parler au moins vingt minutes par jour, lui avait-il dit. Vous me prenez probablement pour un timbré, mais ça marche. C'est prouvé ! C'est sur Internet !

Selon une théorie, ce serait dû au dioxyde de carbone. Bref, faites-leur la causette. Racontez-leur ce que vous voulez, peu importe.

– Contentez-vous de les arroser, mon petit, lui avait glissé le Dr Mary quand il s'était éloigné.

– Oh non ! avait répondu Gemma. Votre maison doit avoir l'impression que vous êtes encore là. »

Elle s'approcha de la rangée de pots alignés sur le rebord de la fenêtre et caressa les feuilles. Elle les appelait toutes Violette, c'était sa petite plaisanterie à elle. « Comment s'appelait le serrurier ? Mmm, Violette ? Une idée ? Et toi, Violette ? Violette, je parie que tu t'en souviens ! »

Les Violette qui séchaient autant qu'elle-même restèrent muettes.

Gemma se rassit sur le lit et regarda ses photos de famille posées sur la table de chevet. C'étaient les seuls objets personnels qu'elle sortait quand elle faisait du home-sitting. Autrement, elle occupait les maisons dans l'état où leurs propriétaires les avaient laissées.

Sa collection de photos était un mélange éclectique. Il y avait son père souriant en noir et blanc avec une innocence diabolique à l'âge de cinq ans, à côté d'une Cat de quinze ans furibonde qui faisait un doigt d'honneur au photographe (« Mais enfin, Gemma, quelle idée de garder une photo aussi affreuse, disait sa mère. Et de l'afficher aux yeux de tous, qui plus est ? » « Je t'en donne cinquante dollars, lui avait proposé Dan. Regardez-moi cette nana ! Ma femme, faut pas l'emmerder ! »).

À côté de la photo de Cat se trouvait un vieux cliché noir et blanc de leur mère plus ou moins au même âge. Elle était sur une plage, le bras nonchalamment abandonné sur l'épaule de sa meilleure amie. On avait l'impression qu'elles venaient de sortir de l'eau et de s'écrouler sur le sable. Maxine fixait l'objectif avec un sourire radieux, les cheveux plaqués sur le front. On avait du mal à imaginer que cette adolescente ait pu devenir l'excessivement sourcilleuse Maxine Kettle.

Gemma regarda la photo de sa mère et le nom du serrurier réapparut exactement là où elle l'avait laissé.

Charlie. Bien sûr. Quel soulagement.

Le nom de Charlie était drôle car c'était celui du petit ami de sa mère avant qu'elle ne rencontre son père. Celui qu'elle aurait pu épouser, qu'elle aurait dû épouser. Charlie faisait partie de la vie qu'aurait connue sa mère si elle n'avait pas été trahie par ses ovaires.

Il y avait des photos de lui dans les vieux albums des dix-neuf ans de Maxine. Il avait une tête de premier de la classe réjoui avec les dents en avant. « Heureusement que tu ne l'as pas épousé, on aurait eu des dents comme ça », disaient à leur mère Gemma et ses sœurs. Maxine prenait l'air dédaigneux et les regardait en plissant les yeux comme si elle imaginait les filles discrètes et de bon ton qu'elle aurait eues (l'une après l'autre, cela va de soi) si elle avait épousé Charlie Edwards.

Voilà pourquoi le prénom du serrurier était drôle. Mais en quoi était-il triste ?

« Je ne te plains pas, maman, dit Gemma en s'adressant à la photo de sa mère. Si ? Pourquoi je te plaindrais ? »

Ça suffisait ! Il était temps de penser au nouveau Charlie. Charlie aux longs cils et aux dents parfaites ! Charlie qui allait débarquer d'un instant à l'autre avec l'illusion qu'un brunch maison l'attendait.

Gemma se rallongea sur le grand lit merveilleusement confortable des Penthurst et s'étira avec volupté.

Que pouvait-elle préparer pour son brunch expiatoire ? La réponse était rien, naturellement. Il n'y avait même pas de pain dans la maison.

Vingt minutes plus tard, elle se réveilla en sursaut en entendant une voix à son oreille. « Je commence à me dire qu'on ne peut pas compter sur vous. »

Elle ouvrit les yeux. Un homme était accroupi à côté de son lit, ses grandes mains pendant au-dessus de ses jambes maigres en jean.

« Comment êtes-vous entré ? » demanda-t-elle d'une voix ensommeillée. Il leva les yeux au ciel. « Ah oui ! Bien sûr. » Gemma étira les bras au-dessus de sa tête et bâilla. Elle croisa son regard et son bâillement se changea à mi-chemin en un rire de plaisir.

« Hello, Charlie.
– Hello, Gemma. Où est mon déjeuner ? »

Les cils étaient exactement comme dans son souvenir.

De : Gwen Kettle
À : Gemma Kettle
Objet : Bonjour ma chérie
Ma chère Gemma,
Frank m'a branchée sur le réseau mondial d'Internet. Il a mis une éternité et lancé des bordées de jurons comme tu peux imaginer. Je pense que tout va bien, maintenant. Je vous envoie à toutes une e-lettre. Comment vas-tu ? Et ton rhume des foins ? J'espère que tu vas mieux. Frank me dit que tu as investi dans des actions sur Internet et que tu te débrouilles très bien. Félicitations, ma chérie, bravo ! J'ai raconté ça à Beverly, la voisine, mais elle ne m'a pas crue. Elle est exaspérante.
Je t'embrasse de tout mon cœur, ta Nana.

De : Gemma Kettle
À : Gwen Kettle
Objet : NANA DANS LE CYBERESPACE ! PAS POSSIBLE... NANA !
FÉLICITATIONS et bravo à toi aussi ! Papa ne m'avait pas dit qu'il t'aidait à te brancher sur Internet et quand j'ai vu ton mail, je n'en suis pas revenue. On va pouvoir s'échanger des mails tout le temps !
C'est vrai que j'achète des actions sur Internet, c'est rigolo, comme le poker mais en mieux. Je te montrerai. (Il vaut mieux que tu n'en parles pas à maman si tu la vois.) Ta voisine Bev est une abrutie.
Je songe sérieusement à un nouveau petit ami. On a pris le petit déjeuner

ensemble, ce matin. (Surtout, Nana, ne va pas te faire des idées. Il n'a pas passé la nuit ici.) Il est serrurier. Ça peut toujours servir, non ? Si jamais tu as besoin qu'on te change une serrure à n'importe quelle heure du jour ou de la nuit, par exemple ? (Tu en as besoin ? C'est sécurisé, chez toi ?) Il fait de la moto et sa famille est italienne. Sexy, hein ? Je te l'amènerai peut-être un de ces jours et tu me diras ce que tu en penses.
Bisous, Gemma.

« Quand est-ce que je dois coucher avec mon serrurier, à ton avis ? »

C'était le soir même et Gemma téléphonait à Lyn, plongée jusqu'au cou dans un bain moussant à la pêche. Elle avait éteint la lumière et la salle de bain était éclairée par une dizaine de petites bougies parfumées qui vacillaient. À portée de main, une boîte de chocolats Hollingdale avec de drôles de formes. (Cat l'approvisionnait régulièrement en rebut de la chocolaterie. Aléa du métier véritablement tragique, Cat ne supportait même plus l'odeur du chocolat.) Les Penthurst avaient une gigantesque baignoire à pattes de lion absolument fabuleuse, même si elle lui faisait irrésistiblement penser à ces scènes de cinéma où l'héroïne (innocente qu'elle est !) fait rêveusement couler un bain bien chaud pendant qu'un méchant armé d'un couteau monte l'escalier à pas de loup. Pour éviter que cela se produise, elle y pensait beaucoup. Et pour plus de sûreté, elle prenait son portable dans la baignoire et téléphonait à des gens pleins de bon sens comme ses sœurs ou sa mère.

« Je pense au quatrième rendez-vous, mais ça se discute. D'habitude, je succombe au troisième. » Elle leva une jambe couverte de mousse et regarda celle-ci glisser dans l'eau chaude. « Qu'est-ce que tu en dis ? »

La voix de Lyn éclata à l'autre bout du fil, ce qui gâcha considérablement l'ambiance. « Je ne sais pas et je n'en ai rien à faire », répliqua-t-elle dans un vacarme rageur de vaisselle. Lyn avait toujours l'air de remplir ou de vider le lave-vaisselle quand

elle était au téléphone. « Merci mais j'ai déjà une ado à la maison.
– Oh. »
Gemma laissa sa jambe retomber dans l'eau en éclaboussant partout et s'empressa de chercher un sujet de conversation plus léger pour montrer qu'elle n'était pas vexée.
« Mais enfin, Gemma, c'est fou ce que tu es sensible. »
Trop tard.
« J'ai juste dit oh.
– J'ai Maddie qui pleurniche. Michael qui est stressé. Kara qui menace de me faire un procès. Les commandes de Noël qui affluent et les employés qui prennent le large. Que veux-tu que je fasse ?
– Rien. C'était juste, je ne sais pas moi, histoire de bavarder un peu.
– Je n'ai pas le temps de bavarder. Tu as parlé à Cat depuis le désastre de vendredi ?
– Oui. » Gemma se détendit. « Dan voudrait qu'ils voient un thérapeute de couple.
– C'est un connard. » Il était rare que Lyn parle aussi grossièrement.
« C'est vrai, dit Gemma. Mais un connard temporaire, non ? Ils vont régler ça. Dan a fait une bêtise, c'est tout.
– Je l'ai toujours détesté. »
Gemma se redressa brusquement en soulevant une vague de bulles qui déborda de la baignoire. « Ah bon ?
– Absolument.
– Je croyais qu'on l'aimait tous ! » Gemma avait un peu mal au cœur.
« On ne choisit pas de façon collective qui on aime ou non.
– Non, mais je ne savais pas qu'on... enfin que tu pensais ça.
– Je dois y aller. » Le ton de Lyn s'adoucit et il y eut un bruit de casserole. « Le serrurier a l'air charmant. Couche avec lui quand tu le sentiras. Essaie de ne pas lui briser le cœur.

Et ne fais pas attention à moi. Je suis fatiguée, c'est tout. J'ai besoin de fer. »

Gemma posa son portable sur le sol mouillé de la salle de bain et se servit de son gros orteil pour remonter légèrement le mitigeur afin de remettre de l'eau chaude. Elle sélectionna un chocolat tout tordu fourré à la fraise.

Bien sûr qu'elle en voulait à Dan. Elle était furieuse. Elle avait envie de lui casser la figure. Elle était impatiente de lui faire honte en public le jour de Noël en ne lui offrant pas de cadeau. Pas même un ticket à gratter.

Mais la haine froide qu'elle percevait dans la voix de Lyn dépassait de loin ce qu'elle éprouvait.

Elle se sentait exclue.

Gemma repensa à vendredi dernier, quand elles s'étaient garées derrière la Honda bleue de Cat. Étrangement, ça lui avait déchiré le cœur de voir la petite voiture solitaire parquée dans la rue devant un immeuble inconnu.

Lyn avait coupé le contact d'un mouvement sec du poignet. « C'est ridicule. »

Elles s'étaient approchées toutes les deux de la voiture de Cat et avaient tapoté la vitre côté conducteur.

Cat avait baissé celle-ci. « Montez, vite ! »

Gemma avait sauté à l'arrière tandis que Lyn faisait le tour pour grimper à l'avant. Les joues de Cat étaient marbrées de taches fiévreuses. « C'est marrant, hein ? » Elle avait les yeux brillants.

« Non, avait dit Lyn.
— Ouais, avait dit Gemma.
— Ça va. Ne vous en faites pas. Je ne vais pas aller lui parler, avait dit Cat. Je veux juste voir la tête qu'elle a. Je ne supporte pas de ne pas savoir à quoi elle ressemble.
— En dehors du fait que c'est complètement tordu, cette fille doit être à son boulot, non ?
— Oh non, elle est trop jeune pour travailler. Elle est étudiante

en droit. Non seulement elle est séduisante, mais en plus elle est intelligente. Mon mari ne tire pas un coup avec n'importe qui ! De toute façon, j'ai étudié son emploi du temps. Ce matin, elle avait cours et après, plus rien de toute la journée.

— J'y crois pas. » Lyn pivota sur son siège pour regarder Cat.

Cat se tourna et la dévisagea d'un œil farouche. Gemma observa avec tendresse leurs profils identiques. « Il y a quelqu'un qui arrive », dit-elle.

Lyn et Cat tournèrent la tête et Cat laissa échapper un murmure étranglé. Une fille s'avançait vers la voiture. Elle avait de longs cheveux bruns qui se balançaient et un sac à dos.

« C'est elle ? » Gemma sentit monter en elle une hystérie adolescente. « Il faut se cacher ?

— Ouais, c'est elle », dit Cat. Elle resta parfaitement immobile, le regard rivé devant elle, tandis que la fille se rapprochait de la Honda. « C'est Angela.

— Comment tu sais ? chuchota Lyn en s'enfonçant dans le siège.

— J'ai demandé à Dan de me la décrire. J'en suis sûre. »

Elle posa la main sur la poignée de la porte. « Je vais aller lui parler.

— NON ! »

Lyn et Gemma se jetèrent éperdument en avant pour l'attraper par le bras, mais Cat sortit avec détermination de la voiture en claquant la portière derrière elle.

Lyn enfouit le visage entre ses mains. « Je ne veux pas voir ça. »

Gemma regarda avec fascination les deux femmes qui se rapprochaient de plus en plus.

« Il faut qu'on l'accompagne ?

— Dis-moi juste si elle l'agresse, dit Lyn d'une voix étouffée.

— Elle s'avance vers elle, dit Gemma. La fille lui sourit. »

Lyn sortit le visage de ses mains et elles observèrent toutes les deux la fille parler à Cat. Elle montrait le bout de la rue avec animation, donnant des indications compliquées avec les mains. Cat hochait la tête. Après quelques secondes et une nouvelle série d'indications et de hochements de tête, Cat tourna les talons et regagna la voiture. Son visage était impassible. Elle ouvrit la portière et se rassit derrière le volant. Les trois filles gardèrent le silence.

Cat se pencha en avant et posa le front sur le haut du volant.
« À tous les coups, ce n'était même pas elle, dit Lyn.
— Elle n'est pas jolie du tout », dit Gemma, puis elles sursautèrent toutes les trois en entendant soudain tambouriner avec véhémence sur la vitre de Cat. C'était la fille qui se penchait vers la portière en souriant, la tête inclinée de côté.

Oh non, se dit Gemma en retenant son souffle. Elle est sublime.

Cat descendit maladroitement la vitre.
« Pardon, dit la fille. Je me suis aperçue que j'aurais dû vous dire la première à gauche et non la première à droite. Donc, c'est à gauche, à gauche et puis à droite.
— Ah oui ! » fit Cat comme si elle répondait poliment à une mauvaise blague. Lyn se pencha et lui fit un petit signe des doigts. « Merci beaucoup ! » Gemma, qui essayait de réprimer un énorme éclat de rire, avait des crampes à l'estomac.

« De rien, dit la fille. À gauche, à gauche et à droite.
— Ouais, dit Lyn d'un ton enjoué. Compris ! »
La fille sourit et se dirigea vers son appartement.
« Elle est sympa. » Cat avait les mains crispées sur le volant. « Et merde, cette salope est sympa !
— Ça n'a aucun rapport, dit Lyn.
— Moi, je ne trouve pas qu'elle soit si sympa que ça, dit Gemma. Elle est un peu insignifiante. Sans grande personnalité.
— On peut y aller ? dit Lyn. S'il te plaît ? »

Ce soir-là, tandis que Charlie mangeait du pain à l'ail offert par la maison, les trois filles regardèrent des vidéos chez Lyn. Michael leur prépara des pâtes. Cat retrouva un peu le sourire en lisant l'article embarrassant du *She*. Maddie zigzagua frénétiquement entre les trois jusqu'à l'heure du coucher puis Lyn suggéra de lui montrer le jeu de l'igloo.

C'était un jeu que Cat avait inventé quand elles étaient petites. Il consistait à se blottir sous un drap blanc en faisant semblant d'être des Esquimaux dans un igloo. Naturellement, il faisait un froid glacial dans l'igloo et il fallait se tenir enlacées et se pelotonner les unes contre les autres en frissonnant et en claquant des dents. Parfois, Cat s'aventurait courageusement dans la neige pour aller pêcher un poisson ou tuer un ours pour le dîner. (Gemma et Lyn n'avaient pas le droit d'aller à la chasse car c'était le jeu de Cat et c'était elle qui fixait les règles. Elles devaient rester dans l'igloo pour préparer le feu.)

C'était leur jeu préféré quand leurs parents se disputaient. Dès les premiers cris, Cat leur ordonnait : « Vite ! Dans l'igloo ! »

Maddie trouva le jeu de l'igloo hilarant – et Lyn et Gemma en profitèrent pour consoler discrètement Cat pendant qu'elles étaient serrées, tremblantes, les unes contre les autres.

Gemma posa la nuque sur le bord de la baignoire et fut soudain prise d'une sensation pénible de chaleur et de mal à la tête. Les bains, se dit-elle, c'était comme ses relations amoureuses, au début, c'était tout beau tout rose, et subitement sans crier gare, il fallait à tout prix qu'elle en sorte et vite !

Elle se dirigea à tâtons vers l'interrupteur en faisant attention de ne pas déraper sur le carrelage glissant. Elle essuya la buée sur la glace, se mit de côté et se regarda par-dessus l'épaule avec une moue lascive de pin-up. Au fond d'elle, elle trouvait qu'elle n'était jamais aussi sexy qu'avec les cheveux mouillés.

Le sexe.

C'était un passe-temps si drôle. Parfois, elle n'en revenait pas d'avoir pu coucher avec quelqu'un. Comment dire, c'était tellement choquant.

« Les hommes et les femmes font quoi ? » s'était récriée Gemma, à huit ans, lorsque sa mère avait pris à part ses trois filles pour leur expliquer de façon aussi expéditive que détaillée les choses de la vie les plus sordides.

Maxine soupira et lui répéta les fondamentaux.

« Je te crois pas ! » Gemma était horrifiée.

« Moi non plus. » Cat croisa les bras avec agressivité. Elle était toujours à l'affût de la moindre conspiration et encore plus venant de sa mère. « Tu racontes des histoires.

– Si seulement, dit leur mère.

– Je crois bien que c'est vrai », dit tristement Lyn. Comment cette enfant avait-elle pu venir au monde en sachant tout ?

Quand Gemma pensait au sexe, parfois même en pleine action, il lui arrivait de percevoir un faible écho du choc qu'elle avait éprouvé quand elle avait huit ans. Non mais qu'est-ce qu'il fabrique maintenant ? songeait-elle en fixant le plafond pendant qu'un garçon lui farfouillait scrupuleusement le corps.

Ce qui ne l'empêchait pas de s'envoyer régulièrement en l'air.

Elle fourragea dans l'armoire à pharmacie de la salle de bain pour trouver la Listerine et repensa à Charlie dans la cuisine des Penthurst, ce matin-là. « Je n'ai jamais rien vu d'aussi déprimant que ce frigo, avait-il dit en sortant une bouteille de lait qu'il avait reniflée avec méfiance avant de la balancer directement à la poubelle. Alors c'est vrai, vous ne faites jamais la cuisine ?

– Non. »

Il referma la porte du réfrigérateur et s'y adossa en croisant les bras. « Bon, qu'est-ce que vous m'offrez à manger, Gemma ? »

Il avait une façon charmante, légèrement incorrecte de prononcer son prénom, en appuyant sur la seconde syllabe avec une douceur caressante. *Gemma*.

Elle l'emmena au café du coin où ils servaient le petit déjeuner toute la journée et où les clients installés dans des canapés bas moelleux se prélassaient d'un air sciemment décontracté devant leur « brunch du jour » en lisant des magazines et des journaux mis gratuitement à leur disposition.

Pour un premier rendez-vous, celui-ci s'annonçait prometteur.

Un délicieux grésillement de tension érotique forçait leurs regards à se croiser, se détourner et se croiser de nouveau. Charlie était un peu rouge et elle percevait tout avec une sensibilité accrue : l'odeur du café et du bacon, l'encolure de son tee-shirt contre sa peau caramel, sa main à elle attrapant le sucre. Mais il y avait aussi une étrange familiarité, comme si elle le connaissait déjà, comme s'ils étaient allés dans ce café des dizaines de fois et que c'était un samedi comme un autre. Et au lieu d'échanger des informations vitales sur leur métier, leurs passe-temps, leurs ex et leur famille, ils feuilletaient des magazines idiots en échangeant des informations ridicules sur des célébrités et des régimes.

« Vous saviez que la forme de la tête de Nicole Kidman prouve qu'elle n'aurait jamais pu être heureuse avec Tom Cruise ?

— Regardez cette femme. Elle a perdu plus de quarante kilos en faisant des allers-retours dans son couloir. Et maintenant son mari dit qu'il préférait quand elle était grosse. »

Et puis, quand ils étaient sortis, Charlie lui avait demandé : « Qu'est-ce que vous faites ce soir ? » et cette façon qu'il avait de se tenir un peu sur la défensive, de la regarder droit dans les yeux en souriant, lui avait donné envie de rire et de pleurer en même temps.

Elle s'enroula dans une serviette, avec dans la bouche le goût mentholé de la Listerine (le premier baiser était pour ce soir, c'était sûr), et parcourut le couloir toute dégoulinante pour aller dans sa chambre se choisir ses dessous dépareillés les moins sexy, histoire de ne pas être tentée de coucher avec lui trop vite.

Au début, se dit-elle, c'était toujours aussi bien, sans doute.

Elle imagina ses quatorze ex soigneusement alignés en file indienne. Le plombier amateur de country, le roux à lunettes si drôle, le graphiste qui n'arrêtait pas de parler au cinéma, le costaud obsédé à l'idée de perdre ses cheveux. Marcus, le sourire légèrement dédaigneux, plus net que les autres alors qu'il était tout au bout. Et désormais, tout devant, Charlie avec son gros rire. La file s'abaissait soudain. Il avait une bonne tête de moins que les autres.

Charlie la regarderait-il un jour de cet air perplexe et blessé : « Mais pourquoi ? Je trouvais que ça marchait si bien entre nous. »

Au moins, Cat savait exactement ce qu'elle voulait, se dit Gemma. Elle voulait Dan et elle voulait un bébé. Elle voulait aussi une Ferrari, une maison au bord de la mer, le blouson italien en cuir de Lyn et qu'un type de la chocolaterie soit renversé par un bus.

Et c'était tout. Pas de doute. Pas de désarroi. Pas de nuit blanche à essayer de trouver la formule magique du bonheur. Même si, pour l'instant, elle n'avait pas tout ce qu'elle voulait, au moins elle savait ce que c'était. Gemma n'imaginait pas sentiment plus paisible. Plus étranger.

Un coup de sonnette impatient retentit, comme si ce n'était pas le premier. Elle enfila à la hâte des vêtements sur ses dessous peu sexy et dévala l'escalier pour éviter qu'il n'entre à nouveau par effraction.

Permanente et pilule

Ce devait être à la fin des années soixante. Je me souviens que je portais ma minijupe mauve, des chaussettes hautes jaunes et des chaussures compensées. Paula et moi, nous allions chez le coiffeur pour notre toute première permanente.

Nous devions traverser le parc qui donne sur Henderson Road et nous avons vu une fille qui avait à peu près le même âge que nous avec de longs cheveux roux magnifiques. Elle courait derrière trois adorables petites filles. Toutes vêtues à l'identique de petites robes à bretelles jaunes et coiffées en chignon. Au début, nous l'avons prise pour la baby-sitter. Mais on les entendait crier : « Maman, regarde-moi ! Maman, viens voir ! » La pauvre courait dans tous les sens en essayant de les contenter toutes les trois.

Paula m'a dit : « Des triplées ! Qu'est-ce qu'elles sont mignonnes ! » Et juste à ce moment-là, l'une d'elles en a attrapé une autre et a planté les dents dans son bras nu ! La petite qui avait été mordue s'est mise à crier comme un putois. Et la mère a dit d'une voix très ferme : « J'ai dit qu'on ne mordait pas, aujourd'hui. Ça suffit. On rentre à la maison. » Quelque chose dans ce genre-là. Quelle pagaille ! Elles ont filé chacune de leur côté comme s'il y avait eu un bombardement ! Je ne sais pas comment la pauvre maman a fait pour les ramener au bercail.

On était estomaquées, Paula et moi. On ne savait pas que

les enfants se mordaient comme des petits animaux sauvages !
Vous savez ce qu'on a fait juste après la permanente ? On est
allées directement au nouveau centre de planning familial et on
s'est fait faire une ordonnance pour la pilule. Je vous assure !
Permanente et pilule le même jour. Je n'ai jamais oublié.

4

« Ma femme est une triplée, vous savez », dit Dan d'un ton badin. Il se renversa dans le canapé en vinyle crissant et croisa confortablement les bras derrière la tête. Cat le regarda d'un œil soupçonneux. Il appréciait bien trop la thérapie de couple à son goût.

« Ah bon ! »

La thérapeute se tortilla de joie. Elle s'appelait Annie et c'était une boule pétillante d'énergie hautement spirituelle et d'ondes positives new age. Cat ne la supportait pas. Elle sentait l'adolescente maussade qui sommeillait en elle ressurgir dans sa mâchoire serrée. C'était comme au lycée, quand l'indulgente et sirupeuse Miss Ellis, leur professeur, les forçait à se confier devant tous leurs camarades. Gemma qui l'adorait épanchait obligeamment son âme tandis que Cat et Lyn l'écoutaient, atterrées, au fond de la classe. Cat aurait préféré deux heures de calcul infinitésimal avec la sœur psychopathe Majella-Therese qu'une seule à ne plus savoir où se mettre avec Miss Ellis et son cardigan de mohair rose.

« Et vous êtes proche de vos sœurs, Cat ? » lui demanda Annie avec un sourire radieux. Sa robe verte était parsemée d'une éruption de pois jaune bouton d'or. Elle avait sans nul doute un cardigan en mohair rose dans son placard. Elle se pencha en avant, leur offrant à tous deux une vue imprenable sur un décolleté couvert de taches de rousseur.

« Pas vraiment. » Cat se concentrait sur le front d'Annie.

« Attends, tu plaisantes ? » Dan, qui restait bouche bée devant les seins d'Annie, enleva les mains de derrière sa tête. « Elle adore ses sœurs ! Elles sont bien trop proches, c'est malsain, si vous voulez mon avis.

– Sauf qu'on ne t'a rien demandé, Dan », répliqua Cat.

Annie se radossa et se tapota les dents du bout de son stylo avec une empathie bienveillante.

« Elles forment toutes les trois un petit club très exclusif, dit Dan. Et elles n'acceptent pas de nouveaux membres.

– Je voudrais qu'on reparle de l'infidélité de Dan. » Cat s'agita bruyamment sur le vinyle vert.

« Je ne pense pas que ce soit constructif de ressasser cette histoire en permanence, rétorqua Dan avec agacement en cherchant du regard l'approbation d'Annie.

– Cat a besoin de surmonter cette blessure, répondit Annie. Et cela, nous devons le respecter, n'est-ce pas ? »

Ah ! Annie était de son côté ! Cat se tourna vers Dan, triomphale, et il la regarda d'un œil torve.

« Bien sûr, Annie, vous avez raison », dit-il d'un ton admiratif en gratifiant Cat d'une petite tape sur la cuisse.

Pour Cat et Dan, la rivalité était un véritable aphrodisiaque. Leur relation était faite de petites piques, de luttes effrénées pour avoir la télécommande, de coups de torchon. Que ce soit au ski, au Scrabble ou au lit, quand ils cherchaient à éviter les pieds froids de l'autre, ils avaient la même rage de vaincre.

Ils s'amusaient bien. Parfois, juste pour le plaisir, ils passaient en revue tous leurs amis en essayant de trouver un couple qui s'amuse autant qu'eux. Pas un ne leur arrivait à la cheville. Ils étaient les gagnants !

Mais plus maintenant. À présent, ils étaient les perdants.

Le couple qui traversait « une mauvaise passe ». « *Vous avez appris, pour Cat et Dan ? C'est mal parti !* »

Avec horreur et répugnance, Cat entendit un petit sanglot étranglé sortir de sa bouche. Annie poussa la boîte de kleenex discrètement placée sur la table basse en émettant des murmures d'apaisement experts.

Cat en prit une poignée tandis que Dan toussotait et passait les mains sur son jean. « Je suis allée la voir, vous savez, dit Cat qui renifla bruyamment en les regardant tous les deux par-dessus ses mouchoirs. Elle m'a indiqué le chemin de Pacific Highway.
– Qui donc ? demanda Annie.
– Angela. La fille avec qui Dan a couché.
– Houlà, dit Annie.
– Putain de merde ! » dit Dan.

De : Maxine
À : Lyn, Gemma, Catriona
Objet : Proposition pour Noël
Les filles, je trouve ridicule et injuste que ce soit toujours à moi de préparer le repas de Noël. Je m'en charge depuis trente ans et à la longue, c'est lassant. Cette année, je vous propose un pique-nique de fruits de mer quelque part au bord de l'eau. Tout le monde apporterait quelque chose. Qu'est-ce que vous en pensez ?

De : Gemma
À : Maxine
Cc : Cat, Lyn
Objet : Proposition pour Noël
MAMAN ! Ça fait trente ans que tu proposes exactement la même chose à Noël. Tous les ans, on ACCEPTE ta proposition avec enthousiasme. Tous les ans, tu n'en TIENS AUCUN COMPTE et tu continues à préparer un VRAI repas de Noël. Tu es drôle ! Cette année, je fais une contre-proposition. Faisons le repas de Noël chez Lyn !! Comme nous le savons tous, elle a une ravissante maison avec vue sur la baie. Comme ça, on pourrait se baigner dans sa ravissante piscine avec vue sur la baie et nous délecter

du spectacle de ses jolies jambes pendant qu'elle nous apporte à boire. On serait adorables, calmes et polis les uns avec les autres. Ce serait amusant ! On pourrait tous apporter notre contribution. Moi, j'amènerais mon éventuel futur petit ami, Charlie. Il est délicieux.
Gros bisous, Gemma.

De : Lyn
À : Gemma
Cc : Maxine, Cat
Très drôle, G. Mais c'est une bonne idée. Pour Noël, je vous invite à venir manger des fruits de mer à la maison. C'est mieux pour Maddie, de toute façon. Tout le monde peut apporter quelque chose. On t'accorde ton jour de Noël, maman. Je vous donnerai des précisions plus tard. C'est bon pour toi, Cat ?

De : Cat
À : Maxine, Gemma, Lyn
Re : Noël
Ça me va.

De : Maxine
À : Gemma, Lyn, Cat
Si vous préférez aller chez Lyn, je n'y vois pas d'objection. Je suis sincèrement désolée que les derniers Noël aient été de toute évidence si déplaisants pour tout le monde. Lyn, j'apporterai une dinde et des pommes de terre au four. Sinon, il y aura sûrement des récriminations. Gemma, Lyn a beaucoup à faire ! Il est hors de question qu'elle vous serve à boire le jour de Noël. Tout le monde devra se retrousser les manches et mettre la main à la pâte. Quant à amener un petit ami que nous n'avons jamais rencontré, ne sois pas ridicule.

De : Gemma
À : Maxine
Objet : Noël
Tu es impayable, maman.
Bisous, Gemma.

« Tu es ravissante », dit Dan.

Ils traversaient le Harbour Bridge à l'arrière d'un taxi, en retard d'une heure à la fête de Noël du bureau de Dan.

« Merci. » Cat lissa sa jupe et gratta son rouge à lèvres d'un ongle.

C'était à cause d'elle s'ils étaient en retard. Ces derniers jours, son corps n'était plus qu'une masse plombée qu'il lui fallait traîner d'un endroit à l'autre. Tout lui demandait un effort gigantesque.

Dan avait attendu sans rien dire au bout de leur lit en tapant frénétiquement du pied sur la moquette pendant qu'elle fermait sa jupe en s'arrêtant pour soupirer à chaque bouton. Il aimait bien les fêtes.

Cat regarda les lumières de la ville jeter des reflets rouges et bleus dans les profondeurs sombres de la baie. Elle aussi aimait bien les fêtes. Le mois de décembre était normalement la période de l'année qu'elle préférait. Elle adorait Sydney à cette époque-là, la ville devenait rieuse et frivole. Plus rien n'avait vraiment d'importance, au travail, les dates butoirs perdaient de leur pouvoir. « Naturellement, ce n'est même pas envisageable avant Noël », disait-on gaiement. Mais cette année, le mois de décembre n'avait rien de magique. Il n'y avait pas ce parfum de Noël si particulier. On aurait pu se croire en mars, en juillet ou n'importe quel mois.

À la sortie du péage, la voiture coupa deux files à toute allure et Cat fut plaquée contre l'épaule de Dan. Ils rirent tous les deux d'un rire d'étranger poli et Dan consulta sa montre. « Ça roule bien, on ne sera pas trop en retard.

– Tant mieux. »

Ils gardèrent le silence tandis que le taxi se dirigeait vers The Rocks. Cat s'adressa à la vitre : « Tes amis sont au courant, pour…

– Non. » Il lui prit la main et la posa sur sa jambe. « Bien sûr que non. Personne ne sait. »

Cat contempla George Street. La circulation s'était ralentie et les voitures avançaient par à-coups en accordéon. Les Klaxons retentissaient. Des hommes et des femmes en costume ou en tailleur se déversaient à flots des pubs et leurs visages hilares étaient durs et véhéments. Il y avait constamment des gens au loin qui apercevaient leur taxi et levaient le bras puis le laissaient retomber hargneusement, dégoûtés, en voyant qu'il était occupé. Sydney n'était ni rieuse ni frivole à Noël. Sydney était juste ivre et sordide.

« Je regrette que tu n'aies pas eu le poste de Paris, dit-elle.
– Oui, que veux-tu, c'est comme ça. »

Depuis que Dan travaillait pour la filiale australienne d'une entreprise française, ils rêvaient d'une mutation à Paris. Le Noël précédent, il avait été présélectionné pour un poste de direction et ils avaient presque touché leur rêve du doigt. Ils s'étaient même inscrits au cours de français de l'institut de formation local. En France, ils seraient eux-mêmes mais en mieux. Ils s'habilleraient à la française et feraient l'amour à la française, tout en conservant leur supériorité fondamentale d'Australiens, naturellement. Ils auraient plus de classe, plus d'expérience et, plus tard, ils diraient : « Oui, nous parlons tous les deux couramment français ! Naturellement ! Nous avons passé un an à Paris, voyez-vous. »

Mais il n'avait pas été retenu et il lui avait fallu des semaines pour se remettre de cette amère déception. Et à présent, ils étaient enfermés dans la morne routine de leur vie de Sydney. La seule différence était une fille avec de beaux cheveux noirs brillants et une peau jeune et fraîche.

Cat se détourna de la vitre du taxi pour dévisager Dan. « Tu l'as embrassée en la quittant ? »

Il lui lâcha la main. « Oh ! Cat, arrête je t'en prie, pas ce soir.
– Tu as bien appelé un taxi, non ? Qu'est-ce que vous avez fait en attendant qu'il arrive ? Elle est restée au lit ou elle s'est levée pour l'attendre avec toi ?
– Je ne comprends pas que tu ne laisses pas tomber », dit Dan. Il la regardait comme s'il ne la connaissait pas, comme s'il

n'avait pas particulièrement de sympathie pour elle. « Tu deviens carrément chiante, Cat.

– Quoi ? »

La rage fut un extraordinaire soulagement après son apathie. Elle lui monta aussitôt à la tête comme de la tequila.

« J'y crois pas, comment peux-tu dire une chose pareille ? »

Elle imagina soudain la tête de Dan partir en arrière au moment où elle lui balançait son poing dans le menton.

Sans crier gare, elle se pencha en avant, si bien que sa ceinture de sécurité se tendit brusquement, et elle tapota le chauffeur sur l'épaule.

« Vous y croyez, vous ?

– Pardon, je n'écoutais pas. » Le chauffeur inclina poliment la tête vers elle.

« Enfin merde, Cat. » Dan se recroquevilla dans un coin du taxi comme s'il espérait disparaître.

« On est mariés depuis quatre ans, dit-elle au chauffeur en s'enflammant de plus en plus à chaque mot. Tout va bien. On essaie même de faire un bébé. Et lui, qu'est-ce qu'il fait ? Il va sauter une inconnue qu'il a draguée dans un bar. Il m'annonce ça alors qu'on mange des spaghettis. D'accord. C'est bon. J'essaie de faire face. Il est désolé. Vraiment, vraiment désolé, putain. Et là, vous savez ce qu'il me sort ? »

Le chauffeur s'était arrêté à un feu rouge. Il se détourna du volant pour la contempler, le visage éclairé par les lampadaires. Il avait une barbe noire et des dents blanches souriantes.

« Non, je ne sais pas, répondit-il. Dites-moi. »

Dan maugréa entre ses dents.

« Il a dit que je suis chiante parce que je n'arrête pas de lui poser des questions.

– Ah ! je vois », dit le chauffeur. Il jeta un coup d'œil à Dan puis la regarda de nouveau. « Ça vous fait très mal.

– Oui, répondit Cat avec gratitude.

– C'est vert, mon vieux », dit Dan.

Le chauffeur se retourna et redémarra. « Si ma femme me trompe, je la tue, dit-il avec fougue.
— Ah bon ? dit Cat.
— À mains nues, je la prends par le cou et je l'étrangle.
— Je vois.
— Mais pour les hommes, c'est pas pareil, dit-il. C'est biologique, on n'est pas faits pareil.
— Qu'est-ce qu'il ne faut pas entendre ! » Cat mit la main sur la poignée de la portière. « Arrêtez-vous. Je ne vous supporte ni l'un ni l'autre.
— Pardon ? »
Elle lui hurla « Arrêtez-vous ! » et ouvrit la portière, laissant apparaître le sol qui défilait à toute allure. Dan l'agrippa brutalement par le bras. « Vous feriez mieux de vous arrêter ! »
Le chauffeur donna un coup de volant et freina à mort dans un concert de Klaxons.
« Tu me fais mal. »
Dan lui lâcha le bras. « Fais comme tu veux. Je renonce. »
Cat descendit du taxi pendant qu'il regardait droit devant lui, les bras croisés, sous l'œil circonspect du chauffeur qui observait la scène dans le rétroviseur. Elle referma la portière doucement, scrupuleusement.

Elle se demanda si elle devenait folle.

Elle avait l'impression qu'elle pouvait en décider. Il lui suffisait de franchir une ligne pour choisir la folie. Elle pouvait se coucher par terre au beau milieu de Sydney et se mettre à hurler, donner des coups de pied et secouer la tête comme Maddie quand elle piquait une colère. Quelqu'un finirait bien par appeler les secours, on lui ferait une piqûre et elle pourrait sombrer dans un sommeil hébété.

Le taxi s'éloigna du trottoir avec une sobriété pleine de maturité pour que Cat mesure à quel point son comportement était puéril.

C'était comme toutes les disputes qu'elle avait eues avec ses sœurs. Elle était soulevée par une vague de rage qui la portait à des sommets d'indignation vertueuse jusqu'au moment où elle se livrait à quelque excès embarrassant. Alors elle retombait, *plof*, et se sentait bête et insignifiante.

La voix de Maxine résonna dans sa tête, perçante : « *Si tu n'apprends pas à maîtriser ta colère, Catriona, c'est toi qui en subiras les conséquences. Pas moi ! Toi !* »

Il était probable que Dan et le chauffeur de taxi secouaient la tête en riant de l'hystérie amusante et sans doute prémenstruelle des femmes.

Dan inventerait un prétexte quelconque pour expliquer son absence à la fête, prendrait une cuite et n'aurait pas une pensée pour elle jusqu'à ce qu'il dirige la clé vers la serrure d'une main mal assurée.

À moins, bien sûr, qu'il ne se trouve une autre femme à sauter. Non seulement sa femme ne le comprenait pas, mais elle était chiante.

Un brouhaha surexcité de clients qui fêtaient Noël s'échappait d'un bar, juste derrière elle.

« Vous avez une pièce d'identité ? » lui demanda un videur qui avait visiblement du mal à tenir le torse droit. D'un instant à l'autre, il risquait de basculer en avant sous le poids de ses muscles.

« C'est ça, j'ai autant besoin d'une pièce d'identité que vous d'une autre dose de stéroïdes », répliqua-t-elle en passant devant lui pour entrer dans le bar.

Les hommes. On se demandait bien à quoi ils servaient.

Les coudes féroces, elle se fraya habilement un chemin tête baissée à travers la foule et se dirigea vers le bar où elle commanda une bouteille de champagne.

« Combien de verres ? » demanda la fille. Ses yeux ronds innocents lui donnaient l'impression d'être une vieille bique ratatinée.

« Un, rétorqua-t-elle. Juste un. »

Le seau à champagne et la bouteille effrontément glissés sous le bras, elle ressortit dans la rue. Le videur à l'énorme carrure ne fit rien pour l'arrêter. Il était distrait par des clientes d'une trentaine d'années moins ingrates qui lui présentaient leur pièce d'identité en gloussant.

Elle descendit George Street en direction de Circular Quay. « Joyeux Noël ! » Un groupe d'employés de bureau éméchés, coiffés de bonnets de Père Noël fantaisie, dansèrent autour d'elle.

Elle poursuivit son chemin.

Qu'est-ce qu'ils avaient tous à être aussi béats ?

Elle passa devant l'Opéra puis arriva au jardin botanique. Elle remonta à mi-cuisses sa jupe Collette Dinnigan à deux cents dollars et s'assit en tailleur par terre, adossée à un arbre. Elle se servit du champagne et s'en renversa sur la main et sur la jupe. « À la tienne. »

Elle trinqua au port et but avidement. Des bateaux ornés de guirlandes lumineuses colorées glissaient sur l'eau, vibrant au rythme de la musique, des cris et des exclamations de fêtards surexcités.

Si elle vidait la bouteille, elle aurait la gueule de bois pour la séance de thérapie de couple du lendemain matin. Voilà qui pimenterait la séance. Ils devaient discuter de leur enfance. Leurs « devoirs » – les doigts potelés d'Annie avaient dessiné de grands guillemets – consistaient à chercher dans leurs souvenirs d'enfance un moment où ils avaient observé leurs parents gérer un conflit. « Nous allons examiner les modèles de votre vie ! » s'était écriée Annie.

Cat avait hâte de lui soumettre la célèbre histoire de la nuit des feux d'artifice de 1976 chez les Kettle. Il n'y avait rien dans l'enfance banalement heureuse de Dan qui puisse rivaliser avec un épisode comme celui-là. Elle remporterait haut la main la palme de l'enfance la plus destructrice psychologiquement.

Cat, Gemma et Lyn, âgées de six ans, vêtues de parkas bleues à capuche et de pantalons en velours marron identiques. Toute la rue avait été invitée dans leur jardin pour fêter l'occasion. Il y avait un immense feu de joie grondant dont la lueur pourpre dessinait des ombres mystérieuses sur les visages. Les enfants brandissaient des cierges magiques qui crépitaient en lançant des étoiles d'argent incandescentes. La cigarette canaille au coin des lèvres, leur père n'arrêtait pas de faire s'esclaffer les hommes qui partaient de grands éclats de rire tonitruants. Leur mère en robe verte courte fermée devant par de gros boutons dorés offrait des pruneaux au lard piqués d'un cure-dents. À l'époque, elle avait encore une longue nappe lisse de cheveux auburn coupés droit qui lui arrivait sous les fesses.

Enfin, après des heures interminables à faire pression sur des parents indolents, le moment du véritable feu d'artifice était venu. Une bouteille de bière à la main, leur père s'avança solennellement vers le centre du jardin, remonta légèrement son pantalon aux genoux, s'accroupit et fit une manœuvre habile et mystérieuse avec son briquet.

« Vous allez voir ce que vous allez voir, les filles ! » leur dit-il. Quelques secondes plus tard – BANG ! Une explosion de couleurs jaillit dans le ciel.

« Oooh ! s'exclamait tout le monde à chaque gerbe de lumière. Aaaaah ! »

On aurait dit que leur père créait lui-même le feu d'artifice. C'était merveilleux. Cat était sûre que c'était la plus belle soirée de toute sa vie. Rien d'étonnant donc à ce que leur mère fasse tout pour la gâcher.

« Laisse la place à un autre, Frank », répétait-elle et Cat détestait le ton sévère et geignard de sa mère, la façon dont il devenait de plus en plus sec. Elle était sans doute jalouse de Frank qui avait hérité de la tâche la plus sympa alors qu'elle était de corvée pour servir le thé.

« Mais enfin, Frank, dépêche-toi ! »

Il se tenait au milieu du jardin avec un grand sourire, le menton provocateur, avalant une gorgée de bière avec une lenteur délibérée. « Relax, Max. »

C'est alors que ça arriva.

Son père avait allumé une chandelle romaine et la regardait, encore agenouillé, mal assuré. « Frank ! » l'avertit leur mère. Cette fois, Gemma perçut la crainte dans sa voix. « Dépêche-toi, papa ! » lança-t-elle et Lyn et Cat échangèrent un regard qui disait : *Quel bébé, cette fille !*

Frank se redressa, recula et la chandelle romaine explosa. Lâchant la bouteille de bière, il tendit la main, la paume vers le bas, comme s'il pouvait empêcher le feu d'artifice d'éclater.

Cat, Gemma et Lyn regardèrent l'annulaire de leur père arraché net de sa main. Il fut projeté en l'air, illuminé dans les moindres détails par des éclairs verts et violets étincelants.

Frank retomba sur le derrière dans une position ridicule, comme un clown, serrant sa main contre lui. Il flottait une étrange odeur douceâtre, l'odeur de la chair grésillante de leur père.

« Espèce d'idiot ! » La voix de leur mère n'était qu'un hurlement de rage. Elle traversa le jardin au pas de gymnastique, ses hauts talons s'enfonçant dans la pelouse.

« Les filles. Rentrez immédiatement ! » Et elles furent obligées d'aller dans la salle télé avec Pop et Nana Kettle. Sammy Barker alla chercher le doigt de leur père qui était tombé dans le rosier, sous la fenêtre de la chambre de leurs parents.

Cat ne le pardonna jamais à sa mère. C'était elle qui aurait dû aller chercher le doigt de son père, et non ce morveux de Sammy qui devint aussitôt une star à l'école primaire de St Margaret.

Ce n'est que quelques mois plus tard que leur père fit ses bagages et alla s'installer dans un appartement en ville. Son doigt n'avait pas pu être sauvé. Il le conservait dans un bocal de formol et le sortait en grande pompe de l'armoire de sa salle de bain pour les invités de marque.

Voilà qui devait suffire au bonheur d'Annie. Et quelle charmante symbolique ! C'était l'annulaire de leur père qui avait été arraché ! Symbole du couple explosif que formaient ses parents.

Évidemment, c'était aussi une des histoires de famille préférées de Dan. « Génial ! » avait-il dit la première fois qu'il l'avait entendue. Dans les dîners, il la racontait comme s'il avait été là.

Si Dan avait été un des enfants du quartier, Sammy Barker n'aurait jamais pu trouver ce doigt.

Cat sortit la bouteille de champagne du seau à glace, la prit par le col et se resservit. Elle se radossa à l'arbre avec un hoquet.

Peut-être devait-elle simplement lui pardonner. Peut-être lui pardonnait-elle.

Après tout, ne fantasmait-elle pas sur Sean, le copain de fac de Dan ? Chaque fois qu'ils sortaient avec Sean et sa femme insignifiante, après trois verres de vin, Cat sentait ses joues s'empourprer à mesure que des images choquantes lui venaient à l'esprit de façon intempestive.

C'était l'alcool. L'alcool était une chose absolument terrible, se dit-elle en levant la bouteille pour la regarder d'un air accusateur.

Elle ferait peut-être mieux de renoncer à sa colère, comme le recommandaient les gourous du développement personnel de Lyn.

À cette idée, elle fut envahie d'une merveilleuse sensation de bien-être. Comme lorsqu'on sort d'une grippe et que l'on s'aperçoit subitement que son corps se remet à fonctionner normalement.

Son portable tinta. C'était un SMS de Dan.

> T'es où ? Suis pas allé à la soirée.
> Je t'attends à la maison.
> Pardon. Pardon. Pardon. xxx

Cat se leva avec précaution, tira sur sa jupe et, laissant la bouteille vide et le seau par terre, prit le chemin du ferry.

« Bon ! Nous y revoilà ! » Annie avait opté pour le look marin, aujourd'hui. Elle était vêtue d'une marinière rayée bleu et blanc assortie d'un petit foulard noué avec désinvolture autour du cou. Elle avait le regard clair et frais. Cat et Dan la considéraient avec une stupeur vaseuse. Ils avaient passé une nuit blanche à boire et pleurer.

« Alors comme ça, vous êtes une triplée, Cat !

— Oui ! répondit-elle sans parvenir à égaler son enthousiasme.

— Beaucoup de triplés entretiennent des liens extrêmement forts entre eux, n'est-ce pas ? » dit Annie.

Et merde. Annie avait manifestement été farfouiller dans ses vieux manuels depuis la dernière fois.

« Ce qui m'intéresse aujourd'hui, ce sont les relations que Dan entretient avec vos sœurs !

— Et nos devoirs ? » demanda Cat.

Annie eut l'air troublée. Visiblement, ils lui étaient sortis de la tête.

« Oui, mais d'abord, intéressons-nous à ça. Je pense que c'est important. Dan ? »

Dan sourit. « Je m'entends bien avec ses sœurs, dit-il. Depuis toujours. »

Annie l'encouragea d'un signe de tête.

« D'ailleurs, poursuivit-il, je suis même sorti avec l'une d'elles avant Cat. »

Un poing invisible coupa le souffle de Cat.

« Qu'est-ce que tu racontes ? »

Dan la regarda. « Tu le savais !

— Non.

— Mais si, bien sûr ! » dit-il, le ton anxieux.

Elle avait le cœur battant.

« Laquelle ? » Gemma. Ça devait être Gemma. Dan la regardait d'un air suppliant. Face à cette découverte capitale, Annie frémissait d'une fierté toute professionnelle.

« Laquelle ? insista Cat.

— Lyn, répondit-il. C'était Lyn. »

5

« Mais elle devait bien le savoir !
– Je ne lui ai jamais dit.
– Pourquoi ça ?
– C'était compliqué. »

Lyn beurra un toast aux raisins et le posa dans l'assiette de Michael. « Elle ne mange rien, tu sais.

– Ah bon ? »

Michael regarda Maddie qui était assise à côté de lui sur sa chaise haute. Maddie faisait du charme à son père en jouant de ses fossettes, parfaitement indifférente à la compote de pommes qui lui dégoulinait de la figure. Elle plaqua les deux mains dans la bouillie gluante qui était devant elle.

« Encore ! » réclama-t-elle en se penchant en avant, la bouche grande ouverte.

Michael leva la cuillère, imita l'hélicoptère en faisant *clac clac clac*, la fit tourner autour de la tête de Maddie avant de la descendre en piqué vers sa bouche. À la dernière seconde, la petite fille referma la bouche d'un coup sec et secoua la tête en silence, hilare, tandis que Michael essayait de la glisser de force entre ses lèvres pincées.

Maddie avait peut-être hérité des boucles noires et des fossettes de son père, mais son sens de l'humour était du Kettle pur jus.

« Elle n'en a pas pris une cuillère, dit Lyn.
– Elle mangera si elle a faim. » Michael reposa la cuillère et prit son mug de café. « Kara faisait pareil. Elle ne s'est jamais laissée mourir de faim. »

Lyn soupçonnait secrètement Maddie d'être bien plus intelligente que Kara au même âge. « Oh, elle est normale », disait-elle sans en croire un mot aux autres mamans de la garderie. Elle avait pitié d'elles, la supériorité de Maddie était si flagrante que c'en était embarrassant. « Maddie est parfaitement capable de ne rien manger si elle a faim. Elle trouve ça drôle.

– Ah, les mères, vous êtes toutes les mêmes ! lança tranquillement Michael. Georgina se mettait dans tous ses états avec Kara. C'est clairement inné, ce désir de voir ses enfants manger. »

Lyn se pinça le nez entre le pouce et l'index. Elle ne tenait pas à faire partie d'une catégorie à laquelle appartenait également Georgina.

Michael pointa vers elle son morceau de toast et parla la bouche pleine. « Tes sœurs font exactement pareil avec le nez quand elles sont énervées. J'ai vu Cat faire ça vendredi soir. Ça m'a fait rire. »

Lyn lâcha son nez. « Ah oui. » Elle se leva et lui donna une bourrade sur l'épaule. « Laisse-moi la place. Je vais m'adonner à mon étrange désir de ne pas voir mon enfant se laisser mourir de faim. »

Michael lui passa le bras autour de la taille et la fit asseoir sur ses genoux. Lyn prit la cuillère et le pot pour bébé et mesura sa fille du regard. « Tu veux ton petit déjeuner ? » lui demanda-t-elle. Maddie ouvrit la bouche pour dire non et Lyn y fourra une cuillère pleine. Maddie avala, se passa la langue sur les lèvres et rouvrit la bouche pour protester avec force contre cette tactique déloyale. Avec une précision infaillible, Lyn enfourna une autre cuillerée.

« Ta mère a des réflexes incroyables », dit Michael avec admiration. Maddie ne semblait aucunement impressionnée.

« Mieux que ta Georgina, je parie, dit Lyn en essuyant le visage furibond de Maddie avec son bavoir.

– Cent fois mieux que Georgina ! » Michael la fit sautiller sur ses genoux de manière suggestive. « Sous tous rapports.

– Qu'est-ce qui est mieux que Georgina sous tous rapports ? » Kara entra dans la salle à manger, tira une chaise en la faisant racler sur le parquet de façon abominable et s'assit à table devant eux. Elle prit une boîte de céréales et la regarda d'un air de dégoût.

« Kara ! exulta Maddie en battant des mains, aspergeant ses parents de compote de pommes.

– Lyn, je parie », dit Kara. Elle prit un ton guindé. « Ton adorable Lynnie est tellement mieux que maman, n'est-ce pas ? »

Michael toussota. « Bonjour, mon ange ! lança-t-il plein d'espoir tandis que Lyn s'extirpait de ses bras.

– J'ai fait des œufs brouillés, dit-elle à Kara. Tu en veux ? »

Kara fit mine d'avoir envie de vomir. « Arrête ça tout de suite, tu veux, dit Michael.

– Quoi ? Les œufs brouillés me donnent la nausée. Et alors ?

– Tu es malpolie et tu le sais, dit Lyn avec douceur. Hier encore, tu aimais bien les œufs brouillés. »

Kara l'ignora. Elle fixait son père d'un air révolté. « Ah oui ! Et tu trouves ça poli, toi, de comparer Lyn à ma mère devant moi ? Tu crois que c'est agréable, pour moi ?

– Je ne compare pas Lyn à ta mère, mon cœur. Je faisais l'idiot, c'est tout.

– Ouais, c'est ça, papa. Je ne suis pas débile.

– Non, ma chérie, en effet. Tu es très intelligente. À ce propos, je suis en train de me décarcasser pour te trouver un bon ordinateur portable...

– Ça y est ! T'as gagné, j'ai envie de vomir ! Je ne peux pas rester ici. » Kara jeta la boîte de céréales en expédiant son contenu aux quatre coins de la salle à manger et sortit en trombe.

Michael regarda Lyn en levant les mains d'un air déconcerté.

« Décarcasser, expliqua-t-elle. Tu n'aurais pas dû dire que tu te décarcassais.

— Au secours. » Michael hocha lentement la tête.

« Qu'est-ce que tu dis de ça, Maddie ? »

Maddie l'approuva solennellement du regard.

« Au fecours. » Elle fronça gravement les sourcils et hocha vigoureusement la tête. « Au fecours. »

À FAIRE
TRAVAIL :
Signer les promotions du Nouvel An
Tableau de service du jour de Noël
Primes du personnel
Rappeler M
Faire les comptes !
FAMILLE :
Réserver cours de natation de M
Cadeaux de Noël à acheter : Maman, C, K
Menu de Noël
RDV avec le Dr Lewis pour K
Parler à C de D
AMIS :
Appeler Yvonne pour son anniversaire
Envoyer e-mail à Susan
DIVERS :
Facture de gaz – pourquoi elle est si élevée ?

« Cat. C'est moi. S'il te plaît, ne raccroche pas... »

Il y eut un déclic et la tonalité du téléphone résonna pesamment à son oreille.

Et merde, se dit Lyn. Chaque fois que Cat lui raccrochait au nez, elle avait l'impression de recevoir une gifle cinglante. C'était tellement puéril ! Tellement stérile !

Elle griffonna un astérisque à côté de *Parler à C de D*.

Bon, bon, elle allait s'attaquer à une autre priorité. Elle regarda sa liste, soupira, jeta un œil à sa montre et considéra sa tasse de café à moitié pleine. Il était encore chaud. Elle ne pouvait même pas prétexter qu'elle en voulait un autre.

Du nerf, se dit Lyn. Ça ne lui ressemblait pas de tout remettre à plus tard. Rappelle-toi la troisième habitude : « Commencer par le commencement. »

En dernière année de fac, elle avait vécu une expérience profonde, presque mystique : elle avait lu *Les Sept Habitudes des gens efficaces*.

Chaque page apportait une nouvelle épiphanie. « Oui ! » se répétait-elle en soulignant un autre paragraphe en jaune fluo avec le sentiment qu'un champ de possibles s'ouvrait à elle. C'était un tel soulagement de découvrir qu'elle n'était pas à la merci des gènes Kettle ou du mélodrame de son enfance. Contrairement aux animaux, avait-elle appris, les êtres humains pouvaient choisir la manière dont ils réagissaient aux stimuli. Elle pouvait se reprogrammer en changeant simplement de paradigme. Rien ne l'obligeait à être une Kettle ! Elle pouvait être qui elle voulait !

Ses sœurs avaient refusé de se convertir, naturellement. « C'est des conneries, avait ricané Cat. Je déteste ce genre de bouquins. Je n'en reviens pas que tu sois tombée dans le panneau.

— C'est bizarre, avait dit Gemma. Chaque fois que je me suis attaquée au chapitre de la première habitude, je me suis endormie comme une masse. »

Lyn était donc devenue quelqu'un d'efficace toute seule — et cela avait fonctionné. À merveille.

« Quelle chance vous avez ! » lui disait-on face à son succès.

La chance n'avait rien à y voir. Elle était efficace. Depuis douze ans, elle commençait chaque jour par un café serré et une nouvelle liste de choses « à faire ». Elle avait un carnet relié spécialement destiné à cette tâche. En première page figuraient sa « déclaration de mission personnelle » et ses objectifs à long, moyen et court terme dans chacun des principaux domaines de sa vie : travail, famille et amis.

Elle adorait ce carnet. C'était une satisfaction si apaisante de barrer chaque nouvelle priorité d'un trait bien net – OK, OK, OK.

Dernièrement, cela étant, elle avait remarqué un imperceptible soubresaut de panique vite réprimé dès qu'elle commençait une nouvelle liste. Elle était subitement envahie de pensées négatives, style, et s'il était tout bonnement impossible de tout faire ? Elle avait parfois l'impression que tous ceux qui l'entouraient étaient des charognards qui s'acharnaient sur elle à coups de bec, lui en demandant toujours plus.

Une copine de fac l'avait récemment appelée en lui reprochant de ne pas rester en contact et Lyn avait eu envie de lui crier : « Je n'ai pas le temps, tu ne comprends pas, je n'ai pas le temps ! » Au lieu de quoi, elle avait créé un tableau en dressant la liste de tous ses amis par ordre d'importance (amis proches, bons amis, simples copains), avec des colonnes dîners, déjeuners, cafés, e-mails et coups de fil pour « prendre des nouvelles ».

Si ses sœurs découvraient l'existence de son « système de gestion des amis », elles seraient impitoyables.

Elle contempla la nappe éblouissante d'eau turquoise par la fenêtre de son bureau et se vit dans les yeux de la journaliste de *She*. Quand elle était entrée dans l'élégant bureau de Lyn qui donnait sur la baie, elle avait esquissé une moue envieuse. En un sens, Lyn partageait son avis. Elle avait tout – un mari fou d'elle, une enfant ravissante, une carrière passionnante – et elle le méritait bien. Elle avait travaillé dur, elle excellait dans son domaine – elle était efficace !

Mais certains jours, comme quand Gemma l'appelait de sa baignoire avec en fond le clapotis de l'eau, Lyn se demandait ce que ça ferait d'être un peu moins efficace et sans autre préoccupation que de choisir le bon moment pour coucher avec un nouveau petit ami. Et d'autres fois, comme aujourd'hui, elle avait l'impression d'avoir le crâne serré dans un étau. *Parler à C de D*. Pitié.

Aucun changement de paradigme ne pouvait éliminer une bonne dose de culpabilité catholique.

L'année de ses vingt-deux ans, quelqu'un avait mis la vie de Lyn en accéléré et oublié de repasser en vitesse normale. C'est l'impression qu'elle avait. Quand on lui disait : « C'est fou ce que l'année a passé vite. On est déjà à Noël ! », elle répondait avec véhémence : « Je sais ! Je n'en reviens pas ! »

Parfois, elle ne faisait rien de spécial, elle était assise à table, tendait le poivre à Kara, et subitement, elle éprouvait un sentiment d'égarement étrange et vertigineux. Elle regardait Michael en se disant, ça doit faire quelques mois à peine qu'on s'est mariés ! Elle voyait Maddie et pensait, mais il y a quelques jours, tu n'étais encore qu'un petit bébé ! Elle avait le sentiment d'être déplacée comme une pièce d'échec à chaque nouvelle étape de sa vie.

Elle savait exactement à quel moment sa vie était passée en accéléré. C'était le jour où elle avait reçu le coup de téléphone en Espagne. À propos de Gemma.

« Mauvaise nouvelle », avait dit Cat, la voix sonnant creux à l'autre bout du fil, et Lyn avait répondu « Quoi ? » alors qu'elle avait parfaitement entendu, juste pour retarder le moment, pour énerver Cat, car elle avait du mal à croire qu'il soit arrivé quelque chose de grave.

« Mauvaise nouvelle ! répéta Cat d'un ton impatient. C'est vraiment très grave. »

Lyn avait passé dix mois épouvantables à travailler dans un hôtel londonien. Elle se rattrapait en consacrant huit longues semaines d'été à voyager en toute insouciance à travers l'Europe avant de rentrer à temps pour le mariage de Gemma.

Elle avait rencontré à Barcelone un jeune Américain au sourire craquant. Ils étaient descendus tous les deux en train sur la Costa Brava et s'étaient arrêtés dans un village du nom de Llançà. Chaque jour semblait éternel. Leur balcon donnait sur une mer scintillante et des montagnes brumeuses couronnées de bâtisses d'un blanc neigeux. Elle ne couchait pas encore avec Joe, l'Américain, mais il leur suffirait de deux ou trois autres carafes de sangria. Quand ils marchaient dans les rues pavées baignées de soleil, il la plaquait parfois contre un mur et ils s'embrassaient à perdre haleine. Lyn avait l'impression d'être dans un film avec Katharine Hepburn. C'était d'un romantisme ridicule.

« C'est quoi, cette mauvaise nouvelle ? » demanda calmement Lyn. Elle regarda ses pieds couverts de sable sur le carrelage blanc de sa chambre d'hôtel, admirant les ongles roses mis en valeur par le bronzage. C'étaient sûrement les robes des demoiselles d'honneur. Gemma voulait sans doute les transformer en meringues bouffantes, ou plutôt, la connaissant, en sorcières gothiques ou en hippies.

« Marcus est mort. »

Lyn regarda ses doigts de pied se retrousser d'étonnement.

« Comment ça ? demanda-t-elle.

– Il est mort, je te dis. Il a été renversé par une voiture dans Military Road. Il est mort dans l'ambulance. Gemma était avec lui. »

Lyn eut le souffle coupé. Elle attrapa le cordon du téléphone.

« C'est bon. Elle va bien. Enfin non, elle ne va pas bien. Son fiancé est mort. Mais ça va. Elle n'est pas blessée ni rien. »

Lyn respira. « Oh non. J'ai du mal à y croire.
– Elle dit qu'elle ne veut pas que tu rentres. Elle ne veut pas gâcher tes vacances.
– N'importe quoi, dit Lyn. J'arrive. »
Il y eut un tremblement imperceptible dans la voix de Cat. « C'est ce que je lui ai dit. »
Joe, qui venait de se baigner, entra dans la chambre pendant qu'elle appelait la compagnie aérienne et s'assit encore dégoulinant à ses pieds sur le carrelage. Il lui prit la cheville. « Alors ?
– Je rentre. » Il avait beau être là à côté d'elle, la toucher, il n'était déjà plus qu'un souvenir. Ses cheveux mouillés et son visage bronzé paraissaient frivoles et inconsistants.
Et c'est à ce moment-là que tout s'était accéléré.
Elle avait pris le train à Barcelone et réussi à sauter dans un vol pour Heathrow, où un agent du comptoir Qantas avait tapoté sur son clavier avec des airs de conspirateur en claquant la langue avec compassion avant de la surclasser en business. Il lui avait tendu la carte d'embarquement, un sourire béat aux lèvres, comme s'il avait conscience de lui offrir un tout nouveau destin.
Elle était assise côté hublot près d'un homme en jean et tee-shirt noirs. Alors qu'ils redressaient leur siège pour le décollage, il lui demanda si elle était de Sydney.
« Oui », dit-elle d'un ton exaspéré sans le regarder. Il n'avait aucune importance. Il le voyait bien, non ? Absolument aucune importance.
« Ah, dit-il tristement, et elle s'en voulut soudain d'avoir fait preuve d'une grossièreté injustifiée.
– Pardon. Je rentre pour un enterrement. C'est un peu stressant.
– Bien sûr, dit-il. Je suis désolé. Ça doit être très dur pour vous. » C'était un grand brun dégingandé avec une tignasse bouclée et un regard sérieux derrière des lunettes à la John Lennon.
Le déclic était venu de sa voix. S'il avait eu une voix banale,

peut-être auraient-ils passé le reste du vol sans échanger un mot. Mais il avait « la » voix. Ah ! la voix, dirent ses sœurs avec compréhension quand elle leur raconta. Elles n'y étaient pas particulièrement sensibles elles-mêmes, mais elles se mettaient à la place de Lyn et savaient la reconnaître.

Gemma disait : « Le mécano qui s'est occupé de ma voiture a exactement la voix dont tu parles tout le temps. Je lui ai donné ton numéro. Il a une petite amie mais il l'a pris au cas où ça ne marcherait pas entre eux. Il trouve qu'il vaut mieux avoir un plan B. »

La première fois que Lyn avait entendu « la » voix, c'était dans la bouche de son professeur de géographie de quatrième. M. Gordon était barbu et bedonnant, mais quand il parlait des rivières et des chaînes de montagnes, sa voix était empreinte d'une certaine douceur. Elle était parfaitement masculine, mais plus tendre, plus caressante qu'une voix d'homme habituelle. Lyn la trouvait rassurante.

« Le fiancé de ma sœur a été renversé par une voiture, expliqua-t-elle. Ils devaient se marier dans six semaines. Ils s'apprêtaient à envoyer les invitations.

– Pfff, fit-il. C'est affreux. »

Lyn venait d'une famille où personne n'écoutait. Quand on avait quelque chose à dire, il fallait batailler contre les interruptions constantes, les objections, l'ennui manifeste – « *Allez, accouche* » – et le triomphe éclatant au moindre faux pas – « *Ha ha ! Il y a deux secondes, tu disais le contraire !* ».

Michael écoutait tranquillement Lyn avec un intérêt flatteur. C'était nouveau, pour elle. Elle en devenait éloquente.

C'était la raison pour laquelle elle était tombée amoureuse de lui, pour le plaisir pur, presque physique, de leur conversation – le fait de l'écouter et de se sentir écoutée.

Elle n'était pas tombée amoureuse immédiatement. Leur première conversation avait été dépourvue du moindre signe de flirt déplacé. Il avait parlé de sa femme et de sa petite fille et

Lyn lui avait parlé de Joe. Mais pour deux inconnus, c'était une conversation relativement intime. Peut-être était-ce le cadre, s'était toujours dit Lyn – l'étrange vide rugissant suspendu très haut au-dessus de la planète, le sentiment curieusement familier d'avoir toujours été dans cet avion et d'y être à jamais.

Elle lui confia qu'elle en voulait à Marcus d'être mort si bêtement, si étourdiment, si peu de temps avant le mariage – d'avoir gâché la vie de sa sœur ! Pourquoi cet imbécile n'avait-il pas regardé quand il avait traversé la rue ?

« Vous devez me trouver horrible, dit-elle à Michael, blottie sous le plaid de la compagnie aérienne, légèrement éméchée par l'excès de liqueurs.

– Non, dit-il. Ce n'est pas compliqué de traverser la rue.

– Exactement. »

Elle lui dit que la perspective de voir Gemma la stressait, qu'elle sentait une étrange résistance alors même qu'elle rentrait en hâte pour être à ses côtés. Elle avait l'impression que Gemma était parvenue à un niveau d'émotions humaines si élevé, si complexe qu'elle ne pouvait pas même espérer les comprendre. Elle ne connaissait pas les règles. Elle ne savait pas quoi lui dire pour la consoler. C'était comme si Gemma possédait une connaissance secrète, effrayante, que Lyn ne pouvait qu'essayer maladroitement de deviner.

« J'ai toujours su quoi dire. Je sais consoler les gens. Mais rien ne peut vraiment la consoler, hein ? Ça prendra du temps, beaucoup de temps. Ce n'est pas juste.

– Un de mes amis a perdu son petit garçon qui est mort de leucémie, dit Michael. J'avais tellement peur de l'appeler que j'en avais la migraine. J'ai failli me défiler.

– Mais vous l'avez fait.

– Oui. Je l'ai fait. »

Ils gardèrent le silence une minute, essayant d'éprouver la souffrance des autres, puis Michael dit : « Mmm, un autre alcool s'impose, non ? »

Ils finirent par s'endormir tous les deux et se réveillèrent tout chiffonnés et la bouche pâteuse sous le soleil australien qui entrait à flots dans la cabine, au milieu des effluves écœurants des petits déjeuners servis à bord des avions.

Ils se promirent de se revoir pour prendre un verre. Il lui tendit sa carte de visite et elle lui donna son numéro de téléphone qu'elle nota à l'arrière d'une de ses cartes.

Lyn lut le nom qui figurait sur la carte pendant qu'il sortait aisément leurs sacs du coffre à bagages. « Hum, fit-elle en levant la tête. Vous ne seriez pas… quelqu'un ? »

Il lui sourit. Elle remarqua une ombre de fossette qui lui creusait la joue, comme un souvenir innocent de l'enfance. « Ouais, répondit-il. Ça c'est sûr. Pour être quelqu'un, je suis quelqu'un. »

Quand Cat vit la carte, elle dit à Lyn que c'était un génie de l'informatique en pleine ascension qui avait un paquet de blé et une femme ancien mannequin.

Ils se retrouvèrent pour boire un verre un mois environ après le vol. Lyn arriva au bar du centre-ville sans attendre grand-chose. Ils ne pourraient jamais reproduire la complicité naturelle de la conversation qu'ils avaient eue dans l'avion et il y aurait des silences gênants et un sentiment d'à quoi bon.

Mais ils discutèrent avec la même spontanéité. Elle lui parla de l'enterrement et du visage blême, étrange, de Gemma, de son refus de dire un mot de ce qu'elle éprouvait au sujet de Marcus. Rien, pas un seul mot. Et ce, venant d'une fille qui confiait normalement ses pensées les plus intimes comme d'autres parlent du temps qu'il fait. Lyn avait acheté un livre sur les étapes du deuil pour essayer de comprendre.

Il lui raconta qu'il avait emmené sa fille faire du kayak dans l'estuaire de Middle Harbour et que sa femme redécorait leur maison pour la troisième fois, ce qu'il s'efforçait lui aussi de comprendre.

Elle lui confia une idée qu'elle avait eue de livraison de brunchs gastronomiques.

Il lui dit qu'il projetait de se lancer dans un nouveau système de réseau informatique qu'on appelait Internet.

Quand ils se levèrent pour se dire au revoir, Lyn songea avec satisfaction : ça montre qu'il est possible d'être amie avec un homme intéressant, intelligent (et qui plus est séduisant) sans qu'il y ait de connotation sexuelle perturbante.

L'instant d'après, elle était dans les bras de Michael, ils s'embrassaient et cette fois, la connotation sexuelle était plus que perturbante.

Lyn était devenue l'Autre Femme – un événement qui ne faisait pas partie de son plan sur cinq ans.

De : Nana
À : Lyn
Objet : Une petite suggestion
Chère Lyn,
J'ai appris que tu organisais le repas de Noël chez toi, cette année. Bravo, ma chérie. Je me demande si nous pourrions venir également, ton père et moi. Apparemment, il a rompu avec sa petite étrangère et il est très déprimé en ce moment. Je ne le reconnais plus. Il paraît que tu as prévu un menu fruits de mer. C'est une bonne idée. Je pourrais apporter un beau gigot d'agneau. Je ne sais pas trop si ta mère serait d'accord pour que j'amène Frank, mais il m'assure qu'ils sont en très bons termes en ce moment. Il m'a l'air sincère. Qu'est-ce que tu en penses ? Comment va Maddie ? Gemma me dit qu'elle chante par cœur la publicité de KFC. C'est une enfant très intelligente. Elle tient de toi et de tes sœurs. Je t'embrasse de tout mon cœur, Nana.

De : Lyn
À : Nana
Objet : Noël
Chère Nana,
Bien sûr que vous pouvez venir à Noël, papa et toi. Plus on est de fous, plus on rit ! (J'ai demandé à maman et elle dit qu'en effet, ils réussissent à se parler courtoisement, ces derniers temps. Comme

quoi, les miracles sont toujours possibles !) Tu seras contente d'apprendre qu'à présent, Maddie chante aussi par cœur la pub de *Pizza Hut*. Elle s'est attaquée à toutes les grandes chaînes de fast-food. Maman est horrifiée.
Bises, Lyn.

De : Lyn
À : Cat
Objet : L'histoire de Dan
Hello Cat,
J'aimerais que tu arrêtes de me raccrocher au nez. Nous ne pouvons pas nous éviter pour le restant de nos jours. Je ne sais pas ce que Dan t'a raconté, mais voilà ce qui s'est passé :

1. En sortant du pub le jour de la Melbourne Cup, tu as dit qu'en embrassant ce garçon tu avais eu l'impression d'embrasser un cendrier et que si jamais il t'appelait, il était hors de question que tu sortes avec lui.

2. J'ai croisé Dan par hasard deux jours après au *Greenwood* avec Susi. (Il m'a d'abord prise pour toi.) Il m'a demandé de sortir avec lui. J'ai accepté. JE CROYAIS QU'IL NE T'INTÉRESSAIT PAS – *cf.* ci-dessus.

3. Si je ne t'en ai pas parlé, c'est qu'à l'époque, on ne se parlait plus. Je ne sais plus pourquoi. (Une dispute au sujet d'une histoire d'argent en rentrant de l'hippodrome en taxi ? – la faute de Gemma, probablement.)

4. Je suis sortie avec lui trois fois, je crois. C'était quelques semaines à peine avant que je parte pour Londres. On n'était pas ensemble.

5. La première fois que je me suis rendu compte que vous deux, c'était du sérieux, c'était à l'enterrement de Marcus et ce n'était pas franchement le bon moment pour t'en parler.

6. Sur ce, j'ai rencontré Michael, je n'y ai plus pensé et puis d'un coup, j'ai appris que tu étais fiancée avec Dan et ça m'a semblé bête et insignifiant.

Ça date d'il y a dix ans, Cat. Je suis vraiment, vraiment désolée que ça t'ait blessée. Mais ce n'était pas sérieux. On peut oublier ça, dis ? Tu peux m'appeler ? Qu'est-ce que tu veux pour Noël ?
Lyn.

De : Cat
À : Lyn
Objet : L'histoire de Dan
Pour Noël, je veux quelque chose de très, très cher.
Cat.

Lyn regarda l'écran de son ordinateur et sourit. Bien. Cat était redevenue elle-même. Elle barra *Parler à C de D* d'un trait net.

Avec un peu de chance, c'était réglé. Curieusement, ça lui avait donné l'impression d'être concernée par leurs problèmes de couple comme si Dan avait trompé Cat avec elle, ce qui était ridicule, évidemment.

Juste trois fois. Trois fois, il y avait très longtemps, dans un autre monde, à une autre époque. Tout cela remontait aux années quatre-vingt. Avant que les messages de prévention contre le sida ne fassent leur apparition à la télé, avant que les filles Kettle ne décident de se ranger.

Soudain, Lyn se revit avec une étonnante précision allongée sur le lit de Dan, dans sa chambre en fouillis qui sentait le jeune mâle. « Ça te plaît ? Apparemment oui, hein ? Et ça ? »

Est-ce que ça lui plaisait d'autant plus qu'au fond d'elle, elle savait pertinemment que Cat mentait en disant qu'elle n'était pas intéressée ? Comment ne pas l'être ? Il était sublime. Aucun potentiel à long terme, évidemment, mais tellement sexy.

Ah là là, elle n'y avait plus repensé depuis des années. Il fallait qu'elle arrête ça tout de suite ou elle rougirait la prochaine fois qu'elle verrait cette ordure.

Plus tard, ce soir-là, Lyn appliquait sa crème hydratante en tapotant son visage de bas en haut devant le miroir de la salle de bain. Elle fixait son reflet en évitant de regarder Michael qui se lavait les dents. C'était fou ce que ça l'énervait. Il se livrait à l'opération avec un tel enthousiasme, se sciant vigoureusement les gencives, le dentifrice moussant sur la lèvre supérieure. Pour la première fois, il lui vint à l'idée de se demander si cela agaçait également Georgina.

« Tu sais qu'on est ensemble depuis aussi longtemps que vous l'avez été, Georgina et toi ? lui dit-elle alors qu'il se penchait pour se rincer la bouche, après avoir enfin terminé, Dieu merci.
— Ah bon ? » Michael se sécha la bouche avec une serviette.
« Oui, dit Lyn. Alors, tu vas me tromper, maintenant ? »
Elle avait parlé plus durement qu'elle ne le voulait. Michael posa la serviette.
« Non, répondit-il prudemment. Je n'en ai aucunement l'intention.
— Pfff ! fit Lyn. Je suppose que tu n'avais pas non plus l'intention de tromper Georgina. »
Michael s'appuya contre la porte de la salle de bain. « Ça a un rapport avec l'histoire de Cat et Dan ? » Elle garda le silence. « C'est Kara ? Son numéro d'ado infernale de ce matin ?
— Non. Je plaisantais.
— Ce n'est pas l'impression que j'ai eue. »
Lyn rangea sa crème hydratante et le dentifrice de Michael. Elle passa devant lui pour revenir dans leur chambre. Il éteignit l'interrupteur d'un coup sec et la suivit.

Sans un mot, ils rabattirent la couette, se mirent au lit et prirent leur livre sur leurs tables de chevet respectives. Ils s'installèrent côte à côte sur le dos en tenant leur livre devant eux.

Au bout de quelques secondes, Michael reposa le sien à plat sur son torse.

« Tu te souviens, la première fois où on est allés camper ? »
Lyn continua à regarder son livre. « Oui.
— Je me souviens que le premier jour, quand je me suis réveillé et que je t'ai vue à côté de moi, roulée en boule dans ton sac de couchage, j'étais tellement... tellement content de te voir. Comme quand on est petit et qu'on a un copain qui est resté dormir. Pendant la nuit, on a oublié qu'il était là et quand on le voit sur le lit de camp en se réveillant, on se rappelle et on est

heureux. On se dit, ah oui, c'est vrai, mon pote Jimbo est là – on va bien rigoler aujourd'hui ! »

Lyn s'apprêtait à répondre mais il l'arrêta en lui mettant la main sur le bras.

« Ce que je veux dire, c'est que je ne me rappelle pas avoir jamais ressenti ça avec Georgina. Y compris dans les prétendus bons moments. Même dans les pires moments entre toi et moi, c'est dix fois mieux que dans les meilleurs moments que j'ai pu vivre avec Georgina. Quand on s'est connus, au début, je me souviens d'avoir pensé, merde alors, pourquoi on ne m'a jamais dit que ça pouvait être aussi génial ? »

Michael reprit son livre. « C'est pour ça que je n'ai aucune intention de te tromper. »

Lyn plissa les yeux et regarda les mots danser et fondre sur sa page.

« Parce que tu me rappelles mon pote Jimbo. »

Elle referma son livre et s'en servit pour lui donner un coup sur le ventre.

6

« Seigneur Dieu, Agneau de Dieu, le Fils du Père ; Toi qui enlèves le péché du monde, prends pitié de nous ; Toi qui enlèves le péché du monde, reçois notre prière ; Toi qui es assis à la droite du Père, prends pitié de nous. Car Toi seul es Saint, Toi seul es Seigneur...

— Fais-moi penser à te parler de l'aquagym.

— Quoi ? »

Gemma plia les genoux et pencha la tête pour se mettre à la hauteur de sa grand-mère. « L'aquagym ! lui souffla Nana Kettle à l'oreille. J'ai peur d'oublier !

— OK. » Gemma étouffa un rire et Nana lui lança un regard noir. Quand les filles Kettle étaient petites, leur grand-mère les emmenait à la messe le dimanche matin et les observait, raide comme un piquet, en surveillant d'un œil de marbre le moindre de leurs faits et gestes. Rien ne lui échappait, pas même un pinçon furtif sur la cuisse d'une sœur.

À présent, Gemma emmenait régulièrement Nana à la messe. Sa grand-mère s'habillait toujours aussi pieusement — en jupe et cardigan boutonné — mais sa conduite s'était visiblement relâchée. Un dimanche, elles avaient été prises toutes les deux d'un tel fou rire que Gemma avait craint que Nana ne s'étouffe là, sur le banc.

« Je ne sais pas comment tu fais, lui avait dit Cat. Pourquoi tu y vas ? Tu ne crois plus en Dieu, pourtant, non ?

— Je ne sais pas, avait répondu Gemma, ce qui avait exaspéré sa sœur.

— Mais tu as bien des opinions, non ?

— Pas vraiment. »

En un sens, c'était vrai. Les opinions étaient pour les autres. C'était fascinant de les voir s'énerver à cause d'elles.

« Veuillez vous asseoir. »

Les fidèles toussèrent, soupirèrent et se rassirent avec force piétinements en vue du sermon. Nana laissa tomber le menton sur sa poitrine pour piquer un somme.

Gemma regarda les gens devant elle. Elle adorait espionner les autres en secret, observer leurs petits drames. Aujourd'hui, il y avait un couple avec un nourrisson. Au début de la messe, le bébé avait pleuré et ils s'étaient tous les deux mis en colère, articulant en silence des ordres affolés. À présent, le bébé dormait dans son siège auto et Gemma vit l'homme tendre la main pour tapoter le genou de la femme. Celle-ci glissa légèrement sur le banc pour appuyer son épaule avec clémence contre la sienne. C'était mignon.

L'homme avait des cheveux bruns très fournis. Marcus avait des cheveux comme ça. En fait, de dos, le type avait une tête qui ressemblait étonnamment à celle de Marcus.

Non, s'enjoignit sévèrement Gemma. Il ne ressemble pas du tout à Marcus. Pense à la tête de Charlie ! Charlie et son adorable crâne déplumé !

Mais il était trop tard. Marcus avait écarté Charlie d'un coup de coude.

« Mais qu'est-ce que tu fous ? », telles furent les dernières paroles de Marcus avant qu'il ne lâche la main de Gemma, descende du trottoir et meure sur le coup.

Pour des dernières paroles, c'était un choix malheureux. Pourtant, il lui avait dit des choses bien plus aimables dans sa vie. Des choses charmantes. Des choses romantiques. Des choses passionnées.

C'était juste que désormais, avant de se souvenir du moindre « *Je t'aime* », elle était d'abord obligée de se souvenir de « *Mais qu'est-ce que tu fous ?* ».

Ce qu'elle foutait, en l'occurrence, c'était se baisser pour ramasser l'invitation de mariage qui s'était mystérieusement échappée du paquet bien carré qu'elle tenait fermement à la main.

« Oh ! » fit-elle. Semait-elle ainsi des invitations depuis la voiture ?

Marcus lui lâcha la main. Gemma se baissa pour récupérer l'enveloppe. Il y eut un crissement de freins perçant, semblable au cri d'un animal apeuré.

Elle leva les yeux et vit Marcus projeté dans les airs. C'était un grand gaillard, Marcus, et il volait comme une poupée de chiffon, en agitant mollement les membres dans tous les sens sans la moindre dignité.

Il ne retomba pas comme une poupée de chiffon. Il heurta violemment la chaussée en percutant le béton comme une masse.

Il ne bougeait plus.

« Oh non ! » Gemma entendit une voix d'homme.

Cours. Elle savait qu'elle était censée courir. Des portières de voiture s'ouvraient. Des gens se précipitaient dans la rue en se lançant des consignes urgentes, importantes. En l'espace de quelques secondes, Marcus fut entouré d'un groupe de gens et pourtant, Gemma restait là, leurs invitations de mariage à la main. C'était quelque chose de grave. Quelque chose que les grands devaient régler. Quelque chose de réservé aux hommes forts et paternels, aux femmes efficaces et maternelles. Aux gens compétents.

Elle posa précautionneusement la pile d'enveloppes dans le caniveau et resta là, les mains pendant lourdement le long du corps, attendant qu'on lui dise quoi faire.

Puis son corps se mit en mouvement tout seul, traversa la rue en courant, ses mains bousculèrent des dos, des épaules pour les écarter de son chemin. Elle s'entendait hurler « Marcus ! » et son nom lui semblait étrange, comme si elle l'avait inventé.

Deux semaines après l'enterrement, elle retourna travailler. Elle avait l'impression d'être partie en voyage sur une autre planète. À l'époque, elle enseignait en CE1, et quand elle entra dans sa classe, elle fut accueillie par une vision étrange – vingt-quatre enfants de sept ans, assis bien droits sur leur chaise, les mains posées à plat sur leur pupitre, les yeux ronds, à l'affût du moindre de ses gestes.

Même les garnements étaient sages. Y compris Dean, le petit démon qui souffrait d'un déficit de l'attention. Puis, un par un, ils s'approchèrent de son bureau pour lui donner ses cadeaux en silence. Des Mars. Des sachets de chips. Des cartes qu'ils avaient dessinées.

« Ça m'a rendu très triste que vous soyez triste, Miss Kettle », dit Nathan Chipman d'un ton un peu accusateur en lui tendant un esquimau à la banane tout ramolli. Il se pencha et lui souffla son haleine tiède dans le cou en lui murmurant à l'oreille sur le ton de la confidence : « J'ai même pleuré un peu. »

Gemma posa le front sur le bureau et sentit son corps entier déchiré par de violents sanglots tandis que des petits pieds s'avançaient et que des dizaines de petites mains lui tapotaient le dos et lui caressaient les cheveux pour la consoler.

« Pleurez pas, Miss Kettle. Pleurez pas. »

Il y a quelque chose qui cloche chez moi, se dit-elle. Et sérieusement. Elle avait vingt-deux ans et elle se sentait usée, comme une vieille cosse desséchée, un vieux chiffon.

En sortant de l'école, ce jour-là, elle céda à une étrange impulsion et alla se confesser, fascinée par son comportement. Il y avait si longtemps que ses sœurs et elle s'étaient totalement débarrassées de leur éducation catholique qu'elle avait l'impression de prendre part à un rite bizarre digne d'une secte.

Mais dès qu'elle s'agenouilla dans le petit placard terrifiant qui sentait la poussière et que le volet coulissa, révélant le profil du prêtre plongé dans la pénombre, elle se signa automatiquement et psalmodia d'une voix tremblante le murmure secret d'autrefois : « Bénissez-moi, mon père, parce que j'ai péché. Cela fait six ans que je ne me suis pas confessée. Voici mes péchés. »

Puis elle s'interrompit et se dit, mais qu'est-ce que je fais là ?

« Euh. Voici mes péchés. Oui. »

Oh non. Voilà qu'elle allait se mettre à rire.

« Prenez votre temps, mon enfant », l'encouragea le prêtre et elle n'avait pas envie de le décevoir, il avait l'air si gentil, si normal, et puis elle voulait l'absolution, alors elle repensa au père de Marcus, à l'enterrement, qui sanglotait tellement qu'il tenait à peine debout, et une boule de culpabilité non digérée vint se loger dans sa gorge, l'empêchant à moitié de respirer.

« Pardon, dit-elle. Je suis vraiment désolée de vous avoir dérangé. »

Elle se releva, se glissa hors du confessionnal, sortit de l'église et émergea au soleil.

Au bout d'un an ou deux, elle arrêta de culpabiliser.

Parfois, elle se demandait si elle éprouvait encore quoi que ce soit.

Après la messe, conformément à leurs habitudes, Gemma ramenait Nana chez elle pour un thé suivi d'une manucure.

Les filles Kettle avaient hérité de leur grand-père la responsabilité des ongles de Nana. Tous les dimanches soir, pendant quarante-trois ans et jusqu'à la dernière semaine avant sa mort, il avait fait une manucure admirable à sa femme, alignant le vernis, la lime à ongles et le dissolvant sur la table de la salle à manger avec la même précision que les outils dans son atelier. « Oh, ne t'en fais pas, mon chéri, c'est parfait », disait Nana d'un ton impatient quand il tendait son petit doigt à la lumière en l'examinant d'un œil critique, le sourcil froncé. « Tant qu'à faire, autant le faire bien », maugréait Pop.

Gemma soupçonnait que son grand-père n'aurait pas apprécié le résultat de son travail. Elle avait beau se pencher avec concentration sur chaque ongle, marmonnant des jurons entre ses dents et se tortillant sur sa chaise, le vernis formait encore des crêtes et des bosses étranges.

Cela n'avait pas d'importance. Nana voulait seulement un prétexte pour bavarder un moment. Aujourd'hui, elle racontait l'histoire du jour où Pop avait été promu au poste de contremaître et où, pour la première fois, il avait mis une cravate pour aller travailler.

« Le voilà parti, fier comme tout, avec sa belle cravate à rayures ! » Gemma remit le pinceau dans le vernis et secoua le flacon avec une vigueur optimiste tout en l'écoutant.

« Et quand il est rentré, ce soir-là, j'ai bien vu qu'il était un peu abattu mais il n'a rien dit. Le lendemain, je lui ai dit : "Tu ne mets pas de cravate, aujourd'hui, Les ?" et il m'a répondu "Oh, Bob m'a touché un mot. Il m'a dit que ç'avait fait rigoler les gars et que ce n'était pas nécessaire de s'habiller de façon aussi stricte, vu que je ne fais pas partie des hauts responsables". Il était tellement blessé qu'on se moque de lui comme ça. Il n'a plus jamais porté de cravate. »

Gemma renifla bruyamment. Chaque fois, cette histoire lui fendait le cœur. Elle pensait à l'horrible sentiment de honte, de coup de poing dans l'estomac que son grand-père avait dû éprouver quand Bob l'avait fait venir pour lui « toucher un mot ».

« Je déteste Bob, dit-elle.

– Oui, enfin, c'était un drôle de gars. Il y a longtemps qu'il est mort, bien sûr. Cancer de la prostate.

– Bien fait pour lui, dit Gemma avec satisfaction en soufflant sur les ongles de la vieille dame pour faire sécher le vernis. J'espère qu'il a souffert.

— Tu as le bon caractère de ton grand-père », fit Nana, manifestement aveugle à toutes les indications contraires.

Gemma étouffa un rire et essaya de gratter le vernis des cuticules de sa grand-mère avec l'ongle du pouce. « Certainement pas. Aucune de nous ne tient de Pop. On a toutes un caractère de cochon, comme maman, et l'esprit de compétition, comme papa. En fait, maintenant que j'y pense, on est impossibles.

— Arrête de raconter des bêtises ! Cela dit, vous conduisez toutes trop vite, j'avoue. Vous tenez ça de votre père. »

Gemma gloussa. « C'est Lyn qui a le plus de contraventions, en ce moment.

— C'est parce qu'elle n'arrête pas de courir à droite et à gauche. Matthew devrait l'aider davantage.

— C'est Michael, Nana.

— Oui, Michael. C'est ce que j'ai dit, ma chérie. Il devrait l'aider à livrer les petits déjeuners. Apparemment, elle est obligée de tout faire.

— Bien sûr. C'est son entreprise.

— Ne sois pas ridicule, ma chérie, répondit vaguement Nana. Et maintenant, parle-moi de ce jeune homme. Il est serrurier, c'est bien ça ? Ç'aurait beaucoup plu à ton grand-père, ça l'aurait passionné ! »

Gemma ramassa les flacons et les cotons-tiges sur la table et se dirigea vers la salle de bain. « Il est adorable, commença-t-elle.

— Ton grand-père n'a jamais aimé Marcus, tu sais, dit soudain sa grand-mère. Il me disait : "Je n'aime pas ce type !" »

Gemma s'arrêta sur le seuil. Elle n'en revenait pas.

« Nana ?

— Mmm ? » Sa grand-mère admirait ses ongles en les mettant à la lumière.

« Pop n'aimait pas Marcus ? »

Sa grand-mère reposa les mains devant elle sur la table et prit appui pour se lever. « J'espère que plus tard, Maddie n'aura pas trop l'air d'une Italienne, dit-elle dans un de ses coq-à-l'âne déconcertants.

– Nana ! Et d'une, Michael est grec, et non italien, et quelle importance si plus tard, Maddie a l'air d'une Italienne ? Qu'est-ce que tu as contre les Italiens ? Charlie est italien !

– Charlie, répéta pensivement sa grand-mère. Ta mère avait un petit ami qui s'appelait Charlie. Frank n'arrêtait pas de se moquer de ses dents. Mais je ne crois pas qu'il était italien. »

Gemma poussa un soupir d'agacement et entra dans la salle de bain. Elle ouvrit l'armoire à glace et découvrit des étagères étincelantes de propreté à la place du fouillis habituel de pots et de flacons qui remontaient au déluge.

« Lyn est passée, à ce que je vois ! » lança-t-elle.

Pop ne disait jamais de mal de qui que ce soit. C'était impossible. Elle retourna dans la salle à manger. « Pop aimait bien Marcus, hein, Nana ? »

Sa grand-mère lui fit un grand sourire. « Oh oui ! Ton grand-père appréciait énormément Matthew. Ils parlaient informatique. »

Gemma soupira. Sa mère avait peut-être raison. Il valait mieux fréquenter Nana à petites doses.

Le ferry

Quand j'avais neuf ans, mes parents m'ont emmenée en vacances en Australie. J'ai adoré ! Je me souviens même du moment précis où je me suis dit, c'est là que je vivrai un jour. On était sur le ferry de Manly après avoir passé la journée à la plage. C'était une de ces longues et chaudes journées d'été typiques de là-bas. Au coucher du soleil, le ciel ressemblait à du coton rose et les cigales stridulaient. On était du côté du quai et le matelot avait déjà remonté la passerelle, quand ma mère a dit : « Regarde les gens, là-bas, ils n'arriveront jamais à temps ! » C'était un homme accompagné de trois petites filles qui avaient à peu près mon âge et ils couraient comme des fous en criant : « Attendez-nous ! » Une des petites filles était devant. Elle courait tellement vite, en balançant les bras, jetant des coups d'œil aux autres derrière elle ! J'ai vu l'homme attraper les deux autres par la taille, une sous chaque bras, comme des sacs. Les filles riaient comme des folles, les jambes pendantes, et l'homme avait le visage cramoisi par l'effort.

Je crois que le matelot les aurait ignorés si les passagers ne s'étaient pas mis à crier : « Attendez, attendez ! » Alors il a levé les yeux au ciel, remis la passerelle et ils sont tous montés à grand fracas en riant, à bout de souffle. Il y avait même des passagers qui les acclamaient. On aurait dit qu'ils sortaient tout juste de l'eau. Les petites filles avaient des queues-de-cheval ruisselantes qui dépassaient de leur casquette de base-ball et leurs pieds nus étaient couverts de sable. Leurs serviettes de plage sur l'épaule, le père a dit : « Merci, mon vieux ! » et a donné une claque dans le dos du matelot.

Ils sont passés juste devant nous et je les ai entendues dire : « C'était si drôle, papa ! » « Maintenant, on prend une glace, papa ! » Je me suis aperçue que deux des filles étaient des jumelles. L'autre devait être leur petite sœur. Pour moi qui étais enfant unique et vivais à Manchester, si triste et pluvieuse, j'avais l'impression qu'elles avaient une vie de rêve.

Je me suis dit : je parie que vous ne vous rendez pas compte de la chance que vous avez, les filles.

C'est là que j'ai décidé que plus tard, je vivrais ici. Il me semblait que c'était la première fois que je prenais une décision d'adulte. Je me rappelle avoir regardé mes parents avec pitié, car je leur manquerais tellement quand j'irais m'installer en Australie.

Et c'est vrai que je leur manque.

7

Gemma slalomait à toute allure dans le centre commercial bondé, se faufilant entre les clients qui faisaient leurs achats de Noël. « L'ennui, avec les familles, c'est qu'elles te cataloguent, lui avait dit Charlie hier soir, le bout de ses doigts lui effleurant la nuque. Je suis la voix de la raison. Parfois, j'aimerais bien me transformer en voix de la folie !
– Oui ! » Gemma avait acquiescé trop violemment car ses doigts la faisaient frissonner et il lui restait un dernier rendez-vous avant de succomber. « Absolument, tu as raison ! »
Aujourd'hui, histoire de rire, elle allait briser au moins un stéréotype. Pour une fois, elle serait pile à l'heure pour retrouver ses sœurs. L'effort était herculéen mais apparemment, c'était bien parti. (Comment faisaient-elles pour être aussi inexorablement ponctuelles ? Il fallait tout prévoir ! C'était épuisant.)
Elle grimpa l'escalator quatre à quatre, s'excusant auprès des gens chargés de paquets qui s'écartaient pour la laisser passer. À l'instant où elle arrivait en haut, son sac ouvert vola dans les airs et tout son contenu se déversa dans un fracas au bas de l'escalator. Gemma regarda avec horreur la foule des badauds se baisser comme un seul homme pour récupérer ses affaires.
À mesure qu'ils sortaient de l'escalator, elle prenait les choses qu'ils lui tendaient. Des poignées de monnaie. Un portefeuille. Un portable. Du rouge à lèvres. Des kleenex tout chiffonnés.

« Merci, disait-elle. Oh ! merci. Merci beaucoup. »

Une petite vieille dame lui fourra un tampon au creux de la main. « Merci, c'est très gentil. »

Pitié, pourvu qu'il n'y ait pas de préservatif.

Finalement, tout le contenu de son sac, Dieu merci sans préservatif, lui fut restitué et elle courut à perdre haleine jusqu'au café indiqué, avec cinq minutes de retard, à présent. Ni Cat ni Lyn n'étaient là. Elle était la première ! Elle s'assit à une table et commanda un jus d'ananas.

Elles devaient acheter un cadeau commun pour leur mère. Chaque année, le défi était de trouver quelque chose qu'elle soit susceptible de conserver. Maxine rendait systématiquement tous les cadeaux qu'elle recevait. « Oui. Bon. C'est très gentil, les filles, disait-elle en déballant leur cadeau péniblement choisi avant de le tourner dans tous les sens d'un air sceptique. Il vaut peut-être mieux que vous me donniez le reçu, au cas où. »

En buvant son jus d'ananas, Gemma contempla la femme de la table voisine qui parlait sèchement à un petit garçon plus ou moins de l'âge de Maddie. Gemma fronça le nez par-dessus le rebord de son verre pour le réconforter. Il la regarda fixement, l'air abasourdi. Petit crétin. Attendez un peu que Maddie et Lyn arrivent, tous les deux, se dit-elle. Vous allez voir.

Gemma était en admiration devant les compétences maternelles de Lyn. Le jour où ils avaient ramené Maddie de l'hôpital, elle avait eu du mal à croire que Lyn ait le droit de garder ce vrai bébé. Sa propre sœur qui sortait de l'hôpital avec ce petit paquet fragile dans les bras tout en bavardant avec Michael, allant même jusqu'à quitter le nourrisson des yeux ! Gemma s'attendait à tout instant à ce qu'un responsable leur tape sur l'épaule en leur disant, attendez une minute, où est-ce que vous allez comme ça ?

Si Gemma avait un bébé, elle aurait une peur bleue de le lâcher sans faire exprès ou de l'empoisonner. Et si elle oubliait tout bonnement qu'elle avait un bébé et ne s'en souvenait que quelques jours plus tard ?

Elle eut soudain la vision d'un bébé qui échappait à ses mains maladroites et fendait l'air alors qu'elle montait un escalator en courant, de gens qui levaient les yeux, bouche bée, de la dame au tampon qui laissait tomber sa canne et tendait les deux mains pour le rattraper.

Elle pouffa de rire dans sa paille.

Elle repensa à la première fois où elle avait gardé Maddie avec Cat. Cat lisait un magazine, allongée par terre sur le ventre tandis que Gemma était assise sur le lit de Lyn et Michael, tenant tendrement contre son épaule le cocon tout chaud qui sentait bon. Soudain, elle se rendit compte que le bébé était inerte.

Elle retourna Maddie avec précaution.

« Oh non, dit-elle. J'ai tué le bébé. » Cat ne leva pas même les yeux de son magazine. « Tu vas te faire engueuler par Lyn.

– Cat ! Je ne plaisante pas ! »

Cat lâcha le magazine et se leva d'un bond.

Elles regardèrent toutes les deux le visage rouge tout plissé de Maddie. Cat lui appuya doucement sur le ventre. Le bébé ne bougea pas. Gemma porta la main à sa bouche. « Qu'est-ce que j'ai fait ? »

Cat appuya plus fort – le visage de Maddie se chiffonna et elle se mit à hurler de rage. Cat la prit et la secoua légèrement. « Mais oui, mon ange, je sais, on ne te laissera plus jamais dans les bras de cette criminelle de tante Gemma. »

Gemma n'avait jamais eu aussi peur de sa vie.

« Gem ! Gem ! Oh ! Gem ! »

Gemma leva les yeux et vit Maddie qui traversait le café en courant, suivie de Lyn qui poussait une poussette vide. Maddie portait une salopette en jean et un diadème clinquant rose et argent dans les cheveux. C'était Gemma qui lui avait offert le diadème de petite princesse qu'elle convoitait elle-même en secret.

« Là ! Gem ! » lança Maddie au passage au petit garçon de la table d'à côté en la montrant du doigt, l'air de dire : mais tu es fou ! Tu n'as pas vu la personne extraordinaire qui est assise à côté de toi ?

Gemma la prit sur ses genoux et Maddie lui plaqua ses petites mains en étoile de mer sur les joues et se lança aussitôt dans une histoire incompréhensible.

Lyn resta debout, agrippant les poignées de la poussette. « Qu'est-ce qui se passe ? demanda-t-elle.

— Comment ça ? s'étonna Gemma en tournant la tête avant de laisser Maddie la retourner vers elle.

— Pourquoi tu es en avance ? Qu'est-ce qu'il y a ?

— Mais rien ! Pourquoi tu es aussi en retard ?

— Je ne suis pas en retard. » Lyn écarta la poussette et s'assit. « Je suis pile à l'heure. On te donne toujours rendez-vous une demi-heure avant l'heure prévue.

— Ta tante Gemma est cataloguée, dit Gemma à Maddie. Exactement comme Meg Ryan. C'est pour ça qu'on ne l'a jamais trouvée plausible en neurochirurgienne, dans ce film.

— *La Cité des anges*, dit Lyn. Quel film épouvantable. Avec Michael, on est partis en plein milieu.

— Moi non plus, on ne me trouverait pas plausible en neurochirurgienne.

— Sans doute pas. Tu passerais ton temps à lâcher tes instruments.

— Pourtant je pense que je serais une excellente chirurgienne. Je serais très calme et imperturbable.

— Tu as un truc sur la joue. Du mascara, peut-être. » Lyn se lécha le doigt et le tendit vers sa joue.

Gemma eut un mouvement de recul. « Je vais le faire !

— C'est juste de la salive. Quand tu seras neurochirurgienne, tu devras toucher des cerveaux tout mous et pleins de sang.

– Beurk », dit Maddie d'un ton compatissant. Elle se mit le doigt dans la bouche et entreprit de frotter la joue de Gemma.

« Où est la serveuse ? » Lyn se retourna et pianota sur la table. « J'ai besoin de caféine pour m'aider à affronter Cat. C'est la première fois que je la revois depuis l'histoire de Dan.

– Ah oui ! Je savais bien qu'il y avait quelque chose que j'attendais avec impatience ! Le plus gros scoop de toute l'histoire de la famille !

– Arrête, tu veux. C'était il y a longtemps. Je m'en souviens à peine.

– Tu te fiches de moi ? Explique. Je ne comprends pas. Pourquoi tu ne lui as pas dit, à l'époque ? »

Lyn repoussa ses cheveux derrière les oreilles et se pencha, les coudes sur la table.

« La question, c'est surtout pourquoi lui ne lui a pas dit ! J'étais à l'autre bout du monde. Quand je suis rentrée, ça faisait déjà un mois qu'ils étaient ensemble. Évidemment, j'aurais dû lui dire tout de suite. Mais elle était si heureuse, ils n'arrêtaient pas de s'embrasser, tu te souviens ? Ça me semblait cruel d'aller dire : "Ah oui, au fait, je suis sortie avec lui, moi aussi." Et puis...

– Oui ? » dit Gemma avec bienveillance. Lyn l'attendrissait, aujourd'hui, elle semblait si hésitante, ça ne lui ressemblait pas.

« Je ne pensais pas que ça durerait. Je ne pensais pas que Dan était du genre à s'engager. Chaque semaine, je m'attendais à ce que ça se termine. Et là, d'un coup, on se retrouve toi et moi à s'avancer vers l'autel en robe de taffetas violet.

– Et pourquoi tu ne m'as rien dit ?

– À toi ? » Lyn la regarda d'un air incrédule. « Tu es incapable de garder un secret. »

La tendresse de Gemma plongea en chute libre. « C'est pas vrai du tout !

– C'est pas vrai du tout, répéta pensivement Lyn. Tu parles comme une gamine de seize ans. Kara dit ça. "C'est pas vrai du tout, Lyn, je ramasse mon linge sale moi-même." »

Gemma serra les dents et repartit à l'attaque. « Alors, tu as couché avec le mari de Cat ?

— Gemma ! À l'époque, ce n'était pas le mari de Cat.

— Oui ou non ?

— Qu'est-ce que ça peut te faire ?

— Rien. Je me demande, c'est tout. Alors ?

— C'est avec lui que j'ai perdu ma virginité.

— Non ! » Gemma laissa Maddie descendre de ses genoux. « La première fois, c'était avec Joe, en Espagne !

— Je te dis que non.

— Mais si !

— Je crois que je suis un peu mieux placée que toi pour en parler.

— Je n'en reviens pas. »

Gemma et Lyn regardèrent Maddie trottiner vers le petit garçon de la table voisine et approcher son visage si près du sien que leurs nez se touchaient presque.

« Alors ? dit Gemma sans regarder Lyn. Dan ? C'était bien ? »

Lyn ne la regarda pas non plus. « Oui. Très. »

Gemma resta bouche bée. Pour une raison ou pour une autre, elle trouvait cela incroyablement choquant.

Lyn lui jeta un regard en coin où pétillait une lueur de fierté et elles éclatèrent toutes les deux d'un rire espiègle.

« Arrête, dit Lyn désespérément. Ce n'est pas drôle. »

Gemma prit une serviette pour s'essuyer les yeux. « Non, c'est horrible. Tu es horrible. Je ne savais pas que tu étais aussi horrible.

— Cat ! Ma Cat ! »

Écartant le petit garçon sans ménagement, Maddie se précipita dans le café à la rencontre de Cat. Gemma se passa les mains sur le visage comme pour en effacer le rire et Lyn se redressa sur sa chaise.

« Un mot et tu es morte », dit-elle en levant la main pour faire signe à Cat.

Cat s'avança vers elles, Maddie accrochée à sa hanche. La femme accompagnée du petit garçon s'était levée et rassemblait ses affaires. Quand elle vit Cat, elle eut un sursaut et se redressa.

« Bonjour ! dit-elle. Vous êtes Lyn Kettle, c'est ça ? Du Brunch Bus ! Quelle coïncidence, justement, ce matin, j'ai lu un article sur vous dans *She*. »

Cat fit passer Maddie sur l'autre hanche. « Je suis sa sœur. La version ratée. Mais Lyn est juste là. » Elle lui montra Lyn et la femme marqua un temps d'arrêt en voyant celle-ci lui faire un petit signe embarrassé.

« Mais oui ! Vous êtes des triplées ! Ça crève les yeux ! »

Elle balançait la tête de l'une à l'autre avec satisfaction.

« Et vous êtes exactement pareille que les deux autres, si ce n'est que vous avez les cheveux roux ! dit-elle à Gemma.

— Absolument ! répondit Gemma.

— Pas possible, on ne s'en était jamais aperçues ! » lança Cat.

Le sourire de la femme se figea légèrement. « Bien, j'ai été ravie de faire votre connaissance ! » Elle tendit la main à Lyn. « J'admire vraiment ce que vous avez accompli.

— Merci. » Lyn lui serra poliment la main.

« Au revoir, dit Cat, puis elle enfouit son visage dans le ventre de Maddie et poussa un grognement qui la fit gazouiller de joie.

— Qu'est-ce que tu fais là ? demanda-t-elle à Gemma en tirant une chaise avant de s'asseoir avec Maddie sur les genoux.

— Elle refuse d'être cataloguée, dit Lyn. Vous voulez un café, toutes les deux ? Je vais m'en chercher un.

— Comment ça va ? » demanda Gemma à Cat pendant que Lyn allait chercher les cafés. Les cernes sombres sous ses yeux leur reprochaient leur fou rire.

« Bien, répondit Cat. On ne peut mieux. Je suis passée chez Nana Kettle en venant. Il paraît que tu vas faire de l'aquagym avec elle. Tu es maso.

— Ça devrait être marrant. Tu veux venir ?

— C'est ça, oui. Tu as massacré ses ongles, la semaine dernière.

— Merci », dit Gemma. Soudain, une idée lui traversa l'esprit. « Tu sais que Nana a dit un truc bizarre ?
— Tout ce qu'elle dit est bizarre.
— Elle a dit que Pop n'aimait pas Marcus. »
Une expression de circonspection inquiète apparut aussitôt sur le visage de Cat. Chaque fois que le nom de Marcus était mentionné, Cat et Lyn faisaient preuve d'une extrême politesse.
« Tu l'aimais bien, Marcus ? demanda Gemma. Tu peux me le dire, autrement. Il est mort, tu sais.
— Je sais qu'il est mort. Évidemment, je l'aimais bien.
— Tu trouves qu'on s'entendait bien ? »
Cat se retourna, cherchant Lyn. « Hmm. Je ne sais pas trop. Enfin, oui. Bien sûr. Vous alliez vous marier. »
Maddie frappa sur la table et Cat lui tendit la salière et le poivrier. Agréablement surprise, Maddie s'empressa de les retourner tous les deux.
« Cela dit, je me souviens d'une chose, lâcha soudain Cat. Je me souviens de votre retour du Canada. Vous étiez partis skier. Vous étiez fiancés. Marcus a dit qu'il te trouvait timorée sur les pistes ou quelque chose dans ce genre. Je lui ai dit : "Quoi, Gemma, timorée ? Mais qu'est-ce que tu racontes ? Je l'ai vue dévaler des pistes noires à mille à l'heure." Tu faisais une drôle de tête, je me suis dit que vous aviez dû vous disputer. »
Gemma ouvrit la bouche et attendit qu'il en sorte quelque chose.
Cat lui lança un regard noir. « Tu vois ! Je t'ai fait de la peine.
— Pardon. »
Cat changea brusquement de sujet. « Tu étais au courant, à l'époque, pour Dan et Lyn ?
— Non, lui assura Gemma d'un ton catégorique.
— Enfin, heureusement, ils n'ont jamais couché ensemble. Là, ç'aurait été carrément immonde. »
Gemma n'eut pas le temps de se donner une contenance. Cat la regarda. « Mais Dan m'a dit... »

Lyn revint avec deux cafés. Elle reprit le sel et le poivre des mains de Maddie et la remit dans sa poussette avec fermeté en détournant son attention avec une cuillère de mousse de cappuccino.

« Quoi ? dit-elle en s'asseyant quand elle vit la tête de Cat. Qu'est-ce qu'il y a ? »

Aussitôt, elle fusilla Gemma d'un regard accusateur. « Qu'est-ce que tu lui as dit ? »

Gemma se réveilla dans le bruit des vagues et l'odeur du large. Par la porte ouverte de la chambre, elle avait vue sur un petit couloir couvert de moquette beige qui donnait sur un balcon étroit avec une table et deux chaises. La moustiquaire était grande ouverte et sans même lever la tête, elle apercevait la mer qui scintillait au soleil du matin.

Elle resta immobile, s'abandonnant à la douce chaleur du dos de Charlie collé contre le sien. Elle se demanda s'il faisait semblant de dormir.

Chaque geste était si significatif, chaque mot si lourd de sens au matin de la première nuit d'amour.

Elle voyait ses sous-vêtements disséminés ici et là dans le couloir beige en un amas de satin chiffonné délicieusement provocant. « T'as vu un peu ! Des dessous assortis ! » avait-elle lancé fièrement hier soir d'une voix pâteuse dans les vapeurs du vin rouge. « Bravo ! » lui avait répondu Charlie qui n'avait cependant guère perdu de temps à les admirer.

Elle sentit un mouvement à côté d'elle, une main qui cherchait sa hanche.

« Bonjour.

– Bonjour. »

Elle se demanda quel aspect revêtirait sa personnalité après l'amour. C'était impossible à prévoir. Elle détestait quand ils se réveillaient sur leurs gardes, le regard qui semblait dire, ne va pas t'imaginer qu'on est en couple. Au moindre signe d'un regard de ce genre, elle le plaquerait sur-le-champ.

« C'était très agréable, dit-elle en regardant son réveil à affichage numérique passer de 8:31 à 8:32. Hier soir, je veux dire. »

La plupart des hommes, elle le savait, étaient persuadés d'être des amants extraordinairement doués et en même temps terrifiés à l'idée que ce n'était peut-être pas le cas. Il fallait les complimenter abondamment sur leurs talents. Ça les mettait de bonne humeur.

Le fait est qu'à la réflexion, c'est vrai que c'était très agréable. Étonnamment agréable.

« La deuxième fois, poursuivit-elle d'un ton songeur, j'ai eu un orgasme incroyable. »

Il y eut un petit rire à côté d'elle et soudain, elle fut retournée et enveloppée par deux bras énormes, le visage collé contre le large torse de Charlie. Il avait un corps de footballeur, à part les jambes dont la maigreur faisait peine à voir.

Elle respira la légère trace de son after-shave.

« Un orgasme incroyable, ah oui ? Pourquoi, tu l'as senti dans l'oreille gauche ?

— Non, c'est juste que c'était incroyablement délicieux.

— Et pourquoi cet étonnement ? Je suis serrurier. J'ai des mains exercées. Exercées à déclencher de délicieux orgasmes. Tu aurais dû te dire : ouaip, c'est bien ce que je pensais. »

Dieu merci ! Le Charlie d'après l'amour était le même qu'avant l'amour.

Il tendit le bras vers le store qui se trouvait de son côté du lit et tira sur le cordon d'un coup sec, si bien que le soleil inonda aussitôt la pièce. Gemma se couvrit les yeux. « Ça m'éblouit ! Ça m'éblouit !

— Le temps est idéal, dit-il en lui enlevant les mains des yeux. Bien. Gemma Kettle. Ma douce Gemma Kettle. Voilà ce que je propose pour la journée. D'abord, je crois que je vais devoir me débrouiller pour déclencher un autre orgasme incroyable. Puis je te préparerai le petit déjeuner pendant que tu prends ta douche. Ensuite, tu seras tellement excitée par mes talents culinaires – particulièrement quand on songe à ta performance honteuse de la semaine dernière – que tu voudras sans doute m'attirer de nouveau dans la chambre. Après, je pense qu'on devrait aller à la plage et prendre une planche de bodyboard. J'en ai une en rab. Tu as déjà fait du bodyboard ? Et ensuite, retour ici pour une petite sieste et une autre incroyable partie de jambes en l'air. Et après, un film, peut-être ? »

Gemma le regarda. « Eh bien…
– Pas assez de sexe à ton goût ?
– Non, non, ça me paraît amplement suffisant. »
Charlie changea d'expression. « À moins que tu n'aies des projets. Tu as sans doute des projets. Ma petite sœur me dit que je suis trop autoritaire. Alors, ne t'en fais pas, fais ce que tu avais prévu de faire, ça ne me dérange pas. »

Il lui sourit et les rides se creusèrent de part et d'autre de ses yeux marron aux cils absurdes. « En fait, j'ai des projets de mon côté. Maintenant que j'y pense. »

On avait l'impression que toutes ses émotions étaient là, dans ses yeux – un soupçon de nervosité, une pointe de rire.

Pas de secrets. Elle détestait les secrets.

« Les sœurs, dit-elle en l'attirant contre elle. On se fiche de ce qu'elles pensent. »

Ils suivirent à la lettre la proposition de Charlie.

De : Lyn
À : Cat, Gemma
Objet : Noël
1. J'ai pris à maman un bon de *David Jones* pour Noël. Vous me devez toutes les deux 50 dollars.
2. Surtout, n'offrez rien qui se mange à Maddie. Autrement, elle vomira.

3. Vous pourriez apporter des salades et du vin à Noël ? Et me confirmer quels types de salades vous avez choisis ?
4. Gemma – tu comptes vraiment amener ton nouveau petit ami ? Tu peux me le confirmer ?

De : Cat
À : Gemma, Lyn
Objet : Noël
Je confirme que je ne viens pas à Noël.

De : Gemma
À : Lyn, Cat
Objet : Noël
NON MAIS ELLE EST SÉRIEUSE ?
PS : Je confirme que j'apporte une salade très spéciale, très exotique. Je confirme que Charlie fera juste un saut, histoire que vous puissiez tous l'admirer et vous extasier devant ses cils mais après il doit déjeuner en famille.

De : Lyn
À : Gemma
Objet : Noël
Si elle dit vrai, c'est de ta faute. Arrange ça avec elle.

De : Gemma
À : Lyn, Cat
Objet : Noël
Pardon, mais c'est de ta faute. C'est toi qui as des orgasmes à répétition avec son mari.

De : Cat
À : Lyn, Gemma
Objet : Noël
VOUS VOUS FOUTEZ DE MOI OU QUOI ???
Des orgasmes à répétition avec mon mari ?
GEMMA : TU ES UNE IDIOTE. LYN : TU ES UNE SALOPE.

De : Lyn
À : Gemma
Objet : Noël
ARRANGE ÇA.

« Non. Ça ne va pas, annonça Charlie alors qu'ils étaient assis face à face dans un café. Tu es trop loin. »

Il déplaça sa chaise de l'autre côté de la table et se rapprocha suffisamment de Gemma pour pouvoir entrelacer ses jambes avec les siennes.

Il la faisait fondre comme du caramel.

Trois semaines depuis leur rencontre. Six rendez-vous. Deux nuits chez lui. Deux chez elle. Ils s'étaient beaucoup embrassés. Beaucoup envoyés en l'air, et bien. Beaucoup amusés à raconter des blagues idiotes.

Elle savait que c'était toujours bien au début d'une relation, mais est-ce que c'était toujours aussi bien que ça ?

Oui, sans doute.

« Il n'y a pas de *sticky pudding*, constata-t-elle tristement en regardant le menu. Ce n'est plus la mode.

— On n'a qu'à en faire un nous-mêmes, répondit Charlie. Tiens, demain soir, on fait un *sticky pudding* tous les deux. Tu ne serviras pas à grand-chose. Mais tu pourras rester à côté pour faire joli et me passer ce qu'il faut au fur et à mesure.

— D'abord, je dois voir ma sœur. Un problème à régler avec elle.

— Je suis sûr que ce n'est pas de ta faute.

— Un peu, si.

— Vous vous disputez beaucoup ? Les triplés se disputent plus que la normale ?

— Les triplées Kettle, oui. Mais je pense qu'on n'est pas normales. Quand on était petites, maman nous amenait dans un club de triplés et il y en avait qui s'adoraient. On était tellement dégoûtées qu'on leur lançait des cailloux.

— Petites sauvages, dit Charlie en lui caressant le poignet du pouce.

— On a été exclues du Club des triplés pendant un mois. Tu te disputes avec tes sœurs ? Quand j'étais petite, je rêvais d'avoir un grand frère.

— Mes sœurs t'auraient payée pour que tu les débarrasses de moi. Je les tabassais. Ma spécialité, c'était les brûlures indiennes sadiques.

— Non !

— Si. Et puis j'ai eu une phase de délinquance juvénile et je ne me suis plus occupé d'elles. »

La vision de Charlie en délinquant juvénile était très excitante. Gemma l'imagina en blouson de cuir noir, marchant au ralenti dans une ruelle obscure.

« Et quand j'en ai eu marre de la délinquance, on est soudain devenus copains. C'était bien. Comme si je m'étais fait de nouvelles amies du jour au lendemain. Maintenant, on se donne des conseils amoureux.

— Ah oui. Et qu'est-ce qu'elles te disent ?

— Des bêtises, bien sûr. Je ne les écoute pas. Mais je leur donne de très bons conseils.

— Du genre ?

— Eh bien, l'autre jour, une de mes sœurs a annoncé allègrement qu'elle sortait avec un homme marié, bon sang. Je lui ai conseillé d'arrêter tout de suite.

— Très judicieux. C'est peut-être un peu plus compliqué que ça.

— Non. » Charlie cherchait la serveuse. « Mais pourquoi ces femmes m'évitent du regard ?

— Ma sœur est tombée amoureuse d'un homme marié. C'était leur destin d'être ensemble. Son ex était une vraie garce.

— Mmm, fit Charlie d'un ton désapprobateur au moment où la serveuse arrivait enfin en fouillant dans son tablier à la recherche d'un stylo. Avant toute chose, dites-nous ce qui est arrivé à votre *sticky pudding*. Ma petite amie ne s'en remet pas. »

Le doux plaisir adolescent d'entendre Charlie parler d'elle comme de sa petite amie lui fit oublier qu'elle était censée défendre le destin de Lyn.

Il était 3 heures du matin, le lendemain, et Gemma émergea brusquement, hors d'haleine, comme si elle était en train de se noyer dans les eaux profondes et obscures d'un lac de sommeil.

Elle avait oublié quelque chose. Quelque chose d'essentiel.

Qu'est-ce que ça pouvait être ? Puis ça lui revint brusquement et elle hurla : « Charlie ! »

Il se réveilla en sursaut et bondit aussitôt hors du lit, sautillant sur ses pieds comme un boxeur et frappant furieusement dans le vide. « Quoi ? Où ça ? Ne bouge pas ! »

Gemma sortit du lit, les jambes tremblantes de peur. « On a oublié ! Charlie, comment on a pu ? »

Elle se précipita vers la commode et se mit à fouiller avec frénésie dans ses vêtements et à les jeter par terre. « On a oublié qu'on avait un bébé ! On l'a laissé dans le tiroir ! »

Il était sans doute trop tard. Le bébé devait être mort. Les bébés avaient besoin de nourriture, de lait, quelque chose ! Elle imagina un petit corps tout ratatiné avec des yeux accusateurs. Quelle horreur. Comment avaient-ils pu oublier ? Ils étaient des meurtriers.

Charlie était derrière elle, la serrant dans ses bras. « On n'a pas de bébé, espèce d'allumée. Reviens te coucher. C'est juste un rêve.

– Non, non. » Elle ouvrit un autre tiroir. « Il faut qu'on retrouve notre bébé. »

Mais alors même qu'elle prononçait ces mots, elle commençait à douter d'elle-même. Peut-être qu'il n'y avait pas de bébé ?

Elle se retourna vers Charlie. « On n'a pas de bébé ?

— Non, on n'a pas de bébé. Tu rêvais. Merde. Tu m'as filé une trouille pas possible.

— Pardon. » Elle se sentait bête. « Je t'ai dit que j'avais parfois des cauchemars ?

— Non. » Il la prit par l'épaule et la guida vers le lit. « Et, juste par curiosité, ça t'arrive souvent ? »

8

« Ça la fout mal, je sais, dit Dan avec l'air courageux du boxeur qui se relève en titubant, la bouche en sang, pour un nouveau round. Mais j'ai, comment dire... oublié.
– Tu as oublié que tu avais couché avec ma sœur.
– J'ai oublié.
– Tu as oublié.
– Oui.
– Comment ça se peut ? » Cat était offensée pour Lyn. « Elle a perdu sa virginité avec toi !
– Je n'y avais plus repensé depuis des années, confessa Dan, jusqu'à ce qu'Annie m'interroge. Je me rappelais juste être sorti avec elle deux ou trois fois. Mais si Lyn le dit, c'est que c'est vrai. Je n'irai pas discuter avec elle. Chaque fois qu'elle baise, elle le note probablement dans un tableau. »
Cat refusa de sourire.
« J'étais jeune. Je couchais à droite à gauche. C'est si loin tout ça.
– Tu couches encore à droite à gauche. »
Il accusa le coup et prit sur lui.
Cat le croyait. Il était capable de se rappeler les scores des finales de rugby des quinze dernières années et de citer des pans entiers de dialogues des *Simpson*, mais pour ce qui était des événements d'ordre personnel, sa mémoire était notoirement

désastreuse. Jusque-là, elle n'y attachait pas d'importance. Si cette révélation était survenue avant Angela (longue chevelure noire en cascade, bretelle de soutien-gorge noir qui glisse, arrête, arrête, arrête), elle aurait peut-être ri. Oui, elle aurait sans doute ri. Elle aurait exagéré sa stupeur, l'aurait exploitée, car la fidélité de Dan allait de soi. Dans sa vie, il était possible et même probable que tout le reste tourne mal, mais le couple qu'elle formait avec Dan était une évidence.

Quelle naïveté. C'était pitoyable.

« Je ne serais jamais sortie avec toi si j'avais su. Tu le sais, ça ? Récupérer les restes de Lyn ? Je ne t'aurais pas laissé une seule chance.

– Dans ce cas, j'ai bien fait de ne pas te le dire.

– Ah oui ? »

Elle aurait pu avoir une autre vie.

Un jour, alors qu'elle avait rendez-vous chez l'esthéticienne pour se faire épiler les jambes, Cat lut dans un magazine un article qui parlait d'une étude sur des vraies jumelles qui avaient été séparées à la naissance. Quand elles se retrouvèrent, des années plus tard, elles découvrirent des similarités étonnantes dans leurs vies. Bien qu'elles aient été éduquées différemment, elles avaient fini par avoir des métiers, des passe-temps, des habitudes, des animaux, des voitures et des vêtements semblables, allant jusqu'à donner le même prénom à leurs enfants ! Selon l'auteur, cela prouvait que, tout comme la couleur des cheveux, la personnalité était décidée à la conception. Le destin de chacun était probablement gravé de façon indélébile dans ses gènes.

N'importe quoi, se dit Cat en tournant la page, se demandant combien de temps cette fichue esthéticienne allait la faire attendre. Il suffit de nous regarder, Lyn et moi ! Ou les jumeaux machins de l'école. Mais l'auteur avait prévu le coup. Si les vrais jumeaux élevés ensemble étaient différents, c'est qu'ils cherchaient délibérément à se distinguer l'un de l'autre.

« Pfff ! » marmonna Cat. Il y avait une contradiction fondamentale dans son argument. Si l'environnement n'avait aucune importance pour les jumelles séparées, pourquoi était-il aussi essentiel dans le cas des pauvres jumelles forcées de vivre aux côtés de leur sosie ?

Mais pendant que l'esthéticienne lui arrachait les poils des mollets et essayait de lui vendre une lotion hydratante, Cat enfouissait le nez dans la serviette parfumée à la lavande en se demandant si c'était elle ou Lyn qui menait la vie « idéale », celle à laquelle elles étaient prédestinées. Un jour, la voisine de Nana lui avait dit : « C'est vous qui avez si bien réussi ?

– Mais enfin, Bev, s'était écriée Nana. C'est Cat ! Elle fait de la plongée ! »

À moins qu'elles ne mènent toutes les deux des variantes hybrides de la vie idéale ? Peut-être Lyn aurait-elle dû épouser Dan ? Et Gemma, alors ? En quoi leur jumelle dizygote pouvait-elle brouiller la formule ?

« Voilà, ma belle ! Vous êtes toute débroussaillée ! » L'esthéticienne lui tapota les jambes avec une familiarité déplacée. « Je parie que vous avez l'impression d'être une nouvelle femme ! »

Ce à quoi Cat répondit de façon désobligeante : « Ça m'étonnerait. »

Alors qu'il faisait encore jour, un lundi soir, Cat venait de se garer dans l'allée en rentrant du bureau quand elle vit la Mini verte cabossée de Gemma arriver au coin de la rue dans un crissement de pneus.

Les filles Kettle étaient toutes des folles de vitesse, mais Gemma combinait cette soif avec une incompétence spectaculaire. Elle percutait régulièrement toutes sortes d'objets – des voitures, des murs, un poteau télégraphique de temps à autre.

Cat lâcha son attaché-case, remonta ses lunettes de soleil

et s'appuya contre sa voiture pour regarder avec amusement Gemma qui se garait en marche arrière de l'autre côté de la rue.

Après quatre tentatives bizarres qui toutes se terminèrent dans un froissement de tôle au fond du caniveau, Cat finit par remettre ses lunettes de soleil sur le nez et traverser la rue.

Quand elle s'approcha de la voiture, le bêlement nasillard d'une cassette rayée lui assaillit les oreilles. Un des multiples petits copains de Gemma, qui était fan de country, lui avait légué une fâcheuse passion pour Tammy Wynette. C'est comme s'il lui avait donné l'herpès, se disait Cat.

En la voyant, Gemma eut un sourire radieux. Elle chantait en martelant le volant en cadence. *Stand by your Man !*

« Descends et laisse-moi faire ! hurla Cat pour couvrir la musique.

— Hello ! » Gemma coupa la cassette. « Comment va ?

— Ça va. » Cat ouvrit la portière. « Allez. »

Gemma descendit d'un bond avec à la main une bouteille de vin dans un sac en papier kraft.

Elle était clairement en mission de paix.

« Je te guide ?

— Non. » Cat se mit au volant et tira sur le frein à main. « On pourrait garer un camion ici, alors ton pot de yaourt, tu penses ! »

Elle gara la voiture en deux temps trois mouvements. (« Tu conduis comme un mec, lui disait Dan. C'est super sexy. »)

Cat claqua la portière et tendit ses clés à Gemma. « Tu nuis à la réputation des femmes au volant.

— Je sais. J'ai honte. Comment ça va ?

— Tu me l'as déjà demandé. Il y avait un message à mon intention, dans cette chanson ?

— Comment ça ? » Gemma prit l'air inquiet.

« *Stand by your man.*

— Ah. Holà. Non. Enfin, tu peux le soutenir si tu veux – c'est à toi de voir.

— Gemma ! » Cat venait d'apercevoir ses sandales noires aux pieds de sa sœur. « Je les cherchais justement, l'autre jour !
— Oh ! Pardon. Tu es sûre qu'elles ne sont pas à moi ? Je crois me souvenir que je les ai habilement négociées au marché de Balmain.
— C'est moi qui les ai négociées au marché de Balmain. Vas-y, ne te gêne pas, pique-moi mes souvenirs en plus de mes chaussures. Je te les ai prêtées pour les quarante ans de Michael, tu te rappelles ?
— Aïe, c'est mal parti, dit Gemma. Je suis censée arranger les choses. J'ai préparé tout un plaidoyer. »
Cat lui prit la bouteille. « Tu as intérêt à me faire boire d'abord. »
Elles entrèrent et Cat alla dans sa chambre enfiler une tenue plus confortable pendant que Gemma débouchait le vin.
« Il y a un bon brie dans le frigo, lui lança Cat. Et des olives. »
Elle revint en boutonnant son short et trouva Gemma qui fixait respectueusement la porte du réfrigérateur.
« Qu'est-ce que tu fais ?
— Tu as le numéro de Charlie, ici. » Elle décolla un magnet publicitaire bariolé en forme de clé et le tendit à Cat. « J'avais oublié que c'était grâce à toi que je l'ai rencontré. Tu te souviens, quand j'ai claqué la porte avec les clés à l'intérieur en allant arroser le jardin et que je t'ai appelée ? Quand est-ce que tu as trouvé ce magnet ? C'est le destin !
— Je pense plutôt qu'il a été mis dans la boîte aux lettres. À moins que ce soit Dan. D'ailleurs, comment va ton séduisant serrurier ?
— Il est fabuleux.
— Tu dis ça chaque fois.
— Cette fois, c'est différent.
— Ça aussi, tu le dis chaque fois. »
Gemma déboucha la bouteille. « Ah bon ? Oui, sans doute. »

Cat se demanda si ses cinquante dollars risquaient quelque chose. Dès que Charlie était entré en scène, elle avait parié comme d'habitude avec Lyn sur le temps qu'il tiendrait. Cat le voyait parti avant la fin mars. Lyn, elle, le voyait durer au moins jusqu'à la fin juin. Cette fille était une romantique inavouée.

« Bizarrement, il me rappelle Pop Kettle, dit Gemma. Il a un côté délicieusement vieux jeu.

— Aïe ! Ce n'est pas exactement sexy.

— Quand je suis avec lui, tout est simple et sans complication.

— Ah. Il est un peu long à la détente, c'est ça ?

— La ferme. » Cat regarda Gemma verser automatiquement la même quantité de vin dans chaque verre. Elle faisait pareil. C'était l'héritage d'une enfance passée à partager des gâteaux et des barres chocolatées avec deux sœurs à l'œil de lynx.

« Tu vas rencontrer Charlie, dit Gemma. Il passera rapidement chez Lyn le jour de Noël pour nous dire un petit bonjour.

— Je ne viens pas à Noël, répliqua Cat en se demandant si elle parlait sérieusement.

— Mais bien sûr que si. Tu n'as pas encore entendu mon plaidoyer. Où est Dan, ce soir ?

— Il drague une autre pute dans un bar.

— Sympa.

— Il joue au squash. Je crois. Le pire, c'est qu'il a fait de moi une de ces bonnes femmes soupçonneuses. Je surveille l'heure à laquelle il rentre. J'ai horreur de ça. Je ne suis pas comme ça. Je n'ai jamais été comme ça. Je suis un vrai cliché, d'un coup.

— Ça va s'arranger. » Gemma prit une olive et cracha le noyau dans le creux de sa main. « Dan t'adore. Je t'assure, je le sais ! L'histoire avec Lyn n'était rien et l'histoire avec cette fille était une bêtise. Vous avez toujours été le couple idéal, Dan et toi. Tout le monde le dit. »

Cat serra fermement le pied de son verre. Merde. Elle avait versé plus de larmes ces dernières semaines que durant toute sa vie.

« Je n'aurais jamais cru que ça pouvait m'arriver, dit-elle

péniblement. C'est tellement sordide. Tellement naze. Tu comprends ? Je croyais être au-dessus de ça.

— Oh, Cat ! » Cat sentit qu'elle se raidissait et devenait maladroite en voyant Gemma la prendre par l'épaule et elle respira l'odeur de savon si douce et si familière de sa sœur.

Lyn avait un parfum frais d'agrume. Et elle, avait-elle un parfum particulier ? Probablement pas. Elle sentait sans doute le carton.

Cat rejeta le bras de Gemma d'un haussement d'épaule. « Ne t'en fais pas. Ça va. Allez, on va boire le vin sur le balcon. Histoire d'admirer ma sublime vue.

— J'aime bien ta vue », lui assura loyalement Gemma.

Cat et Dan habitaient à Rozelle dans un appartement des années vingt qui avait été rénové, avec de hauts plafonds à moulures et un parquet ciré. Ils avaient vue sur un ruban de baie, de longs haubans d'Anzac Bridge et d'innombrables eucalyptus. Les matins d'été, ils prenaient le petit déjeuner devant un public de perruches aux couleurs vives qui s'affairaient en frétillant sur leur rambarde.

Ils avaient acheté avant le dernier boom de l'immobilier et amassé un capital suffisant pour investir dans un bien locatif l'année précédente. À Sydney, où l'immobilier relevait de l'obsession, ils s'en sortaient plutôt pas mal pour un jeune couple de yuppies. Ils étaient même très bien partis.

Gemma et Cat s'assirent et basculèrent en arrière les fauteuils en toile, en enroulant leurs gros orteils dans la grille du balcon pour rester en équilibre.

En l'honneur de leur mère, Cat lança : « Si tu veux te rompre le cou, continue comme ça, jeune fille ! » Gemma renchérit avec l'intonation exacte de Maxine : « Tu riras moins quand tu seras dans une chaise roulante, mademoiselle ! Je me demande si on dira ce genre de choses à nos enfants, dit Gemma au bout d'une minute. L'autre jour, j'ai entendu Lyn demander à Maddie si elle voulait une gifle. Maddie a secoué la tête d'un air condescendant, l'air de dire, franchement, quelle question idiote ! »

Cat imaginait parfaitement l'expression de sa frimousse. C'était incroyable de voir comment un bambin pouvait être à ce point une petite personne. Parfois, la seule vue de Maddie lui serrait le cœur. Dans tout ce qu'avait Lyn, c'était la seule chose qu'elle ne pouvait même pas faire semblant de ne pas vouloir. Lyn était tombée enceinte exactement quand elle l'avait programmé, au mois près, merde. Pourquoi l'utérus identique de Cat n'avait-il pas obéi aux ordres ? Quelle injustice. Mois après mois, tu n'es pas enceinte, tu n'es pas enceinte, tu n'es pas enceinte. Encore et toujours.

Elle devait avoir ses règles d'un jour à l'autre, histoire de lui plomber définitivement le moral.

Gemma rebascula le fauteuil sur ses quatre pieds et avala une grande rasade de vin. Elle reposa le verre par terre. « Bon, dit-elle en prenant sa respiration. Je suis prête pour mon plaidoyer. »

Cat faisait tourner son verre d'un air pensif. Mais au fait, quand est-ce qu'elle devait avoir ses règles ?

Gemma se leva et écarta les bras en croix comme un homme politique à la tribune. « Cat. Tu traverses une période très difficile...

– J'ai trois semaines de retard.

– Quoi ? » Gemma se laissa retomber sur le fauteuil et reprit son verre. « Tu es sûre ? »

Cat sentit un étrange frémissement dans le bas-ventre.

« Je devais avoir mes règles le jour où Dan m'a avoué qu'il m'avait trompée. Je me souviens. J'avais un bouton. Là, sur le menton. Pour moi, ça voulait dire que j'allais avoir mes règles. Normalement, c'est ça. Mais je ne les ai pas eues. Et contrairement à d'habitude, je n'y ai pas pensé plus que ça. »

Gemma faisait des bonds sur son fauteuil, se renversant du vin sur la main. « Tu es enceinte ! Tu vas avoir un bébé !

— Peut-être pas. C'est peut-être un simple retard. »

C'était tellement improbable, comme si le seul fait de se rappeler qu'elle avait un retard de règles suffisait à ce qu'elle tombe instantanément enceinte.

« Montre ton ventre ! » Gemma attrapa le tee-shirt de Cat et le remonta. Elles contemplèrent toutes les deux son ventre et Gemma appuya légèrement le doigt dessus.

« Coucou, bébé, dit-elle. Tu es là ?
— Je ne pense pas que ça se voie au bout de trois semaines », dit Cat.

Gemma posa une main à plat sur le ventre de Cat et l'autre sur le sien. « Oooh, j'ai l'impression que tu es plus grosse !
— J'ai un test de grossesse dans la salle de bain, dit Cat d'un ton qui se voulait désinvolte. Il date de la dernière fois où j'ai eu un retard. La fois où je les ai eues dès que je suis rentrée de la pharmacie. »

Elle regarda Gemma hésiter à la perspective d'une réponse définitive. Elle savait exactement ce qu'elle pensait : je préfère ne pas être là si elle apprend qu'elle n'est pas enceinte.

« Je parie que je ne suis pas enceinte. C'est probablement le stress.
— Viens. » Gemma se leva. « On va le faire. »

Elles s'assirent sur le rebord de la baignoire et lurent ensemble les instructions.

« Ça a l'air compliqué », dit Gemma, mais Cat se disait exactement l'inverse. C'était trop simple, trop prosaïque. Comment ce prétentieux petit bâtonnet en plastique osait-il avoir le pouvoir de décider de son avenir ?

« Deux traits bleus, je suis enceinte, un trait bleu, je ne le suis pas. On ne peut pas faire plus simple. Et maintenant, laisse-moi, tu veux ? Merci. »

Gemma referma la porte derrière elle et la rouvrit aussitôt pour agiter vigoureusement une main en croisant les doigts très fort.

Cat se regarda dans la glace et se sentit étrangement désorientée. Vas-tu être mère ? L'espace d'un instant, elle vit Lyn qui la regardait calmement.

Lyn lui avait raconté qu'il lui arrivait souvent de faire signe à Cat dans un centre commercial et de se sentir bête en s'apercevant qu'elle saluait son reflet.

Ce n'était jamais arrivé à Cat. Elle connaissait son reflet par cœur et le détestait. Elle avait horreur de se voir par hasard dans un miroir, encore plus quand elle souriait. La vision inopinée de son visage bêtement heureux avait quelque chose de si vulnérable, de si pitoyable.

Elles n'étaient pas identiques. Lyn avait un je-ne-sais-quoi d'indéfinissable, d'unique, qui manquait à Cat.

« Ça y est ? lança Gemma.

— Minute ! » Cat regarda le bâtonnet en plastique. *Voyons voir ce que tu as à dire pour ta défense.*

Gemma et Cat s'assirent toutes les deux avec leur verre de vin à même le carrelage de la salle de bain, adossées contre la baignoire, en attendant que le bâtonnet se décide.

Cat sortit sa montre et mit le chronomètre. « Tu peux regarder à ma place, dit-elle. Je ne peux pas.

— OK. » Gemma ramena les genoux contre elle et les serra. « C'est génial. J'ai presque l'impression de participer à la conception du bébé !

— Oui, enfin, j'espère que ça ne veut pas dire que tu as couché avec Dan, toi aussi, dit Cat.

— Non. En fait, je n'ai jamais été attirée par lui. »

Cat se sentit curieusement vexée. « Je ne vois pas pourquoi. Il est assez bien pour moi. Assez bien pour Lyn. Assez bien pour l'autre conne, Angela.

— Enfin, si tu insistes. Je le préférerais sans hésiter à Michael.

— Ça, c'est sûr, dit Cat avec satisfaction. Il doit être nul au pieu. Tout maigre, à piaffer d'impatience. »

Gemma s'esclaffa. « Oui, pauvre Lyn. Je parie que quand il jouit, il lève le poing d'un air triomphal comme au tennis. »

Cat pouffa tellement de rire que le vin lui remonta dans le nez et Gemma dut lui taper dans le dos.

Cat prit sa montre. Encore une minute. Elle se sentait légèrement hystérique. « Dan est très doué, sexuellement parlant, dit-elle. Il a le talent pour ça.

– Oui, c'est ce que j'ai cru comprendre. »

Cat regarda Gemma qui avait la tête renversée en arrière et semblait descendre son verre à une vitesse remarquable. « Pardon ? C'est Lyn qui t'a dit ça ? »

Gemma reposa son verre et s'essuya la bouche d'un revers de main. « Je m'en souviendrai toujours, la première fois que tu as couché avec Dan, tu es sortie discrètement du lit pour m'appeler, répondit-elle. Tu m'as dit que tu n'avais jamais rien connu d'aussi extraordinaire. Avec Marcus, on a eu une grosse dispute à cause de ça.

– C'est vrai. »

Cat se revit soudain, chuchotant au téléphone, les manches du maillot de football de Dan pendant sous les poignets de façon sexy. Les lèvres sensibles à force d'embrasser. Les cuisses poisseuses.

« Mais pourquoi vous vous êtes disputés à cause de ça ? »

Gemma détourna les yeux. « J'ai oublié. Ça y est ? »

Cat regarda l'heure. « Oui. » À présent, elle était d'un calme impassible.

« Deux traits, je suis enceinte, un trait, je ne le suis pas. Ne te plante pas. »

Elle resta assise pendant que Gemma se levait et prenait le bâtonnet dans l'armoire. Cat contemplait ses mains. Il y eut un silence. Gemma se rassit par terre à côté de Cat.

« Ça ne fait rien », soupira Cat. Les larmes lui brouillèrent la vue. « Tant pis. Ça ne fait rien. »

Gemma tendit la main pour prendre le verre de Cat et le vida dans le sien. « Terminé, tu ne touches plus à ça.
– Tu plaisantes. »
Gemma fit non de la tête et lui sourit béatement, le regard brillant. « Deux traits. Deux très, très jolis traits. »
Pour la première fois de sa vie, Cat se jeta au cou de sa sœur dans un abandon total et spontané.

De : Gemma
À : Lyn
Objet : Cat
J'AI TOUT ARRANGÉ !

Le sundae magique

Ça devait faire presque un an que je l'avais perdue. Je m'étais arrêté dans un *McDonald's* entre deux rendez-vous. Il était à peu près 16 heures et il était plein d'élèves. J'étais attablé à côté de trois filles – elles devaient avoir quatorze ou quinze ans. Grandes, dégingandées, avec cette beauté des lycéennes.

Les tables étaient si proches que j'entendais tout ce qu'elles disaient. L'une d'elles était manifestement triste parce qu'elle avait rompu avec un garçon et les deux autres essayaient de lui remonter le moral, mais en vain. Alors une des deux a sorti un cahier de son sac et dit : « OK, on va faire la liste de tous ses défauts – ça te fera du bien ! » La fille malheureuse qui était effondrée au-dessus de son cheeseburger a dit : « Non, surtout pas, je n'ai jamais rien entendu d'aussi stupide. »

Mais la fille au cahier n'a rien voulu entendre. Elle a dit : « Et d'une, il avait de l'eczéma, c'était dégoûtant. » La fille malheureuse s'est énervée : « C'est pas vrai ! » Mais la seule chose qui préoccupait la fille qui notait était de savoir comment on écrivait « eczéma » !

Sur ce, l'autre est allée au comptoir et elle est revenue avec un sundae au caramel. D'un ton grandiloquent, elle a dit : « Ce sundae a des vertus magiques. Une seule bouchée et tu seras guérie ! » Elle a essayé d'en enfourner une cuillerée dans la bouche de la fille malheureuse et l'autre lui a donné une claque sur le front comme un exorciste et déclaré : « Arrière, démon de la tristesse ! » Elles sont parties d'un fou rire si contagieux que soudain, je me suis surpris à éclater de rire.

C'est la première fois que je riais, que je riais vraiment, depuis qu'elle était morte. Pour moi, ç'a été un tournant dans ma vie de m'apercevoir que j'étais encore capable de rire.

C'est drôle. Je parie que ces filles ne se souviennent pas de ce jour-là. Mais pour moi, c'était vraiment un sundae magique.

9

Sur le moment, Dan ne sembla pas comprendre. Il resta planté dans le salon à la regarder, la pointe des cheveux encore humide de sueur après sa partie de squash.

Il avait l'air sidéré. « Un bébé, répétait-il lentement. On va avoir un bébé.

– Oui, Dan, un bébé. Tu sais, le truc qui a la tête qui pendouille, qui fait beaucoup de bruit et qui coûte très cher. »

Puis enfin, il sembla percuter, lâcha sa raquette et la serra si fort par la taille que ses pieds se soulevèrent pratiquement du sol.

Rob Spencer caressait amoureusement sa cravate. « De la masturbation. Intéressant.

– Le message, c'est le plaisir, répondit Cat. Le plaisir égoïste.

– Oui, mais elle se masturbe, non ? Enfin, ce que nous avons là, c'est une femme dans son bain qui se mas-turbe. » Les gens commençaient à s'agiter sur leur chaise. Marianne, qui était chargée du compte rendu de la réunion, jeta son stylo et se couvrit les oreilles. « Vous pourriez arrêter de répéter ça, Rob ! »

C'était le dernier jour avant la fermeture de Hollingdale Chocolates pour les fêtes de fin d'année et Cat présentait une nouvelle campagne publicitaire pour la prochaine Saint-Valentin. Une annonce en pleine page était projetée *via* son ordinateur portable sur un grand écran placé au bout de la salle. On y voyait une femme allongée dans son bain, le sourire mutin, les yeux clos. Une main langoureuse lâchait un emballage de chocolat Hollingdale qui voletait par terre. L'autre main n'était pas visible. L'accroche disait : *À la Saint-Valentin, laissez-vous séduire.*

Cat était contente de la campagne. L'idée lui était venue en entendant Gemma lui raconter le sentiment de décadence qu'elle avait éprouvé en mangeant des chocolats Hollingdale dans la baignoire des Penthurst. Un type de l'agence avait ajouté l'élément de « plaisir solitaire ». (« Quelle bonne idée ! » avait dit Gemma en l'apprenant, l'air passablement inspirée.)

« Les panels de consommateurs ont adoré, dit Cat.

– Ah oui, et ils ont toujours raison, hein ? Ah ! » Rob regarda autour de lui d'un air jovial. Il baissa la voix. « Deux mots : Divine Noisette. »

Les uns s'étreignirent la poitrine comme s'ils avaient reçu une balle. D'autres enfouirent la tête dans leurs mains. Des coups d'œil obliques furent lancés au bout de la table où le directeur général de Hollingdale Chocolates, Graham Hollingdale, mâchonnait un capuchon de stylo en s'ennuyant manifestement comme un rat mort.

Divine Noisette était le flop marketing de l'année précédente. Quand c'était arrivé, toute l'entreprise avait couru aux abris, en balançant la responsabilité comme une grenade dégoupillée par-dessus les cloisons de leur bureau. Ils s'étaient tellement acharnés à se rejeter la faute qu'elle n'était jamais retombée sur qui que ce soit. Douze mois plus tard, la seule évocation de ce souvenir créait entre eux un sentiment de chaude camaraderie.

Cat se fendit du petit sourire navré de rigueur. « Vous avez raison, Rob. Il n'y a aucune garantie. Mais je crois qu'on a tous les éléments nécessaires pour notre cœur de cible.

– J'adore ce que vous faites, Cat ! » lança Rob. Il se pencha, un doigt sur ses lèvres. « Mais pour être franc, j'ai de sérieux doutes sur cette campagne. »

Tiens donc. Cela faisait quelques semaines qu'elle avait souligné son erreur en réunion opérationnelle. Rob avait pris son temps et pansé les blessures de son ego, l'attendant au tournant. Si cela s'était passé la veille, Cat aurait eu une montée d'adrénaline. Mais aujourd'hui, tout cela lui semblait être un petit jeu puéril plutôt cocasse. Ce n'était qu'un job – un moyen de gagner de l'argent. *Et elle allait avoir un bébé.* À l'idée du bébé lové dans son ventre comme par magie, Cat fut submergée par une joie délicieuse.

« On s'est accordés sur le concept il y a plus d'un mois, dit-elle calmement. Ça vous avait beaucoup plu, Rob.

– Eh, je n'en suis pas fier, mais j'admets que ça m'arrive d'avoir tort ! Ça devrait être une tribune libre où chacun doit pouvoir s'exprimer, Cat. Sans accuser qui que ce soit. Sans faire de politique. En donnant juste un avis sincère. »

Cat réprima un fou rire. « Bon, d'accord, dit-elle. Revoyons l'argumentaire créatif. Nous voulions quelque chose de suffisamment fort pour se distinguer de la masse. C'est le cas. Nous voulions quelque chose qui plaise aux femmes célibataires d'une trentaine d'années. C'est le cas. »

Rob leva les paumes comme s'il soupesait deux choses.

« La masturbation. Les chocolats Hollingdale. Je suis le seul à m'inquiéter de ce que ça dit des valeurs de la marque, de l'héritage de la marque ? Graham ? »

Rob pivota son fauteuil pour se tourner vers le directeur général. Graham poussa un soupir théâtral et mâchonna vigoureusement le capuchon de son stylo. C'était un homme étrange, impénétrable, qui avait la déconcertante habitude de laisser tomber ses paupières comme une tortue dès que des membres de son personnel prenaient la parole. Plus ils parlaient, plus il semblait plonger confortablement dans un profond sommeil.

Rob le fixa pendant quelques secondes interminables, puis retourna son fauteuil vers Cat. « Je ne suis pas convaincu que vous ayez assuré sur ce coup-là, Cat. Je sais que vous êtes une créative de génie. Mais suivez-moi bien, je vais lancer quelques idées. Et si elle se prélassait dans son bain en rêvant de son amant ? On pourrait lui mettre une petite bulle au-dessus de la tête, vous voyez, pour montrer qu'elle rêve.

— Ouais, ça m'a l'air d'un bon compromis ! intervint Derek qui était un abruti. Il lui faut un amant !

— Elle ne veut pas d'un amant », dit Cat. Elle griffonna *23 juillet* sur son bloc-notes. C'était la date à laquelle elle devait accoucher.

« Et pourquoi ça ? demanda soudain Graham. Pourquoi elle ne veut pas d'amant ? »

Tout le monde se retourna vers lui avec étonnement. Cat regarda le menton curieusement avancé. Peut-être Graham Hollingdale était-il simplement timide. Peut-être son excentricité n'était-elle pas de l'arrogance, finalement. Mais une simple gaucherie de collégien camouflée sous l'uniforme autoritaire d'un cadre dirigeant d'âge mûr au crâne déplumé.

Elle lui sourit. Un sourire à la Gemma — ouvert, radieux et candide.

« Il se peut qu'elle veuille un amant un jour ou l'autre, mais le message, ici, c'est qu'on n'a pas besoin d'un amant pour se faire plaisir le jour de la Saint-Valentin. Il suffit juste d'un bon bain et de chocolats Hollingdale. »

Elle regarda Rob. « Pas besoin de se sentir menacé. »

Rob leva les yeux au ciel. « Je pense à l'impact sur la marque...

— Passez-la telle quelle, l'interrompit Graham. Ça me plaît.

— Super. » Cat referma son ordinateur d'un coup sec. « Je vous enverrai à tous les PDF par mail.

— Parfait. » Graham se renfonça dans son fauteuil d'un air somnolent.

Rob ne leva pas la tête. Il était occupé à cribler son bloc-notes d'une suite de petits pointillés bleus féroces bien alignés avec un stylo-bille en or. Ce n'était pas une révélation. Il avait toujours été un sale con.

« Joyeux Noël à tous ! » lança chaleureusement Cat.
Elle et son bébé quittèrent majestueusement la salle.

C'était l'avant-veille de Noël et Annie, la thérapeute de couple, avait décidé de marquer le coup avec de gigantesques sapins de Noël qui pendaient à ses oreilles. Ils étaient ornés de petites lumières vertes et rouges qui clignotaient sans relâche de façon déconcertante.
« J'adore vos boucles d'oreilles, Annie », dit Dan. Il tenait la main de Cat qui était assise à côté de lui, cuisse contre cuisse, sur le canapé en vinyle vert.
« Merci, Dan. » Annie secoua gaiement la tête. « Bien, si je peux me permettre, vous avez l'air d'humeur bien plus enjouée que la dernière fois où je vous ai vus.
– Il y a du nouveau. » Dan serra la main de Cat.
« Je suis enceinte, dit Cat.
– Oh ! » Annie joignit les mains. « Félicitations !
– Ce n'est pas pour autant que soudain, tout est arrangé », ajouta Cat. Il ne s'agissait pas qu'Annie aille s'imaginer qu'ils étaient prêts à débourser cent vingt dollars pour passer l'heure en roucoulades.
« Bien sûr que non ! » Le sourire d'Annie disparut en même temps que ses lumières clignotantes. « Mais c'est une merveilleuse nouvelle après avoir essayé aussi longtemps.
– Oui. » Cat se pencha pour regarder Annie avec gravité. « Je veux que tout soit réglé avant la naissance du bébé. Je détestais avoir des parents divorcés. Je détestais la manière dont ils parlaient l'un de l'autre. Je refuse que mon enfant vive ça. »
Elle se radossa, embarrassée par sa véhémence. Elle n'avait même jamais réalisé qu'elle ressentait cela avant que les mots ne sortent de sa bouche. Jusque-là, en fait, elle avait toujours prétendu le contraire – qu'elle se fichait complètement que ses parents aient divorcé.
Il fallait à présent qu'ils règlent leurs problèmes de couple

avant la naissance du bébé. C'était une tâche à barrer de sa liste avant les neuf prochains mois, au même titre que la transformation du bureau en chambre d'enfant et l'installation d'un siège auto dans la voiture.

Annie était l'experte. C'est pour cela qu'ils la payaient.

« Je suis encore en colère contre Dan à cause de ce qu'il a fait. Des fois, je ne supporte même pas de le regarder tellement je suis en colère. Il m'arrive même d'avoir la nausée rien qu'en le regardant.

– Tu es sûre que ce ne sont pas des nausées matinales ? demanda Dan. Parce que ça me paraît un peu excessif. »

Cat et Annie l'ignorèrent. « De toute évidence, il faut que j'arrête d'éprouver ça avant la naissance du bébé. »

Elle fixa Annie, le regard plein d'espoir. Dan toussota.

Annie ouvrit sa chemise cartonnée d'un geste décidé. « Bien, tout cela m'a l'air très constructif, très positif. Mettons-nous au travail.

– Entendu. »

Cat se cramponna à la main de Dan sans le regarder.

La veille de Noël, Cat proposa de garder Maddie pendant que Lyn et Maxine allaient au marché aux poissons.

Quand elle arriva, elle les trouva toutes les deux en train de marcher sur la pointe des pieds de façon exagérée. « On a enfin réussi à la coucher, expliqua Lyn. C'était un cauchemar. Les filles de la garderie disent qu'il suffit d'en rater une ou deux et c'est fini, on peut faire une croix sur la sieste de l'après-midi ! »

Elle avait l'impression que maintenant qu'elle était enceinte, Lyn lui parlait de Maddie d'un ton plus détendu, de mère à mère. Cat était à la fois humiliée et reconnaissante que Lyn ait consciemment – ou peut-être inconsciemment – évité certains sujets.

« Tu l'as dit à maman ? lui demanda Lyn pendant que leur mère était allée dans la salle de bain pour remettre du rouge à lèvres.

– Non. Je vais annoncer la grande nouvelle à toute la famille au déjeuner, demain.

– Enfin, Cat ! protesta Lyn. Papa est au courant, Nana aussi – tu ne peux pas l'annoncer comme ça devant tout le monde alors que la seule de la famille à ne pas être au courant, c'est maman ! Dis-lui maintenant. »

Cat soupira.

La moindre conversation avec sa mère était risquée. On aurait dit deux anciennes joueuses d'équipes adverses qui partageaient une longue et violente histoire. Tout cela semblait certes ridicule aujourd'hui, mais les vieilles rancœurs causées par des penalties injustes étaient encore là en filigrane.

Pendant les années soixante-dix et jusqu'au traité de paix des années quatre-vingt, Maxine et Frank s'étaient fait la guerre et leurs trois petites filles s'étaient loyalement et vaillamment battues à leurs côtés. Lyn avait pris le parti de Maxine. Cat, celui de Frank. Et Gemma avait pris leur parti à tous. Il était difficile de mettre derrière soi dix ans de combat.

Maxine réapparut dans des effluves de Joy et de laque.

« La Croix-Rouge serait peut-être contente d'hériter de ce tee-shirt et ce, sans trop tarder. Ou une autre association », dit-elle à Cat qui était allongée sur le canapé de Lyn, ses pieds nus dépassant du bord.

Cat regarda son tee-shirt délavé. « Je crois que leur niveau d'exigence est plus élevé. »

Lyn lui pinça le bras. « Je suis enceinte, maman, dit Cat à l'adresse du plafond.

– Oh ! fit Maxine. Mais je croyais que vous aviez des problèmes, Dan et toi.

– Maman ! lança Lyn d'un ton affolé pendant que Cat prenait un coussin sous sa tête et le mettait sur son visage.

– Je suis désolée, Lyn, mais c'est ce que je croyais. Gemma a parlé de thérapie. »

Cat n'avait pas besoin de voir sa mère pour reconnaître la

moue grincheuse de dégoût avec laquelle elle prononçait le mot de « thérapie ». La thérapie, c'était pour les autres.

Cat ôta le coussin de sa figure et s'assit. « On tombe enceinte en s'envoyant en l'air, maman. Et pas parce qu'on est parfaitement heureux en couple. Tu devrais le savoir. »

Les narines de Maxine se dilatèrent, mais elle redressa les épaules en enfonçant ses ongles manucurés dans la bandoulière de son sac. Cat était toujours sidérée par la capacité de sa mère à reléguer les émotions déplaisantes de la même manière qu'elle transformait les draps de lit encombrants en carrés bien nets pour l'armoire à linge.

« Excuse-moi, ma chérie. Ça m'a juste surprise que tu me l'annonces comme ça, allongée sur le canapé. C'était curieux. Je suis très heureuse pour toi. Et pour Dan, évidemment. C'est pour quand ? Viens que je t'embrasse. »

Cat resta bien droite en serrant le coussin contre son ventre comme une adolescente récalcitrante pendant que Maxine pressait des lèvres froides contre sa joue.

« Félicitations, ma chérie. J'espère que tu as réduit ta consommation d'alcool. »

Quand Lyn et Maxine refermèrent la porte derrière elles, Cat se rallongea sur le canapé et repensa à l'annonce de la grossesse de Lyn. Un repas de famille spécialement organisé, où Maxine gazouillait presque de joie et de fierté en levant sa flûte de champagne devant l'objectif de Michael, enlaçant Lyn par l'épaule d'un bras maternel.

Cat appuya tendrement les paumes sur son ventre. « On s'entendra bien mieux, toi et moi, hein ? »

Noël. La journée avait si bien commencé.

Ils dormirent jusqu'à 10 heures. Au réveil, Cat sentit la chaleur de l'air.

Comme tous les matins, désormais, elle se tapota secrètement le ventre. *Bonjour bébé. Joyeux Noël.*

« Il va faire chaud ! » dit-elle en s'étirant, rejetant le drap du pied.

Dan était allongé sur le ventre, le visage enfoui dans l'oreiller, les bras enroulés autour.

« Heureusement qu'on va au château », dit-il d'une voix étouffée. Il leva à moitié la tête de l'oreiller et ouvrit un œil pour la regarder. « Joyeux Noël, Catriona.

— Joyeux Noël, Daniel. »

C'était un rituel chez eux. Ils s'appelaient par leur vrai prénom quand ils voulaient se montrer drôles, solennels ou particulièrement amoureux. Ils avaient commencé après leur mariage, en repensant à l'échange de vœux. « Moi, Daniel, je te prends, toi, Catriona, pour épouse… », si ce n'est que pendant leur lune de miel, c'était plutôt : « Moi, Daniel, je te prends toi, Catriona, pour te faire grimper au rideau. »

Personne n'était grimpé au rideau ces derniers temps, évidemment. Elle l'avait laissé réintégrer la chambre après trois jours sur le canapé-lit, et depuis la nouvelle du bébé, elle avait cessé de tressaillir violemment chaque fois que son bras effleurait le sien par accident, mais il y avait toujours une ligne rouge invisible, infranchissable au milieu du lit. Enfin, pas tout à fait au milieu. La moitié de Cat — celle de la partie lésée — était un peu plus généreuse.

Comme chaque année, le matin de Noël, ils restèrent au lit pour échanger leurs cadeaux.

Il lui offrit un délicat bracelet en or, le dernier livre de recettes de *Marie-Claire* et un minipotager en kit d'herbes aromatiques. Elle lui offrit de l'after-shave et une nouvelle raquette de squash. Ils s'extasièrent un peu trop devant leurs cadeaux.

« Je te laisse ouvrir celui-là », dit Dan une fois que le lit fut recouvert de papier cadeau. Il sortit un autre paquet du tiroir de sa table de chevet.

Cat lut la petite carte à voix haute : *À ma petite fille ou mon petit garçon. Joyeux Noël. Je t'aime et j'aime ta maman. Ton papa.*

Normalement, les cartes de Dan étaient formulées ainsi : *À : Catwoman. De la part de : Batman.* Le cadeau était un mini-ballon de football en peluche. « Garçon ou fille, il ou elle devra apprendre à taper convenablement dans un ballon », expliqua Dan. Il pencha la tête et s'adressa au ventre de Cat. « Tu as entendu. Pas de sexisme dans cette famille. »

Cat regarda le haut de son crâne et son esprit eut un étrange petit mouvement de recul, une sorte de réaction à retardement. *Il va être papa.* « Voilà mon papa », dirait un jour leur enfant, et ses camarades occupés à jouer ne lèveraient même pas la tête car les pères se ressemblaient tous, et le papa en question se dirigerait vers eux – et ce papa, ce serait Dan.

Curieusement, c'était là une idée extrêmement sexy.

Alors que Dan s'asseyait sur le lit, elle le repoussa par les épaules et se mit à califourchon sur lui. Le papier cadeau craquait sous eux et Dan la regarda, ses yeux verts plissés, le menton pas rasé. « Elle a franchi la ligne rouge.

– Oui, je franchis la ligne rouge. » Cat ôta son tee-shirt et se pencha sur lui. « Et toi, mon vieux, tu as intérêt à ne plus jamais la dépasser.

– Jamais », marmonna-t-il, la langue déjà dans sa bouche, les mains courant le long de sa colonne vertébrale.

Elle croyait que leur sexualité était à jamais compromise, mais ils étaient trop doués pour ça. La blessure des dernières semaines ne fit qu'intensifier les choses. Elle jouit rapidement, violemment, et il se produisit cette chose, ce phénomène qui n'était arrivé que deux fois et chacune après avoir fumé un joint. Comme si un vitrail volait en éclats dans sa tête et chaque fragment était un souvenir, une pensée, une émotion distincts. Elle vit l'assiette de spaghettis se fracassant contre le mur et Gemma qui la regardait les yeux brillants et lui disait : « Deux très, très jolis traits bleus » et le sapin de Noël de son enfance, scintillant au matin de guirlandes or et argent, et entouré de cadeaux qui s'étaient matérialisés comme par enchantement pendant la nuit.

Ils mirent quelques secondes à reprendre leur souffle.
« Waouh.
– Ouais, waouh. »

« Ça devrait être un Noël moins stressant, déclara Dan dans la voiture alors qu'ils se rendaient chez Lyn. Tes parents expédiés en une fois au lieu d'avoir à faire le tour de Sydney pour les voir. »
Dan avait une famille peu exigeante. Ses parents étaient obligeamment partis s'installer dans le Queensland deux ans auparavant et il entretenait avec son unique sœur, Mel, des relations occasionnelles plus qu'enviables. Noël était donc entièrement dévolu aux Kettle, ce qui tombait bien car ils ne laissaient guère d'énergie pour qui que ce soit d'autre.
« Plus stressant, tu veux dire, répondit Cat. Je trouve que c'est une drôle d'idée de réunir les parents pour Noël. Maman va être encore plus coincée que d'habitude et papa va frimer. Ça sera pénible à voir.
– Et tu ne peux même plus noyer ton chagrin dans l'alcool.
– Je présume que tu vas arrêter de boire par solidarité.
– On peut toujours rêver, hein ?
– Tu es encore en sursis. Ce n'est pas parce que tu as eu de la veine ce matin que tu dois faire le malin.
– Ça, pour avoir eu de la veine, j'ai eu de la veine. »
Pendant qu'ils attendaient au feu, Cat jeta un œil par la vitre et regarda une famille qui venait de se garer devant une maison. Un groupe d'enfants se précipitait pêle-mêle dans la maison et un homme attendait les bras tendus pendant qu'une femme le chargeait de cadeaux qu'elle sortait du coffre. Il fit mine de chanceler sous le poids et elle lui donna une chiquenaude sur le bras.
Le feu passa au vert et Dan redémarra. « Tu sais, je te pardonnerai peut-être un jour, dit-elle. Peut-être. »

« La clim ne marche pas, dit Michael en les faisant entrer. Ma femme n'est pas contente. Joyeux Noël. »

Il tenait un tournevis qu'il passa à Dan. « Il est temps de t'initier à une des grandes joies de la paternité, mon vieux. »

Dan regarda le tournevis.

« Tu as une image sur une boîte, un millier de petites vis et des instructions qui manquent totalement de logique. C'est rigolo comme tout. Aujourd'hui, on travaille sur une cabane de jeux à deux étages. La Mère Noël a dû perdre la tête. Viens. Tu n'y échapperas pas.

– Tu n'as pas quelque chose à boire ? » demanda Dan d'un ton légèrement désespéré pendant que Michael le prenait par le coude.

Cat articula en silence « en sursis ».

Elle trouva Lyn dans la cuisine, vêtue d'une robe d'été sans manches qui accentuait la minceur de ses épaules. Les plans de travail en granit étincelant étaient couverts de rangées bien alignées d'ingrédients émincés. Elle lavait une salade dans l'évier.

« Tu es la cuisinière la plus organisée du monde, dit Cat. C'est quoi, ce bruit ? » Elle se pencha et vit Maddie assise sous la table, la mine renfrognée, qui tapait sur un tout petit xylophone dans un vacarme discordant.

« Ma Cat ! s'écria Maddie en tapant encore plus fort pour fêter ça. Regarde ! Maddie fait le bruit ! Chuuutt !

– Ooh, je peux voir ? demanda Cat, pleine d'espoir, mais Maddie était bien trop maligne.

– Non !

– Ça ne sert à rien. » Lyn essuya le dos d'une main mouillée contre son front. « C'est son cadeau préféré. Tu sais qui le lui a donné – Georgina. La salope. Elle a dû ratisser tous les magasins pour dénicher le jouet le plus bruyant possible. J'ai eu une matinée épouvantable. D'abord, la climatisation – impossible de trouver quelqu'un pour la réparer et on prévoit trente-quatre degrés. Nana va se plaindre toute la journée. Michael a passé deux heures sur cette fichue cabane. Maman met la table dans la véranda et elle est tellement à cran qu'elle dégage de l'électricité statique. Il vaut mieux que tu ne l'approches pas. Kara est là-haut, elle refuse de sortir de sa chambre. Gemma vient d'appeler, toute rêveuse et complètement débile, pour savoir comment on faisait une salade de pommes de terre. Papa et Nana sont en retard. Oh non, saleté de bestiole ! »

Lyn effectua une curieuse petite danse en battant des bras et montra un cafard qui se trouvait au milieu de la cuisine. Il semblait gagné par la panique de Lyn et partait dans un sens, puis dans l'autre, n'arrivant pas à se décider.

« La bombe ! Elle est là, à côté de toi. Arrête de rire et tue-le ! »

Cat attrapa la bombe. « Crève, espèce de petit enfoiré, dit-elle en lui réglant son compte.

— Beurk, observa Maddie qui était sortie de sous la table et restait plantée là, les poings sur les hanches, comme une petite ménagère dégoûtée.

— Je dis exactement pareil quand je tue des cafards, dit Lyn en ramassant l'insecte avec de l'essuie-tout.

— Beurk ?

— Crève, espèce de petit enfoiré. Avec exactement le même ton. Je joue à Arnold Schwarzenegger.

— Oui, moi aussi. »

Elles se sourirent avec satisfaction.

« Il faut qu'on demande à Gemma si elle fait la même chose, dit Lyn.

— Elle ne sait probablement pas qu'on est censé les tuer. Qu'est-ce que je peux faire pour t'aider, maintenant que je t'ai débarrassée de tes bestioles ?

— Tu pourrais sortir Kara de son bouquin ? Elle t'écoute. Elle te trouve cool.

— Ça marche.

— Tu es radieuse, au fait, ajouta Lyn en retournant à sa laitue tandis que Maddie retournait, elle, à son xylophone. La grossesse te va bien, visiblement.

— Cool et radieuse. Radieusement cool.

— Oui, bon, ça va. Allez, file. Maddie, je t'en supplie, arrête ce vacarme ! »

Cat frappa une fois à la porte de Kara et entra dans la chambre plongée dans la pénombre qui sentait le parfum et la fumée de cigarette interdite. Le sol était jonché de vêtements. C'était la chambre d'adolescente de Cat. Celle qu'elle occupait quatre mois de l'année avant de devoir déménager pour laisser une de ses sœurs avoir à son tour sa propre chambre. Kara était sur son lit, couchée sur le ventre, et Cat entendait le martèlement métallique de la musique qui s'échappait de son casque. Elle s'assit au bout du lit et saisit la cheville de Kara. Les omoplates de la jeune fille tressaillirent de colère et elle se retourna, révélant des traînées de larmes et des coulures de mascara.

« Oh, fit-elle en mettant son casque autour du cou. C'est toi.

— Ouais, dit Cat. Joyeux Noël. Qu'est-ce qu'il y a ?

— Rien.

— Pourquoi cet air suicidaire, alors ? Tes cadeaux étaient vraiment nazes ?

— Tu ne peux pas comprendre.

— Non, sans doute pas. Mais essaie quand même, histoire de montrer que tu as raison. »

Kara poussa un soupir théâtral. « OK, voilà, ce matin, maman m'a offert un short pour Noël et elle me fait : "Allez, vas-y, essaie-le !" Je n'avais pas envie de l'essayer devant tout le monde, mais elle ne me lâchait pas, alors j'ai fini par céder et j'ai dû défiler comme un mannequin, le truc supergênant, avec ma grand-mère qui disait : "Oohh qu'est-ce qu'elle est mignonne", et là, tu sais ce que maman a dit, hyperfort, devant tout le monde ? »

La voix de Kara se mit à trembler et Cat se dit : Georgina, espèce de salope.

« Quoi ?

– Elle a dit que ça ne m'allait pas ! »
Kara se décomposa. « T'imagines un peu ?
– Mmm. J'imagine que...
– Elle veut dire que j'ai de grosses jambes moches.
– Non, je pense que ce n'est pas ce qu'elle voulait dire.
– Tu ne comprends pas. Tu as des jambes sublimes. » Kara se pinça cruellement les cuisses. « Et ne va pas me dire que mes jambes sont très bien comme elles sont, parce que dans ce cas, tu n'es qu'une menteuse. Je sais que non, parce qu'à la compétition de natation, Matt Hayes m'a montrée du doigt en disant : "C'est pas des jambes, c'est des poteaux" et tous ses crétins de potes ont pouffé de rire comme s'ils étaient d'accord ! »

Pas étonnant que les jeunes finissent par se lancer dans des fusillades meurtrières, se dit Cat. Elle aurait volontiers fait un carton sur Matt et ses minables petits copains boutonneux.

« Et ne me raconte pas que les médias font tout pour que les femmes se sentent mal dans leur corps, que c'est une question féministe et tout et tout. Je sais tout ça ! Ça ne change rien. »

Cat qui s'apprêtait à répondre se ravisa aussitôt. Kara se rallongea sur son lit et elles restèrent un moment silencieuses.

Cat cherchait désespérément quelque chose de cool à dire. « Je déteste mes seins, finit-elle par dire sans grande conviction.
– Quoi ? ricana Kara.
– Les Kettle ne sont pas très pourvues, côté seins. Si tu avais entendu les blagues que les garçons faisaient sur nous. Ils se croyaient tellement drôles.
– Même sur Lyn ? Ça lui faisait de la peine ?
– Bien sûr. Un jour, un garçon lui a dit qu'elle avait deux piqûres de moustique à la place des seins et elle a passé toute une semaine à pleurer.
– Ah oui ? C'est vrai ? » Kara se redressa, ragaillardie. « Je ne l'imagine pas jeune et toute triste.
– Et de toute évidence, tu n'as pas de souci à te faire de ce côté-là.

– Arrête. » Kara tira sur son tee-shirt. « Les garçons se fichent des seins. »

Cat se leva. « Mais bien sûr. Les garçons ne s'intéressent pas aux seins. Allez viens, espèce d'andouille, j'étouffe, ici. Tes jambes sont capables de te porter jusqu'en bas ?

– Bon, bon, d'accord. De toute façon, je crève de faim. C'est quoi qu'il a dit, déjà, ce garçon ? Deux piqûres de moustique ?

– Tu ne lui en parles jamais, promis ? »

Kara semblait absolument ravie, à présent. « Non. C'est peut-être un souvenir traumatisant.

– Il y a des chances. »

Des bribes du *Petit Renne au nez rouge* s'élevèrent dans l'escalier et Kara grimaça. « Oh non. Papa ! Arrête de te ridiculiser ! Éteins ! »

Cat la suivit en se demandant si c'était à Lyn ou elle-même que cette histoire de piqûres de moustique était arrivée. Bon, peu importe. L'année de ses trente ans, elle s'était enfin réconciliée avec ses seins.

Gemma, Nana Kettle et Frank étaient occupés à décortiquer des crevettes et boire du champagne, autour de la table de la cuisine. Ils avaient tous les trois des nœuds à paillettes dans les cheveux – sans nul doute des créations de Gemma.

« J'aimerais que vous sortiez tous sur le balcon, disait Lyn.

– On t'aide, dit Gemma.

– Non. Vous m'embêtez. » Frank se leva et prit Cat par la taille en la faisant tourner.

« Te voilà ! La future mère ! Joyeux Noël, mon ange ! Assieds-toi et détends-toi. C'est ce qu'il faut faire quand on est enceinte. J'espère que Dan le sait. J'espère qu'il est aux petits soins. Il faudra que je lui dise deux mots. » Il la fit asseoir sur sa chaise et essaya d'attraper ses pieds rebelles pour les mettre sur la table.

« Pas sur la nourriture ! l'avertit Nana.

– Je suis sûre que tu étais aux petits soins pour maman quand elle était enceinte, papa. »

On sonna à la porte. « Ça doit être Charlie. » Gemma fourra joyeusement une crevette décortiquée dans sa bouche. « Il est venu pour que vous le voyiez.

– Tu pourrais arrêter de manger les crevettes, s'il te plaît, dit Lyn.

– Oh ! Elles ne sont pas là pour ça ?

– On pourrait peut-être demander à ce Charlie de jeter un œil à la climatisation ? suggéra Nana en s'éventant avec une serviette.

– Il est serrurier, Nana.

– Oui, mais il doit être habile de ses mains. C'est ça, notre problème. Aucun des hommes qui sont ici n'est habile de ses mains.

– Gemma ! » Maxine entra dans la cuisine, suivie d'un homme et d'une femme. « Ton ami est là.

– Je vous présente Charlie ! » Gemma brandit sa flûte de champagne avec ravissement puis se leva et lui passa le bras autour des épaules.

C'était un garçon trapu avec un torse impressionnant, qui avait exactement la même taille que Gemma. Elle n'avait pas mentionné qu'il était petit. Plutôt séduisant, se dit Cat, pour quelqu'un de petit. Elle se pencha en avant quand il lui serra la main pour voir les fameux cils. Ils n'avaient rien de spécial.

« Et voici ma sœur, dit Charlie à la cantonade. La Volkswagen d'Ange l'a lâchée ce matin. Du coup, je joue les chauffeurs pour le repas de famille. »

Cat se tourna vers la sœur. Elle avait de longs cheveux bruns bien lissés en arrière et un tee-shirt rouge échancré qui dévoilait les rondeurs pigeonnantes d'un sublime décolleté. Elle était belle. Belle comme un mannequin. Et sa tête lui disait quelque chose.

« Bonjour. » Elle sourit. Cat sentit un bourdonnement dans ses oreilles. « Je m'appelle Angela. »

Lyn avait surgi de nulle part pour poser doucement la main sur l'épaule de Cat.

« Bonjour, Angela », dit Gemma et, tandis que son sourire s'évanouissait de son visage, sa flûte de champagne lui glissait des mains et volait en éclats sur le carrelage.

J'ai des piqûres de moustique à la place des seins, se dit Cat.

10

Pour Lyn, le jour de Noël avait commencé à 5 heures du matin dans la pénombre grise de l'aube, lorsqu'elle s'était réveillée en découvrant deux yeux marron imperturbables à quelques centimètres des siens. Maddie était plantée à côté de leur lit et fixait Lyn en suçant son pouce, comme hypnotisée. Lyn eut si peur qu'elle se cogna le coude contre la table de chevet.

« Merde ! lâcha-t-elle en se tenant le coude. Ça fait combien de temps que tu es là ? Tu n'es pas censée te réveiller avant plusieurs heures ! »

Maddie se dégagea soigneusement la bouche et se mit à pleurer.

Michael se réveilla, instantanément dispos et enjoué. Il leva la tête de l'oreiller pour observer Maddie. « Alors, on cherche le Père Noël ?

– Elle est trop petite pour le Père Noël. Elle le déteste, je te rappelle.

– Joyeux Noël à toi aussi.

– Je me suis fait mal au coude.

– Ah. »

Il rejeta la couette et fit le tour du lit pour prendre Maddie. Lyn regarda son long corps maigre à la peau mate vêtu du caleçon Mickey que Kara lui avait offert pour ses quarante ans. Il avait une nouvelle coupe de cheveux – ça lui faisait une tête plus petite, tondue à ras, vulnérable, comme un écolier qui se faisait charrier dans le bus.

« Maman s'est fait mal au coude, dit-il à Maddie. Tu t'es fait mal au coude, toi aussi ? »

Maddie arrêta de pleurer et hocha la tête d'un air tragique en montrant son coude du doigt.

Michael était ravi. « Tu as vu ?

– C'est une petite menteuse », dit fièrement Lyn.

Michael se remit au lit avec Maddie dans les bras et la glissa entre eux deux.

« Elle ne dormira jamais, protesta Lyn.

– Ta maman est une pessimiste. »

Mais quelques minutes plus tard, ils dormaient profondément tous les trois, Lyn et Michael tournés en chien de fusil vers Maddie qui était allongée sur le dos, en étoile, petite naïade se prélassant au soleil en suçant son pouce.

Elle eut l'impression qu'il ne s'était écoulé que quelques secondes lorsqu'ils furent réveillés par les protestations virulentes du téléphone. Lyn décrocha, l'esprit embrumé, se raccrochant à un rêve.

« Tu ne dormais pas, au moins ? » Maxine avait la voix grêle d'anxiété. « Il est presque 9 heures.

– Non. C'est vrai ? » Lyn se rappelait son rêve avec une précision inquiétante. Elle mangeait des mangues, nue dans un bain avec... avec... avec *Joe*.

Visqueuse. Douce. Glissante. Sa langue lui léchait le tour du téton.

Oh non. Elle avait dormi avec son mari et sa fille le matin même de Noël en faisant des rêves érotiques sur un ex. Elle regarda Michael qui s'était réveillé et se grattait le ventre avec satisfaction, sa nouvelle coiffure aplatie d'un côté.

« Mais oui, Lyn ! s'écria Maxine. Tu maîtrises la situation ? La dinde est au four ? »

C'était un peu triste de faire des rêves érotiques quand on menait une vie si peu érotique.

Et que cherchait-elle à prouver en se chargeant du repas de Noël cette année, jusqu'à cette satanée dinde ? Elle n'évitait pas à sa mère de stresser. Elle ne faisait que la stresser davantage, privant cruellement de contrôle quelqu'un qui voulait tout contrôler. « Ça te plaît, disait toujours Cat. Tu as toujours aimé jouer les martyrs. Alors vas-y. On ne t'en empêchera pas. »

Elle aurait pu passer la matinée à manger des mangues dans son bain.

« Il y a juste la famille, dit Lyn. Juste nous. On s'en fiche si on ne se met pas à table pile à l'heure.

— Tu as attrapé un rhume ? demanda Maxine, ce qui signifiait : "Est-ce que tu délires ?"

— Je vais très bien, maman. Je dis juste que c'est inutile de stresser.

— Bien sûr qu'il faut "stresser", comme tu dis. Si on mange trop tard, tout le monde boira trop, tes sœurs et toi, vous vous disputerez, ton père sombrera dans la morosité et Maddie sera trop fatiguée et mangera trop de bonbons. »

C'étaient tous des arguments valables. « Et puis, j'ai quelque chose à vous annoncer à tous au repas, poursuivit Maxine. Je suis un peu tendue.

— Comment ça, tu es un peu tendue ? Qu'est-ce qu'il y a ? Qu'est-ce qui se passe ? » Pour sa mère « Je suis un peu tendue » était une révélation très intime. Le fait est que, quelques semaines auparavant, elle avait voulu lui parler de quelque chose. Ça devait être grave. Ça lui ressemblerait tellement d'annoncer un cancer incurable en plein milieu du repas de Noël.

« C'est une bonne nouvelle – je crois. Je m'en réjouis. »

Elle s'en réjouissait ? C'était encore plus inquiétant. Lyn appuya deux doigts sur son front. Elle sentait les prémices d'une violente migraine : un martèlement tribal dans le lointain.

Michael s'assit dans le lit et agita les bras comme un poulet battant des ailes pour lui indiquer que Maxine était dans tous ses états.

Lyn hocha la tête.

« Parler ! exigea Maddie en tendant la main vers le téléphone.

– Maddie veut te parler. À tout à l'heure, dit Lyn. Et surtout, n'arrive pas en avance. » Elle donna le téléphone à Maddie et le reprit aussitôt.

« Joyeux Noël, maman.

– Oui, ma chérie. »

Une porte claqua au rez-de-chaussée. Michael haussa les sourcils. « Ce n'est pas bon signe. »

Kara avait passé le réveillon de Noël chez sa mère. Elle n'était censée rentrer qu'à l'heure du déjeuner.

Une minute plus tard, Kara passa la tête par la porte.

« Joyeux Noël, mon ange, dit Michael en se levant d'un bond, les bras ouverts. Tu es rentrée plus tôt que prévu ! »

Kara eut l'air indignée. « Papa, tu n'es pas habillé. Je voulais juste dire que je vais dans ma chambre. Je ne veux rien manger. Je n'ai rien à dire. Je veux juste qu'on me fiche la paix. C'est trop demander ? »

Michael glissa les pouces sous l'élastique de son caleçon d'un air embarrassé et l'écarta légèrement de son ventre creux. « Ah.

– Qu'est-ce que tu fais, papa ?

– Je ne sais pas, dit piteusement Michael en laissant retomber ses mains.

– Je déteste Noël ! explosa Kara, puis elle tourna les talons en direction de sa chambre.

– Moi aussi », dit Lyn.

Michael la regarda.

« Enfin, ce n'est pas tout à fait vrai. » Lyn alla prendre sa douche. « C'est juste que je m'en méfie. »

Le premier Noël qui suivit la séparation de Frank et Maxine fut également le premier où les filles furent séparées. Cela commença par une brochure.

« Qu'est-ce que vous en pensez, les filles ? » demanda Frank.

Il posa la brochure sur la table en formica rouge du *McDonald's* et fit de grands moulinets comme les dames de *Sale of the Century* quand elles montraient les prix à remporter à la télé.

Il était désopilant, leur papa.

Elles avaient six ans et tout l'aplomb d'enfants sortis de maternelle. À l'école primaire de St Margaret, le seul fait d'être des triplées les rendait célèbres. À la récréation et au déjeuner, il y avait toujours un groupe de grandes du CM2 alignées sur un banc en bois qui venaient regarder jouer les triplées Kettle. « Oooh, qu'est-ce qu'elles sont mignonnes ! » « Elle, c'est Cat ou Lyn ? – C'est Lyn ! – Non, c'est Cat ! – T'es qui, ma puce ? » Cat exploitait leur célébrité sans vergogne en racontant aux grandes qu'elles étaient très pauvres, qu'elles devaient se partager une côtelette d'agneau à trois pour le dîner. Elle récoltait au moins cinquante cents d'aumône par jour.

Ah ça, l'école c'était du gâteau.

Et voilà qu'elles étaient avec leur papa au tout nouveau *McDonald's* devant des sundaes, retournant leur cuillère et attardant la langue sur la crème glacée bien crémeuse et le caramel sucré tout chaud. Comment leur père pouvait-il détester à ce point les sundaes ? « Allez, papa, goûte un tout petit peu, l'encourageait systématiquement Gemma. Je sais que tu vas adorer. C'est comme si on avalait un nuage. Ou de la neige. »

Maxine ne les autorisait pas à manger au *McDonald's*. Elles ne lui disaient pas que papa les laissait manger tout ce qui n'était pas bon pour elles et dont elles avaient envie. Elles ne lui disaient pas que chaque week-end sur deux était une aventure mystérieuse pleine de magie où on allait de surprise en surprise sans une règle ou un légume à l'horizon.

Mais elles pariaient qu'elle s'en doutait.

« Vous savez ce que c'est, leur dit papa en glissant la brochure vers elles. C'est le toboggan à eau le plus rapide du monde.

– Non ? souffla Cat. C'est vrai ? »

Elles contemplèrent la brochure, fascinées. On y voyait une petite fille jaillir d'un énorme entonnoir dans un torrent d'écume. Lyn mourait d'envie de monter sur ce toboggan. L'espace d'un instant, elle fut cette petite fille, le cœur battant à tout rompre, qui levait les mains très haut dans un ciel parfaitement bleu.

« Zoum ! fit Gemma en passant les doigts sur le tube en serpentin.

– On doit aller plus vite qu'en voiture, dit Cat.

– Pas plus vite que la voiture de papa, dit Lyn. Ça m'étonnerait.

– Si ! dit Cat en lui pinçant très fort la cuisse avec les ongles. Je te dis que si !

– Zoum ! » répéta Gemma. Elle fit un grand geste avec sa cuillère à glace. « On irait vite comme ça !

– Ce toboggan à eau est dans un endroit qui s'appelle la Gold Coast, dit papa. Et vous savez quoi ?

– Quoi ?

– Je vous y emmène à Noël ! »

Quel enthousiasme ! La cuillère à glace de Gemma vola dans les airs. Cat tapa des deux mains sur la table d'un air de triomphe. Leur père sourit avec modestie et se laissa embrasser sur la joue par chacune d'entre elles.

Dans la voiture qui les ramenait, elles n'arrêtèrent pas d'en parler.

« Moi, j'irai plus vite en me poussant, dit Lyn. Comme ça, avec les mains.

– Ça marchera pas, dit Cat. Moi, je mettrai les mains devant comme ça, comme une flèche.

– Moi, je ferai un tour de magie pour que ça aille plus vite.

– Mais qu'est-ce que t'es bête ! » chantonnèrent Cat et Lyn.

Une fois arrivés, papa entra pour parler à maman des vacances.

Lyn prenait un verre d'eau dans la cuisine. Elle fut donc la seule à voir la réaction de leur mère.

Elle eut l'air stupéfaite, comme si papa lui avait donné une gifle. « Mais, et Noël ? dit-elle. Tu ne peux pas les emmener le lendemain, plutôt ?

– C'est le seul moment où je peux partir, dit papa. Tu sais bien que je suis sous pression avec le projet Paddington.

– C'est juste que j'aimerais bien être avec elles le jour de Noël. À un jour près, je ne vois pas ce que ça change.

– Je croyais que pour toi, leur bonheur passait avant tout. C'est toi-même qui l'as dit, Max.

– Je ne dis pas qu'elles ne doivent pas y aller, Frank. »

Lyn observait ses parents par-dessus le rebord de son verre. Sa mère leva les yeux au plafond et prit une grosse respiration, comme si elle s'apprêtait à pousser un énorme éternuement. Mais rien ne vint.

C'était bizarre.

On avait presque l'impression que maman s'efforçait de ne pas pleurer. Dès que cette idée lui vint à l'esprit, Lyn sut que c'était vrai. Elle sentit comme un déclic. Il y avait sa maman, normale, énervante, colérique, et par-dessus, bien ajustée, une autre facette – une facette qui, elle, était capable d'avoir de la peine comme ses filles.

« Moi, je veux rester avec maman le jour de Noël », intervint-elle sans savoir pourquoi elle disait ça, elle n'en avait pas du tout envie ; les mots lui étaient sortis de la bouche comme ça, sans sa permission.

Ses parents réagirent comme s'ils ne s'étaient même pas aperçus qu'elle était dans la cuisine.

« Ne sois pas ridicule, Lyn, dit maman. Tu vas passer de belles vacances avec ton père. »

Lyn regarda son père : « Pourquoi on peut pas partir après Noël ? »

Il la souleva et la mit sur ses genoux, en lui caressant la tête. « C'est à cause du travail de papa, ma chérie. »

Lyn passa le doigt autour du bouton de sa chemise : « Je te crois pas. »

Elle descendit de ses genoux en se tortillant et Cat et Gemma déboulèrent dans la cuisine, brandissant les membres arrachés d'une poupée Barbie.

« Lyn veut rester avec maman à Noël, annonça papa. Qu'est-ce que vous voulez faire, toutes les deux ? »

Cat regarda Lyn comme si elle avait perdu la tête. « T'es bête ou quoi ?

— Pourquoi maman viendrait pas avec nous ? lança Gemma avec un grand sourire.

— Papa et maman sont divorcés, patate, dit Cat. Ça veut dire qu'ils ont plus le droit de faire des choses ensemble. C'est la règle. C'est la loi.

— Oh. » La lèvre inférieure de Gemma tremblota. « Ah bon.

— Je pars avec papa, dit Cat.

— Je reste avec maman », dit Lyn. Elle voulait être pure et bonne, exactement comme le recommandait sœur Judith au catéchisme. Lyn imaginait son âme scintillante délivrée de tout péché. Elle était en forme de cœur et étincelait comme un diamant.

Des larmes de panique ruisselèrent aussitôt sur le visage de Gemma. « Mais on doit être ensemble quand le Père Noël arrivera ! »

Quand le Père Noël arriva, elles n'étaient pas ensemble.

Durant la semaine qui suivit, Lyn et Cat firent campagne pour convaincre à tout prix Gemma de rallier leur camp. On eut recours de part et d'autre à des tactiques sournoises.

« Maman va être tellement triste si on passe pas Noël ici avec elle, dit Lyn. Elle va pleurer, pleurer, pleurer.

— Non, c'est pas vrai, répondit Gemma, affolée. Maman pleure pas. Tu vas pas pleurer, hein, maman ? »

Maman était fâchée. « Certainement pas, Gemma. Ne sois pas ridicule, Lyn.

— On va aller sur le toboggan à eau le plus rapide du monde et papa va pleurer si tu viens pas ! dit Cat. Hein, papa ? » Il renifla bruyamment et fit mine de s'essuyer les yeux. « Oh oui. »

Lyn n'avait aucune chance.

L'ennui, c'est que Maxine ne semblait même pas avoir remarqué que Lyn se conduisait comme une sainte. Elle était toujours aussi grincheuse et énervante. Au bout d'un moment, Lyn finit par comprendre que, finalement, son âme n'était pas un diamant étincelant. Au fond d'elle, elle était en colère contre sa mère, et non pure, bonne et aimante.

L'idée d'avoir raté le toboggan à eau la rendait malade — tout comme celle de sa mère assise à la table de la cuisine, un torchon sur l'épaule.

Et voilà. Elle avait à la fois raté le toboggan à eau et un bon point de Jésus.

Ce Noël-là, Lyn découvrit le plaisir horrible du martyre.

Lyn s'aperçut qu'elle connaissait Angela dès qu'elle entra dans la cuisine. Elle avait un visage qu'on n'oublie pas. Les yeux en amande. De beaux cheveux noirs exotiques. La peau caramel.

Elle passa mentalement du cercle du Brunch Bus à celui de la garderie et au bureau de Michael — puis à la voiture de Cat et au visage d'Angela tapant à la vitre, la tête penchée, la queue-de-cheval tombant sur le côté.

Oh non, non, non.

Comment Gemma avait-elle pu orchestrer un tel désastre ? Elle se glissa discrètement derrière Cat et posa une main protectrice sur son épaule. L'avait-elle déjà reconnue ?

« Je m'appelle Angela. »

Lyn sentit l'épaule de Cat se raidir et sa poitrine se serra par solidarité. Évidemment, Gemma, incapable de maîtriser ses émotions, fit tomber une flûte de champagne, ce qui n'était pas nécessaire.

Lyn fixait bêtement le verre brisé en s'efforçant de réfléchir calmement. C'était une situation réellement épouvantable. Elles étaient trois dans la même pièce à avoir couché avec Daniel Whitford.

C'était tellement... peu hygiénique.

« Je vais chercher une pelle à poussière », dit Maxine alors que Charlie et Angela se baissaient en même temps pour ramasser prudemment les éclats de verre dans le creux de leur main. Le reste de la famille Kettle observait la scène avec intérêt.

« Une manchote ! » Nana Kettle se pencha pour tapoter Charlie sur l'épaule. « Gemma est une vraie manchote ! C'est comme ça qu'on l'appelle ! Manchote !

– Je suis désolée. » Gemma fixait Angela d'un air craintif comme si c'était une apparition cauchemardesque.

« Ce n'est qu'un verre, ma chérie, dit Frank, l'œil appréciateur posé sur les jambes d'Angela. Je suis sûr que Lyn s'en moque. »

Lyn respira à fond. Elle ne voyait pas le visage de Cat, juste le haut de sa tête. « Bien sûr. Je vous en prie. Laissez. Charlie... Angela. Je m'en occuperai. » Le seul fait de prononcer le prénom d'Angela lui faisait l'effet d'une trahison. Il fallait qu'elle fasse sortir ces gens de chez elle.

« Pour la cabane, on baisse les bras. » Michael apparut dans la cuisine, suivi de Dan. « On va boire un verre.

– Il y a déjà eu de la casse ? demanda Dan. Laissez-moi deviner qui est le coupable ? »

Angela leva les yeux. « Danny ! »

Danny ?

Cat écarta la main de Lyn d'un haussement d'épaules, enjamba le verre et sortit de la cuisine en détournant le visage de Dan.

« Grincheuse ! annonça Nana Kettle à Charlie d'un air triomphal. C'est comme ça qu'on appelle celle-là. »

Dan s'adossa contre le réfrigérateur. Il semblait nauséeux. « Salut.

— Alors comme ça, vous vous connaissez ? » dit Michael. Lorsqu'il croisa le regard de Lyn, son visage s'éclaira subitement et il acheva mollement : « ... Ça alors. »

Gemma regarda Lyn d'un air implorant. Lyn se massa le front et observa Kara qui se servait un verre de vin bien rempli, en surveillant son père d'un œil.

« Baigner ! » Maddie déboula en trombe dans la cuisine. Elle était toute nue et agitait ses brassards.

« Lyn – les pieds nus ! avertit Maxine au moment même où Charlie soulevait Maddie pour qu'elle ne marche pas dans le verre.

— Merci.

— De rien. »

Maddie tapota le haut du crâne rasé de Charlie d'un air approbateur comme si c'était un animal à fourrure. « Baigner ? demanda-t-elle gaiement en inclinant la tête de côté comme un oiseau. Viens baigner !

— Un autre jour, peut-être, ma puce », dit Charlie.

Angela s'était remise de ses émotions. « J'ai rencontré Dan au pub de *Greenwood*, dit-elle à Charlie. J'ai bavardé avec lui le soir où on t'a donné tes magnets, Bec et moi.

— Oh ! fit Gemma. Ça doit être... oh.

— Oui ? » Charlie posa la main sur l'épaule de Gemma d'un air un peu perplexe. Maddie lui tapota le bout du nez en riant.

« J'ai appelé Cat le jour où je suis restée coincée dehors », expliqua Gemma. Elle lança un coup d'œil inquiet à la chaise vide. « Elle m'a dit : "J'ai le numéro d'un serrurier sur le frigo."

— Ah ! » Dan s'efforçait visiblement de suivre l'exemple enjoué d'Angela, mais il était un peu agité et frappait du poing dans le creux de sa main. « Je me souviens. Il avait une forme de clé. Je l'ai collé sur le frigo en rentrant du pub. Sans...

réfléchir. C'est une super idée, les magnets. Ouais. Ça permet de se faire connaître. Eh bien, tu peux me remercier, Gemma ! »

Lyn eut envie de lui coller une gifle.

« Pas autant que moi », dit Charlie, enlaçant Gemma d'un bras tout en faisant sautiller Maddie de l'autre. Il considéra Dan d'un regard perçant, réfléchi, puis se retourna vers Nana Kettle. « Gemma est la meilleure chose qui me soit arrivée. »

Nana Kettle lui fit un grand sourire, les yeux brillants derrière ses lunettes. « Quel charmant jeune homme ! N'est-ce pas, Frank ? Maxine ? »

Maxine se releva avec la pelle pleine d'éclats de verre. « Absolument charmant, dit-elle, les sourcils en point d'interrogation. Une chose est sûre, sans vous, Maddie se serait taillladé les pieds.

— Sacrés réflexes », renchérit Michael avec un enthousiasme excessif.

Il y eut un « pfff » méprisant venant de Kara.

« Bon, il faut qu'on y aille. » Charlie tendit Maddie à Lyn. « Ravi d'avoir fait votre connaissance à tous.

— Au revoir tout le monde », dit Angela. L'espace d'un instant, son numéro irréprochable sembla vaciller. « Au revoir, Dan.

— Ouais. » Dan examina ses mains. « Ouais. Au revoir.

— Je les raccompagne », dit Gemma.

Il y eut un moment de silence dans la cuisine. Les personnages principaux avaient quitté la scène, laissant les seconds rôles sans texte.

« Quelqu'un peut m'expliquer ? demanda Maxine en jetant les éclats de verre dans la poubelle. À vous voir, on aurait dit que vous étiez tous devenus fous. Et vous avez remarqué que votre fille boit comme un trou, Michael ? »

Michael regarda Maddie d'un air déconcerté.

« Je crois qu'elle parle de moi, papa. » Kara leva joyeusement son verre de vin. « Tu as deux filles, je te rappelle.

— Dan, vous feriez mieux d'aller retrouver Cat et voir ce qu'elle a, ordonna Maxine.

— Ouais. » Dan semblait dans un état de stress post-traumatique. Il ouvrit la porte du réfrigérateur et resta planté devant à fixer son contenu. « Je vais lui apporter une bière.
— Quoi ?
— Ah. Ouais. Bon, j'en prends juste une pour moi. »
Il sortit tranquillement de la cuisine et faillit heurter Gemma qui le fixa avec dans le regard quelque chose qui ressemblait à de la haine.
« Lyn, je peux te parler une seconde ? lança-t-elle d'une voix tendue. Tout de suite. »
Lyn la suivit dans le bureau. « Bon. C'était marrant, dit-elle en s'appuyant contre le bureau.
— Je m'en veux tellement. » Gemma se laissa tomber dans un fauteuil et s'assit sur ses mains.
« Ce n'est pas de ta faute. C'est pas de chance, c'est tout. Bon, évidemment, si tu avais pu te trouver un serrurier toute seule au lieu d'appeler Cat... »
Si tu n'étais pas incapable de te débrouiller toute seule.
« Je sais, oui. C'est terrible.
— Oui.
— L'autre soir, Charlie parlait de sa sœur. Il a dit qu'elle sortait – non, qu'elle avait une liaison avec un homme marié. C'est comme si ce n'était pas arrivé qu'une fois.
— C'était peut-être un autre homme marié. C'est peut-être une habitude, chez elle.
— Elle l'a appelé Danny. » Gemma frémit.
Lyn prit son pot de trombones et le secoua vigoureusement. « Pourquoi aurait-il parlé d'Angela à Cat s'il voulait continuer à la voir ?
— Je ne sais pas.
— J'ai envie de le tuer.
— Je sais. Quand je l'ai vu sortir de la cuisine, je me suis dit : j'ai envie de te démolir, de te coller mon poing dans la figure. »

Lyn regarda sa corbeille à courrier. Il y avait un Post-it jaune avec un mot affolé de son coordinateur marketing – *Lyn ! Problème ! Tu peux jeter un œil avant Noël ?* Elle ne l'avait même pas vu. Son ventre se noua aussitôt.

« Lyn ? » Gemma la regardait d'un air confiant en faisant pivoter son fauteuil dans un sens puis dans l'autre. « Qu'est-ce qu'on fait ? On lui dit ? »

Lyn remuait la tête d'un côté puis de l'autre. Je suis stressée, se dit-elle. Je suis extrêmement stressée.

Curieusement, cette pensée lui fit du bien.

« Qu'est-ce que tu en penses, toi ? »

Déléguer, lui répétait toujours Michael. Il faut que tu apprennes à déléguer.

« Je ne sais pas. »

C'est pour ça que ça ne marchait pas, de déléguer.

« Je crois qu'on devrait attendre après Noël pour se décider. Essaie d'en savoir plus en demandant à Charlie.

– OK.

– Qu'est-ce que vous faites ? » Cat entra dans le bureau, referma la porte à la volée et vint s'appuyer contre le bureau, à côté de Lyn. Elle prit le pot de trombones des mains de Lyn et l'agita rageusement. Les mèches qui encadraient son visage étaient mouillées. Elle avait dû se passer de l'eau sur la figure, effaçant tout le bonheur radieux du matin. Autour de ses yeux, sa peau était triste, irritée.

« Ça va ? demanda Gemma.

– Oui. » Cat prit un trombone et le plia puis le redressa. Elle ne regarda pas Gemma. « Il faut juste que tu le quittes.

– Pardon ? » Gemma se leva.

« De toute façon, tu le quitteras tôt ou tard.

– Mais il me plaît. Il me plaît vraiment.

– Il est serrurier, Gemma.

– Et alors ?

– Et alors, pour une raison ou pour une autre, ça t'éclate

de coucher... avec des mecs, quoi. Mais ce n'est pas comme si tu allais les épouser.

— Non mais, j'y crois pas, dit Gemma. Je n'en reviens pas que tu aies dit ça. C'est tellement snob ! On croirait entendre... maman ! »

L'insulte ultime.

« Je ne dis pas que tu vaux mieux qu'eux. Je dis que tu es plus intelligente qu'eux.

— Cat... » À présent, Lyn sentait le stress se répandre dans ses veines. « Tu ne peux pas lui demander...

— Elle en trouvera un autre en cinq minutes. Quelqu'un de mieux. Il est trop petit pour elle. Il n'est pas assez bien pour elle. Et puis, si elle l'a rencontré, c'est uniquement à cause de Dan.

— Oui, mais...

— Je veux tout oublier. Oublier cette fille. Comment voulez-vous que j'oublie si Gemma sort avec son frère ? Tout ça est ridicule. »

Sur ce dernier mot, il y eut une cassure dans la voix de Cat. Une petite fêlure de chagrin.

Le silence régna un instant dans la pièce.

« Je vais y réfléchir », dit Gemma.

Lyn porta le poing à sa bouche et respira à fond. « Mais, Gemma...

— J'ai dit que j'allais y réfléchir. » Gemma repoussa le fauteuil vers le bureau. « Elle a raison. On aurait fini par rompre un jour ou l'autre, de toute façon. Je vais emmener Maddie se baigner. »

Elle sortit de la pièce.

« Tu ne peux pas lui demander ça, dit Lyn. Et si c'était l'homme de sa vie ? »

Cat jeta le trombone déformé à l'autre bout de la pièce. « Crois-moi, ça n'existe pas. »

11

J'ai gâché le Noël de Cat, se dit Gemma en enfilant son maillot dans la salle de bain de Michael et Lyn. Je suis une salope, une garce, une manchote complètement empotée.

« Tu vois, Gemma, le problème avec toi, lui répétait Marcus, c'est que tu manques de concentration. »

Elle remonta les bretelles de son maillot et chercha de la crème solaire dans l'armoire de Lyn. Il faisait de plus en plus chaud dans la maison. Nana s'était mise en jupon, ce que Maxine trouvait répugnant. Dans le miroir de la salle de bain de Lyn, le visage de Gemma était cramoisi. Le nœud à paillettes qui était encore attaché de travers sur sa tête lui donnait l'air abruti et plein d'espoir.

Charlie lui avait en effet parlé de sa sœur Angela, réalisait-elle à présent, mais elle n'avait pas même remarqué que les prénoms étaient les mêmes. Ils ne faisaient pas le même effet. Il y avait Angela, la petite sœur de Charlie, qu'il adorait visiblement. Et il y avait Angela, la méchante voleuse de mari.

La bonne décision, c'était de le quitter.

Ce serait un beau geste de solidarité entre triplées.

Ce serait le sacrifice d'une sœur.

Ce serait comme une grève de la faim.

« Charlie, demande à ta sœur pourquoi je ne peux plus te voir. Demande-lui pourquoi elle ne vérifie pas si le mec porte une alliance avant de flirter et de briser le cœur de ma sœur. »

Ah, mais Charlie.

Charlie, Charlie, Charlie.

Hier, ils avaient fait le réveillon en tête à tête sur le balcon de Charlie. Ils l'avaient préparé ensemble. « Tu fais juste un blocage sur la cuisine, lui avait dit Charlie. N'importe qui peut cuisiner. » Et il s'était avéré qu'en étant un peu éméchée, avec en fond un bon CD sur lequel elle dansait plus ou moins en cuisinant, un verre de vin dans une main et une cuillère en bois dans l'autre, elle était en réalité une cuisinière hors pair ! C'était une découverte extraordinaire.

Il lui avait offert du parfum et un livre pour Noël.

Les filles Kettle étaient allergiques au parfum mais elle s'en était courageusement mis une goutte sur le poignet et n'avait éternué que onze fois d'affilée en bredouillant entre chaque éternuement quelque chose comme : « C'est ! Le rhume ! Des foins ! Oh là là ! Doit ! Y avoir ! Du pollen ! Dans ! L'air ! »

Quand elle arrêta enfin d'éternuer, elle examina le livre. « Je voulais le lire, justement ! s'exclama-t-elle, ce qui n'était pas totalement un mensonge car elle voulait en effet le lire, jusqu'à ce qu'elle le lise effectivement quelques mois auparavant.

– En fait, dit Charlie en se tripotant le lobe de l'oreille comme toujours quand il était gêné ou intimidé (déjà, elle avait remarqué ça chez lui ; déjà, elle adorait ça chez lui), je ne sais pas trop ce que c'est. Je l'ai juste acheté parce que la photo de la fille en couverture me faisait penser à toi. Je ne sais pas pourquoi. »

La fille en couverture avait des allures de princesse fantasque et quelque chose dans son expression lui faisait un peu penser à elle. Au meilleur d'elle-même. Celle qu'elle serait sur une île tropicale par un temps idyllique, vêtue d'une robe vaporeuse, peut-être même avec un chapeau de paille. Une journée où elle n'éternuerait pas, où elle ne boirait pas trop, où personne ne serait blessé, personne ne serait obligé de partir précipitamment, où tout le monde comprendrait les plaisanteries. Une journée où Gemma n'aurait que de bons souvenirs. Une journée où tout serait drôle et fascinant comme il se devait.

Elle était ravie que Charlie ait reconnu cette facette d'elle-même.

N'y avait-il pas une règle qui disait que c'était le genre d'homme qu'il fallait épouser – et vite ?

Elle descendit en maillot de bain et trouva Maddie en brassards, encore dévêtue, qui tapait sur son xylophone. Elle était assise sur le canapé, à côté de Nana qui agitait ses pieds nus dans un seau.

« Ah, tiens ! Gemma ! dit Nana. Je me disais. Si jamais je meurs par cette chaleur, veille à ce qu'on ne m'enterre pas mercredi prochain. C'est le jour du bingo, au club. Ça dérangerait tout le monde. Dis-leur de faire ça jeudi.

– Tu ne vas pas mourir. »

Nana eut l'air offusqué. « Et qu'est-ce que tu en sais, Mademoiselle la donneuse de leçons ?

– Pourquoi tu ne viendrais pas te baigner avec nous ?

– Parce que je n'en ai aucune envie, merci. »

Maddie laissa tomber son xylophone dans un fracas et jeta ses bras autour de la jambe de Gemma. « Baigner ! » Au moins, il y en avait une qui était de bonne humeur.

La piscine de Lyn et Michael était magnifique, une coque turquoise incurvée avec une vue somptueuse qui donnait l'impression de nager dans la baie.

« Gem ! Regarde ! » lui ordonna Maddie. Elle se pencha en avant, les fesses en arrière en imitant les grands qui plongeaient, la tête écrasée entre ses bras tendus. Puis elle se jeta dans la piscine à plat ventre. Ses brassards la maintinrent hors de l'eau.

Gemma plongea à côté d'elle et nagea au fond du bassin, avec la voluptueuse sensation de soulagement d'être immergée dans la fraîcheur et le silence d'un monde chloré.

Ce n'était pas comme si elle était amoureuse de Charlie ni même encore en couple.

Ils n'avaient pas de surnoms, pas de blagues complices, pas de photos de moments heureux ou d'amis communs qui puissent être choqués ou attristés. Pas de dîners ou de soirées en perspective. Pas d'achats en commun. Ce serait propre et sans douleur. Juste un coup de couteau : Je suis sûre que tu comprends, Charlie. Tu es italien, après tout. La famille passe avant tout.

« Regarde, Gem ! Regarde ! »

Maddie remonta les marches en pataugeant, sortit de la piscine, ruisselante, et se mit au bord du bassin, les bras levés. On aurait dit un petit phoque luisant.

« Ooooh ! » applaudit Gemma en la voyant sauter en étoile et remonter à la surface en suffoquant à moitié, les cheveux aplatis. Maddie semblait croire que les autres ne se baignaient que pour le seul plaisir de la voir accomplir divers numéros éblouissants.

« Tu peux peut-être essayer de fermer la bouche, la prochaine fois, lui suggéra Gemma. Tu avaleras moins d'eau. »

Maddie frappa l'eau avec les paumes en s'aspergeant les yeux et éclata de rire pour indiquer qu'elle faisait le clown.

« Ah ! » s'écria Gemma en s'éclaboussant de façon tout aussi comique tout en repensant à ce qu'avait dit Cat dans le bureau de Lyn : « De toute façon, tu le quitteras tôt ou tard. »

Ce n'était ni une plaisanterie ni un sarcasme. Elle en parlait comme d'un fait. Bien sûr, elles la taquinaient toutes les deux depuis des années sur l'accumulation de ses ex. Lyn lui avait offert un livre intitulé *Dix Erreurs stupides que font les femmes*, en indiquant aimablement le chapitre consacré à l'erreur que commettait Gemma selon elle. Gemma pensait pourtant qu'elles étaient aussi étonnées qu'elle chaque fois qu'elle rompait avec un petit ami.

Peut-être savaient-elles déjà ce que Gemma craignait secrètement, qu'elle n'était tout simplement pas capable d'un amour sincère, solide. Bien sûr, elle était capable de passion, comme celle qu'elle vivait avec Charlie, mais ses sœurs avaient raison, ça ne durerait probablement pas.

Pendant des semaines, des mois parfois, elle était en adoration devant un homme, jusqu'au jour où, soudain, sans prévenir, elle avait une révélation. Non seulement la passion s'était envolée, mais elle le détestait cordialement.

Elle se voyait encore assise sur la plage à côté du plombier amateur de country. « Où est l'ouvre-bouteille ? » avait-il demandé les sourcils froncés en fouillant dans leur panier.

Et ç'avait été fini. « Je ne t'aime pas », s'était-elle dit et elle avait eu l'impression qu'une brise glacée lui sifflait entre les os.

Il y avait des gens qui manquaient de coordination entre l'œil et la main. D'autres qui n'avaient pas l'oreille musicale. Gemma, elle, était incapable de rester amoureuse de quelqu'un.

« Gem ! Regarde !
– Ooooh ! »

Ils s'assirent à la longue table installée dans la véranda de Lyn et Michael. La table était joliment dressée et ornée d'élégantes décorations de Noël ; la baie scintillait devant eux et le soleil jetait des arcs-en-ciel dans le cristal des verres.

Gemma trouvait que le décor exigeait une famille plus fonctionnelle, mieux habillée – encore plus aujourd'hui où les visages étaient cramoisis et l'hystérie palpable sous la surface.

Ils tirèrent sur leurs crackers bien trop violemment dans un vacarme de pétards et d'insultes. Cat et Dan faillirent s'arracher le bras. Certains entreprirent de lire à voix haute, d'un ton sarcastique, les blagues que contenait leur couronne en papier. Personne n'écoutait, sauf Michael qui les trouvait vraiment drôles et Nana Kettle qui n'entendait jamais la chute. « Hein ? Qu'est-ce qu'il a dit, l'éléphant ? »

Maxine et Frank étaient assis à côté l'un de l'autre, ce qui était une vision déconcertante. Gemma ne se souvenait pas de la dernière fois où elle les avait ainsi vus côte à côte. Ils semblaient surcompenser en se montrant excessivement polis et enjoués l'un envers l'autre.

Kara était éméchée et poussait des cris de dégoût en voyant Frank faire mine de se curer le nez avec son doigt manquant.

« Arrête, papa, dit Lyn.

— Arrête, Kara », dit Michael.

Perchée sur sa chaise haute, Maddie chantait toute seule à tue-tête une chanson monocorde. Elle était obligée de renverser la tête en arrière car sa couronne verte en papier qui était trop grande pour elle lui retombait sur le nez.

Quant à Gemma, elle avait retrouvé son rôle de gamine pouffant de rire. Elle s'entendait jacasser. Jacasser. Ha ha ha. Tais-toi, tais-toi bon sang, se disait-elle, mais elle avait le sentiment d'être prisonnière du personnage inepte qu'elle endossait dans les fêtes.

Lorsque les plats commencèrent à circuler autour de la table, Lyn et Maxine se soulevèrent imperceptiblement de leur chaise, indifférentes à leur assiette vide, les mains en suspens, tels des chefs d'orchestre hallucinés, prêtes à bondir triomphalement au premier manque.

« Nana, prends de la vinaigrette ! ordonna Lyn.

— Cat, passe la dinde à ton père ! » lança Maxine.

Pourquoi s'en faisaient-elles ainsi ? Pour Gemma, c'était un mystère. Personne n'avait faim. Il faisait trop chaud.

« Quelqu'un reveut du vin ? demanda Frank.

— Oui, je veux bien, juste une goutte, Frank, merci, répondit Kara, la voix pâteuse, d'un ton qui se voulait élégant, avant d'éclater d'un rire hystérique en se vautrant sur la table.

— Est-ce qu'on pourrait lui enlever son verre ? implora Michael.

— Je vous ai prévenu il y a des heures qu'elle buvait trop, dit Maxine.

– Une petite goutte ne peut pas lui faire de mal. » Frank se pencha avec la bouteille de vin.

Lyn s'insurgea : « Mais enfin, papa ! Elle a seize ans !

– À seize ans, vous aviez une sacrée bonne descente, toutes les trois.

– Voyez-vous, je me suis toujours intéressée aux lépreux, dit Nana Kettle à Dan.

– Pardon ? » Dan semblait stupéfait. Sa couronne en papier lui laissait une trace rouge sur le front.

« Les lépreux ! intervint Gemma. Nana s'est toujours intéressée aux lépreux. Ça veut dire que ton cadeau est sans doute un don de ta part à la Fondation pour les lépreux. C'est ce qu'elle a offert à Michael l'an dernier. Tu ne te souviens pas, Dan ? On était pliés de rire.

– Gemma ! Tu as gâché la surprise ! s'indigna Nana. Seigneur ! Ne l'écoutez pas, Michael.

– Moi, c'est Dan.

– Mais enfin, je sais parfaitement qui vous êtes, Dan. » Nana Kettle se tourna vers Gemma. « J'ai dit à ton nouvel ami que tu étais une manchote ! Tu m'as entendue ?

– Je t'ai entendue, Nana.

– Je crois qu'il était de mon avis. Il m'a l'air d'un jeune homme plein de bon sens, vous ne trouvez pas, Dan ? »

Les doigts de Dan se crispèrent sur ses couverts.

« Plein de bon sens, oui.

– Sa sœur était une jolie fille, observa Nana Kettle. Une très jolie fille. Avec ses beaux cheveux bruns. Tu ne trouves pas, Gemma ? »

Gemma hurla en silence : *La ferme, Nana !* Il faut que je le quitte, se dit-elle, il le faut. Son regard fut irrésistiblement attiré par Cat.

« Elle était ravissante, Nana. » Cat avait le visage dur. « Absolument ravissante. Tu ne trouves pas, Dan ?

– Et merde. » Dan posa son couteau et sa fourchette et enfouit la tête entre les mains.

« Vous avez mal à la tête, mon petit ? » lui demanda Nana d'un ton compatissant.

Il y eut du bruit au bout de la table. Frank se leva et fit cliqueter sa fourchette contre son verre.

Il sourit d'un air gêné comme un gamin quand tout le monde se tourna vers lui. « J'ai une nouvelle à vous annoncer. Ça va un peu vous surprendre.

– Une bonne nouvelle, j'espère », dit Michael avec une pointe de désespoir. Sa couronne violette était posée en équilibre précaire sur ses nouvelles bouclettes.

« Oh, excellente, mon vieux. Excellente. »

Gemma n'écoutait son père que d'une oreille. Elle se demandait si Dan avait réellement une liaison avec Angela et ce qu'il fallait faire dans ce cas. L'idée de trimballer un secret de cette ampleur la rendait malade. Elle était en train de le fusiller discrètement du regard pour l'avertir, « Si tu as une liaison, je suis au courant et tu as intérêt à arrêter », quand les paroles de son père pénétrèrent sa conscience.

« Maxine et moi, on s'est remis ensemble. »

Maxine et moi, on s'est remis ensemble.

Personne ne dit un mot. Les bribes sirupeuses du CD de Noël de Michael leur parvinrent de l'intérieur de la maison. Des clochettes de traîneau tintaient et quelqu'un rêvait d'un Noël blanc.

Kara eut le hoquet.

« Vous êtes ensemble. » Cat se pencha pour regarder Frank et Maxine à l'autre bout de la table.

« Cela fait un bon moment que nous nous voyons en dehors, bien sûr, dit Maxine d'une voix qui paraissait curieusement trop jeune pour elle, comme celle qu'elle avait prise pour imiter ce qu'une fille très grossière lui avait dit au supermarché. Et il y a de cela quelques mois, nous nous sommes, comment dirais-je... rapprochés.

— Je crois que je vais vomir. » Cat repoussa son assiette.

« On voulait attendre d'être sûrs pour vous le dire. » Frank posa une main joviale de propriétaire sur l'épaule de Maxine. Maxine leva la tête vers lui, le visage empourpré comme une jeune fille.

« Sûrs de quoi ? demanda faiblement Lyn.

— Eh bien, sûrs d'être amoureux. Enfin, de nouveau, évidemment.

— Je vais vomir, dit Cat.

— Pardon. » Lyn se leva. « Excusez-moi un instant. » Elle jeta sa serviette et sortit de la véranda en tirant la baie vitrée plus brusquement que nécessaire.

« Seigneur, mais qu'est-ce que vous êtes grincheuses aujourd'hui, les filles ! s'exclama Nana.

— Mais c'est une bonne nouvelle ! » Frank reposa son verre et se pencha en plissant le front d'un air perplexe, les mains agrippées de part et d'autre de la table. « Tu es contente pour nous, Gemma, non ?

— Je suis très contente pour vous », répondit Gemma, mais elle avait le léger sentiment de déséquilibre qu'elle éprouvait du temps de l'école, quand Cat ou Lyn donnait au professeur une autre réponse que celle qu'elle aurait donnée. « Non, se disait-elle alors. À mon avis, ce n'est pas ça. Mais je ne comprends pas qu'on se soit trompées. »

Lorsque leur père avait quitté la maison de Killara pour aller s'installer dans son nouvel appartement du centre-ville, Gemma qui avait alors six ans ne s'en était pas inquiétée outre mesure.

Dans son esprit, son départ était vaguement lié à son doigt arraché lors de la nuit du feu d'artifice. C'était comme quand une de ses sœurs ou elle étaient malades. Elles devaient aller dans la petite chambre voisine de celle de papa et maman, avec le canapé qui se transformait en lit. C'était pour que les vilains microbes ne parviennent pas aux narines des autres sœurs.

Papa devait sans doute dormir ailleurs quelque temps parce qu'il ne voulait pas contaminer qui que ce soit avec son horrible doigt malade.

« Mais papa et maman nous ont fait asseoir dans le salon et nous ont dit qu'ils divorçaient, avaient protesté Cat et Lyn des années plus tard, quand elle leur avait parlé de la théorie de son enfance. Comment as-tu pu oublier ? C'était affreux. Maman se tortillait les mains et papa n'arrêtait pas de se lever d'un bond pour arpenter la pièce avant de se rasseoir. On était tellement en colère.

— Je devais avoir la tête ailleurs », avait répondu Gemma.

Cela s'était produit régulièrement dans sa vie : elle était curieusement passée à côté de nouvelles importantes, aussi bien sociales et politiques que personnelles.

Quand elle avait une dizaine d'années, elle avait demandé à ses sœurs : « C'est quoi un "abba" ? » Elles étaient sidérées par le sacrilège. « Mais t'écoutes quand tu vas à la messe ? fit Cat, ébranlée. Demande-nous avant de dire quoi que ce soit. »

La première fois que Gemma comprit ce que signifiait le mot de divorce, ce fut le jour où elles apprirent qu'elles allaient sur le toboggan le plus rapide du monde. Toute la famille était réunie dans la cuisine et maman était penchée sur le four et soulevait le coin d'une feuille d'aluminium pour vérifier la cuisson d'un délicieux poulet rôti. Il y avait eu une histoire compliquée entre Cat et une poupée Barbie et Gemma s'apprêtait à raconter en détails ce qui s'était passé quand leur papa dit : « Lyn reste ici avec maman pour Noël. »

Dès qu'elle vit l'expression mystérieuse de Lyn, Gemma comprit aussitôt la situation. Il s'était produit plus ou moins la même chose, l'autre jour à l'école, quand elle était allée à la fontaine à eau. Le temps qu'elle revienne, Rosie, sa meilleure amie, avait recruté Melinda pour en faire sa nouvelle meilleure amie. En quelques secondes, il y avait eu un changement d'alliance.

De toute évidence, sa maman voulait que Lyn soit sa meilleure amie. Elle avait toujours eu une préférence flagrante pour Lyn. C'était parce qu'elle bordait bien les coins quand elle faisait le lit et ne faisait rien tomber. Et voilà qu'elles allaient passer des vacances toutes les deux. Elles se mettraient probablement à chuchoter en pouffant de rire à table. Ce serait horrible.

La seule solution, c'était de convaincre maman et Lyn de venir aussi. Maman ne voudrait sûrement pas rater le toboggan à eau le plus rapide du monde !

Mais non. C'était impossible, c'était encore une des idées ridicules de Gemma parce que papa et maman allaient « divorcer » – un mot dégoûtant, un peu comme « courgette ».

Et c'est là qu'une de ses peurs secrètes les plus terrifiantes avait resurgi dans un fracas.

Cat et Lyn avaient récemment décidé d'informer Gemma qu'elle avait été adoptée. Elles étaient quelque peu étonnées qu'elle ne l'ait pas deviné toute seule.

« Si tu étais vraiment notre sœur, tu nous ressemblerais, lui dit Cat avec une logique imparable. Les triplées sont censées être toutes pareilles.

– On t'aime quand même comme si tu étais vraiment notre sœur, ajouta gentiment Lyn. Ce n'est pas de ta faute. Mais tu dois faire ce qu'on te dit. »

« Mais non, Gemma, tu n'as pas été adoptée, enfin, lui assura Maxine alors qu'elle était en larmes sur ses genoux. Tes sœurs sont des menteuses – elles tiennent ça de leur père. »

Mais elle n'avait jamais été totalement convaincue et ce jour-là, quand elle entendit cet horrible mot de divorce dans la cuisine, elle fut abasourdie par l'énormité de ce qui allait se produire. C'était comme dans *La Fiancée de papa* qu'ils avaient vu chez Nana, où les parents divorcés prenaient chacun une des petites filles blondes. Il n'y avait pas de petite fille rousse dans le film.

De toute évidence, maman prendrait Lyn et papa prendrait Cat. Aucun des deux ne voudrait de Gemma parce qu'elle avait été adoptée.

Que lui arriverait-il ? Où vivrait-elle ? Que mangerait-elle le soir ? Elle ne savait pas faire cuire un poulet ! Elle ne savait même pas acheter un poulet. Qu'est-ce qu'on disait ? « Un poulet, s'il vous plaît ? » Et si on se moquait d'elle ? Et de toute façon, combien ça coûtait un poulet ? Elle n'avait que trois dollars d'économies. Avec ça, elle pourrait seulement s'acheter, quoi, dix poulets. Et après, elle aurait tellement faim !

À six ans, Gemma, prise de vertige, luttait de toutes ses forces pour ne pas s'écrouler sous le poids de tout ce qu'elle ignorait. Ses parents et ses sœurs disparurent au loin. Elle était un tout petit point au crayon sur une immense feuille de papier blanche. Il n'y avait qu'elle et elle n'atteignait que le bout de ses doigts et de ses orteils, et au-delà, il n'y avait rien.

Elle ne s'aperçut même pas que la tête de Barbie glissait de sa main ouverte et tombait par terre.

Plonger comme les dauphins

Ça me rend dingue, cette manie qu'ont les femmes d'entrer dans l'eau sur la pointe des pieds, en sursautant à chaque fois qu'elles se mouillent un peu plus. Regardez-moi ça. Elles agitent les mains, font la grimace. Elles mettent trois heures à se mouiller les cheveux. Et quand elles sont à plusieurs, c'est encore pire. Et ça crie, et ça râle, et ça recule, et ça avance un peu et ça recule encore. Franchement, à quoi bon ?

Quand j'avais une quinzaine d'années, à l'âge où je commençais à me demander si une fille daignerait coucher avec moi un jour, j'ai vu trois filles qui bronzaient à Dee Why Beach. Elles devaient avoir à peu près dix-huit ans et elles étaient sublimes. Des jambes interminables. L'allure sportive. Je leur jetais un coup d'œil subreptice derrière mes lunettes miroir style *Deux Flics à Miami* quand soudain, elles se sont levées d'un bond toutes les trois et ont couru dans les vagues. Quand elles ont eu l'eau aux genoux, elles ont plongé exactement au même moment. C'est ce qui m'a bluffé. Leur synchronisation. C'était supersexy, bizarrement. Ces trois corps suspendus en l'air, comme des dauphins.

Si seulement ces filles savaient combien de nuits elles ont passées sous la couette avec moi et une boîte de kleenex. On s'est bien marrés cette année-là. Je me suis montré équitable. Elles ont eu toutes les trois droit au même traitement.

Enfin, je me suis toujours juré que j'épouserais une femme qui courrait dans l'eau comme elles.

Évidemment, ça n'a pas été le cas. Merde, mais regardez-la un peu ! Allez, vas-y ! ARRÊTE DE FAIRE TA CHOCHOTTE !

12

« Bonjour, toi, dit Charlie. Joyeux Boxing Day. »

Il bloqua la porte de son appartement avec le pied et lui prit le visage entre les mains pour l'embrasser. « Mmm. » Chaque fois que Gemma embrassait Charlie, elle laissait échapper un « Mmm » comme si elle venait de goûter un dessert incroyablement délicieux.

Était-il physiquement possible de rompre avec un homme qui avait un goût pareil ?

« Je me suis activée à la maison, ce matin, dit-elle quand il la lâcha et la fit entrer. J'ai préparé un vrai pique-nique – et j'ai tout mis dans mon sac à dos pour le porter à l'épaule, style chic et décontracté. »

Elle virevolta pour lui montrer, vaguement consciente de jouer délibérément de son charme.

L'idée, c'était d'aller en moto à la pointe de North Head pour regarder le départ de la régate Sydney-Hobart.

L'autre idée, l'idée de Lyn, c'était qu'elle essaie de découvrir si Dan entretenait ou non une liaison avec Angela. « Tâche de savoir ce qu'il en est, lui avait dit Lyn. Mais ne le plaque pas. Elle n'a pas le droit de te demander ça. »

Charlie recula et l'examina. « Je suis fasciné par ton chic décontracté. Et je suis également fasciné que tu puisses imaginer faire de la moto avec ce short. »

Gemma regarda ses jambes nues. « Oh.
— Pardon. Je ne veux pas prendre le risque d'abîmer des jambes aussi sexy. »
Elle leva une jambe et pointa le bout d'une basket comme une ballerine. « Nous sommes très fières de nos jambes. Nous les tenons de maman.
— Nous ? » Charlie haussa un sourcil. « C'est un "nous" royal ?
— Mes sœurs et moi.
— Pour être honnête, je ne m'intéresse qu'à tes jambes, pas à celles de tes sœurs.
— En parlant de sœurs... »
Il changea de ton. « Je ne préfère pas.
— Nos deux mondes se télescopent.
— Oui.
— C'est un peu gênant. » Gemma agrippa les sangles de son sac chic et décontracté.
« Que veux-tu. On n'a qu'à parler de quelque chose de moins gênant.
— Cat veut que je rompe avec toi. »
Charlie se figea. « Cat, c'est celle qui est sortie furieuse ? La femme de Dan ?
— Oui.
— Tu veux rompre, toi ? Parce que, en ce cas, ne te sers pas de ça comme d'un prétexte. Si tu veux qu'on arrête, on arrête, c'est tout.
— Non. Je n'ai pas envie d'arrêter. Ça me plaît. J'aime tes cils. »
Les épaules de Charlie se détendirent. « Tant mieux. » Il sourit. « J'aime tes jambes.
— Angela a une liaison avec Dan ? »
Charlie fit une grimace de douleur comique. « Je n'ai vraiment pas envie de parler de ça. On ne pourrait pas plutôt aller pique-niquer et oublier nos sœurs ?

— Il faut vraiment qu'on en parle. » Avec un charmant soupçon d'autorité façon Lyn.

Il soupira. « Je n'en ai pas beaucoup parlé avec elle, parce que, pour être franc, je ne voulais pas en entendre parler. Même s'il était évident qu'il s'est passé quelque chose de très bizarre dans cette cuisine. Mais oui, elle a eu une histoire avec lui. Je ne sais pas combien de fois ils se sont vus. Mais ce qui est sûr, c'est qu'il y a mis un terme quand son épouse, ta sœur, est tombée enceinte. »

Son épouse. Cat était l'épouse qui était tombée enceinte. Gemma revoyait Cat qui la regardait, assise sur le carrelage de la salle de bain, en faisant semblant de se moquer du résultat du test de grossesse alors qu'elle tremblait visiblement. Elle frissonnait de la tête aux pieds sans même s'en rendre compte. Et Dan l'avait mise dans une situation où on parlait d'elle comme de l'épouse qui est tombée enceinte.

Le fumier.

« Elle jure que c'est vraiment fini, poursuivit Charlie. Je la crois. Elle ne veut pas briser un mariage. »

Gemma ne dit rien. Elle était occupée à bourrer le ventre de Dan de coups de poing.

« J'ai failli lui faire une brûlure indienne, dit Charlie.
— Pfff.
— Si ça peut te faire plaisir, elle est très perturbée par cette histoire.
— Perturbée !
— Merde... » Charlie leva les mains en signe de capitulation. « Je sais. Écoute, le vrai coupable, c'est Dan. Je l'ai tout de suite trouvé antipathique.
— Ah bon ? demanda Gemma, momentanément distraite.
— Ouais. C'est un con arrogant.
— Tu es sûr que c'est fini ?
— Sûr.
— Sûr et certain ?

– Sûr et certain. Écoute. Ce n'est quand même pas ça qui va nous séparer, hein ?

– Non. » Avec l'aide de Jésus, Marie... et Cat.

« Parce que je crois bien que ça pourrait marcher entre nous. » Il enroula les doigts autour des sangles de son sac à dos et la secoua légèrement.

« Tu crois ? » De nouveau, elle eut l'impression de fondre comme du caramel.

« Oooh oui. Je pense qu'on pourrait aller loin... À North Head, par exemple. Genre, tout de suite.

– Alors, allons-y.

– Au fait... » Charlie s'arrêta alors qu'il allait chercher les deux casques dans le couloir. « Il y a une chose que je voulais te demander.

– Oui ?

– Angie m'a dit qu'elle se rappelait vous avoir vues toutes les trois dans une voiture devant chez elle. Vous n'avez pas l'intention de la suivre, hein ? »

Gemma eut une légère sensation de chaleur au bout de ses oreilles. « C'était juste une fois.

– Bien. Parce qu'elle reste ma petite sœur. Même si elle fait des bêtises.

– Bon. D'accord. » Une pointe de rancune embarrassée.

Elle mit un jean de Charlie pour aller à North Head. À chaque feu, il passait la main en arrière pour lui caresser la jambe. Elle serrait les cuisses autour de ses hanches et le haut de son casque s'entrechoquait amoureusement contre le sien. Arrivés à North Head, ils trouvèrent un endroit au milieu de la foule pour poser leur plaid et poussèrent des acclamations en voyant la mer se couvrir d'une file ininterrompue de voiliers qui zigzaguaient frénétiquement dans l'écume, les voiles s'épanouissant au vent.

« On ne peut pas rêver mieux, hein ? dit un homme qui était assis à côté d'eux.

– Oui, enfin, on peut toujours…, commença Gemma d'un ton pensif.

– Non, on ne peut pas rêver mieux », l'interrompit Charlie en lui mettant la main sur la bouche comme un grand frère. Elle avait toujours rêvé – de façon quelque peu incestueuse – d'un gentil grand frère protecteur et autoritaire.

Une fois que les bateaux eurent disparu à l'horizon, ils allèrent plonger avec un masque et un tuba à Shelley Beach. C'était une journée de chaleur brumeuse où la lumière était nacrée et l'eau tachetée de vert. Ils virent des bancs de petits poissons irisés qui filaient à toute allure et des mérous somnolents qui surgissaient et s'évanouissaient mystérieusement en se faufilant entre des rochers. Le battement rythmé des palmes de Charlie soulevait des nuages de bulles translucides et soudain, Gemma se dit que là, en cet instant, elle était au comble du bonheur. Elle sentit qu'il lui posait la main sur l'épaule et leva la tête en nageant sur place. Il ôta son tuba et lui montra le fond, son visage animé écrasé par le masque comme un gamin de dix ans. « Une raie géante ! » Puis il remit le tuba dans sa bouche et plongea très profond pour la voir. Gemma le suivit et s'étrangla à moitié en buvant la tasse quand elle vit la taille de l'étrange créature qui longeait le fond sablonneux en battant des nageoires.

Au retour, ils se préparèrent un smoothie à la banane dans la fraîcheur de la cuisine de Charlie et elle lui demanda : « Tu as toujours vécu en Australie ?

– À part quand j'avais vingt ans – j'ai passé un an en Italie, dans la famille de ma mère. » Il mit de la glace dans le blender. « Ils viennent d'un petit village de montagne sur la côte est de l'Italie. Je t'y emmènerai un jour. Mes tantes te feront des petits plats et mes cousins te feront du plat tout court. Ha ha. »

Il parlait toujours comme s'ils avaient un avenir.

Gemma le regarda appuyer sur le bouton du blender. Elle se passa la langue sur les lèvres et sentit le goût du sel.

« Tu sais ce qu'il y a de drôle, chez toi ? dit-elle soudain. On dirait que tu es toujours en vacances. Tu es comme un touriste. Un touriste heureux. »

Quand Charlie s'habillait, il sautait presque dans son jean ou son short. Mais cela, elle ne le lui disait pas. Elle ne voulait pas qu'il soit embarrassé ou qu'il arrête.

« C'est parce que je suis avec toi. C'est toi qui me fais cet effet.

— Mais non. Je parie que tu es toujours comme ça. Je parie que tu es né comme ça. Un petit bébé gazouillant tout grassouillet. Bébé Charlie !

— Désolé de te décevoir, mais je ne m'appelais même pas Charlie. Mon vrai nom, c'est Carluccio. C'est mon copain Paul qui a commencé à m'appeler Charlie. Je t'ai déjà parlé de lui ? »

À voir son expression, Gemma se dit, aïe ! il va me faire des confidences. C'était touchant, évidemment, mais elle avait la fâcheuse habitude de rire au mauvais moment quand ses petits amis devenaient sérieux.

Elle s'efforça de prendre un air profond. « Non. Vas-y. »

Charlie lui tendit un grand verre mousseux. « Il habitait en face de chez moi. Je ne me souviens même pas de l'avoir rencontré, il avait toujours été là. On faisait tout ensemble. Tu sais, toutes ces aventures de gamins. Se balader en vélo. Trouver des trucs. Fabriquer des trucs. Enfin. Toujours est-il que lorsqu'on avait quinze ans, Paul est mort.

— Oh ! » Gemma parvint de justesse à ne pas lâcher son smoothie. « Oh non !

— Il est mort d'une crise d'asthme en pleine nuit. Sa mère l'a trouvé l'inhalateur à la main. Les adolescents ont du mal à surmonter le deuil. Le jour de l'enterrement, j'ai défoncé le mur de ma chambre en donnant un coup de poing. J'avais les articulations en sang. Mon père a bouché le trou et m'a tapoté l'épaule.

— Mon pauvre Charlie. » Elle imaginait son visage d'adolescent désemparé.

« Ça va. Inutile de sortir les violons. Bois ton smoothie. Ce qu'il y avait de bien, avec Paul, c'est qu'il était toujours enthousiaste. Moi, j'étais plus détaché, plus blasé. Il disait toujours : "C'est dément, mec !" S'il voyait un lézard à langue bleue, il se mettait à quatre pattes avec les yeux exorbités comme le Chasseur de crocodiles et moi je lui faisais, ouais, c'est ça, mais au fond de moi, j'étais aussi surexcité que lui. Alors, un jour, j'ai décidé de faire comme lui. Quand je voyais un bon film ou que je prenais une belle vague, je me disais : "C'est dément, mec !" C'était comme si je portais un vieux tee-shirt à lui. Au début, je faisais semblant, juste pour me consoler. Mais après, je n'ai plus fait semblant. C'était une sorte d'habitude. Alors, tu n'as qu'à t'en prendre à Paul. C'est à lui que je dois mon prénom et mon caractère.

— Charmant prénom. Tout comme le caractère. »

Charlie vida son verre et en scruta le fond comme s'il cherchait quelque chose.

« Et ton fiancé qui est mort ? demanda-t-il sans lever les yeux. Ça a dû être très dur.

— Oui, sans doute, dit Gemma, songeant à la façon dont Charlie devait l'imaginer, amoureuse, jeune, anéantie. Enfin, oui, bien sûr.

— Et personne n'a réussi à te passer la bague au doigt depuis ? C'est parce qu'il a mis la barre trop haut ?

— Non, c'est moi qui mets la barre trop haut.

— Je vois. Et c'est toujours toi qui romps ?

— Oui. Je ne réussis pas à passer le cap des six mois.

— Je vois. » Charlie hocha sagement la tête et fit semblant de la regarder par-dessus des lunettes tout en caressant une barbe invisible d'un air critique. « Très intéressant. Que diriez-vous de venir dans mon bureau pour en parler ? »

Il la prit par la main et l'entraîna dans son salon. Elle

s'allongea sur le canapé puis découvrit son psychiatre couché sur elle qui lui expliquait qu'il avait diagnostiqué le mal dont elle souffrait et s'apprêtait à lui administrer le traitement. Certes, celui-ci était jugé peu orthodoxe dans certains cercles, mais il pouvait lui assurer qu'il était extrêmement efficace.

Il fallait juste qu'elle reste immobile.

« Dis-moi quelque chose en italien.
– *Io non vado via.*
– Qu'est-ce que ça veut dire ?
– Ça veut dire que je vais passer le cap des six mois. »

De : Lyn
À : Gemma, Cat
Objet : Les parents
Vous voulez qu'on se retrouve pour en parler ? On peut prendre un brunch à Bronte ? Si vous êtes libres mercredi, la mère de Michael garde Maddie toute la journée.
Moi, je suis estomaquée. L.

De : Cat
À : Lyn, Gemma
Objet : Les parents
Ça me va. Je viendrai directement en sortant des joies de la thérapie familiale.
La petite idylle des parents est à vomir. Gemma, tu as plaqué le serrurier ?

De : Gemma
À : Lyn, Cat
Objet : Les parents
Ce n'est pas le SERRURIER – c'est CHARLIE – et j'ai dit que j'y RÉFLÉCHIRAIS et c'est ce que je fais.
PS : Mercredi, c'est bon pour le brunch. Moi je trouve ça BIEN que papa et maman soient ensemble. C'est quoi votre problème, les filles ?

Avant que Marcus ne soit projeté de l'autre côté de Military Road, Gemma vivait avec lui depuis près de deux ans dans son appartement très cher et très ordonné de Potts Point. Elle ne s'y était jamais sentie chez elle. Elle dormait simplement chez Marcus tous les soirs de semaine.

La veille de l'enterrement, Cat et Lyn vinrent y passer la nuit avec elle.

Lyn avait le teint doré après ses vacances interrompues en Europe et les yeux cernés par le décalage horaire. Cela faisait près d'un an qu'elle était partie, elle avait les cheveux plus longs et une tenue que Gemma ne lui connaissait pas. Même ses chaussures avaient changé.

« J'adore ces chaussures ! Elles sont italiennes ? demanda Gemma.

— N'y pense même pas, répondit automatiquement Lyn, puis elle blêmit et se reprit : Ou je peux te les prêter si tu veux.

— OK », dit Gemma, et elle se mit à marcher lourdement avec les chaussures de Lyn, s'attendant à ce qu'elle lui dise : « Marche normalement ! Tu marches n'importe comment, tu vas les esquinter ! », mais Lyn continuait à sourire d'un air tendu, intéressé, et Gemma pensa : « Combien de temps elles vont tenir ? »

Elles étaient d'une telle gentillesse avec elle que Gemma en avait la nausée. Elles parlaient toutes les deux d'un ton étrangement convenable et, de temps en temps, elle les surprenait à l'observer comme si elles avaient peur.

Peut-être se comportait-elle bizarrement pour quelqu'un qui venait de perdre son fiancé. Sans doute, car elle se sentait bizarre. Extrêmement bizarre.

C'était son absence qui la troublait le plus. Comment se pouvait-il qu'un homme aussi grand, aussi fort, aussi catégorique que Marcus ne soit tout simplement plus là ? Elle tournait et retournait cette idée dans sa tête en essayant de comprendre. *Marcus est mort. Marcus est mort. Je ne le reverrai plus. Marcus est parti. Parti à jamais.* Une main géante s'était glissée dans son monde et lui avait arraché un pan entier de sa vie. C'était vertigineux.

La seule fois où Gemma avait été confrontée à la mort, c'était au décès de Nana Leonard, mais sa grand-mère maternelle avait une présence si frêle, si effacée. Quand elle était morte, il n'y avait pas eu de grand vide, elle s'était juste éclipsée doucement en laissant le monde plus ou moins dans le même état. Mais Marcus ? Marcus était costaud, tonitruant et catégorique. C'est ce qui lui plaisait, chez lui. On ne disait jamais à Marcus : « Tu es sûr ? » parce que c'était une question stupide. Marcus avait des opinions, des projets, une voiture et des meubles. Marcus avait une forte libido et des idées politiques tout aussi fortes. Il était capable de faire cent pompes sans être en nage.

Marcus devait être furieux de ne plus être là.

« Ah non, c'est juste pas possible. » C'est ce qu'il disait au téléphone, quand il n'était pas d'accord avec quelqu'un. Il refuserait de mourir. « Ah non, c'est juste pas possible, dirait-il devant les portes du paradis. Appelez-moi le patron. On va arranger ça. »

Si Marcus n'était pas là, comment se faisait-il que Gemma soit encore là ?

Elle regarda ses pieds dans les chaussures italiennes de Lyn et se sentit très, très bizarre.

« Je me sens bizarre, dit-elle.
— Évidemment, dit Cat.
— C'est tout à fait normal », dit Lyn.

Et elles semblèrent toutes les deux pétrifiées.

Gemma regarda ses sœurs se mordiller la lèvre inférieure exactement de la même manière et se rendit compte qu'elle ne pourrait jamais leur avouer la pensée affreuse, blasphématoire qui lui était venue à l'esprit juste avant qu'elle ne se précipite dans la rue pour voir si Marcus allait bien. Ça les plongerait dans le désarroi. Même si elles lui répondaient : « Mais non, ça

ne veut rien dire ! Ne t'en fais pas ! Ça doit être le choc ! »,
Gemma saurait qu'elles mentaient.

Elles ne la verraient plus de la même façon, plus jamais. Elle avait espéré qu'elles y pourraient quelque chose. Mais elles n'y pouvaient rien. Bien sûr que non.

Elle enfouit son visage entre ses mains. Enfin, elle se comportait normalement. Ses deux sœurs bondirent à ses côtés.

« Tu veux un thé ? lui demanda Lyn en lui glissant une mèche de cheveux derrière l'oreille comme si elle était une petite fille. Et de la brioche ? Tu en reveux ?

– Non. Merci. »

Cat lui tapota anxieusement le bras. « Tu veux prendre une cuite ?

– Je veux bien. Non. Je sais. Un pétard.

– Pardon ?

– Marcus a de la dope. Elle est dans le placard, au-dessus de la cuisinière. »

La veille de l'enterrement de Marcus, ce fut donc à cela qu'elles employèrent leur soirée. Lyn roula un joint parfait qu'elles se passèrent sans dire un mot, assises sur la belle moquette écrue de Marcus. Gemma sentit une agréable bouffée de néant lui envahir le cerveau et le dilater.

« Fini le mariage », observa-t-elle au bout d'un moment en tendant le joint à Lyn.

Lyn plissa les yeux en inhalant et le bout du cône rougeoya. « Ouais. Fini le mariage.

– Vous ne mettrez pas vos robes de demoiselle d'honneur, dit Gemma.

– Non, acquiesça Lyn en toussotant avant de passer le joint à Cat.

– Vous détestiez vos robes, hein ? »

Elles échangèrent un regard solennel en redressant le dos.

« Ah ça, pour les détester, on les détestait », dit lentement Cat.

Et sur ce, elles se mirent à rire comme des folles avec ravissement en se balançant d'avant en arrière, des larmes hystériques ruisselant sur le visage. Gemma regarda Cat qui faisait tomber de la cendre sur la moquette immaculée de Marcus et imagina le visage de celui-ci se tordre de rage.

Elle se mit à quatre pattes, rampa jusqu'à la cendre en sanglotant de rire et la frotta du bout du doigt sur la laine écrue.

« C'est encore pire, dit Lyn.

– Je sais. » Son doigt allait et venait, frottant de plus en plus fort, étalant la tache noire sur la moquette.

Elle n'avait jamais avoué à personne la pensée qui lui était venue à l'esprit juste après que Marcus eut heurté le béton, alors qu'elle attendait qu'on lui dise quoi faire, avant de se mettre à courir.

Elle l'entendit plus qu'elle ne la pensa, avec une clarté limpide, comme si quelqu'un qui n'avait pas bu débarquait au beau milieu d'une fête bruyante et arrosée, coupait la musique et faisait une annonce dans le silence stupéfait.

Elle reconnut sa propre voix. Six mots nets, froids, précis.

J'espère qu'il est mort.

13

Entre l'âge de deux et trois ans, les triplées Kettle commencèrent à babiller entre elles dans un dialecte secret et inintelligible, passant avec facilité à l'anglais quand elles avaient besoin de communiquer avec un adulte.

Des années plus tard, Maxine découvrit que c'était un phénomène relativement courant chez les multiples, et qu'on appelait langage de jumeaux ou, plus impressionnant, « idioglossie ». (À l'époque, en fait, tout ce qui lui importait, c'était qu'elles n'essaient pas de se noyer, de s'étrangler ou de s'assommer mutuellement.)

Avec le temps, elles pratiquèrent de moins en moins ce langage qui finit par s'effacer de leur mémoire, disparu comme la langue perdue d'une tribu d'autrefois.

Les liens psychiques entre jumeaux et triplés constituent un autre phénomène passionnant et bien documenté. Dans ce domaine, cependant, les Kettle ont toujours été à la traîne. L'idée, après tout, est de sentir la douleur de ses frères et sœurs, et non d'en rire comme des baleines. Avant de monter sur scène, Elvis sentait la présence de Jesse, son frère jumeau décédé. À neuf ans pourtant, plongée dans son nouveau *Club des Cinq*, Gemma ne sentit même pas la présence de ses sœurs tout ce qu'il y a de plus vivantes qui lui piquaient en douce le sac de bonbons à côté de sa main.

Quand elles avaient onze ans, Cat se prit de passion pour

la communication télépathique. D'innombrables heures furent consacrées à des expériences complexes, qui toutes échouèrent malheureusement en raison de l'incompétence affligeante de ses sœurs, incapables d'envoyer ou de recevoir un message cohérent.

Non, les Kettle n'ont aucun lien psychique. (La plupart du temps, elles ne se comprennent même pas attablées face à face lors d'une banale conversation.)

Et donc :

À dix-neuf ans, Lyn se cogne violemment le menton contre le volant de sa voiture dans un accident dû à un chauffard complètement ivre sur le Spit Bridge. Gemma, qui danse lascivement dans la pénombre d'un club enfumé d'Oxford Street, une fleur de frangipanier derrière l'oreille, une cigarette aux lèvres, ne sent rien, pas le moindre pincement. Et Cat, qui injurie à grands cris son ordinateur qui plante constamment alors qu'elle essaie de terminer un travail à rendre à la fac depuis un moment, ne s'arrête pas même pour reprendre son souffle.

À vingt-deux ans, Gemma entend Marcus lui chuchoter des menaces sadiques à l'oreille, mais Cat, hors d'haleine, est aux prises avec Dan tandis que, de l'autre côté de la porte, le colocataire de ce dernier se tord de rire devant *Hey Hey It's Saturday*, et elle ne sent rien. Quant à Lyn, elle est loin, dans un autre fuseau horaire, une autre saison, et lit d'un œil soupçonneux une étiquette de déodorant dans une pharmacie londonienne.

À trente-trois ans, Cat se balance sans relâche d'avant en arrière alors que son ventre se contracte et se bloque, et elle crie en silence : stop, stop, stop. Et pourtant Lyn n'éprouve que du plaisir devant le visage ébahi de Maddie, éclairé par les couleurs du feu d'artifice qui gronde dans le ciel. Et Gemma ne sent que la langue et le goût de Charlie qu'elle embrasse au réveillon du Nouvel An dans l'entrée de la maison d'un ami d'ami.

Non, ni l'une ni l'autre ne sentent quoi que ce soit jusqu'au Jour de l'an où Dan les appelle pour leur annoncer : « Cat a perdu le bébé. »

14

« Dis-leur que je ne veux voir personne », dit Cat à Dan. Gemma, Lyn et Maxine estimèrent toutes les trois que c'était certes compréhensible et sage, mais que cela ne s'appliquait pas à elles, si bien qu'elles débarquèrent ensemble sans s'être concertées moins d'un quart d'heure plus tard, montèrent l'escalier quatre à quatre et déboulèrent dans l'appartement, rouges et essoufflées. En voyant Cat, elles se figèrent sur place et s'effondrèrent, comme si elles croyaient qu'il leur suffisait de venir pour tout arranger et s'apercevaient face à elle qu'il n'y avait rien à dire, et rien à faire. Elles se serrèrent coude à coude autour de la petite table ronde de la cuisine de Cat pour boire du thé et manger de gros morceaux de brioche glacée aux noix avec plein de beurre – l'antidote familial à la tristesse. Cat dévora le sien. C'est ce qu'elles avaient mangé quand Pop Kettle était mort et quelques mois plus tard, quand Marcus avait disparu à son tour.

La différence, c'est que tout le monde connaissait Pop et Marcus. Personne ne connaissait le bébé de Cat. Son bébé n'avait pas l'honneur d'avoir un nom ni même un sexe.

Ce n'était qu'un rien. Cat avait aimé un rien. Fallait-il être bête.

« On réessaiera », avait dit Dan d'un ton solennel et déterminé à l'hôpital, comme si le bébé était un but qu'ils venaient de rater et qu'ils réussiraient à marquer la prochaine fois s'ils y mettaient du leur. Comme si les bébés étaient interchangeables.

« C'était ce bébé que je voulais », avait dit Cat, et l'infirmière et Dan avaient gentiment et patiemment hoché la tête, comme si elle délirait.

« Ma chérie ! C'est la nature qui te dit que ce pauvre bout de chou avait un problème, lui dit Nana Kettle au téléphone. Heureusement, tu étais en début de grossesse. – Je dois y aller, Nana », lui répondit Cat, les mâchoires serrées.

Cat enfourna un morceau de brioche et regarda Lyn qui se levait pour servir du thé à tout le monde.

La perfection déchirante de la joue ronde de Maddie.

L'horrible petite boule de tissus sanguinolents qu'était son bébé.

Ils l'emmenèrent avec un flegme médical aussi impassible qu'efficace comme une chose dégoûtante qui aurait été retirée de son corps dans un film de science-fiction et que l'on devait s'empresser d'ôter de la vue de tous par souci du bon goût.

Personne ne s'extasia devant le bébé de Cat. C'était une telle injustice qu'elle en avait les mains qui tremblaient. Elle seule savait combien son bébé aurait été beau.

Elle avait toujours soupçonné qu'au fond d'elle, elle possédait une secrète veine de laideur, d'inconvenance, de quelque chose de mal, miroir inversé du bien qu'incarnait Lyn.

« Où est Maddie ? demanda-t-elle.

– Avec Michael, répondit rapidement Lyn en se penchant pour lui servir du thé. Tu ne vas pas travailler demain. Tu peux prendre un congé ?

– Je ne sais pas. »

Gemma avalait son thé à longs traits en regardant Cat d'un œil inquiet.

« Tu fais du bruit quand tu bois.

– Pardon. »

Parfois, Gemma prenait une expression particulière – un air de pauvre petit chiot tremblotant – qui lui donnait une envie folle de lui balancer un coup de pied, de lui coller une gifle ou de lui asséner des horreurs. Puis elle était rongée par la culpabilité. Et après elle était encore plus en colère.

Je ne suis pas gentille, se disait-elle. Je ne l'ai jamais été. « Tu es une vilaine, méchante petite fille, Catriona Kettle », l'informa un jour sœur Elizabeth Mary dans la cour de l'école primaire, le bandeau noir de son voile serré autour de ses joues couperosées toutes bouffies. Cat sentit monter en elle un courage exaltant, prodigieux, comme si elle s'apprêtait à prendre son élan pour sauter du plus haut plongeoir de la piscine. « Eh ben vous, vous êtes une vilaine grosse nonne ! » Sœur Elizabeth l'empoigna par le bras et lui donna des claques à l'arrière des jambes. Vlan, vlan, vlan. Faisant voler son voile. Soulevant son épaule massive. Les enfants s'arrêtèrent net pour regarder la scène avec une fascination malsaine. Lyn et Gemma arrivèrent en courant des deux côtés de la cour de récréation. « Oh ! » compatissait Gemma à chaque claque avec une touchante synchronisation, « Oh ! », jusqu'à ce que sœur Elizabeth finisse par craquer et s'en aille, furieuse, après avoir mis en garde les trois Kettle en pointant en silence sur chacune d'elles un doigt tremblant.

« Il est hors de question que tu ailles travailler demain, Cat, dit Maxine. Ne sois pas ridicule. Tu as besoin de repos. Dan peut appeler au bureau pour toi, n'est-ce pas, Dan ? »

Dan avait la bouche pleine de brioche. « Ouais, répondit-il d'une voix pâteuse. Sûr. »

Il s'était montré si doux et aimant, hier soir, comme si elle était très malade ou souffrait d'une blessure douloureuse. Il jouait à la perfection le rôle du mari compréhensif qui était là pour la soutenir – si beau, si attentionné. Mais il avait tout faux. Cat aurait voulu qu'il se mette en colère, qu'il perde la tête. Elle aurait voulu qu'il se montre agressif et méprisant avec le médecin : « Attendez, c'est notre enfant, qu'est-ce qui a bien pu arriver ? » Mais non, il écouta le médecin avec compréhension en ponctuant ses explications de hochements de tête virils – deux hommes logiques et raisonnables discutant d'un fait – hélas ! – si courant.

« Je vous laisse un moment, ça ne te dérange pas, Cat ? » Dan se leva et prit son mug pour le mettre dans l'évier.

– OK. Comme tu veux. » Cat regarda son assiette.

« Où vas-tu ? demanda Gemma.

– J'ai juste quelques trucs à faire. » Dan embrassa Cat sur la tête. « Ça va, chérie ? »

Le ton de Gemma n'avait-il pas été légèrement acerbe ? Cela ne lui ressemblait pas de demander à Dan où il allait. Cat étudia sa sœur qui était assise les jambes croisées sur sa chaise, tortillant une longue mèche de cheveux autour de son doigt. Savait-elle quelque chose ? Le serrurier lui avait-il confié d'autres détails sordides sur cette aventure ? Après tout, Cat s'en fichait. Tout ça lui semblait puéril et hors de propos. Elle se fichait même que Gemma continue à sortir avec le frère de cette fille. Quelle importance ? Au bout du compte, rien n'avait vraiment d'importance.

« Gemma, dit-elle.

– Oui ? »

Gemma était si empressée qu'elle faillit lâcher son morceau de brioche. Elle prit le lait avec espoir. « Du lait ?

– Oublie ce que je t'ai dit à Noël. Tu sais. À propos de Charlie. Je n'aurais jamais dû dire ça. J'étais contrariée. »

Voilà. Elle s'était rachetée de son envie de lui balancer un coup de pied.

« Oh, ne t'en fais pas. Qui sait, après tout ? De toute façon, mes histoires ne durent jamais que quelques semaines. On finira sans doute par rompre, mais tout va bien pour le moment, alors si tu...

– Gemma ?

– Oui ?

– Tais-toi. Tu jacasses.

– Pardon. » Gemma se rembrunit, reprit son thé et l'avala bruyamment. « Pardon », répéta-t-elle.

Au secours. Cat respira à fond. Et voilà qu'elle se sentait de nouveau odieuse. De toute façon, elle aurait été une mauvaise mère. Une mère sarcastique, saoulante, critique.

« Nana Kettle t'a appelée ? demanda Lyn.

– Oui. » Au prix d'un énorme effort, Cat réussit à parler normalement. « Elle m'a dit que la nature était bien faite. »

Maxine lâcha un ricanement narquois. « N'importe quoi. Et elle t'a dit aussi que Dieu avait besoin qu'une nouvelle rose vienne fleurir son jardin ?

– Non.

– C'est ce qu'elle m'a dit quand j'ai perdu mon bébé. »

Lyn posa aussitôt son mug. « Je ne savais pas que tu avais fait une fausse couche, maman !

– Eh oui.

– Quand ça ? » Lyn estimait visiblement qu'on aurait dû au préalable lui demander son autorisation.

« Vous n'aviez que trois ans. » Maxine se leva et alla remplir la bouilloire au robinet, en leur tournant le dos. Ses filles en profitèrent pour échanger des haussements de sourcils et des mimiques d'étonnement. « Vous saviez toutes que j'étais enceinte. Vous posiez vos petites têtes sur mon ventre, vous le caressiez, vous n'arrêtiez pas de parler au bébé. C'est le seul moment où vous m'avez fait des câlins.

– On aurait pu avoir une petite sœur ou un petit frère, dit Gemma, abasourdie.

– C'était un accident, bien sûr, reprit Maxine. Au début, j'étais horrifiée. J'ai même pensé à avorter, votre père se serait senti obligé d'aller à confesse toutes les semaines pendant un an. Mais j'ai fini par me faire à l'idée. Les hormones devaient y être pour beaucoup. Je me suis dit, imagine, un seul bébé. Je pourrais tout faire comme il faut avec un seul bébé. Évidemment, c'était idiot, vous étiez encore toutes petites. Je n'avais pas une minute à moi.

— Je n'en reviens pas qu'on ne l'ait jamais su, maman.

— Que veux-tu, j'ai perdu le bébé à treize semaines. » Maxine alluma la bouilloire. « Il n'y avait pas de raison de vous faire de la peine. J'ai juste arrêté de parler du bébé et apparemment, vous avez oublié. Vous étiez encore des bébés vous-mêmes, évidemment. Enfin. »

Cat regarda sa mère avec son chemisier et son pantalon chic. Mince, vive et élégante. Rousse, les cheveux courts, coupe couleur et brushing toutes les trois semaines chez le coiffeur. Elle ne devait avoir que vingt-quatre ans quand elle avait fait sa fausse couche, elle était si jeune, elle n'était encore qu'une gamine.

Cat se demanda soudain si elle aurait aimé Maxine si elles avaient fait leurs études ensemble. Maxine Leonard avec ses longs cheveux roux qu'elle rejetait en arrière, ses jambes longues, très longues, et ses minijupes courtes, très courtes. « Votre maman était un peu délurée », disait toujours Nana Leonard, et elles contemplaient les vieilles photos avec ravissement. « Ah bon, Nana ? Maman ? Notre maman ? »

Elle aurait sans doute été amie avec elle. Les amies de Cat étaient toujours des rebelles.

« Ça t'a fait de la peine ? demanda-t-elle. (Elle ne se rappelait pas lui avoir déjà posé une question aussi intime.) Ça t'a fait de la peine quand tu as perdu le bébé ?

— Oui, bien sûr. Beaucoup. Et ton père – enfin… Ce n'était pas une période facile. Je me souviens que je pleurais quand j'étendais le linge. » Maxine sourit d'un air embarrassé. « Je ne sais pas pourquoi. Peut-être que c'était le seul moment où je pouvais réfléchir.

— Ah. » Un sanglot de chagrin involontaire monta dans la poitrine de Cat. Elle respira profondément, s'efforçant de le réprimer. Si elle y cédait, elle risquait de tomber à genoux et de se mettre à pleurer et se lamenter comme une folle furieuse.

Maxine s'approcha d'elle par-derrière et lui posa une main timide sur l'épaule.

« Tu as parfaitement le droit de pleurer ton bébé, ma chérie. »

Cat se retourna et, l'espace d'une seconde, posa le visage contre le ventre de sa mère.

Elle se leva. « Je reviens.

– Non, Lyn, entendit-elle Maxine dire derrière elle. Laisse-la. »

Elle alla dans la salle de bain, ouvrit les deux robinets à fond, s'assit sur le rebord de la baignoire et pleura. Pour le bébé qu'elle ne connaissait pas et le souvenir qu'elle n'avait pas d'une femme devant sa corde à linge, dans un jardin de banlieue, des pinces en plastique dans la bouche et des larmes ruisselant sur le visage.

Elle pariait qu'elle n'avait pas arrêté de suspendre ces vêtements, ne serait-ce qu'une seconde.

Elle fut réveillée par le soleil sur son visage. Ils avaient oublié de fermer les stores hier soir.

« Bonjour, chérie. » Cat garda les yeux fermés et posa la main sur son ventre. Puis elle se souvint et la douleur lui écrasa le corps, le plaquant contre le lit.

C'était pire que l'histoire de Dan avec Angela.

C'était pire que ce qu'elle avait appris sur Lyn.

C'était pire que tout.

Elle dramatisait. Elle se montrait égoïste. Des femmes avaient des fausses couches tout le temps. Elles ne faisaient pas autant d'histoires. Elles allaient de l'avant.

Et il y avait des gens qui vivaient des choses bien pires. Bien, bien pires.

Des petits enfants mouraient. Des petits enfants au visage d'ange étaient violés et assassinés.

On voyait constamment à la télévision des parents dont les enfants étaient morts. Cat ne supportait pas de voir leur visage blême effondré et leurs yeux rougis. Ils n'avaient même plus l'air humain, comme s'ils étaient devenus une autre espèce. « Change de chaîne, disait-elle chaque fois à Dan. Change. »

Comment osait-elle changer de chaîne pour échapper à l'horreur que vivaient ces gens et rester là à se désoler sur une fausse couche banale, courante, comme il en arrive à une femme sur trois ?

Elle se retourna et enfouit son visage dans l'oreiller jusqu'à ce que son nez lui fasse mal.

C'était le deux janvier.

Elle pensa aux centaines de jours qui l'attendaient et se sentit épuisée. Elle ne voyait pas comment elle pourrait tenir un an. Jour après jour après jour. Se lever pour aller travailler. Se doucher, prendre le petit déjeuner, se sécher les cheveux. Se retrouver dans les embouteillages. Accélérer. Freiner. Accélérer. Traverser le labyrinthe des bureaux semi-cloisonnés. « Bonjour ! » « Hello ! » « Bonjour ! » « Comment va ? » Les réunions. Les coups de fil. Le déjeuner. Encore des réunions. Clic-clic-clic sur l'ordinateur. Les mails. Le café. Rentrer. Le sport. Le dîner. La télé. Les factures. Les corvées ménagères. Les sorties entre amis. Ha ha ha, bla bla bla. À quoi bon tout ça ?

Et réessayer. Faire l'amour au bon moment. Compter minutieusement les jours jusqu'à ce qu'elle ait ses règles. Et si elle mettait encore un an à tomber enceinte ? Et si elle refaisait une fausse couche ?

Au bureau, il y avait une femme qui avait fait sept fausses couches avant de renoncer.

Sept.

Cat en était incapable. Elle le savait.

Elle sentit la cuisse de Dan contre la sienne et soudain, l'idée de faire l'amour avec lui parut bizarre. Vaguement ridicule, même. Tous ces grognements et ces gémissements, et ces oooh et ces aaah, et on commence là et puis on descend plus bas, et je fais ci et tu fais ça et tu jouis et je jouis.

C'était d'un ennui.

Elle se remit sur le dos et regarda le plafond. Elle sentit au bout de ses doigts les petits boutons du matelas sous le drap.

Elle n'aimait pas Dan tant que ça. En fait, elle n'aimait personne. Le réveil se mit à biper et le bras de Dan jaillit automatiquement pour appuyer sur le rappel d'alarme. Je vais rester ici, se dit-elle. Je vais rester couchée comme ça sans bouger, toute la journée. Peut-être à jamais.

« Bon ! Et si je t'invitais à dîner dans un restaurant chic ? Juste toi et moi. Qu'est-ce que tu en dis ? Ça pourrait être marrant, hein ? Redonner un peu de joie à ton joli minois ?
– Non merci, papa. Mais c'est gentil.
– Un déjeuner, alors ? Tu préfères ? Un bon petit gueuleton ?
– Non. Une autre fois, peut-être.
– Ou alors avec ta mère ? Tous les trois ? Ça changerait, hein ? Ah !
– Ça changerait, c'est sûr. Mais non. Je suis vraiment fatiguée, papa. Je vais peut-être te laisser.
– Oh. Bon, bon d'accord. Une autre fois, peut-être. Appelle-moi quand tu te sentiras un peu mieux. Au revoir, ma chérie. »

Cat laissa retomber son bras et le téléphone atterrit avec un bruit sourd sur la moquette, au pied du lit. Elle poussa un énorme bâillement et songea à relever la tête pour jeter un œil au réveil, mais ça semblait demander beaucoup d'efforts pour un résultat bien mince.

Peu importe. Elle n'avait pas l'intention de se lever. C'était le troisième jour qu'elle passait au lit et déjà, elle avait l'impression d'avoir toujours vécu ainsi. Des pans entiers de temps disparaissaient, engloutis dans un sommeil profond, obscur, comme drogué, qui la tirait vers le fond comme des sables mouvants. Au réveil, elle était épuisée, les yeux irrités, la bouche amère.

Elle se mit en chien de fusil et arrangea les oreillers.

Avec son père au téléphone, elle avait eu l'impression de parler à un vendeur de voitures d'occasion. Quand les choses allaient mal, il prenait toujours ce ton faux, farouchement heureux, comme s'il pouvait vous forcer à retrouver le sourire.

Il était plus doué pour les bons moments.

Un souvenir surgit si clairement dans son esprit que son odeur lui revint. C'était l'odeur du netball dans la fraîcheur vivifiante du samedi matin. Du parfum douceâtre du déodorant Impulse qu'elles mettaient toutes les trois. Des quartiers d'orange que leur mère apportait dans une boîte Tupperware. Elles étaient toujours en retard, l'atmosphère était tendue dans la voiture et Maxine roulait lentement, puis elles arrivaient enfin aux terrains de netball – et là, il y avait papa.

Elles ne l'avaient pas vu de toute la semaine et il les attendait, leur faisant signe d'un geste désinvolte. Il parlait aux autres parents et Cat se précipitait en baskets sur le gravier, glissait la tête sous son bras et il la serrait contre lui.

Il adorait les regarder jouer au netball. Il était ravi que les filles Kettle soient célèbres au Netball Club de Turramurra District. Des championnes. Et redoutables, avec ça. Toutes les trois. « Même la rousse un peu écervelée se transforme en tueuse dès que le coup de sifflet retentit », disaient les gens avec admiration. « Elles ont de longues jambes, c'est tout. C'est juste qu'elles sont grandes », disaient, jalouses, les filles plus petites.

Cat était défenseuse, Lyn attaquante et Gemma centre. À elles trois, elles couvraient tout le terrain, alors que les ailières et les gardiennes étaient quasiment inutiles. Dans leur vie, c'était la seule fois où elles avaient des rôles également, nettement et équitablement répartis, mais tout aussi importants.

« Bien joué, les filles ! » lançait Frank, au bord du terrain.

Sans débordements d'enthousiasme embarrassants comme certains parents. Flegmatique. Avec juste un petit signe du pouce. Il était en jean et gros pull de laine, l'air d'avoir bien chaud, visiblement à l'aise, comme un père dans une publicité pour after-shave.

Et où était Maxine ? De l'autre côté du terrain, assise très droite sur une chaise pliante, ses chaussures élégantes bien parallèles. Son visage blême pincé, l'expression figée. Le froid lui faisait mal aux oreilles mais elle n'était pas du genre à se couvrir la tête, comme la maman de Kerry, Mrs Dalmeny, qui portait un bonnet rouge aux allures de couvre-théière et allait et venait au bord du terrain en dansant joyeusement, criant : « Bravo, Turramurra, bravo ! »

Dans ces moments-là, Cat détestait sa mère. Elle la détestait tellement qu'elle avait du mal à la regarder. Elle détestait les petits applaudissements discrets de ses mains gantées quand une des équipes marquait un but. Elle détestait sa façon de parler aux autres parents d'un ton prudent, réservé.

Sa courtoisie était telle qu'elle faisait l'effet d'une injure.

Plus que tout, Cat détestait la manière dont sa mère parlait à son père.

« Comment vas-tu, Max ? demandait Frank, les yeux dissimulés par des lunettes de soleil de marque, le ton aussi chaleureux et sexy que son gros pull. Plus ravissante que jamais !

– Je vais très bien, Frank, je te remercie », répondait Maxine, les narines dilatées de façon peu flatteuse. Les dents de Frank brillaient d'un éclat malicieux et il disait : « Mmmm, je crois qu'il fait un peu plus chaud de l'autre côté du terrain. »

« Pourquoi elle est tellement vache avec lui ? demandait ensuite Cat à Lyn et Lyn répondait : Pourquoi il est tellement glauque ? » et elles se disputaient violemment.

Vingt ans après, allongée au milieu d'un enchevêtrement de draps imprégnés de sueur, Cat se demanda : et si elles avaient été médiocres au netball ou même lamentables, ratant les balles, dernières du classement ? Papa aurait-il été là toutes les semaines à sourire avec ses lunettes ?

Peut-être pas.

Non, sûrement pas.

Il ne serait pas venu.

Et alors ? Papa aimait gagner. Cat aussi. Ça se comprenait.

Mais maman aurait tout de même été là. Grelottante et l'air aigri sur sa petite chaise pliante, ôtant le couvercle de son Tupperware rempli d'oranges soigneusement coupées. Curieusement, cette idée était trop agaçante pour qu'elle s'y attarde maintenant.

Une fois de plus, Cat se laissa submerger par un sommeil obscur et profond.

« Cat. Chérie. Peut-être... Peut-être que tu te sentirais mieux si tu te levais et prenais une douche. »

Cat entendit le store que l'on ouvrait et sentit la lumière du soir envahir la chambre. Elle garda les yeux fermés. « Je suis trop fatiguée.

— Oui, mais je me dis que tu ne serais pas aussi fatiguée si tu te levais. On pourrait dîner.

— Je n'ai pas faim.

— Bon. »

Une petite pointe de renoncement dans ce « Bon ».

Cat ouvrit les yeux et se retourna pour regarder Dan. Devant la penderie, il retirait ses vêtements de bureau. Elle contempla le V parfait que dessinait son dos musclé tandis qu'il enfilait un tee-shirt en tirant dessus avec l'insouciance désinvolte d'un adolescent.

Autrefois — c'était si vieux que ça ? —, le seul fait de le regarder enfiler un tee-shirt la faisait fondre de désir.

Et là, elle ne ressentait... rien.

« Tu te souviens quand on a commencé à sortir ensemble, la fois où j'ai cru que j'étais enceinte ? »

Dan se détourna de la penderie. « Oui.

— Je me serais fait avorter.

— On était très jeunes.

– Je n'aurais pas hésité. »

Dan s'assit à côté d'elle sur le lit. « Bon et alors ?

– Donc, je suis une hypocrite.

– On avait, quoi, dix-huit ans. On devait penser à notre carrière.

– On avait vingt-quatre ans. On voulait faire le tour de l'Europe.

– Oui, bon. Peu importe. On était trop jeunes. Et puis, je ne vois pas le rapport. Tu n'étais pas enceinte. Alors, quelle importance ? »

Il voulut lui toucher la jambe et elle s'écarta. « C'est important, c'est tout.

– OK.

– Ça ne m'arrangeait pas d'avoir un bébé à l'époque, alors je m'en serais débarrassée. J'étais même fière que ça ne me dérange pas plus que ça, comme si le fait d'avorter était une sorte de prise de position féministe. C'est mon corps, c'est mon choix, toutes ces conneries. Au fond de moi, je me disais sans doute que ça me donnerait un côté cool d'avorter. Et maintenant... Donc, je suis une hypocrite.

– Enfin, merde, Cat, cette conversation est complètement ridicule. Ça n'est jamais arrivé.

– De toute façon, c'est probablement à cause de moi. »

Dan souffla. « Comment ça ?

– Le soir de la fête de Noël de ton bureau. J'ai descendu une bouteille de champagne dans les Jardins botaniques. Je devais déjà être enceinte, à l'époque. Va savoir les dégâts que j'ai pu causer.

– Oh, Cat. Je suis sûr...

– Avant ça, je faisais tellement attention dès qu'il y avait la moindre chance que je sois enceinte. Mais avec ta petite histoire avec cette pute, je n'y ai plus pensé. »

Il se leva brusquement du lit. « OK. Pigé. C'est de ma faute. Je suis responsable de ta fausse couche. »

Cat se redressa. C'était bon de se disputer. Elle se sentait revivre. « Ma fausse couche ? Ce n'est pas notre fausse couche, plutôt ? Ce n'était pas notre bébé ?

— Tu déformes ce que je dis.

— Je trouve juste intéressant que tu parles de ma fausse couche.

— Merde. On ne peut pas se parler quand tu es comme ça. Je déteste quand tu fais ça.

— Quand je fais quoi ? Hein ?

— Quand tu te disputes juste pour le plaisir. Ça t'éclate. Je ne supporte pas. »

Cat resta silencieuse. Dan avait un ton inhabituel.

Sa colère était froide, alors qu'il était censé s'enflammer. Leurs disputes n'étaient pas sarcastiques et hautaines, elles étaient violentes et passionnées.

Ils se regardèrent en silence. Cat se surprit à se toucher les cheveux en pensant à la tête qu'elle devait avoir après trois jours au lit.

Qu'est-ce qui lui prenait de se soucier de la tête qu'elle avait ? C'était son mari. Elle n'était pas censée se soucier de son apparence quand elle se disputait avec lui. Elle était censée être trop occupée à hurler.

« Je sais que c'est vraiment dur pour toi, reprit Dan de ce nouveau ton froid et calme. Je sais. Moi aussi, je suis triste. Je voulais vraiment ce bébé.

— Pourquoi tu parles sur ce ton ? » demanda Cat, qui voulait vraiment savoir.

Il changea de visage, comme si elle l'avait agressé. « Oh, laisse tomber. Je vais faire à dîner. » Il se dirigea vers la porte, puis fit soudain volte-face et elle fut presque soulagée de le voir grimacer de fureur. « Ah, juste une chose. Ce n'est pas une pute. Arrête de l'appeler comme ça. »

Il referma brutalement la porte derrière lui. Cat s'aperçut qu'elle avait le souffle haletant.

Ce n'est pas une pute.
Tu as employé le présent, Dan.
Le présent.
Et pourquoi tu la défends ?
À l'idée que Dan veuille protéger cette fille, elle ressentit une douleur si fulgurante qu'elle faillit en gémir d'étonnement.
« Où vas-tu ? » lui avait demandé Gemma l'autre jour, comme si elle avait le droit de savoir. Gemma ne parlait jamais comme ça. Sèchement. Sans le quitter des yeux, avec une pointe d'accusation. La plupart du temps, Gemma ne voyait même pas les gens sortir de la pièce. Dan disait toujours que Gemma avait la capacité de concentration d'un poisson rouge.
Et puis il y avait eu le jour de Noël. « Danny ! » s'était exclamée Angela, d'un ton agréablement surpris. Réagissait-on ainsi face à quelqu'un avec qui on avait couché une fois et dont on n'avait plus entendu parler ? Quelqu'un qui s'était éclipsé, penaud, au milieu de la nuit sans même s'embarrasser d'un : « Je t'appelle » ?
Ce n'est pas une pute. Ne l'appelle pas comme ça.
Cat souleva le drap et le laissa retomber sur ses jambes.
Bon.
Bon.
Bon.
Bon, elle n'allait pas avoir de bébé.
Bon, il était tout à fait possible que son mari ait une liaison avec une sublime brune à gros seins.
Bon, la sublime brune avait un frère qui, justement, sortait avec sa sœur.
Les parents de Cat s'envoyaient en l'air au lieu de se détester cordialement comme tous bons parents divorcés qui se respectent.
Tous les congés maladie avaient une fin.
Pour autant qu'elle sache, Rob Spencer était toujours en vie et continuait à cracher son fiel et ses clichés.

Et tout ça n'avait aucune importance. Aucune.

Cat se leva et se dirigea vers la coiffeuse, les jambes flageolantes.

Elle était moche. Tellement moche.

Elle singea un sourire en grimaçant de toutes ses dents et parla à voix haute.

« Je te souhaite une bonne année, Cat. Une putain de bonne année. »

« Pourquoi tu veux pas dire pardon à papa ? »

Après le départ de Frank, Cat, qui avait six ans, passa des journées entières à suivre sans relâche sa mère dans toute la maison, l'assaillant de questions et de réflexions, les poings serrés de dépit. Elle avait l'impression d'essayer de pousser de toutes ses forces un rocher qui ne voulait pas bouger – et il fallait à tout prix le bouger pour pouvoir ouvrir la porte qui menait là où tout redevenait comme avant.

Elle se fichait de ce que papa et maman avaient dit quand ils avaient eu leur petite discussion dans le salon. Tout ce baratin, et qu'ils les aimaient toujours, et que ce n'était de la faute de personne, et que c'étaient des choses qui arrivaient, et que rien ne changerait sauf que papa et maman vivraient dans deux maisons séparées. Cat savait bien que la question ne se posait pas. C'était de la faute de leur mère.

C'était toujours papa qui riait, qui faisait des blagues marrantes et avait plein d'idées amusantes. Maman, elle, était toujours fâchée, toujours grognon, elle gâchait tout. « Non, Frank, elles n'ont pas encore de crème solaire ! » « Non, Frank, on ne peut pas les emmener au cinéma quand il y a école le lendemain !

– Ras le bol de l'école ! Cool, Max ! Tu ne pourrais pas te détendre un peu ?

– Ouais, détends-toi, maman ! Détends-toi ! » répétaient les filles.

C'est pour ça que papa était parti. Il n'en pouvait plus. Ce n'était pas drôle de vivre dans cette maison. Si Cat avait été grande, elle serait peut-être partie, elle aussi.

Maman n'avait qu'à dire pardon d'être une geignarde.

Cat suivit dans le salon sa mère qui était chargée d'un panier de linge qu'elle renversa sur le canapé.

« Tu nous demandes toujours de dire pardon quand on se dispute », observa-t-elle habilement.

Sa mère commença à trier les vêtements propres en faisant des piles bien nettes sur le canapé, une pour Lyn, une pour Cat, une pour Gemma, une pour maman – et aucune pour papa.

« Ton père et moi, nous ne nous disputons pas. » Maman prit un tee-shirt de Gemma et fronça les sourcils. « Mais comment elle se débrouille pour tacher ses vêtements comme ça ? Qu'est-ce qu'elle fait ?

— Je sais pas, dit Cat, que le sujet barbait. Mais tu devrais lui dire pardon, c'est tout. Même si tu le penses pas.

— Nous ne nous disputons pas, Cat. »

Cat poussa un gémissement exaspéré et se plaqua les mains sur la tête. « Mamaaan ! Tu me rends dingue !

— Je sais ce que tu ressens », répondit sa mère, et lorsque Cat, changeant de tactique, voulut se montrer gentille et dit : « Je crois que tu devrais te détendre un peu, maman », ce fut comme si elle avait appuyé sur un bouton. Un bouton en plein milieu du front de sa mère qui la métamorphosa aussitôt en folle furieuse hystérique.

« CATRIONA KETTLE ! » Sa mère jeta un paquet de vêtements et son visage prit une teinte écarlate que Cat ne connaissait que trop, si bien qu'elle entama aussitôt des manœuvres de repli stratégiques. « Si tu ne sors pas d'ici immédiatement, je vais prendre ma cuillère en bois et te coller une telle raclée que, que... tu ne comprendras pas ce qui t'arrive ! »

Cat ne prit pas la peine de lui faire remarquer que c'était complètement stupide de dire ça car elle courait déjà. « Je te déteste, je te déteste, je te déteste, marmonnait-elle entre ses dents. Je te déteste, je te déteste, je te déteste ! »

Quelques jours plus tard, leur père les emmena voir son nouvel appartement en ville.

Il était au vingt-troisième étage d'un immeuble immense. Par les fenêtres on voyait Harbour Bridge, l'Opéra et les petits ferries qui traînaient des sillages d'écume blanche sur la nappe d'eau bleue.

« Alors, les filles, qu'est-ce que vous en pensez ? demanda papa en se mettant à tournoyer les bras écartés.

– C'est très, très joli, papa ! dit Gemma qui courait joyeusement d'une pièce à l'autre en s'arrêtant pour caresser des objets. Ça me plaît beaucoup !

– J'aimerais une maison avec une fenêtre comme ça. » Lyn collait le nez contre la vitre d'un air pensif. « Quand je serai grande, j'en aurai une pareille. Ça coûte combien, papa ? Très cher ? »

Qu'elles étaient bêtes, toutes les deux. Elles ne voyaient donc pas ? Tout dans le nouvel appartement de papa lui donnait un mauvais pressentiment. Tout ce qu'il avait – son propre réfrigérateur, sa propre télévision, son propre canapé – prouvait qu'il ne voulait pas de leur télévision, de leur réfrigérateur ou de leur canapé. Et ça, ça voulait dire qu'il ne reviendrait pas et que ce serait comme ça pour toujours.

« Je trouve que c'est complètement idiot de vivre ici. » Cat s'assit tout au bord du nouveau canapé de son père et croisa les bras avec détermination. « C'est tout petit et tout riquiqui et nul.

– Tout petit et tout riquiqui et nul ? » Frank écarquilla les yeux et resta bouche bée. « Bon, si on n'est pas serrés comme des sardines, est-ce que c'est tout petit et tout riquiqui ? Hmmm. Voyons voir... où est-ce que je peux trouver des sardines pour vérifier ? »

Cat garda les bras pressés contre elle et pinça les lèvres, mais quand papa faisait le pitre, c'était comme si la pointe d'une plume dansante venait lui chatouiller les joues.

Elle riait déjà quand son père la prit sous les bras – « Attendez ! Voilà une sardine. Une énorme sardine toute grognon ! » – et la fit tourbillonner autour de la pièce.

Ça ne servait à rien de faire la tête à papa. Tout était de la faute de maman. Elle continuerait de lui faire la tête jusqu'à ce que papa revienne à la maison.

« Tu t'es levée. » Dan était sur le seuil, les clés de voiture à la main.

« Oui.

– C'est bien.

– Oui. »

Cat était en peignoir, sortant de la douche, les cheveux mouillés, les membres lourds et ramollis. Elle s'imagina tout à coup que ses bras tombaient jusqu'au sol comme de longs boudins de pâte à modeler.

Si seulement quelqu'un pouvait la rouler en une jolie boule bien lisse et recommencer.

« J'allais au supermarché. Je pensais à un bon steak pour le dîner. »

Dan pensait toujours à un bon steak pour le dîner.

« Ah. Super.

– Tu veux un steak, toi aussi ?

– Oui, oui. » La seule idée d'un steak lui donnait envie de vomir.

« OK. Je reviens tout de suite. » Il ouvrit la porte.

« Dan ?

– Oui ? »

Est-ce que tu m'aimes encore ? Pourquoi tu avais un ton aussi froid, aussi dur ? Est-ce que tu m'aimes encore ? Est-ce que tu m'aimes encore ?

« Il faut racheter du thé.

– OK. » Il ferma la porte.

Elle lui demanderait quand il reviendrait. Elle lui parlerait avec la même froideur : « Est-ce qu'il y a quelque chose entre cette fille et toi ? », et sa voix ne se briserait pas lamentablement.

Elle s'assit à la table de la cuisine, posa les mains à plat devant elle et baissa la tête jusqu'à ce qu'elle soit suffisamment proche pour examiner les pores et les ridules des jointures de ses doigts. Ses mains avaient l'air vieilles, de près.

Trente-trois ans.

Elle pensait qu'à trente-trois ans, elle serait une adulte qui ferait ce qui lui plairait, avec une voiture qui en jetait pour aller où elle voudrait et qu'elle aurait compris une fois pour toutes les aspects déroutants de la vie. En réalité, la seule chose qu'elle avait, c'était la voiture et elle n'en jetait pas particulièrement. Elle avait compris plus de choses quand elle avait douze ans. Si seulement la Cat Kettle d'alors, autoritaire et je-sais-tout, était encore là pour lui dire ce qu'il fallait faire.

Des factures arrivées au courrier ce jour-là étaient posées en vrac sur la table de la cuisine. Dan n'avait que faire des factures. Dès qu'il en voyait, il les balançait d'un air dégoûté, en les laissant à moitié sorties de l'enveloppe pour que Cat s'en occupe.

Elle tira le tas vers elle.

Quoi que vous réserve l'existence, les factures continuaient à arriver, c'était bien, ça donnait un but. On travaillait pour pouvoir les payer. On se reposait le week-end et on générait de nouvelles factures. Puis on retournait travailler pour les payer. C'était la raison pour laquelle on se levait le lendemain. C'était le sens de la vie.

Électricité. Cartes de crédit. Portable.

La facture du portable de Dan.

Elle se jeta littéralement dessus avec une satisfaction malsaine, comme une piqûre d'adrénaline revigorante. Celle qu'elle était à douze ans avait toujours rêvé d'être une espionne.

Le papier tremblait dans sa main. Elle n'avait pas envie de découvrir quelque chose de grave, mais presque. Pour le seul plaisir de résoudre un problème épineux. Le plaisir du « Je t'ai eu ! ».

Elle connaissait la plupart des numéros. Maison. Bureau. Son portable à elle.

Naturellement, il y en avait beaucoup qu'elle ne connaissait pas. Et pourquoi les connaîtrait-elle ? C'était idiot. Ridicule. Elle parcourait les pages en souriant, se moquant d'elle-même, quand soudain, voilà :

25-12 23:53 0443 461 555 25 min 42 s

Un appel de vingt-cinq minutes tard dans la soirée, le jour de Noël.

Cat était allée se coucher directement en rentrant de chez Lyn. Sur le chemin du retour, dans la voiture, ça allait. Ils avaient parlé des événements de la journée calmement, sans se disputer. Angela qui avait débarqué dans la cuisine de Lyn. Frank et Maxine qui s'étaient remis ensemble. Ils avaient même réussi à rire – Dan, un brin circonspect, Cat, un brin hystérique – de cette journée horrible. Nana et les lépreux. Michael qui claquait des doigts sur les airs de Noël de son abominable CD. Kara qui avait fini par s'écrouler le nez sur la table.

Mais à ce moment-là, bien sûr, elle portait encore son bébé à la manière d'un talisman magique.

« L'année prochaine, avait-elle dit à Dan avec un soupir de contentement, retrouvant avec délices le confort de draps frais et d'un oreiller, on pourrait faire un Noël sans Kettle. Partir quelque part. Juste nous et le bébé.

– Ce serait un Noël idéal, avait-il dit. Je ne vais pas tarder à me coucher. Je vais marcher un peu histoire de digérer. »

Il l'avait embrassée sur le front comme une enfant et Cat avait aussitôt sombré dans un sommeil sans rêves.

Et il avait parlé à quelqu'un pendant près d'une demi-heure, jusqu'à minuit passé.

Ça pouvait être n'importe qui, bien sûr. Ça pouvait être un ami. Sean, par exemple. C'était probablement Sean.

Mais ses conversations avec Sean étaient toujours brèves et factuelles. Ils n'étaient pas exactement bavards, Sean et Dan. Ouais, mec. Non, mec. OK, on se voit à 15 heures.

Peut-être avaient-ils de longues conversations sérieuses où ils se confiaient leurs sentiments quand Cat n'était pas là.

Elle revérifia la facture pour voir s'il y avait d'autres appels au même numéro.

Il apparaissait huit fois en décembre. La plupart du temps, c'étaient de longues conversations. Beaucoup d'entre elles tard le soir.

Le premier décembre, il y avait un appel d'une heure à 11 heures du matin.

C'était le lendemain du jour où Cat avait découvert qu'elle était enceinte. À ce moment-là, elle était en train de garder Maddie, chez Lyn.

Elle est enceinte. Je ne peux plus la quitter, maintenant.

Non. Ça devait être Sean. Ça devait être un collègue. Ou même la sœur de Dan, Melanie. Bien sûr, c'était Mel. Bien sûr. Cat se leva, se dirigea vers le téléphone, composa le numéro et s'aperçut qu'elle respirait exactement de la même façon que lorsqu'elle se forçait à sprinter jusqu'au sommet du raidillon mortel, près du parc. Haletant, cherchant désespérément son souffle. Ça sonna une fois, puis deux, puis trois. Cat se demanda si elle faisait un infarctus.

Le répondeur s'enclencha.

Une voix pétillante de jeune fille, claire, mélodieuse, parla au creux de l'oreille de Cat sur le ton d'une amie proche qui est désolée de vous avoir ratée : « Bonjour ! C'est Angela. Laissez-moi un message ! »

Elle raccrocha brutalement.

Je t'ai eu.

La clé racle et tourne dans la serrure. Il entre et se dirige vers la cuisine, des sacs en plastique accrochés aux poignets.

Elle attend qu'il les ait posés sur le plan de travail. Puis elle se plante devant lui, pose les mains à plat sur son torse et automatiquement, il noue les mains au creux de son dos, parce que c'est leur façon de se tenir. Leur habitude. Elle pose ses mains là et lui les pose là.

Elle le regarde. En face. Droit dans les yeux.

Il la regarde.

Et voilà. Elle se demande comment ça a pu lui échapper et depuis combien de temps.

Il est déjà parti. Déjà, elle n'est plus qu'un souvenir qu'il regarde de loin, quelque part dans le futur, poliment, froidement, un peu tristement.

Il est parti.

Comme son bébé.

Pile ou face, Susi ?

Si j'ai un problème de jeu ? Non ! Mon problème, c'est de gagner ! Ha ha. C'est une blague que j'ai entendue un jour. Mais je ne sais pas si je la raconte bien. Elle n'est pas si drôle que ça.

Alors comme ça, vous voulez savoir quand j'ai joué pour la première fois. Ouais, je me rappelle. C'était l'Anzac Day et j'avais seize ans. J'étais au *Newport Arms*. C'est le seul jour de l'année où on a le droit de jouer au Two-up jusqu'à minuit. C'est légalisé ! Juste en Australie, hein ?

Il y a une bonne ambiance, dans les pubs, ce jour-là. C'est bourré de vieux. Il y a un grand cercle de gens surexcités autour d'un gars, au milieu, qui lance les pièces. Normalement, il fait le show. Il se sert d'un petit bâton en bois et les pièces tournoient en l'air, tout le monde lève la tête puis les regarde tomber. L'idée, c'est que les gens parient les uns contre les autres. On lève son argent en annonçant : dix sur pile, ou autre chose.

C'était la première fois que j'assistais à une partie de Two-up, alors j'ai observé un moment pour voir comment ça marchait. Surtout ces filles, vu qu'elles étaient agréables à regarder. Elles étaient avec leur grand-père, je pense, elles l'appelaient Pop. Il portait un chapeau à l'ancienne. Bizarrement, il les appelait toutes Susi. Ils descendaient des bières, tous les quatre. Les filles étaient à fond dans le jeu ! Elles pariaient à chaque lancer et braillaient comme les hommes : « Allez, pile ! » ou « Allez, face ! »

Quand il y en avait une qui gagnait, leur grand-père esquissait quelques pas de danse avec elle en la faisant virevolter. Une sorte de valse comme autrefois. Puis elles s'y remettaient, brandissaient leur billet, hurlant, riant, se tapant dans la main.

Du coup, j'ai trouvé le courage d'essayer. J'ai parié cinq dollars sur face et j'ai gagné. J'étais accro. C'était génial, mec. Je revois les pièces tournoyer au clair de lune et ces trois filles qui sautaient sur place et serraient leur grand-père dans leurs bras.

Ah ! pour être accro, j'étais accro.

15

La première fois, elle sortait du parking du centre commercial de Chatswood. Maddie était à l'arrière, sanglée en silence dans son siège auto, le pouce dans la bouche, un doigt enroulé autour du nez. Lyn voyait son regard accusateur dans le rétroviseur. Elles ne se parlaient plus après une scène particulièrement pénible à la librairie.

Maddie avait repéré un exemplaire de son livre d'histoires préféré au rayon enfants et l'avait attrapé triomphalement sur l'étagère.

« À moi !

– Non, Maddie, il n'est pas à toi. Le tien est à la maison. Remets-le en place. »

Maddie dévisagea Lyn comme si elle était folle. Elle agita vigoureusement le livre, en la foudroyant d'un regard outragé. « Non ! À MOI ! »

Lyn sentit que les clients qui regardaient tranquillement les livres levaient les yeux et inclinaient la tête avec curiosité.

« Chut ! » Elle mit le doigt sur ses lèvres. « Remets-le. »

Mais Maddie refusa d'obtempérer. Elle tapa des pieds comme une danseuse de claquettes hystérique et serra le livre contre son ventre en hurlant : « Non, pas chut ! Maman, à moi, à moi, à moi ! »

Une femme arriva dans le rayon et sourit à Lyn d'un air compatissant.

« Ah. La crise des deux ans ? C'est ce qui m'attend ! » Elle avait une poussette où se trouvait une petite fille blonde encore bébé, l'air angélique, qui fixait Maddie de ses yeux ronds.

« En fait, elle n'a même pas deux ans, répondit Lyn. Elle s'y met tôt.

— Ah. Elle est précoce, dit gentiment l'autre maman.

— On peut dire ça comme ça, commença Lyn. Non, Maddie ! » Elle se précipita, mais il était trop tard. Le chérubin avait tendu la main comme s'il voulait attraper *Bonne nuit, petit ours* et Maddie avait aussitôt usé de représailles promptes et efficaces en lui flanquant un coup de livre en pleine figure.

La petite fille se décomposa littéralement, comme si c'était la première fois qu'on lui faisait de la peine. Elle porta une main bouleversée toute potelée à la marque écarlate sur sa joue et ses yeux bleus s'emplirent de grosses larmes.

Lyn vit l'expression passablement satisfaite de sa fille et fut morte de honte.

Il n'y avait rien de pire que de voir un parent donner une claque à un enfant sous le coup de la colère, s'étaient toujours accordés à dire Lyn et Michael. Maddie ne recevrait pas de gifle. Il n'y aurait pas de violence dans leur maison.

La violence engendre la violence.

Elle en était absolument sûre.

Et voilà qu'elle attrapait Maddie et la giflait violemment. Elle la gifla avec violence, avec colère, et le cri stupéfait de Maddie résonna dans toute la librairie avec le pathos tragique d'une enfant victime de maltraitance.

« Ça ne fait rien », dit la gentille maman en prenant sa gentille petite fille. Elle avait les mêmes yeux bleus ronds que son bébé.

« Je suis vraiment navrée. Elle n'avait jamais fait ça. »

Et je n'ai jamais fait ça non plus.

« Ça ne fait rien, je vous assure. » La jeune femme berça la petite sur son épaule. Elle était forcée d'élever la voix pour couvrir les hurlements stridents de Maddie. « Les enfants ! »

Maddie s'adossa contre les rayonnages et se plia en deux en s'abandonnant aux larmes voluptueusement, furieusement, ne s'arrêtant que pour reprendre son souffle afin d'augmenter encore le niveau sonore.

Tout autour, les gens les regardaient ouvertement, à présent, allant jusqu'à tendre le cou par-dessus les rayonnages pour voir. Ils les fixaient d'un air impassible, la bouche légèrement entrouverte, comme au spectacle.

« Il faut que je la sorte d'ici. Je suis vraiment navrée.

– Ne vous en faites pas », dit la femme, tout sourire, en faisant sautiller le bébé sur sa hanche. C'est fou ce qu'elle était gentille.

Lyn prit Maddie qui continuait à hurler sans relâche et se cambra en arrière en renversant la tête, lui percutant violemment le menton. Les bras noués autour de sa fille qui se débattait rageusement, elle traversa rapidement le magasin. La sortie honteuse de la mère à l'enfant qui hurle.

« Pardon, madame ! » Un martèlement de pas derrière elle.

« Oui ? » Lyn leva les yeux. Maddie continuait à donner des coups de pied.

« Hum. » C'était un adolescent immense qui avait un badge disant « À votre écoute » avec un smiley épinglé sur sa chemise en jean.

Il avait l'air embarrassé d'être aussi grand, comme s'il ne savait pas trop comment il était arrivé là. Il faisait craquer les grosses articulations de ses doigts d'un air embarrassé. « C'est juste que je crois que vous n'avez pas payé ces livres. »

Maddie serrait toujours *Bonne nuit, petit ours* et Lyn tenait un exemplaire de *Comment surmonter une fausse couche* et, plus humiliant, *Maîtriser les tout-petits : guide de survie à l'usage des parents*.

Pourquoi pas, après tout ? Une femme qui frappe ses enfants est bien du genre à se livrer de temps à autre au vol à l'étalage.

Elle se dirigea vers la caisse d'un pas déterminé avec un sourire qui se voulait ironique et plein d'humour. Si elle avait eu quelqu'un avec elle, Michael ou une de ses sœurs, ç'aurait été drôle. Si elle avait eu ses deux sœurs, ç'aurait été du grand burlesque. Elles auraient été aux anges.

Mais elle était seule et ne pouvait qu'imaginer le comique de la situation.

« Ce n'est pas Lyn Kettle ? entendit-elle derrière elle alors qu'elle payait les livres, parmi lesquels un deuxième exemplaire de *Bonne nuit, petit ours*, et glissait la monnaie dans son portefeuille. Tu sais. La directrice de Brunch Bus ? »

Trop drôle. Qu'est-ce qu'on rigole.

Quand elles regagnèrent la voiture, les sanglots de Maddie n'étaient plus que de petits hoquets pitoyables.

« Maman est vraiment désolée de s'être mise en colère, lui dit Lyn en l'attachant dans son siège auto, mais tu ne dois jamais, jamais taper des petits bébés comme ça. »

Maddie fourra son pouce dans la bouche et cligna des yeux comme si elle avait parfaitement conscience du manque de logique de l'argument de Lyn et estimait qu'il ne méritait pas de réponse.

Ses cils étaient encore mouillés de larmes.

La culpabilité s'installa pile au milieu du front de Lyn. Elle imagina la gentille maman raconter l'incident à ses (sans aucun doute) gentils amis, pendant que tous ses gentils enfants s'amusaient paisiblement et partageaient leurs jouets. « On voit bien d'où vient le comportement de cette enfant. »

Elle mit le CD de « sons relaxants » qu'elle avait acheté pour respecter sa bonne résolution du Nouvel An : *réduire son stress de façon tangible, mesurable, sur le plan à la fois professionnel et personnel, avant le premier mars.*

La voiture s'emplit du gazouillis et des trilles de petits oiseaux joyeux, une fontaine gargouilla, une cloche sonna.

Pitié. C'était insupportable. Elle coupa le CD et fit marche arrière.

Où était le panneau « Sortie » ? Pourquoi s'arrangeaient-ils pour vous compliquer la tâche à la sortie des parkings des centres commerciaux ? Vous aviez fait vos courses – ils ne pouvaient plus vous soutirer d'argent. C'était quoi, l'objectif ?

Elle ne pouvait pas donner le livre sur les fausses couches à Cat. Elle ricanerait. Lui ferait une réflexion méprisante. La ferait passer pour une imbécile. L'autre jour, quand elle lui avait demandé où était Maddie, elle avait un regard si dur et empli de haine que Lyn avait tressailli.

Dan. Il y avait quelque chose qui clochait. Quoi qu'en dise Gemma, il continuait à voir cette fille. Ça se voyait à sa tête. Il les avait tous ignorés. Les Kettle n'avaient plus d'importance pour lui.

Elle tourna indéfiniment. Les panneaux « Sortie » disparurent au profit de flèches annonçant gaiement « Places disponibles par ici ».

Gemma enroulant une mèche de cheveux autour de son doigt. Tout le monde se moquait de Gemma mais, franchement, c'était à se demander si elle était normale. À l'école, c'était la plus intelligente des trois. « Gemma est extrêmement brillante », avait dit sœur Mary à Maxine qui avait eu l'air abasourdie. « Gemma ? » Et voilà que Gemma semblait gaspiller sa vie entière comme on gaspille un samedi matin ensoleillé.

SORTIE INTERDITE. STOP. FAITES DEMI-TOUR.

C'était une blague ou quoi ? Il était impossible de sortir de ce centre commercial.

Y avait-il une caméra cachée quelque part et un présentateur survolté qui s'apprêtait à bondir pour lui coller un micro sous le nez ? Parce que ce n'était pas drôle. « Ce n'était pas drôle », dirait-elle.

Elle fit marche arrière et recommença à tourner. Et tourner encore.

Papa et maman le jour de Noël. L'air réjoui, suffisant de papa. Maman qui minaudait en jouant les midinettes évaporées et d'une bêtise, mais d'une bêtise...

DIRECTION SORTIE. OK. Si tu le dis. Elle tourna le volant.

Et merde. Elle avait oublié la bombe d'insecticide. Sa mère avait suggéré un produit aux accents meurtriers fort prometteur, Piège Mortel. Ce matin, une de ces sales bestioles avait bassement traversé l'étendue immaculée de la porte de son réfrigérateur.

PASSAGE INTERDIT.

Putain !

Elle freina brutalement.

Et c'est là que ça arriva.

Elle oublia comment on respirait. L'instant d'avant, elle respirait normalement, et subitement, elle émettait de curieux bruits étranglés, suffoquant désespérément, les mains froides et moites sur le volant, le cœur battant à une vitesse folle.

Oh non, je suis en train de faire un infarctus. Maddie. La voiture. Je dois m'arrêter.

Les mains bêtement tremblantes, elle coupa le moteur.

Pop avait succombé à une crise cardiaque. Il était tombé raide mort dans le jardin alors qu'il filait à son voisin Ken un tuyau sur une course de lévriers.

Et maintenant Lyn allait tomber raide morte dans le centre commercial de Chatswood. Ce serait dans les journaux. Aux quatre coins de l'Australie, des femmes se diraient qu'il fallait être une mère complètement irresponsable pour tomber raide morte avec un tout-petit sur le siège arrière.

Une panique pure courait dans ses veines. Sa poitrine se soulevait et ses mains s'agitaient vainement en l'air.

Elle n'arrivait plus à respirer.

Des gouttelettes de sueur lui ruisselaient dans le dos.

Pourquoi n'arrivait-elle pas à respirer ? Et, au moment précis où elle se disait, OK, c'est bon, c'est la fin, curieusement, elle se remit à respirer.

Le soulagement fut une véritable extase. Bien sûr qu'elle arrivait à respirer. Son cœur ralentit de plus en plus jusqu'à ce qu'il retrouve presque son rythme normal, tranquille, discret.

Sans force, elle se retourna pour jeter un œil à Maddie. Elle dormait profondément, le pouce encore dans la bouche, la tête abandonnée contre le bord de son siège auto, confiante.

Lyn remit le contact et tourna le rétroviseur pour se regarder. Il lui renvoya l'image d'un visage parfaitement calme ; son rouge à lèvres était impeccable.

Elle réajusta le rétroviseur et sortit directement du parking.

Quand Michael rentra, ce soir-là, Maddie se jeta dans ses bras et lui mit les mains autour du cou.

« PAPA ! » Elle le gratifia d'une petite tape ravie sur la tête, l'air contente de lui.

« Bonjour, ma mignonne.

– Elle n'a pas exactement été mignonne, aujourd'hui. » Lyn continua à hacher de l'ail et tendit la joue pour qu'il l'embrasse.

« Bonjour, mon autre mignonne. Je croyais avoir dit que je faisais à manger, ce soir.

– Je prépare juste un sauté au wok vite fait.

– Tu voulais faire tes comptes, aujourd'hui.

– Ça ne me prendra pas longtemps.

– J'avais dit que je le ferais. »

L'accusation tacite – Lyn la martyre. Elle l'avait entendue toute sa vie. Si on leur en donnait l'occasion, les gens finiraient par faire ce qu'il y avait à faire. Si seulement elle voulait bien se détendre, décompresser, se laisser aller.

« Papa, les pieds ! »

Michael posa Maddie pieds nus en équilibre sur ses chaussures de ville noires puis la tint par les mains et se mit à marcher dans la cuisine en levant exagérément les genoux.

« Alors qu'est-ce que Miss Madeline a fait comme bêtise aujourd'hui ?

— Il y avait un petit bébé à la librairie qui voulait lui prendre son livre. Alors elle le lui a flanqué dans la figure.

— Ah.

— Du coup, je l'ai giflée.

— Ah. »

Lyn se détourna de la planche à découper pour le regarder. Il faisait un grand sourire à Maddie qui levait la tête vers lui, tout en fossettes, les yeux brillants. Avec leurs boucles brunes, ils étaient l'exemple parfait du père et sa fille dans un film. Soudain, Lyn revit en souvenir Cat qui se tenait sur les chaussures de Frank exactement de la même façon, si ce n'est qu'il la faisait tourbillonner dans la pièce en une valse vertigineuse tandis qu'elle criait, toute rouge : « Plus vite, papa, plus vite ! » et que Maxine hurlait : « Doucement, Frank, doucement ! »

Détends-toi, maman, lui disaient-elles. Pauvre maman.

« Je n'y suis pas allée de main morte.

— Je suppose qu'elle le méritait. Tu sais ce que ça prouve ?

— Quoi ? » Lyn était retournée à sa planche à découper. Et dire que les parents étaient censés partager les mêmes valeurs.

« Il est temps qu'on se remette à procréer ! Elle est prête pour une petite sœur ou un petit frère. »

Lyn étouffa un rire. « C'est ça. Pour qu'elle ait quelqu'un à tyranniser tous les jours.

— Je ne plaisante pas. C'est le genre d'enfant qui a besoin de frères et de sœurs. On avait dit qu'on essaierait cette année. Ça faisait partie du plan à cinq ans, tu te souviens ? »

Lyn ne répondit pas.

Michael prit un ton taquin. « Je suis sûr que tu as noté ça quelque part. »

Bien sûr qu'elle l'avait noté. Elle avait prévu d'arrêter la pilule après ses prochaines règles.

Lyn forma un joli petit monticule avec l'ail et versa de l'huile dans le wok. « Oui, enfin, on va devoir mettre ça entre parenthèses pour le moment, ça va de soi.

— C'est-à-dire, ça va de soi ?

— Cat, évidemment.

— Ah, Cat, évidemment.

— Tu imagines un peu ce qu'elle éprouverait si je lui annonçais allègrement que j'attendais un enfant ?

— Et combien de temps doit-on mettre notre vie entre parenthèses ?

— Le temps qu'il faudra.

— C'est ridicule. Et si Cat met encore des mois à retomber enceinte ? Ou qu'elle refait une fausse couche ?

— Ne dis pas ça. »

Elle ne comprenait pas que ce ne soit pas aussi flagrant pour lui que ça l'était pour elle.

Lyn jeta l'ail dans l'huile bouillante et il se mit à grésiller et sauter joyeusement alors que Michael soulevait Maddie et la laissait partir en courant s'acquitter d'une quelconque mission.

« Tu es sérieuse ?

— Je te l'ai dit. L'autre jour, avec Gemma et maman, elle était tellement, je ne sais pas... Quand on mangeait de la brioche, elle avait exactement la même expression de stupeur blessée que lorsque les parents nous ont annoncé dans le salon qu'ils allaient divorcer. Je n'oublierai jamais. Son petit visage s'est décomposé.

— Le tien aussi, probablement.

— Je ne sais pas. C'est le souvenir que j'en ai. Le visage de Cat.

— Bon. Tu crois que dans la situation inverse, Cat en ferait autant pour toi ?

— Absolument.

– Je te parie que non.
– Je te parie que si. »
Kara débarqua dans la cuisine. « Miam, ça sent bon ici. Je crève de faim ! »
Lyn et Michael échangèrent un regard d'étonnement devant cette gaieté inattendue.
« Je mets la table ? »
Michael en resta bouche bée.
« Merci, dit Lyn en essayant le ton anodin, sans enthousiasme débordant, que Cat semblait employer si efficacement avec Kara.
– Pas de souci. »
Elle ouvrit une porte de placard et commença à sortir les assiettes.
Michael adressa des signes frénétiques à Lyn. « Drogue ? » articula-t-il en silence, affolé, en faisant un curieux geste avec son avant-bras, sans doute censé imiter quelqu'un qui s'injecte une substance dans les veines.
Lyn leva les yeux au ciel.
Kara referma la porte du placard. « Qu'est-ce que tu fais, papa ?
– Oh ! Rien... quoi !
– T'es vraiment débile. »
Michael eut l'air soulagé et hocha la tête aimablement.
« Maman ! » Maddie revint en trottinant dans la cuisine avec un air de ravissement perplexe. « Regarde ! »
Elle brandissait deux exemplaires de *Bonne nuit, petit ours.*
« Ça alors ! » lui dit Lyn, et Maddie se laissa tomber sur les fesses, ses deux albums devant elle, en feuilletant les pages une à une, tournant la tête d'un côté puis de l'autre, bien décidée à résoudre ce mystère. L'odeur d'ail frit emplissait la cuisine et Michael mâchait un morceau de poivron, tout en versant allègrement trop de sauce soja dans le wok, l'ombre de la fossette de son enfance lui creusant la joue. Kara remuait les couverts

dans le tiroir d'une main experte, cherchant les couteaux et les fourchettes, et ses épaules nues étaient jeunes et bronzées, avec de fines marques blanches de maillot de bain.

Et l'espace d'un instant, malgré tout ce qui l'empêchait d'être heureuse (comme la sombre trace d'inquiétude que lui avait laissée l'incident du parking), Lyn fut étrangement submergée par un sentiment de bonheur délicieux.

Naturellement, il fut de courte durée.

Grisé par l'humeur radieuse de Kara, Michael s'enflamma et l'assaillit de questions offensantes, du style : « Alors, qu'est-ce que tu fais de beau, en ce moment ? », si bien qu'elle s'avachit sur sa chaise, l'air dégoûté, et demanda la permission d'aller dîner en paix devant la télé.

Après le dîner, Maddie eut soudain une révélation et découvrit que le bain du soir était une épreuve douloureuse, comparable à la torture. Devant l'insistance de Michael, Lyn finit par succomber à la virulence de sa crise et la laissa aller se coucher sans s'être lavée, ce qui était contraire à toutes ses plus profondes convictions sur l'hygiène personnelle et la discipline.

Et lorsque le calme fut enfin revenu dans la maison et que Michael et Lyn furent installés à la table de la salle à manger avec un café et des biscuits au chocolat devant leurs ordinateurs respectifs, elle voulut lui raconter ce qui s'était passé sur le parking et s'aperçut qu'elle ne trouvait pas les mots justes.

Elle aurait su trouver les mots justes si c'était arrivé à quelqu'un d'autre. Elle aurait même été la première à offrir un diagnostic. « Mais non, imbécile, ce n'était pas un infarctus ! » dirait-elle, avant de lui affirmer qu'il s'agissait certainement – et elle emploierait les termes avec toute l'autorité tranquille et sûre de son fait d'un pseudo-psychologue de magazine féminin – d'une crise de panique.

Oui, une crise de panique, ce qui n'avait absolument rien d'inquiétant. Elle serait si vibrante de compassion, si docte, à son habitude. Elle expliquerait qu'elle avait tout lu sur ces

« crises » et qu'en réalité, elles étaient tout à fait courantes et qu'il existait des techniques pour apprendre à les surmonter.

Mais ce n'était pas censé lui arriver à elle. Les crises de panique étaient réservées à d'autres, plus fragiles qu'elle. Des gens qui avaient besoin qu'on s'occupe d'eux. Bon, pour parler franchement – des gens un peu débiles.

Pas à elle.

Un événement se produisait. On parcourait ses fiches mentales de réactions émotionnelles possibles et on choisissait celle qui était appropriée. Ça, c'était l'intelligence émotionnelle, le développement personnel, la spécialité de Lyn. Alors pourquoi était-elle soudain prise d'une crise de panique sous prétexte qu'elle ne trouvait pas la sortie d'un parking et avait oublié d'acheter une bombe anticafard ?

C'était peut-être médical.

Il fallait qu'elle en parle à un médecin.

L'ennui, c'est que la seule idée d'en parler ouvertement, à Michael ou encore plus à un médecin, semblait entraîner une accélération perceptible de son cœur. Elle s'imagina tenter de décrire l'horrible douleur qui lui avait étreint la poitrine et porta involontairement la main à la base de son cou. Quel cauchemar.

Si elle en parlait à Michael, il insisterait pour qu'elle voie un médecin. Il réagirait avec l'inquiétude immédiate et aimante d'un mari. « Commençons par écarter les causes physiques », dirait-il. Puis il lui rabâcherait une fois de plus qu'il fallait réduire son stress au quotidien, déléguer davantage, embaucher des gens, dormir plus et prendre une femme de ménage – et cette fois, elle serait vraiment stressée.

C'était le problème, avec un mari parfait. Un autre que lui lancerait peut-être en riant quelque chose du style : « Tu es un peu timbrée, quand même, hein ? » C'était exactement le genre de réaction insensible dont elle avait besoin.

Un peu de mépris suffirait sans doute à ce que cela disparaisse.

Comme dans ces films d'horreur où l'on rit aux passages effrayants.

Elle regarda Michael et songea à lui dire : « Je vais te raconter quelque chose et je veux que tu te montres insensible, OK ? » Il était adossé à sa chaise et mâchait un biscuit en cliquant avec l'autorité désinvolte qu'il employait face aux ordinateurs, comme si son portable était un prolongement de lui-même. Les ordinateurs et tous les appareils électriques semblaient se faire tout petits en sa présence et devenaient malléables et obéissants entre ses larges mains. C'était dommage qu'il ne puisse pas faire de même avec tous les problèmes. Quelques clics sur le clavier, un froncement de sourcil intéressé : « Mmm, on va essayer ça », et hop ! votre confiance dans la fonctionnalité de votre personnalité serait réinitialisée.

Elle lui en parlerait un autre jour.

Ou peut-être qu'elle ne lui en parlerait pas.

Elle retourna aux vingt-trois messages sans réponse qui venaient de surgir sur son écran. En objet, c'était un déluge de « problème », « urgent », « au secours ! ».

« Ne me dis pas que tu te tracasses encore pour cette histoire de bain que Maddie n'a pas pris.

— Je ne suis pas psychorigide à ce point.

— Elle teste ses limites.

— Oui et elle s'aperçoit qu'elles sont faciles à franchir.

— La solution, c'est un petit frère ou une petite sœur.

— Pfff... Elle a trop de chromosomes Kettle. Enfin, quoi qu'il en soit, on aura un autre bébé un jour ou l'autre. Mais pas maintenant, c'est tout.

— Bizarrement, ça me dérange que Cat ait un tel impact sur ma vie.

— Que veux-tu, c'est comme ça. Les gens ont un impact les uns sur les autres. Les frères et sœurs ont un impact les uns sur les autres.

— Pas les miens.

– Les tiens sont bizarres.
– Arrête. Venant d'une Kettle, en plus. Quand on vous voit, il y a de quoi s'enfuir en courant, et au triple galop. » Michael gloussa avec satisfaction, ravi de sa plaisanterie.

« Ah, très drôle, chéri, vraiment très drôle. »

Lyn applaudit copieusement en tapant d'une main sur la table tout en continuant à faire défiler son mail. Elle n'avait pas vraiment suivi la conversation car elle était intriguée par un curieux mail provenant d'une adresse inconnue qui était arrivé à l'instant.

Bonjour Lyn,
Ça fait longtemps, hein ? Trop longtemps. Je pense souvent à toi et l'autre jour, je suis tombé par hasard sur un article consacré à une boîte appelée le Gourmet Brunch Bus. Et là, je vois ton visage qui me sourit. Je n'en croyais pas mes yeux. J'ai l'impression d'avoir modestement contribué à la réussite de...

Elle faisait défiler le mail avec un frisson d'impatience – était-ce possible ? – pour voir si l'expéditeur était bien celui auquel elle pensait quand son portable sonna.

« Allô ? » Lyn avait attrapé le portable posé devant elle sur la table, sans quitter l'écran des yeux.

Il y eut un silence l'espace d'une seconde, un son étouffé puis : « Lyn. »

C'était Cat. Elle avait une voix bizarre.

Lyn se leva et se couvrit l'autre oreille d'une main.

« Qu'est-ce qui se passe ? Qu'est-ce qu'il y a ?
– C'est que... Et d'une, j'ai eu un accident.
– Un accident de voiture ? Ça va ?
– Oh ! Oui, oui, ça va. Mais il y a un petit problème. En fait... en fait, j'ai un peu picolé et je dois être au-dessus de la limite. J'ai bu, quoi, quatre verres. Cinq. Dans le lot, il y avait peut-être un verre d'eau ? Oui, faut s'hydrater, comme dit Gemma. Enfin.

Oui. Bon. Ça fait trop de verres. Et la femme de ce mec, cette connasse, elle veut appeler la police. Je lui ai dit que c'était inutile, on peut juste échanger nos coordonnées. Mais c'est vraiment une sale... je crois qu'ils sont en train d'appeler.

— Où es-tu ? » Tout en parlant, Lyn montait en vitesse dans sa chambre.

« Moi ? Oh, sur Pacific Highway. Après le *Greenwood*.

— Qu'est-ce que tu portes ?

— Quoi ?

— Cat, qu'est-ce-que-tu-portes ? » Elle défit la fermeture Éclair de son short et l'enleva en se tortillant. Michael l'avait suivie dans la chambre avec son biscuit au chocolat.

« Un jean et un tee-shirt. Mais écoute, il faut que je te dise...

— Quelle couleur ?

— Noir. Lyn, en fait, je t'appelais pour te dire... il faut que je te dise que Dan me quitte. Oui. Pour cette fille. Il l'aime. Il ne m'aime pas.

— J'arrive tout de suite. Ne bouge pas. Ne parle à personne. »

Elle raccrocha, jeta le téléphone sur le lit et enfila un jean et un tee-shirt noir qu'elle avait pris dans le placard.

« Qu'est-ce qui se passe ? » Michael enfourna distraitement le reste du biscuit.

« Cat a eu un accident. J'y vais.

— OK, et pourquoi tu t'es changée ?

— Elle a trop bu. Elle dit que la police va arriver.

— Et alors... ? » Soudain, il comprit. « Tu es folle ou quoi ? Tu ne peux pas la sortir de là. »

Elle remonta la fermeture de son jean, ôta l'élastique de ses cheveux et les ébouriffa d'une main à la Cat, style, vous pouvez penser ce que vous voulez, ça m'est égal.

« Sans doute pas. Mais ça vaut le coup d'essayer.

— Non, ça ne vaut pas le coup. Tu es ridicule. »

Elle était franchement irritée par son ton paternaliste,

pompeux. Elle l'ignora et attrapa les clés de la voiture sur la table de chevet.

« Je viens avec toi, dit-il. Je préviens Kara.

– Non. » Il la ralentirait. Elle courait vers la porte qui menait au garage. « Non. Il vaut mieux que tu restes là.

– Ne roule pas trop vite ! Lyn, tu m'écoutes ? Fais attention, surtout ! Tu me le promets ? Promets-moi ! »

Il y avait une telle peur, une telle frustration dans sa voix, qu'elle s'arrêta une seconde et le regarda calmement. « Promis. Ne t'en fais pas.

– Vous trois, lui lança-t-il alors qu'elle dévalait les marches en brandissant les clés à la manière d'une épée, prête à appuyer sur le bouton pour désactiver l'alarme, vous êtes tellement, tellement...

– Je sais, lui répondit-elle d'un ton apaisant. Je sais. »

Elle espéra qu'il n'avait pas entendu le crissement des pneus quand elle accéléra en sortant du garage.

D'après la légende familiale, Cat avait commencé à jouer à permuter les identités dès l'âge de deux ans, alors qu'elle avait été surprise en train de dessiner un Picasso au feutre sur le mur du salon.

Maxine et Frank avaient tous les deux explosé : « Tu es vilaine, Cat ! »

Cat s'était retournée, tenant artistiquement son feutre rouge, et avait compris à l'expression d'horreur identique de ses parents qu'elle avait commis un terrible crime.

« Moi Lyn, dit-elle habilement. Pas Cat. »

Et durant une fraction de seconde, ils crurent tous les deux que c'était Lyn, jusqu'à ce que Frank la soulève par les bretelles de sa salopette pour examiner de plus près la petite figure vive et diabolique de Cat.

Quand elles étaient à l'école primaire, elles échangeaient de classes régulièrement, pour le simple plaisir de berner leurs institutrices. Lyn était étrangement grisée de se retrouver dans la peau de la vilaine Cat Kettle qui bavardait avec les petits garnements du fond de la classe sans écouter la maîtresse. Il lui était si facile et si naturel d'être Cat que lorsqu'elles retournaient dans leur classe, elle se surprenait à se demander si cette fois, elle faisait semblant d'être Lyn. (Et si elle faisait semblant d'être Lyn, y avait-il une autre Lyn – la vraie – tout au fond d'elle ?)

À l'âge de seize ans, les filles Kettle découvrirent avec joie qu'elles plaisaient aux garçons. Beaucoup. Une fois, Cat accepta par mégarde de sortir avec deux garçons le même soir. Elle ne s'en aperçut qu'à la toute dernière minute, lorsqu'un des deux vint la chercher. L'autre devait la retrouver vingt minutes plus tard au cinéma.

L'imbroglio les plongea dans un état d'hystérie. Cat porta la main à la bouche d'un geste théâtral, les yeux écarquillés devant l'horreur exquise de la situation. Elles hurlèrent de rire à s'en étouffer dans la chambre de Cat, pendant que le pauvre garçon faisait péniblement la conversation à Maxine. La seule solution était que Lyn aille retrouver Jason, l'autre garçon, au cinéma.

Lyn partit au cinéma avec une agréable appréhension comme si elle était en mission secrète pour sauver le monde. Ce n'est qu'en voyant Jason mâchonner nerveusement les billets qu'il avait déjà achetés, adossé contre un mur devant le *Hoyts*, et son visage s'éclairer quand il l'aperçut, qu'elle s'en voulut soudain.

« Salut Cat, dit Jason.

– Salut Jason », dit Lyn en se rappelant de ne pas s'excuser d'être en retard.

Au début, tout se passa pour le mieux. Ils virent *Terminator* et Lyn évita de laisser échapper des cris de fille qui auraient pu la trahir et à la place, grogna de satisfaction devant les scènes les plus violentes. À un moment, elle craignit d'en avoir trop fait – alors qu'elle s'esclaffait à la vue d'Arnold enlevant son œil, Jason s'était tourné vers elle. Mais quand elle lui dit : « Quoi ? », il lui sourit, prit un pop-corn, fit comme si c'était son œil et le mangea, donc tout allait bien, même si c'était dégoûtant.

Ce n'est qu'après, une fois sortis du cinéma, que la situation dégénéra.

Soudain, sans prévenir, il se pencha et l'embrassa, en glissant bizarrement sa langue sur ses gencives. C'était horrible, ignoble, humiliant. Comme quand on était chez le dentiste, avec la bouche écartelée, les violations subites d'instruments étrangers, le trop-plein de salive.

Quand il en eut enfin terminé avec sa bouche, Lyn fut prise d'une envie soudaine de se gargariser et recracher, et il recula, plissa les yeux et dit : « T'es Lyn ? T'es Lyn, la sœur de Cat ? »

Elle essaya de lui expliquer mais il bombait le torse et la scrutait avec une froideur méprisante, exactement comme le Terminator. « Vous n'êtes qu'une bande de salopes et d'allumeuses, vous trois, dit-il. Et toi, tu sais pas embrasser. » Puis il lui porta le coup de grâce, dévastateur : « Parce que t'es frigide ! »

Lyn rentra seule, déshonorée, humiliée et... frigide.

Elle dit à Cat et Gemma qu'elles avaient été démasquées, mais elle ne leur parla jamais de l'ultime confirmation de sa pire crainte. Elle se contenta de dire : « Je ne le referai plus jamais. »

Elle arrivait trop tard. La lumière bleue des gyrophares se voyait du bout de la rue, baignant le petit groupe de badauds, de policiers, de voitures et de dépanneuses d'un horrible halo turquoise comme sur une scène de théâtre.

Quand elle se rangea, ses phares éclairèrent le spectacle effroyable de la précieuse voiture de Cat froissée et emboutie sur le côté. C'était un accident sérieux. Cette imbécile aurait pu se tuer.

La réalité était si crue qu'elle en était choquée. Elle regrettait de ne pas avoir laissé Michael l'accompagner.

Elle se gara et se dirigea vers le cercle de gens. Cat était au centre, tous les regards fixés sur elle, et soufflait dans un petit tube blanc que lui tendait un policier aux airs d'adolescent.

En approchant, elle l'entendit dire d'un ton sombre : « Votre taux est bien supérieur à la limite, j'en ai peur.

— Bon, bon. » Cat donna un coup de pied par terre.

« Je te l'avais dit, qu'elle était ivre ! lança une femme à son compagnon.

— Grand bien te fasse, Laura », rétorqua sarcastiquement ce dernier en fourrant ses mains dans ses poches.

Lyn résista à l'envie de dire ses quatre vérités à Laura la Connasse et s'avança vers le policier.

« Bonjour, je suis Lyn Kettle, dit-elle de son ton professionnel enjoué mais strict. Je suis sa sœur. »

Le policier la regarda et se départit quant à lui de sa réserve. « C'est dingue, ça se voit vraiment que vous êtes sœurs ! On doit vous confondre tout le temps.

— Ah oui ! Ça arrive. » Lyn se lissa les cheveux d'un air gêné, espérant qu'il n'avait pas été formé à repérer les signes de culpabilité dans le langage corporel. « Hum, et que va-t-il se passer, maintenant ? »

Le policier reprit la voix sombre de l'autorité. « Votre sœur va devoir nous accompagner au poste. Il est probable qu'elle va être accusée d'imprudence au volant et de conduite en état d'ivresse. »

Cat regardait autour d'elle d'un œil vague, comme si tout cela n'avait rien à voir avec elle.

Lyn lui toucha le bras. « Ça va ? »

Cat leva les mains d'un geste désespéré. « Oh ! on ne peut mieux. »

Ses mains étaient nues, remarqua Lyn. Elle n'avait pas d'alliance.

16

« Elle va devoir passer au tribunal ?
– Oui.
– Devant un juge ?
– Un juge de proximité, je crois.
– On pourra y aller ?
– Mais c'est pas vrai... »

Gemma avait souvent observé un étrange phénomène quand elle parlait à Lyn. Plus sa sœur prenait un ton sérieux, plus Gemma devenait frivole. C'était comme si elles étaient toutes les deux sur un tapecul et que Gemma s'envolait vers des sommets de puérilité, youpi !, tandis que Lyn atterrissait durement sur le sol de la maturité.

Si Gemma devenait plus sérieuse, Lyn se dériderait-elle – ou la balançoire n'allait-elle que dans un sens ?

« Gemma. Elle va avoir un casier.

– Oh. » En fait Gemma trouvait l'idée d'avoir un casier plutôt exaltante (Cat avait-elle eu droit à une photo d'identité judiciaire ?), mais ce n'était pas le genre de chose qu'on disait à voix haute, et encore moins à Lyn. « C'est dur.

– Oui. Mais bon. Ce n'est pas tout. Dan et elle se séparent. Il la quitte pour Angela.

– Non ! » Là, ça n'avait rien de drôle. « Mais comment peut-il lui faire ça dans un moment pareil ? Elle a perdu le bébé il y a quelques jours à peine !

– Apparemment, il comptait attendre un peu avant de le lui dire, mais Cat a trouvé quelque chose sur une facture de téléphone. Je ne connais pas toute l'histoire.
– Et si elle n'avait pas perdu le bébé ?
– Il a dit qu'il serait resté et qu'il aurait tout fait pour que ça marche entre eux.
– Ce type me rend malade.
– Moi aussi.
– Et elle, comment elle va ?
– Je crois qu'elle est en pleine dépression. Elle a tout le temps envie de dormir. Écoute, tu es toujours avec Charlie ?
– Oui. Pourquoi ?
– C'est un peu plus compliqué, maintenant, non ?
– Sans doute, oui. »

« Ça n'a rien à voir avec nous, dit Charlie avec fermeté.
– Ça a tout à voir avec nous, dit Gemma.
– Ça n'a rien à voir avec nous, répéta-t-il. Je ne veux pas que ç'ait quoi que ce soit à voir avec nous. Je t'aime. »
C'était la première fois qu'il le lui disait et elle ne le lui dit pas à son tour. Elle protesta : « Non, ce n'est pas vrai ! » et il eut l'air étonné et se tripota le lobe de l'oreille.
Tu me confonds avec quelqu'un d'autre, voulait-elle lui expliquer. Ne me regarde pas aussi sérieusement. Ne me regarde pas comme si je comptais pour toi. Je n'ai pas de vraies relations. Je n'ai pas de vrai travail. Je n'ai pas de vrai chez-moi. La seule chose de vrai, chez moi, ce sont mes sœurs.
Et si je ne suis pas vraiment vraie, je ne peux pas vraiment te faire du mal.

Marcus avait dit pour la première fois à Gemma qu'il l'aimait un soir d'octobre particulièrement doux. C'était aussi la première fois qu'il l'avait traitée de pauvre conne.
Ils sortaient ensemble depuis six mois et Gemma qui avait

alors dix-neuf ans était sur un nuage, flottait, vibrait, encore émerveillée par son premier petit ami attitré, distingué, plus âgé (il vivait seul !), fortuné, drôle et intelligent.

Il était avocat, imaginez un peu ! Il s'y connaissait en vin ! Il était allé deux fois en Europe ! Elle était en adoration devant lui et (miracle !) il semblait en adoration devant elle.

C'était le petit ami dont elle rêvait quand elle avait quinze ans. C'était le bon !

Ils partaient en pique-nique. Un pique-nique romantique qu'il avait organisé sur la baie. Elle virevoltait devant lui dans une nouvelle robe et il riait de la voir ainsi. C'est alors qu'il lui avait dit qu'il l'aimait.

Il était sincère. Elle voyait bien qu'il n'avait pas prévu de le lui dire. Ça lui était sorti de la bouche. C'était un « Je t'aime » involontaire, autant dire que c'était pour de vrai.

« Moi aussi, je t'aime ! » lui répondit-elle et ils se sourirent bêtement puis échangèrent un long et agréable baiser contre le plan de travail de la cuisine.

Une vingtaine de minutes plus tard, ils s'apprêtaient à partir quand ils se rappelèrent l'ouvre-bouteille. Marcus ouvrit le tiroir du haut et lâcha un *tss*. « Il n'est pas là.

— Oh, dit Gemma, qui se sentait encore vaseuse et merveilleusement bien. Je l'ai rangé hier soir. Je ne l'ai pas mis dans ce tiroir-là ?

— Manifestement pas.

— Oh. » Elle se pencha pour regarder dans le tiroir mais il le referma brusquement, l'obligeant à retirer sa main en hâte. Il se mit à hurler si fort qu'elle en éprouva une douleur physique, comme un coup en pleine poitrine. « Mais putain, Gemma, où est-ce que tu l'as foutu ? Je t'ai répété au moins cinq fois où il se rangeait, putain ! »

C'était tellement inattendu.

« Pourquoi tu cries ? » lui demanda-t-elle, et elle avait un peu de mal à respirer.

Cette question le mit en rage. « Je ne crie pas, putain, espèce de pauvre conne ! » hurla-t-il.

Il ouvrait et refermait les tiroirs si violemment qu'elle commença à sortir de la cuisine à reculons en se disant : Mais il est devenu fou !

Puis il lança : « Pourquoi tu l'as mis là ? », sortit l'ouvre-bouteille du mauvais tiroir, le fourra dans le panier et d'un ton parfaitement normal lui dit : « OK, on y va ! »

Elle avait les jambes tremblantes. « Marcus ?

— Mmm ? » Il sortit de la cuisine avec le panier et prit les clés de chez lui sur la table. « Quoi ? » Il lui sourit.

« Tu m'as hurlé dessus comme un malade.

— Mais non. Je me suis juste un peu énervé quand je n'ai pas trouvé l'ouvre-bouteille. Il faut que tu le ranges là où il doit être. Bon, on va faire ce pique-nique, oui ou non ?

— Tu m'as traitée de pauvre conne.

— Mais non. Allez. Ne me dis pas que t'es une de ces nanas fragiles hypersensibles ? Je ne veux pas être obligé de marcher sur des œufs. Ça me rendait dingue, avec Liz. »

Liz était son ex-petite amie et jusque-là, elle représentait un élément extrêmement plaisant de leur relation. « Oh, je suis sûre qu'elle n'était pas si terrible que ça », disait gaiement Gemma lorsque Marcus évoquait un des défauts de Liz. Liz avait vécu deux ans avec lui et c'était un peu une pauvre fille. Elle était plutôt jolie, mais elle n'avait pas les jambes de Gemma et elle était coincée, casse-pieds, faisait tout le temps la gueule. Pas aussi intelligente que Gemma. Gemma ne voulait pas perdre cet agréable sentiment de légère supériorité qu'elle éprouvait dès que le nom de Liz était prononcé.

Et puis elle savait que cette fille avait tendance à être hypersensible. Ses sœurs le lui avaient toujours dit.

Peut-être dramatisait-elle. Les gens se mettaient parfois en colère.

Et c'est ainsi que cela commença.

Ils partirent en pique-nique et au début, elle était un peu tendue, mais il la fit rire, elle le fit rire et, comme tant d'autres avant elle, la nuit fut merveilleuse. Le lendemain, quand Cat lui demanda : « Alors, c'était comment hier soir avec ton beau gosse ? », elle répondit : « Il m'a dit qu'il m'aimait ! Spontanément ! »

Il était inutile de gâcher la vision idyllique qu'elle voyait se refléter dans les yeux de ses sœurs en leur racontant une histoire grotesque d'ouvre-bouteille. Alors elle la broya, l'écrasa, la balaya.

Et elle l'aurait complètement oubliée si cela ne s'était pas reproduit quelques semaines plus tard.

Cette fois, elle avait du sable sur les pieds quand elle était montée dans la voiture.

Bon.

Il adorait sa voiture, il était sous pression au travail et elle aurait vraiment dû faire attention à bien se rincer les pieds.

Égoïste. Imbécile. Feignasse. Elle s'en foutait, c'était ça ? Elle n'écoutait pas ou quoi ? Il la poussa hors de la voiture et elle était si maladroite que c'était de sa faute si son pied dérapa sur les graviers du parking et qu'elle s'écorcha le gros orteil.

Il y avait une famille sur le parking de la plage, deux petits garçons, le nez tartiné de crème solaire rose fluo, avec une planche de surf en mousse sous le bras, une maman avec un chapeau de paille à fleurs et un papa avec un parasol. Marcus rugissait, lançait des bordées de jurons, tapait du poing sur sa voiture sous le regard fasciné des petits garçons que leurs parents pressaient d'avancer.

Après, elle renversa la tête sur l'appuie-tête, ferma les yeux et se sentit salie par une honte étrangement irrépressible.

Marcus reprenait une chanson qui passait à la radio en pianotant sur le volant. « C'était une belle journée, hein ? dit-il en lui tapotant la jambe. Ça va, ton orteil ? Ma pauvre. Il va falloir te mettre un pansement. »

Parfois, c'était tous les jours pendant une semaine. Parfois, il s'écoulait un mois sans le moindre incident. Ce n'était jamais en présence de gens qu'ils connaissaient. Avec leurs familles et leurs amis, il se montrait charmant et aimant, lui tenait la main, riait affectueusement de ses plaisanteries. C'était un petit secret honteux qu'ils cachaient comme on cache une perversion sexuelle.

Si seulement ils savaient, se disait Gemma, s'ils voyaient ça, ils seraient tellement choqués, eux qui nous prennent pour des gens normaux et gentils comme eux.

Mais ce n'était rien. C'était supportable. Tous les couples avaient leurs problèmes, après tout. Il était inutile que son sang se glace dès qu'elle le voyait marquer une pause, se figer, les muscles du dos soudain tendus.

Il ne la frappait jamais. Il n'aurait jamais fait ça. Il lui faisait seulement mal accidentellement quand elle ne s'écartait pas assez vite.

Il fallait juste qu'elle trouve une réaction adéquate à ces petits « épisodes ». Lui crier dessus à son tour, façon Cat ? Le raisonner calmement, méthodiquement, façon Lyn ?

Mais les deux tactiques ne faisaient que décupler sa fureur.

La seule solution, c'était d'attendre que ça passe, se replier sur elle-même, faire comme si elle était ailleurs. C'était comme plonger sous une grande vague quand la mer est particulièrement agitée. On respirait un bon coup et on descendait aussi loin que possible sous le mur déchaîné d'eau blanche. Quand on était au fond, il vous poussait, vous bousculait comme s'il voulait vous tuer. Mais ça finissait toujours par passer. Et quand on remontait à la surface, suffoquant à moitié, la vague clapotait si paisiblement, parfois, qu'on avait du mal à croire qu'elle ait existé.

Ce n'était rien. Leur couple marchait bien. Ils s'aimaient tellement.

Et c'est vrai qu'elle était étourdie, énervante, maladroite, égoïste, bonne à rien, ennuyeuse.

Il était peu probable qu'un autre que lui aurait supporté ses défauts. Elle était foncièrement agaçante, après tout.

Elle se mit à prendre des douches très longues, très chaudes, à se frotter le corps vigoureusement. Les autres femmes étaient tellement plus propres qu'elle, avait-elle remarqué.

« Bon, dit Lyn. On respire un bon coup. » Elles se tenaient toutes les trois devant chez Cat et Dan, si ce n'est qu'à l'instant où elles ouvriraient la porte, ce serait uniquement chez Cat.

Dan avait passé la matinée à déménager ses affaires.

« Ça va », dit Cat. Au moment où elle s'apprêtait à mettre la clé dans la serrure, Gemma surprit le regard de Lyn qui détournait comme elle les yeux des mains tremblotantes de Cat.

Elles entrèrent et s'immobilisèrent. Gemma eut un haut-le-cœur en voyant les traces au mur et les sillons poussiéreux laissés sur la moquette par les meubles qui avaient été tirés. Elle ne pensait pas vraiment qu'il le ferait.

Dan faisait partie intégrante de la famille Kettle de façon si automatique, si quotidienne. On avait l'impression qu'il avait toujours assisté à leurs dîners de famille, leurs anniversaires, leurs festivités de Noël et de Pâques, plaisantant, taquinant, donnant son avis haut et fort, à la Kettle. Maxine le grondait sans ménagement. Frank ouvrait la porte du réfrigérateur et lui lançait des bouteilles de bière sans même le regarder. Dan connaissait toutes les histoires de famille – il jouait même un rôle dans certaines d'entre elles, comme « la fois où papa a jeté la bouteille par-dessus son épaule et Dan n'était pas là pour l'attraper », « la fois où Cat a parié avec Dan qu'il était incapable de faire une pavlova et il a fait la plus extraordinaire pavlova de tous les temps pour le barbecue et Nana Kettle a marché dedans et s'est retrouvée avec de la chantilly jusqu'à la cheville ! ».

Qu'adviendrait-il de ces histoires, à présent ? Serait-ce comme si elles n'étaient jamais arrivées ? Devraient-ils réécrire toutes leurs histoires en faisant comme si Dan n'était pas là ?

Gemma se rendit compte qu'elle se sentait curieusement blessée, comme si Dan l'avait quittée elle aussi. Et si elle se sentait trahie et choquée, elle n'osait même pas imaginer ce qu'éprouvait Cat.

Il fallait qu'elle dise quelque chose.

« Ah là là », soupira-t-elle.

Lyn leva les yeux au ciel et déclara : « Tu ne m'avais pas dit que tu lui laissais le frigo, Cat. » Elle sortit son portable de son sac. « J'appelle Michael tout de suite, tu peux prendre l'ancien qui est dans notre garage.

– Merci », répondit Cat d'un ton vague. Elle était devant le plan de travail et lisait un mot écrit à la main sans le prendre. Il était posé à côté d'un trousseau de clés.

Elle posa doucement le bout des doigts sur le morceau de papier puis alla dans la chambre.

Gemma regarda Lyn qui donnait des consignes autoritaires à Michael. D'un signe de tête, celle-ci lui demanda de suivre Cat. Gemma lui fit des mimiques. « Qu'est-ce que je lui dis ? » articula-t-elle en silence. « Gemma est pathétique », dit Lyn à Michael en lui mettant une main entre les omoplates pour la pousser fermement vers la chambre. Comme elle ne se sentait pas très bien, Gemma se laissa bousculer. Les terribles épreuves que traversait Cat donnaient l'impression qu'elle n'était plus la même personne – et ça, c'était injuste. Elle se souvenait de la politesse effrayante de Cat et Lyn quand Marcus était mort. Elle devait s'efforcer de ne pas être polie avec Cat. Compatissante. Mais certainement pas polie.

Cat avait la main posée sur la porte à miroir du placard de la chambre. « Tous ses vêtements ont disparu. Regarde.

– Ça te fait plus de place pour toi ! » Gemma entreprit d'espacer les cintres de Cat pour faire disparaître le vide laissé dans le placard. « Hé, mais je n'avais jamais vu cette jupe. Hmmm. Très sexy. » Elle la mit contre elle et roula les hanches. Cat s'assit devant elle sur le lit et releva le bas de la jupe.

« Super. Je pourrai la porter pour aller en boîte quand je me remettrai en chasse.
— Ouais. Tu te ferais draguer en moins de deux.
— Les petites jeunes de vingt ans n'auraient qu'à bien se tenir.
— C'est sûr.
— Mais comme on l'a vu, je ne peux pas vraiment rivaliser avec les petites jeunes de vingt ans, hein ? »

Gemma remit la jupe dans le placard et s'assit à côté d'elle. Elle lui passa un bras sur les épaules. « Tu pourrais te trouver un petit jeune de vingt ans hypercanon. Ils ont de l'endurance.
— Mouais, soupira Cat. La seule idée qu'un petit jeune me bourre de coups de reins me fatigue. »

Gemma rit. « Ça ne durerait pas. Tu pourrais te reposer entre deux coups de reins.
— Tu sais ce que j'ai trouvé, ce matin ? demanda Cat.
— Quoi ?
— Un poil gris sur mon pubis.
— Non ! Je ne savais même pas que ça devenait gris, en bas ! T'es sûre ? Montre.
— Dégage ! » Cat lui donna un coup de coude. « Il est hors de question que je te montre ma toison.
— Bon, ton frigo arrive. Qu'est-ce qu'il y a de si drôle ? » Lyn était sur le seuil, moitié souriante, moitié inquiète.

Gemma dit : « Elle doit avoir exactement la même.
— La même quoi ? » Mais Cat avait levé la tête et aperçu quelque chose sur la dernière étagère du placard.

« Oh, fit-elle. Oh. »

Elle se mit debout et descendit une sorte de peluche en forme de petit ballon de football. Gemma et Lyn la virent prendre délicatement le jouet entre ses mains et s'effondrer comme une enfant. Elle parla comme si elle leur annonçait une très mauvaise nouvelle qu'elle venait d'apprendre. « Je ne pourrai jamais avoir d'enfant.

— Bien sûr que si, répliqua Lyn avec fermeté.
— La question ne se pose pas », renchérit Gemma.
Mais elles mirent plus de vingt minutes à calmer ses pleurs.

Plus tard, ce soir-là, alors que Lyn était rentrée chez elle, les deux sœurs en étaient à leur troisième bouteille de vin et Cat demanda à Gemma : « Qu'est-ce que tu as fait de la bague de fiançailles de Marcus ?

— Je l'ai donnée à une dame qui faisait la manche dans George Street.
— Quoi ?
— Elle chantait *Blowing in the Wind*. Elle avait une très belle voix. J'ai ôté la bague et je l'ai mise dans son étui à guitare.
— Elle valait dix mille dollars !
— Oui, mais bon, elle chantait vraiment bien. Et j'ai toujours adoré cette chanson.
— Je vais faire comme si Dan était mort. Comme Marcus.
— Oh. Bonne idée.
— Mais ce n'est pas pour autant que je vais donner ma bague à un musicien des rues. Mais enfin, ça ne va pas, non ?
— Je manque de concentration. C'est le problème, avec moi. »

Pour ses vingt et un ans, Marcus avait offert à Gemma des gants de ski. À l'intérieur d'un des gants, il y avait un billet d'avion en *business class* pour le Canada.

Ses amis s'étaient écriés : « Waouh ! Gemma, ce mec est vraiment un bon plan. »

Elle sortait avec lui depuis deux ans. Le premier jour de ski, Gemma était folle de joie. Les sommets enneigés de Whistler se découpaient sur un ciel bleu sans nuages. Il y avait eu de grosses chutes de neige la veille et partout, les gens étaient de bonne humeur et rejoignaient les remontées mécaniques en chaussures de ski en faisant crisser la neige fraîche sous leurs pas, s'exclamant : « C'est féerique ! Absolument féerique », ce genre de choses.

Elle avait une impression de pureté. L'impression qu'ils étaient un couple comme les autres.

Et puis, elle avait oublié de se concentrer.

Elle n'avait pas skié depuis quelques années, elle était surexcitée, ne réfléchissait pas.

Le ski avec papa pendant les vacances du mois d'août était un grand événement annuel pour les filles Kettle, un cercle exubérant sur le calendrier de la cuisine de leur mère, un paquet-cadeau de sept jours étincelants. Quand leur père venait de réaliser un projet, ils séjournaient dans un hôtel de luxe. Quand les affaires marchaient moins bien, ils allaient au camping-caravaning de Jindabyne. Dans un cas comme dans l'autre, c'était fabuleux. Le soleil qui se reflétait dans les lunettes de ses sœurs. Les cris euphoriques. Le crissement des skis sur la glace quand on prenait le tire-fesses tôt le matin. Papa qui leur apprenait l'art de se faufiler devant tout le monde ni vu ni connu dans les files d'attente des remontées mécaniques. Le chocolat bien chaud avec des marshmallows fondants.

Le ski occupait une place à part dans le cœur de Gemma.

C'est pour cela qu'elle oublia qu'elle n'était plus une petite fille insouciante. Elle oublia de faire attention, oublia de réfléchir aux conséquences et, à la première descente, fonça tout droit jusqu'en bas sans même regarder ce que faisait Marcus.

C'était fantastique. Elle s'arrêta en dérapant dans une gerbe de neige au pied du téléphérique et se retourna en souriant, essoufflée, le soleil dans les yeux, pour voir où était Marcus.

Dès qu'elle l'aperçut au milieu des silhouettes bariolées qui slalomaient sur la pente, elle comprit. Elle enfonça ses bâtons de ski dans la neige et attendit. Mais qu'est-ce qu'elle était bête.

Il attendit d'être juste à côté d'elle. Elle lui sourit, en faisant semblant d'être encore comme tout le monde, mais elle ne lui dit même pas « Chut ! » quand il se mit à hurler.

Elle aurait dû l'attendre. Elle n'était qu'une ingrate, putain. Une égoïste, une imbécile. Le problème avec elle, c'est qu'elle ne réfléchissait pas.

Quand il eut terminé, il planta ses bâtons dans la neige et repartit en lui donnant un violent coup d'épaule au passage, manquant de la faire tomber. Elle le regarda s'éloigner et respira, le souffle tremblant. Ça irait. D'ici quelques minutes, il se calmerait.

« Ça va ? »

C'était une femme en combinaison de ski jaune vif avec une longue natte de cheveux blonds. Elle avait l'accent américain.

Gemma lui sourit poliment. « Oui, merci. »

La femme remonta ses lunettes de ski, dévoilant la tête de raton laveur des fans de ski, avec ce masque blanc autour des yeux.

« Écoutez, mon petit. Votre seule faute, c'est de rester avec lui. »

Gemma rougit. De quoi elle se mêlait, cette conne. « Ah. Merci beaucoup », lui dit-elle comme si elle parlait à une folle, puis elle s'en alla pour rattraper Marcus.

Ce soir-là, Marcus la demanda en mariage au restaurant de l'hôtel. Il s'agenouilla, lui tendit une bague en diamant et tous les clients applaudirent, les acclamèrent et poussèrent des cris et des hourras exactement comme dans les films à l'eau de rose. Gemma joua son rôle à la perfection.

Elle porta une main féminine tout émue à son cou, répondit : « Oui, bien sûr ! » et se jeta dans ses bras.

Parfois, elle pensait à le quitter, mais elle y pensait d'une façon abstraite, comme on rêve de vivre une tout autre vie. *Et si j'étais une princesse. Et si j'étais une célèbre championne* de tennis. Et si je n'étais pas une triplée. Et si j'étais avec un autre que Marcus.

Parfois, juste au moment où elle s'endormait, il lui murmurait ce qu'il lui ferait si jamais elle essayait de le quitter. Il murmurait si bas qu'elle avait l'impression de ne pas avoir vraiment entendu ce qu'il disait mais de l'avoir pensé. Elle se raidissait tellement que le lendemain, elle avait des courbatures.

Le jour de l'enterrement, l'église était pleine. Les parents et le frère de Marcus étaient bouleversés. Un à un, des gens se levèrent pour raconter des anecdotes drôles et poignantes sur lui. Leur voix se brisait de chagrin. Ils baissaient la tête, dissimulaient leur visage.
Cat et Lyn se tenaient de part et d'autre de Gemma. Elles étaient si près qu'elle sentait leur corps le long du sien.

Après les obsèques, elle démissionna de son poste d'institutrice et alla s'installer quelque temps chez Maxine. Sa mère se comportait comme quand elles se faisaient mal, étant petites – avec une irritation manifeste. « Tu as bien dormi ? lui aboyait-elle tous les matins. Tiens, bois ça. » Elle ne l'embrassait pas. Elle se contentait de lui tendre un jus de carotte.
Gemma arpentait des heures durant les rues du quartier. Le moment qu'elle préférait, c'était au crépuscule, quand les gens commençaient à allumer les lumières, sans avoir encore tiré les rideaux. On plongeait directement dans les petits cubes lumineux de leur vie. Ça la fascinait. Tous les petits détails de leur existence. Les plantes en pot sur le rebord de leurs fenêtres. Leurs meubles. Leurs photos. On entendait leur musique, leur télévision, leur radio. On sentait leurs odeurs de cuisine. Les gens s'interpellaient. « C'est quoi ce sac en plastique, dans le frigo ? Quoi ? Ce sac en plastique ! Ah, ça. » Un jour elle était restée cinq minutes à écouter le bruit apaisant

d'une douche, imaginant les tourbillons de vapeur, le savon qui moussait.

Elle avait envie d'entrer dans chaque maison, de se lover dans leurs canapés, d'essayer leurs baignoires.

Quand elle vit l'annonce demandant un ou une home-sitter expérimenté(e), ce fut la première fois depuis des années qu'elle se sentit déterminée.

Elle devint une marginale vagabondant au gré de la vie des autres, de leurs maisons, de leurs emplois.

Un an plus tard, elle sortait avec le premier des quatorze petits amis.

C'était un expert-comptable à l'air doux du nom de Hamish. Un jour, alors qu'ils sortaient ensemble depuis quelques mois, ils allèrent à la plage. « Tu peux enlever le sable que tu as sur les pieds, s'il te plaît ? » lui demanda Hamish d'un ton anodin avant qu'elle ne monte dans la voiture.

Sur le chemin du retour, Gemma poussa un bâillement et lui dit : « Tu sais, Hamish, je crois que ça ne marchera jamais entre nous. »

Hamish fut choqué. Il n'avait rien vu venir. Il pleura quand ils se quittèrent, en inclinant la tête sur son épaule pour essuyer ses larmes sur sa chemise à carreaux gentiment ringarde.

Gemma culpabilisa.

Mais tout au fond d'elle, elle sentait un soupçon de plaisir impitoyable.

17

Cat avait l'impression d'avoir pris de la vitesse depuis le soir des spaghettis et de se précipiter vers le vide, dérapant, glissant, tentant désespérément de se raccrocher pour échapper à la mort. Le soir de la facture de téléphone, ses doigts avaient fini par lâcher le bord de la paroi rocheuse.

« Tu l'as appelée le jour de Noël. »

Il ne détourna pas les yeux, ne regarda pas la facture qu'elle brandissait devant lui. « Oui, c'est vrai. Écoute, chérie…

– Arrête de me regarder gentiment comme ça.

– OK.

– Pourquoi tu m'as menti en disant que tu étais heureux, pour le bébé ?

– Je n'ai pas menti, c'est vrai que j'étais heureux.

– Tu peux garder ta condescendance pour toi. Je ne veux pas que tu me ménages ! Je veux la vérité. »

Et comme un imbécile, il la prit au mot. Il ne la ménagea pas ; il l'anéantit.

En fait il avait des doutes, de légers doutes, comme un vague pressentiment depuis un bon moment. Au moins un an.

Au moins un an ? Cat sentit son univers basculer.

Il s'était dit que c'était normal quand on était mariés depuis si longtemps. Il avait l'impression, comment dire, d'être à plat. Ça ne lui arrivait jamais, à elle ?

« Je ne sais pas », dit Cat car elle ne savait plus rien.

Cette nuit-là, avec Angela, il s'était détesté, et en même temps, pas tant que ça. Pour la première fois depuis une éternité, il s'était senti bien grâce à Angela. Parfois, Cat le traitait comme un abruti.

« On a toujours été en rivalité, toi et moi. Sean l'a dit. Cette façon qu'on avait de se lancer des petites piques. »

C'était à croire que leur couple était de l'histoire ancienne.

« Continue, dit Cat. C'est fascinant. »

Elle avait l'impression d'avoir commis un énorme impair en société. Donnaient-ils l'image d'un couple cruel et venimeux et non pas drôle et sexy ? Dan avait-il passé toutes les nuits auprès d'elle, séparé par une réalité tout autre ?

« Vas-y, continue », répéta-t-elle. Il était d'une netteté aveuglante dans la lumière de la cuisine.

Après lui avoir parlé d'Angela, il avait passé une semaine éprouvante. Cat ne lui parlait pas ou alors elle lui criait dessus, et il avait du mal à trouver le sommeil sur le canapé-lit. Il était épuisé.

Alors, un jour, sans vraiment réfléchir, il l'avait appelée par hasard.

Cat s'esclaffa avec mépris. « Tu es en train de me dire que tout ça est arrivé parce que tu étais fatigué ? Que sous prétexte que je t'en faisais baver après ta petite aventure, tu as décidé de passer aux choses sérieuses ?

— Tu déformes mes propos encore une fois.

— Je ne déforme pas tes propos. J'essaie de te comprendre !

— C'est compliqué.

— Si je comprends bien, pendant qu'on se coltinait la grosse Annie toutes les semaines, tu avais une liaison ?

— Ce n'était pas une liaison ! Chaque fois, je disais, cette fois, c'est fini, plus jamais. C'était comme quand on essayait d'arrêter de fumer. Je replongeais tout le temps. »

Cat étouffa un rire et garda celle-là en réserve pour Lyn et Gemma. C'était comme d'arrêter de fumer. Elle résista à l'envie de lui dire : « Tu es vraiment un abruti. »

« Sur ce, tu es tombée enceinte, dit-il.

— Ouais. Sur ce, je suis tombée enceinte. » La joie lui revint en mémoire, comme une odeur fraîche et pure.

« Là, ça a été facile. J'ai rompu. Quand on l'a vue chez Lyn, je ne lui avais pas parlé depuis des semaines. Si je l'ai appelée ce soir-là, c'est juste parce que je savais qu'elle serait triste.

— Et maintenant, je ne suis plus enceinte. »

Il baissa les yeux au sol.

« Comme c'est pratique. » De grosses larmes salées lui obstruaient les sinus. « Tu as dû être content.

— Non. » Il s'avança comme s'il voulait la prendre dans ses bras et elle recula.

« Si tu es là, c'est uniquement pour ne pas passer pour un salaud en me quittant juste après ma fausse couche.

— Ce n'est pas vrai.

— Alors, qu'est-ce que tu veux ? Moi ou elle ? »

Il répondit : « Je ne sais pas ce que je veux. »

C'était un enfant dans le corps d'un homme de trente-sept ans de plus d'un mètre quatre-vingts.

« Espèce de dégonflé ! Sale lâche !

— Cat.

— Si tu ne m'aimes plus, aie au moins le courage de le dire.

— Je t'aime. C'est juste que je crois que je ne suis peut-être plus amoureux de toi.

— Et tu crois que tu es peut-être amoureux d'elle ?

— Oui. »

C'était comme s'il lui avait balancé un seau d'eau glacée. Elle plissa les yeux et essaya de reprendre son souffle.

« Va-t'en.

— Quoi ?

— Je te facilite la tâche. » Elle retira sa bague de fiançailles et son alliance et les jeta à l'autre bout de la pièce. « Nous ne sommes plus mariés. Va chez ta petite copine.

— Je ne… »

Soudain elle fut submergée par une haine folle. Elle ne supportait plus de le voir, lui, son air inquiet, ses mains tendues et sa bouche veule.

« Va-t'en ! Va-t'en tout de suite ! » Elle hurla plus fort qu'elle ne le croyait possible et le poussa violemment. « Sors d'ici ! »

Elle était effrayée et fascinée par le son méconnaissable de sa voix. Cat, l'impassible cynique, surgit à la lisière de sa conscience pour observer la scène avec intérêt. *Eh bien, je dois être dans tous mes états. Je dois être folle de chagrin. Regarde-moi !*

« Cat. Calme-toi. Arrête. Les gens vont appeler la police. »

Il l'attrapa par les poignets et elle essaya de se dégager, le corps arc-bouté comme une malade mentale.

« Va-t'en ! Je t'en prie, va-t'en !

– D'accord, dit-il en lui lâchant les mains et en levant les siennes en signe de capitulation. Où, je ne sais pas, mais je m'en vais. »

Mais dans ses yeux, elle distinguait de minuscules pointes de soulagement. Il s'en alla en claquant la porte derrière lui.

Cat se laissa glisser sur le sol de la cuisine et mit les bras autour de ses genoux. Elle se balança d'avant en arrière, les yeux secs.

Qu'est-ce que tu fais, Cat ? Pourquoi tu te balances comme ça ? Personne ne te regarde. Qui cherches-tu à impressionner avec cet étalage de souffrance indescriptible ?

« Oh, la ferme ! » lança-t-elle à voix haute dans la cuisine vide.

Elle se leva, s'habilla et prit la voiture pour aller au pub. Son esprit était un rectangle de néant incandescent.

Elle s'assit au bar et but tequila après tequila sans s'autoriser la moindre pensée.

Ce n'était pas étonnant qu'elle ait été saoule.

Elle n'avait rien mangé de toute la journée.

Elle n'avait pas bu un seul verre depuis le jour où elle avait appris avec Gemma qu'elle était enceinte.

Et quand on boit cinq tequilas, ça laisse des traces.

À un moment, tout était devenu flou et confus comme un clip de MTV curieusement monté.

Elle parlait avec le barman de scores de cricket.

Elle déchiquetait son sous-verre en tout petits morceaux.

Elle parlait de sa fausse couche à une fille dans les toilettes.

« Oh non, dit la fille à son reflet dans le miroir en mettant la bouche en cul de poule pour appliquer son rouge à lèvres. C'est trop triste. »

Puis elle était dans le parking et elle devait absolument aller quelque part pour arranger les choses.

Il ne m'aime plus.

Le fracas de métal. Sa tête partant en arrière.

« Je crois qu'elle est ivre. On devrait appeler la police. »

Les éclairs de lumière rouge et turquoise.

Lyn, étrangement, soudain présente au beau milieu de la scène, comme ces gens qui surgissent dans les rêves sans être jamais arrivés.

À l'arrière de la voiture du policier, le regard rivé sur sa nuque. C'était une nuque d'adolescent, légèrement empourprée, les cheveux coupés très droit aux ciseaux. Un autre jeune garçon appuya un à un le bout de ses doigts couverts d'encre noire sur un formulaire officiel blanc. Il lui tenait la main si respectueusement, elle qui n'était qu'une infâme criminelle, une chauffarde ivre, une mère infanticide, qu'elle fondit en larmes.

Puis l'arrivée chez Lyn, et Michael venu leur ouvrir, se montrant gentil avec elle, la prenant par la taille et l'aidant à monter dans la chambre d'amis.

« Je t'aime beaucoup, Michael, lui dit-elle.

– Moi aussi, Cat. » Il la poussa doucement sur le lit.

« Mais tu ne m'attires pas du tout physiquement. » Elle secoua tristement la tête.

« Ce n'est pas grave. »

Kara se matérialisa, posant avec précaution un verre d'eau et une aspirine à côté de son lit.

Elle ignorait si elle avait imaginé la scène où Lyn l'embrassait sur le front juste avant que le sommeil ne vienne enfin lui fermer l'esprit.

Le lendemain après-midi, elle n'aimait plus personne. Lyn et Michael la déposèrent chez elle. Ils se conduisaient en parents attentionnés, tournant la tête pour donner des conseils à Cat qui était avachie à l'arrière. Elle avait la gueule de bois et était à cran. Et, ce qui était fort peu charitable de sa part, elle soupçonnait Lyn et Michael de se délecter de toutes ces émotions.

« En cas de première infraction, je suis sûre qu'on ne te suspend ton permis qu'un an maximum. Ce n'est pas si terrible que ça », dit Lyn.

« Première infraction » ? Qu'est-ce que c'était que cette façon de parler ? Elle se croyait dans un épisode de *New York, police judiciaire* ou quoi ?

« N'oubliez pas que vous avez déjà écopé d'un paquet de contraventions, les filles », lança gaiement Michael.

Qu'est-ce qu'il pouvait être lourd.

Elle prit un taxi pour se rendre à la carrosserie où sa voiture avait été remorquée et ne put réprimer une grimace compatissante en voyant sa chère voiture tristement garée contre une palissade minable, le côté méchamment cabossé. Elle avait l'impression d'être exactement dans le même état.

« Il vous faut un véhicule de remplacement, madame ? demanda le carrossier en remplissant des formulaires.

– Oui », répondit-elle. Quelle importance si elle était prise à conduire sans permis ? Dan ne l'aimait plus. Tous les principes essentiels avaient déjà été enfreints.

Il avait la photo d'un tout-petit sur son bureau.

« Il est à vous ? demanda Cat.

– Absolument ! » Il se leva et décrocha un trousseau de clés.

« J'ai un petit garçon qui a à peu près le même âge, dit Cat.

– Ah ouais ?

– Il commence tout juste à marcher, dit-elle alors qu'ils sortaient du bureau. Mon petit garçon.

– Ouais ? »

Il l'accompagna jusqu'à un pick-up à l'air agressif avec une énorme publicité à l'arrière : *Carrosserie Sam. Vous cassez, on répare.*

« La pub gratuite ne vous dérange pas, j'espère ? dit-il.

– Non. C'est un bon slogan. » Les mères étaient comme ça, elles n'étaient pas avares d'éloges.

Le visage du carrossier s'anima. « Ça vous plaît ? C'est moi qui ai eu l'idée. Au moins, c'est clair.

– C'est sûr. »

Elle lui fit un petit signe des doigts avec un sourire en sortant lentement de l'allée, elle, la maman d'un petit garçon, le genre de femme à paniquer un peu à l'idée de conduire un gros pick-up.

Mais quand elle rejoignit la quatre-voies et appuya à fond sur l'accélérateur, elle sentit les tentacules maléfiques de sa véritable nature se déployer et se multiplier.

Le genre de femme qui doit comparaître devant un juge.

Le genre de femme avec la gueule de bois qui rentre chez elle où personne ne l'attend.

Le genre de femme qui cherche automatiquement une petite rue dès qu'elle aperçoit une voiture de police au loin.

Dan et elle décidèrent de se séparer.
Se séparer.
Elle s'exerçait mentalement :
« Comment va Dan ?
– Oh, on s'est séparés. »
« Avec mon mari, nous nous sommes séparés. »
Sé-pa-rés.
Trois tristes petites syllabes.

Elle retourna travailler sept jours après sa fausse couche, deux jours après que Dan eut déménagé ses affaires de l'appartement.

C'était la première fois de sa vie qu'elle vivait seule.

Cat l'observatrice silencieuse semblait s'être installée à demeure. Elle avait l'impression de surveiller tout ce qu'elle faisait, comme si le moindre de ses gestes était révélateur.

Là, je me réveille. C'est la nouvelle housse de couette à grosses fleurs jaunes que Gemma m'a donnée. Dan ne l'a jamais vue. Et je passe le doigt sur chaque pétale.

Là, je mange un toast multicéréales tartiné de Vegemite, moi, la cadre célibataire vivant seule qui se prépare pour une longue journée au bureau.

« Bonjour ! » Barb, sa secrétaire, passa la tête par la porte de son bureau. « Comment allez-vous ? Oh là là ! vous avez une mine épouvantable. »

Cette dernière phrase lui sembla être la chose la plus sincère que Barb lui ait jamais dite. Elle avait accepté depuis longtemps le fait qu'en dépit de son exubérance excessive, Barb éprouvait le plus grand mépris pour elle.

« Vous êtes sûre que vous êtes d'attaque pour reprendre le travail ? »

Personne n'avait été au courant de sa grossesse.

« C'était juste une mauvaise grippe. »

Cat leva les yeux de son ordinateur et surprit le regard de Barb qui s'attardait un instant sur sa main gauche dépourvue d'alliance.

« Enfin. Ménagez-vous. Vous voulez un café ? »

Cela faisait deux ans que Barb était sa secrétaire et c'était la première fois qu'elle proposait de lui faire un café. Elle était bien au-dessus de cela.

Cat respira, le souffle tremblant. Si Barb commençait à être gentille avec elle, elle s'effondrerait.

« Non merci », répondit-elle sèchement.

Un soir, Frank et Maxine débarquèrent à l'appartement, les bras chargés d'une étrange collection d'offrandes.

Des multivitamines. Des plats surgelés dans des boîtes

Tupperware soigneusement étiquetées. Une plante d'intérieur. Un wok électrique.

« Pourquoi vous m'apportez un wok ? demanda Cat.

— Il est à moi, répondit Frank. Je comptais me lancer dans la cuisine asiatique. Mais je ne m'en suis jamais servi.

— Je lui ai dit que tu avais une cuisinière à gaz », dit Maxine avec agacement, mais Cat la vit lui tapoter gentiment le bas du dos alors qu'elle s'affairait à remplir son congélateur.

« Et alors, il n'y a pas de brioche ? » lança Cat en feignant l'étonnement.

Maxine sortit un sac en papier blanc. « Si, bien sûr. Rends-toi utile, Frank. Mets la bouilloire à chauffer. »

Cat les regarda faire comme s'ils avaient toujours été des parents de ce genre. « Alors, ce rapprochement, ça se passe bien ?

— Oh, ta mère a toujours été la femme de ma vie ! répondit Frank.

— Enfin, merde, papa, protesta Cat. Vous ne vous êtes pas parlé pendant cinq ans. »

Il lui fit un clin d'œil. « Je l'adorais toujours de loin.

— Oh, pour l'amour du ciel ! s'exclama Maxine.

— Vous êtes franchement bizarres, tous les deux. » Cat se pencha pour prendre un morceau de brioche.

« Bizarres, ah oui ? » dit Frank.

Ils lui sourirent tous les deux, comme s'ils étaient on ne peut plus ravis d'être bizarres.

Il y avait des moments où elle pensait pouvoir survivre. D'autres où elle se surprenait à voir sa vie comme une soirée qu'elle avait hâte de quitter. En admettant qu'elle vive jusqu'à quatre-vingts ans, elle en était presque à la moitié. La mort était le bon bain chaud que l'on s'était promis en supportant les échanges de banalités et les chaussures qui faisaient mal aux pieds. Quand on était mort, on n'était plus obligé de faire semblant de s'amuser.

Un jour, au travail, Cat entendit un brouhaha devant la porte de son bureau. Elle leva la tête et vit une grappe de femmes qui s'extasiaient et d'hommes qui souriaient d'un air penaud.

Quelqu'un l'appela : « Venez voir, Cat ! C'est le bébé de Liam ! »

Cat plaqua soigneusement un sourire ravi sur son visage et se joignit à eux. Elle avait de la sympathie pour Liam et c'était son premier enfant, une petite fille née en novembre. Liam valait bien une petite joie feinte.

« Oh, elle est ravissante, Liam », dit-elle machinalement mais lorsqu'elle vit le bébé cramponné au torse de Liam comme un petit koala, elle s'entendit lui demander : « Je peux ? » Sans attendre la réponse, elle lui prit le bébé des bras, cédant à un besoin physique irrépressible.

« J'en connais une qui a envie de pouponner ! » s'écrièrent les femmes.

La chaleur du corps du bébé contre le sien lui procura une douleur exquise. La petite fille regarda Cat pensivement et lui fit soudain un sourire – un immense sourire édenté qui déchaîna l'hystérie autour d'elle.

« Oh, qu'elle est mignonne ! » Le bruit fit peur au bébé qui se mit à pleurnicher.

« Oh là là, je crois qu'elle veut sa maman », dit l'épouse de Liam, une femme tout en fleur, féminine, petite, de ces femmes qui lui donnaient l'impression d'être une géante.

Elle tendit les bras avec une douce autorité et Cat lui donna le bébé.

Quand ils furent repartis pour aller rendre visite à un autre service, Cat se rassit devant l'écran stérile de son ordinateur, totalement perdue.

Barb entra avec une pile de documents pour sa corbeille à courrier.

« La petite est adorable. Dommage qu'elle ait hérité des

oreilles de maman », dit-elle en agitant les mains de part et d'autre de la tête.

Cat sourit. Barb lui devenait de plus en plus sympathique.

« C'est bientôt notre "week-end bien-être et beauté" », dit un jour Lyn en sortant le bon que Cat leur avait offert à Gemma et elle pour Noël.

Ce bout de papier avait quelque chose d'incongru pour Cat. C'était un vestige joyeux de sa vie d'avant, comme ces affaires miraculeusement intactes que les gens retrouvaient dans les décombres de leurs maisons ravagées par les flammes. Même son écriture lui semblait différente : spontanée, pleine d'assurance. « Tu devrais organiser une virée avec les garçons ce week-end-là », se rappelait-elle avoir dit à Dan en notant la date sur le calendrier accroché au mur, sans imaginer une seule seconde qu'en janvier, rien ne serait plus pareil.

« Vas-y avec Gemma, répondit Cat. Je ne crois pas que j'irai.

— Mais si, jeune fille, tu vas y aller. On n'ira pas sans toi. »

C'était plus facile de ne pas la contredire et lorsqu'elle vit la voiture de Lyn se garer dans l'allée, avec Gemma à l'avant qui portait la couronne de petite princesse de Maddie, Cat sentit pointer en elle une petite lueur de bonheur.

« Tu te souviens quand on est parties ensemble sur la côte après les dernières épreuves du bac ? lui demanda Gemma en se retournant vers elle. On passait la tête par la vitre en hurlant, même toi, alors que tu conduisais ! Tu veux le refaire ?

— Pas vraiment. » C'était si agréable, pourtant, l'air qui s'engouffrait furieusement dans ses poumons, elle s'en souvenait encore.

« Tu veux mettre la couronne de Maddie ?

— Pas vraiment.

— Tu veux jouer à un jeu où je passe le début d'une chanson et tu dois deviner ce que c'est pour gagner un prix ?

— OK. »

Et tandis qu'elles serpentaient sur les routes de montagne en lacets qui menaient à Katoomba et que dehors, il faisait de plus en plus frais, Gemma leur passa des morceaux d'une vieille collection de cassettes de compilations. Dès les premières mesures, Lyn et Cat criaient le titre des chansons et Gemma leur donnait des bonbons serpents en récompense.

« Là, je parie que ça va être match nul ! » dit-elle et, avant même qu'elle appuie sur « Play », Cat et Lyn hurlèrent : « VENUS ! » *Venus* de Bananarama était le tube de leurs dix-huit ans qui leur arrachait systématiquement un « Oh oui ! J'ADORE cette chanson ! ». Elles dansaient dessus sur leurs lits avec une sensation d'érotisme quasi insoutenable, jusqu'à ce que leur mère débarque dans leur chambre et vienne tout gâcher par la seule expression de son visage.

Dès qu'elles entrèrent dans l'hôtel et respirèrent le parfum entêtant qui flottait dans l'air, Cat sentit frémir ses sinus, Lyn laissa tomber son sac et soupira « Oh non », Gemma dit « Qu'est-ce qu'il y a ? » et toutes les trois se mirent à éternuer. Et éternuer encore.

Des femmes qui traversaient le hall, cheveux mouillés et peignoir blanc moelleux, s'arrêtèrent pour observer le spectacle fascinant de ces trois grandes perches qui éternuaient sans pouvoir s'arrêter. Des larmes d'hilarité ruisselaient sur le visage de Gemma, Lyn distribuait les kleenex et Cat alla à la réception et, entre deux éternuements, dit : « Nous voulons être remboursées. »

Le week-end était désormais une aventure, une histoire à raconter. Elles furent en extase quand elles trouvèrent une maison perchée à flanc de montagne avec des lits à baldaquin dans chaque chambre et une salle de bain absolument hallucinante ! Elle avait une énorme baignoire balnéo à côté d'une gigantesque baie vitrée donnant sur la vallée qui plongeait de façon spectaculaire, si bien qu'une fois dans le bain, on avait l'impression d'être *sur un tapis volant*. « C'est ce qu'un de nos clients a écrit dans le livre d'or », expliqua fièrement leur hôtesse.

Gemma insista pour partager un bain tout de suite avant que la nuit tombe et que la vue disparaisse.

« On se croirait dans le ventre de maman ! lança-t-elle quand elles furent toutes les trois dans la baignoire, adossées aux bords, les jambes entrecroisées au milieu, un verre de vin à la main. C'était exactement comme ça, à part le sauvignon blanc. Et les bulles.

– Tu ne peux pas te souvenir de quand tu étais dans son ventre, Gemma.

– Mais si ! dit joyeusement Gemma. On flottait toute la journée, on s'amusait.

– Maman pense qu'on se disputait, commenta Cat. Elle a lu quelque part que les jumeaux se donnent des coups de poing dans le ventre.

– Oh non, dit Gemma. Je n'ai aucun souvenir de dispute. »

Lyn regarda Cat en écarquillant imperceptiblement les yeux et remonta ses cheveux. Gemma se boucha le nez et se laissa glisser lentement jusqu'à ce que sa tête disparaisse sous l'eau qui bouillonnait bruyamment.

Cat ferma les paupières et se laissa aller à la réconfortante sensation enfantine des jambes de ses sœurs négligemment appuyées contre les siennes.

C'est vrai que ça n'aurait peut-être pas été désagréable, se dit-elle, de revenir aux temps obscurs de la préexistence, où il n'y avait rien d'urgent à faire, si ce n'est un petit salto de temps à autre, uniquement des impressions de bruit et de lumière intéressantes, et aucune solitude, car tout contre soi, on avait ces deux versions de soi-même qui avaient toujours été là et n'avaient aucune intention de partir.

18

Jusque-là, Cat n'avait jamais eu de problème pour s'endormir. À présent, elle bataillait contre des attaques féroces d'insomnie. Tous les soirs, elle s'allongeait dans son lit, les yeux bien fermés, en veillant à se mettre dans une position de sommeil, et elle avait l'impression d'être un imposteur. Son corps ne s'y trompait pas. La mécanique de l'endormissement était devenue un mystère pour elle.

Elle finissait par renoncer, rallumait la lumière et lisait pendant des heures, jusqu'à 3, 4 heures du matin. Elle ne fermait jamais son livre. L'instant d'avant, elle lisait une phrase et soudain, le réveil bipait avec insistance et elle ouvrait les yeux, ensommeillée, le livre à la main, l'éclat de la lampe terni par la lumière du jour.

Une nuit, elle était assise dans son lit et tournait les pages de son roman sans en saisir un seul mot.

Elle repensait à la décennie d'événements qu'elle avait partagés avec Dan.

Ils faisaient griller des steaks au barbecue quand ils avaient entendu quelqu'un demander si c'était vrai que la princesse Diana était morte.

Ils étaient parmi la foule déchaînée du stade de Bondi Beach à chanter « Aussie, Aussie, Aussie, Oy, Oy, Oy ! » quand l'équipe féminine de beach-volley avait décroché la médaille d'or aux jeux Olympiques.

Il y avait ce mardi soir où Dan regardait les dernières informations pendant qu'elle se brossait les dents. Elle l'avait entendu pousser un juron et l'appeler : « Viens voir ça. » Elle était entrée dans le salon, la brosse encore dans la bouche, et elle avait vu pour la première fois la course impitoyable, inexorable de l'avion dans le ciel. Ils étaient restés jusqu'à l'aube à regarder en boucle les tours jumelles qui s'effondraient.

Et puis il y avait les événements personnels. La vente aux enchères où ils avaient acheté leur appartement. « Adjugé ! » avait crié le commissaire-priseur, et ils avaient bondi de leur siège en levant les poings.

La plongée lors de laquelle ils avaient vu leur premier dragon des mers, une créature fragile, mythique. Le voyage en Europe. Le mariage. La lune de miel. Le trek au Népal.

Un million de minuscules événements. La pizza qui n'était jamais arrivée. La partie de Pictionary où ils avaient massacré Lyn et Michael. La première fois où ils s'étaient servis de leur machine à pain et où le pain était si dur qu'ils avaient joué au football avec dans la cuisine. Le voisin toxico, un type bizarre qui lançait curieusement à Dan : « Sacré Barney ! » chaque fois qu'il le croisait devant les poubelles. Comment pouvait-elle ne plus être avec quelqu'un qui avait partagé un pan aussi considérable de sa vie ?

Six mois à peine auparavant, ils étaient partis en week-end dans un *bed & breakfast* des Southern Highlands. Il pleuvait et ils avaient joué à un jeu idiot appelé le Strip Scrabble. Elle riait tellement qu'elle en avait mal au ventre. Était-il en proie à ses « légers doutes » ce week-end-là ?

Quand elle regardait ailleurs, son sourire s'évanouissait-il, son visage devenait-il inexpressif, comme celui d'un personnage de film révélant au spectateur ce qu'il pense réellement ?

Elle referma son livre d'un coup sec et considéra la place

vide, à côté d'elle. Était-il en train de dormir paisiblement auprès d'Angela ? Avaient-ils fait l'amour ? Avaient-ils trouvé des positions de sommeil ? Râlait-il parce que ses cheveux lui chatouillaient le nez ? Ces beaux cheveux noirs si longs.

Ah, la douleur était atroce, insoutenable. Comment voulait-on qu'elle supporte ça ?

Elle se leva et fit le tour de l'appartement en allumant les lumières. Elle prit une douche, laissant l'eau ruisseler sur son visage. Elle mit la télévision et zappa mollement d'une chaîne à l'autre. Elle se planta devant son réfrigérateur ouvert en contemplant son contenu, le regard vide. Un panier de linge à repasser lui fit gagner quarante-cinq minutes.

À 5 heures du matin, elle était habillée et prête à partir au bureau.

Elle s'assit dans le canapé, les yeux secs et brûlants, les mains pliées sur les genoux, le dos bien droit, comme si elle s'apprêtait à passer un entretien.

Dan était censé dormir par terre chez Sean jusqu'à ce qu'il loue un nouvel appartement. Pas tous les soirs, évidemment. Il passerait parfois la nuit chez sa petite amie.

Une petite amie. Ça faisait tellement plus jeune qu'une femme, une petite amie, tellement plus sexy, plus joli.

Cat ne l'avait pas revu et ne lui avait pas parlé depuis treize jours. Treize jours sans savoir ce qu'il mettait pour aller travailler, ce qu'il mangeait pour le dîner, ce qui l'énervait, ce qui l'amusait à la télévision. Et cette ignorance de sa vie ne faisait que grandir, creusant entre eux un vide glacé qui les séparait de plus en plus.

Elle se leva avec détermination et alla chercher les clés du pick-up qui lui avait été prêté. Il fallait qu'elle sache où Dan avait passé la nuit. S'il avait dormi chez Sean, elle tiendrait jusqu'au soir. S'il était allé chez Angela, eh bien au moins, elle saurait.

Cela faisait du bien de sortir, de bouger. Au volant du

pick-up, elle se sentait forte, compétente. Les rues étaient désertes, les lampadaires encore allumés.

Une fois à Leichhardt où habitait Sean, elle parcourut dans un sens puis dans l'autre la rue étroite en regardant une à une les voitures garées, pleine d'espoir. Finalement, elle renonça avec un calme maladif. Donc, il était chez elle. Là, maintenant, il était chez elle, dans une chambre qu'elle ne connaissait pas.

Il faisait jour quand elle arriva dans la rue d'Angela, à Lane Cove.

Elle repensa à la première fois où elle était venue là, blessée dans sa dignité. Avec le recul, elle avait le sentiment de s'être complue dans sa souffrance, sachant que leur couple était une évidence, que l'amour de Dan était une évidence.

La voiture de Dan était garée au pied de l'immeuble d'Angela avec toute l'assurance de l'habituée. On avait l'impression qu'elle était à sa place.

Puis elle vit la voiture rangée derrière celle de Dan. Une Volkswagen bleue. Elle se souvint de Charlie, le jour de Noël : « La Volkswagen d'Ange l'a lâchée ce matin. »

Elle jeta un œil par la vitre, le tee-shirt à manches longues bleu de Dan était posé sur le siège passager. C'était à croire que sa capacité à être blessée n'avait pas de limite. Curieusement, la familiarité nonchalante que sous-entendait la présence de ce tee-shirt était plus choquante que tout le reste.

« Ange ? Tu n'aurais pas vu mon tee-shirt ?

– Le bleu ? Je crois que tu l'as laissé dans la voiture. »

Cat avait-elle une quelconque place dans la conscience de Dan quand il échangeait ces conversations avec Angela ? Bien sûr que non. Cat n'existait plus, elle n'était plus qu'un problème à résoudre, un souvenir à oublier.

Elle était une ex-femme. Les ex-femmes étaient des harpies vindicatives au visage creusé de rides amères. Parfait, elle se comporterait comme telle.

Il y avait un couteau suisse dans le pick-up de la Carrosserie

Sam. Il glissait dans le vide-poche chaque fois qu'elle prenait un virage. Elle sortit le couteau et l'ouvrit. La lame étincela au soleil matinal.

C'était un vendredi, le temps était magnifique. Les cigales chantaient déjà la promesse d'une chaude journée d'été et d'un week-end spécialement créé pour les tout nouveaux couples.

Demain, c'était samedi et elle se réveillerait toute seule.

Elle s'accroupit à côté de la voiture d'Angela et plongea la lame du canif dans le caoutchouc noir du pneu.

Quelque chose se libéra en elle. Elle bascula dans une fureur aveugle.

Elle détestait Dan. Elle détestait Angela. Elle se détestait.

Elle détestait les pneus qui lui résistaient. C'était typique, rien ne se passait jamais comme elle le voulait ! « Et merde ! » Prise d'une véritable frénésie, elle taillada, lacéra de toutes ses forces, et ne passa au pneu suivant que lorsqu'elle se fut assurée que celui-ci avait été correctement massacré.

Quand elle en eut terminé avec les pneus d'Angela, elle s'occupa de ceux de Dan avec des gestes de plus en plus efficaces et fatals. Et cette fois, c'était pour son bébé. Son bébé avait été trahi, lui aussi. Son bébé n'avait pas eu la chance de vivre, il y avait un responsable et elle allait le tuer !

« Hé ! »

Elle sursauta.

Elle leva les yeux et vit Dan et Angela qui franchissaient les portes vitrées de l'immeuble.

L'expression de Dan changea à mesure qu'il s'approchait.

« Cat ? »

Elle se leva, serrant le couteau. Sa poitrine se soulevait, elle avait le visage brûlant, en sueur.

C'était profondément humiliant.

Sur leurs traits, elle distinguait de la peur, de la pitié et une pointe de dégoût.

Et le pire, c'était qu'ils vivaient ce moment ensemble, qu'ils en parleraient plus tard. C'était le premier d'une collection de souvenirs qu'ils partageraient. « La fois où l'ex-femme hystérique de Dan a crevé nos pneus. »

Cat ne dit pas un mot. Elle se retourna, remonta dans son pick-up et s'en alla sans un regard en arrière.

Sur le volant, ses mains étaient noires de crasse.

Qu'est-ce qui m'arrive ?

Elle rentra chez elle pour se laver. Elle avait un rendez-vous à 9 heures.

Gemma débarqua à l'heure du déjeuner. Elle s'assit dans le bureau de Cat avec cet air déconcerté qu'elle prenait toujours quand elle venait la voir, comme si elle avait atterri dans un pays étranger et non sur un lieu de travail tout ce qu'il y avait de plus banal. Cat trouvait cette expression à la fois charmante et agaçante.

« Je n'ai pas le temps de déjeuner dehors, dit-elle.

– Ça ne fait rien, je n'ai pas faim. » Gemma leva les yeux du mémo qu'elle avait pris dans la corbeille de courrier. « C'est dingue, tout est tellement sérieux, ici.

– C'est ça, oui. Hypersérieux. On vend des chocolats. »

Gemma reposa le mémo. « Tu n'aurais pas crevé quelques pneus avant de venir au bureau, par hasard ? »

Cat fut stupéfaite. Elle sortait tout juste d'une réunion où elle avait fait une présentation extrêmement professionnelle. La folle au couteau de ce matin n'avait rien à voir avec elle.

« Comment tu sais ? Ah, mais oui, suis-je bête. Le frère.

– Alors, c'est vrai ! Ça t'a fait du bien ?

– Pas vraiment. » Cat gratta le pourtour noir d'un ongle. « C'est pour me demander ça que tu es venue ?

– Ils envisagent de demander une injonction d'éloignement contre toi. »

Cat leva les yeux, sa nuque s'enflamma. « Une injonction d'éloignement ?

– Je sais ! C'est fou, hein ? Comme s'ils avaient peur de toi ! Mais bon, j'ai préféré te prévenir, avec l'audience qui est la semaine prochaine. Le procureur le mentionnera peut-être. Bien sûr, ton avocat fera objection et le juge dira : "Accordée, le jury ne doit pas en tenir compte !" et les membres du jury prendront l'air songeur et ton avocat dira : "C'est une mascarade, votre honneur ! Ma cliente…"

– Mais tais-toi ! Ce n'est pas ce genre d'affaire.

– Je sais, je plaisantais, c'est tout.

– Ce n'est pas drôle.

– Non. Pardon. En fait, je voulais juste te dire que, euh… je crois qu'il vaut mieux ne plus t'approcher d'eux.

– Merci. C'est tout ? J'ai du travail.

– C'est tout. » Gemma se leva. « Au fait, je l'ai quitté.

– Charlie ? » dit Cat d'un ton morne. Elle pensait à la dégaine qu'elle devait avoir ce matin-là avec le couteau. « Tu n'étais pas obligée.

– Ce n'est pas à cause de toi.

– Ah.

– J'allais oublier ! » Gemma prit son sac et fouilla dedans. « Je t'ai apporté un cadeau. »

Elle sortit un marteau en mousse avec un ruban noué autour du manche.

« C'est pour évacuer le stress. » Elle donna un coup de marteau sur le rebord du bureau et il fit un bruit de verre brisé.

« Je me suis dit que tu pourrais te défouler quand tu es en colère contre Dan. »

Cat laissa échapper un bruit étranglé, à mi-chemin entre le rire et le sanglot. « J'aurais dû l'avoir, ce matin.

– Tu peux même taper sur des gens avec. Regarde ! » Gemma se frappa sur le bras. « Ça ne fait pas mal ! Tu veux me taper dessus en faisant comme si j'étais Dan ?

– Non, ça va.

– Ou alors Angela ?

– Cat, je pourrais vous dire un mot ? » Graham Hollingdale passa la tête par la porte à l'instant précis où Gemma s'assénait un coup de marteau sur le front en criant : « Tiens, prends ça, Angela ! »

Il eut l'air affolé. « Oh, pardon ! Je repasserai. »

Gemma se frotta le front. « En fait, ça fait un peu mal. »

De : Lyn
À : Cat
Objet : Dîner
Coucou,
Comment vas-tu ? Tu veux venir dîner ce soir ? Bises, Lyn.
PS : Gemma m'a raconté, pour ce matin. Elle m'a dit que Dan t'avait vue repartir au volant d'un pick-up. Je me demande comment ça se fait puisque TU N'AS PLUS DE PERMIS. Tu es folle ou quoi ?

De : Cat
À : Lyn
Objet : Dîner
Je ne peux pas venir dîner, merci. J'ai promis au DG d'aller à une soirée de boulot emmerdante au possible.
PS : Oui, je suis folle. Peut-être même bonne à enfermer.

Le samedi matin trouva Cat avec une migraine épouvantable, la bouche sèche, la langue pâteuse.

Pourquoi se faisait-elle du mal comme ça ?

Elle resta sans bouger, le bout des doigts sur les tempes, les yeux fermés, essayant de se rappeler la soirée de la veille.

« Bonjour, vous. »

Ses yeux s'ouvrirent brusquement.

Oh non, pourvu que ce ne soit pas vrai.

Blotti à côté d'elle, son crâne de pois chiche déplumé flanqué de deux petites ailes formées par l'oreiller, se trouvait son directeur général, Graham Hollingdale.

Elle se retint de hurler.

« Ça va ? » Elle le regarda, horrifiée, se tortiller pour se redresser en faisant glisser le drap, dévoilant un torse nu qui n'était pas déplaisant. Graham Hollingdale, nu, dans sa chambre. Elle ne l'avait jamais vu sans cravate ! Il était totalement hors contexte.

Elle referma les yeux.

« Euh, pas trop, non », marmonna-t-elle.

Les détails sordides de la soirée lui revinrent brutalement. Elle l'avait accompagné à la réunion annuelle de l'Association des fabricants de confiserie. Ils avaient supporté des discours extraordinairement ennuyeux, puis il lui avait proposé de prendre un verre. Au bout du deuxième, elle lui avait dit qu'elle était séparée de son mari. Au bout du troisième, elle avait découvert avec stupeur que Graham était un bel homme distingué. Au bout du quatrième, elle lui offrait de manière suggestive de partager un taxi pour rentrer chez elle et se sentait d'humeur coquine comme si elle était la fille dévergondée de *Sex and the City*.

Mais quelle imbécile, quelle imbécile.

Elle ne toucherait plus jamais à une seule goutte d'alcool.

« Vous voulez que je vous fasse un thé ? » demanda Graham. C'était sa main sur sa jambe ? Ça ne pouvait tout de même pas être autre chose ?

« Non, merci. »

Elle refoula l'hystérie qui la gagnait et rouvrit les yeux pour vérifier si elle était en petite tenue. Sa chemise était encore pudiquement boutonnée mais sa jupe avait disparu. Les sous-vêtements semblaient intacts.

« Ne vous en faites pas. On s'est juste pelotés. » Il avait un ton débonnaire et familier.

Beurk, beurk, beurk ! Tout lui revenait. Elle l'avait embrassé ! Et fougueusement, qui plus est.

Elle s'était livrée à une séance de pelotage maladroit avec Graham Hollingdale ! Il fallait qu'elle se rachète un lit.

Quelle horreur. Quelle humiliation.

Elle regarda son patron couché du côté de Dan, les mains confortablement croisées derrière la tête, et se sentit mal.

Pouvait-elle sombrer plus bas ? Sa bouche s'emplit du dégoût d'elle-même. Une détresse sordide, d'un gris sale, l'enveloppa.

« Je croyais que vous étiez marié », dit-elle froidement.

Il sourit. « Oh, ce n'est pas un souci. Je suis poly.

— Vous êtes qui ? » Était-il en train de lui dire qu'en réalité, il était une femme prisonnière d'un corps d'homme ?

« Poly. Polyamoureux. Ça veut dire plusieurs amours. Quand on est poly, on revendique le fait d'avoir des relations amoureuses avec plusieurs personnes. Nous sommes tous les deux poly, ma femme et moi.

— Vous êtes échangistes, quoi. » Cat entreprit de s'écarter discrètement à l'autre bout du lit. Heureusement qu'il n'y avait pas eu d'échange de sécrétions.

« Ah ! C'est ce que tout le monde croit ! » Graham s'assit vivement, en levant un doigt. Si seulement il pouvait manifester le même enthousiasme pour les plans marketing qu'elle lui présentait. « Mais pas du tout ! L'échangisme, ce n'est qu'une histoire de sexe. Le polyamour, c'est avoir des sentiments amoureux pour plusieurs personnes. Il s'agit d'amour !

— Ça, c'est de l'amour ?

— Pas encore, Catriona. Pas encore. Ma femme sera toujours ma première partenaire, mais ce serait un honneur si vous acceptiez d'être ma deuxième partenaire dans une relation polyamoureuse. »

Cat le regarda fixement.

« J'ai toujours pensé qu'il y avait une réelle alchimie entre nous. »

Elle était sidérée. « Ah bon ?

— Absolument. » Graham lui fit un grand sourire. « Je pourrais me consacrer entièrement à vous le mercredi. Le mercredi serait à nous. »

Ça devenait surréaliste.

« Graham. Hier soir, c'était euh... super. Mais le polyamour, ce n'est pas trop mon truc. J'ai un faible pour la monogamie. Vous n'avez qu'à demander à mon mari. Enfin, mon ex-mari.

« Oh, la monogamie. » Graham avait l'air légèrement dégoûté par ce mot. « Le polyamour est tellement plus enrichissant. Je peux vous passer l'adresse d'un site internet.

– Et puis le mercredi, ça ne m'arrange pas du tout. » Ce serait une grosse erreur de rire.

« Oh, je peux regarder mon emploi du temps !

– Dites, Graham, je peux vous demander un grand service ?

– Bien sûr. » Il la regarda, plein d'espoir.

« Vous pourriez vous en aller, s'il vous plaît ? »

Vénus sur la piste de danse

Ah non ! Vire-moi ça ! Je déteste cette chanson ! Ça me rappelle la fois où je suis allé en boîte en ville. J'étais avec une bande de potes et on regardait ces trois filles qui dansaient.

Elles étaient pas mal, alors je me suis dit, je vais tenter ma chance. Ça vaut le coup. Je m'approche en dansant, je me sentais con, comme toujours dans ces cas-là. Il y en a une qui me sourit et je me dis, c'est dans la poche. Sur ce, ils passent ce foutu morceau et là, je deviens invisible ! Aussi sec, elles se sont mises à rire, à hurler, à se déhancher de façon hyper-sexy. Personne n'existait plus autour d'elles. Du coup, j'ai été obligé de revenir en chaloupant comme un crétin. Mes potes n'ont jamais manqué une occasion de me le rappeler depuis. Pendant des années, chaque fois que j'entrais dans le pub, ils se mettaient à chanter cette chanson.

J'ai plus jamais essayé de draguer une fille sur une piste de danse. Ça m'a marqué à vie, mec. Sans déconner.

19

Je ne fais rien de mal, se dit Lyn. Elle était devant son ordinateur, écoutant le bruit lointain, lancinant, du modem établissant la connexion internet.

Elle ne faisait aucun mal à Michael. La seule personne qui pouvait sans doute le penser, c'était... Michael. Elle savait que ça le ferait souffrir. Si la situation était inversée, elle souffrirait.

Mais ce n'était rien. Tout ça n'était rien.

D'ailleurs, elle lui avait tout de suite parlé du mail surprise de Joe, son ancien petit ami qui avait ressurgi après des années sans nouvelles. Elle l'avait même imprimé et le lui avait montré avec un air de sainte-nitouche. Michael avait obligeamment réagi en macho.

« Hmmm. "Je garde un souvenir ému des moments que nous avons passés en Espagne." Ce type a intérêt à faire gaffe ! »

Les apparitions érotiques de Joe dans ses rêves n'étaient pas le problème. La plupart du temps, Michael était également présent et les observait avec une bienveillante approbation. (Dans un rêve, il passait allègrement la serpillière dans la cuisine et lui disait : « Tu peux bouger les pieds ? » pendant que Joe lui faisait des choses intéressantes contre le réfrigérateur.)

Tout le monde savait que les fantasmes sexuels étaient parfaitement acceptables. Sains. Et même nécessaires !

Michael fantasmait sans doute sur Sandra Sully de Channel 10.

Lyn le surprenait souvent à sourire tendrement à la télévision quand elle présentait le dernier journal. Les fantasmes n'étaient donc pas un problème. (Leur vie sexuelle s'était même améliorée depuis quelque temps. Quelle importance si le mérite en revenait à Joe et Sandra ?)

Et le problème n'était pas non plus qu'elle échangeait régulièrement des mails avec Joe, à présent. Joe était marié et heureux en ménage. Il l'abreuvait de détails passablement ennuyeux sur sa femme et ses deux enfants. Il était même question qu'il vienne pour affaires à Sydney.

La trahison était simplement celle-ci :

Elle venait d'écrire un mail à Joe où elle évoquait son « petit problème ».

Son petit problème secret avec les parkings.

Ça lui était arrivé à deux reprises depuis la fois avec Maddie. Un jour, dans un parking souterrain en ville, alors qu'elle était en retard pour une réunion. Un autre jour, alors qu'elle faisait les courses au supermarché. Chaque fois, ç'avait été horrible. Chaque fois, elle s'était dit qu'elle allait vraiment mourir.

Le plus désopilant, c'est que désormais, elle évitait les parkings, prétendant qu'elle préférait marcher dix minutes de plus avec une poussette et un ordinateur. Elle se surprenait même à regarder de l'autre côté quand elle passait en voiture devant un parking. « Tiens, c'est quoi ce panneau là-bas, ça a l'air intéressant », se disait-elle en s'empressant de détourner la tête comme si elle pouvait berner la fille raisonnable et pleine de bon sens qui sommeillait en elle.

Nana Leonard, la mère de Maxine, qui était fragile et frêle, était une femme nerveuse ou, pour reprendre la délicate expression de Frank, « complètement givrée ». Dans les centres commerciaux, elle était oppressée et prise de vertiges, et au fil du temps, elle s'aventurait de moins en moins hors de chez elle. Personne n'employait jamais le terme d'agoraphobie, mais on sentait sa présence pesante et silencieuse dans la pièce dès qu'il était question de Nana. « Elle a dit qu'elle ne viendrait pas prendre le thé, finalement, annonçait Maxine d'un ton laconique. Gastro. »

D'après les calculs de Lyn, quand elle était morte, Nana n'était pas sortie de chez elle depuis deux ans.

Les maladies mentales étaient héréditaires. Et si Lyn était celle des trois qui avait été désignée à la naissance pour finir « givrée » ? Celle que la méchante fée avait maudite – *Celle-là sera la foldingue !*

Il fallait tuer ça dans l'œuf !

Elle avait donc de multiples raisons parfaitement logiques, sensées et légitimes d'avoir choisi, parmi toutes les personnes qu'elle avait pu côtoyer dans sa vie, de faire part de son petit problème à un ex – qu'elle connaissait à peine.

Pour commencer, Joe était américain. Les Américains étaient plus ouverts sur ces choses-là. Ils aimaient discuter d'émotions extrêmement embarrassantes. Ils adoraient les phobies étranges ! Ce n'était pas demain la veille qu'on verrait une Oprah Winfrey australienne.

Et puis il y avait le métier de Joe : il publiait des livres de psychologie et de développement personnel. Il parlait un langage que la plupart des gens de l'entourage de Lyn jugeaient affligeant. Il pouvait lui procurer des articles, des faits, des statistiques et des listes de consignes.

Pour finir, Joe ne la connaissait pas vraiment. Il ne savait pas, par exemple, que Lyn était censée être la plus raisonnable, la plus calme.

« Tu dégages une espèce de sérénité », lui avait dit un jour Michael, et cette remarque l'avait d'autant plus touchée qu'il avait ajouté : « ... dont tes folles de sœurs manquent cruellement ! ».

Joe ignorait que Lyn n'avait pas le droit d'être anxieuse puisque tout le monde savait qu'elle avait une vie merveilleuse alors que celle de Cat s'écroulait et que Gemma semblait incapable de s'en construire une.

C'était parfaitement logique d'en parler à quelqu'un qui vivait à l'autre bout du monde, quelqu'un qui ne la taquinerait pas, qui ne s'esclafferait pas, qui ne lui dirait pas d'un ton déçu : « Mais ça ne te ressemble pas, Lyn ! »

« Tu n'aurais pas publié un livre sur la parkingophobie, par hasard ? » avait-elle écrit à Joe en jouant la carte de l'ironie et de l'autodérision pour ne pas avoir l'air d'une fille bizarre et paniquée.

Elle s'accouda sur son bureau, posa la tête dans le creux de ses mains et regarda la fine ligne bleue filer sur son écran.

« Lyn ! Tu n'as pas vu mon portable ? » lança Michael.

Elle prit son téléphone et fit le numéro du portable de Michael.

« C'est bon, chérie ! » Il y eut une cavalcade. « Je crois que je l'entends sonner ! »

« Je dois dire que ces créatures rondouillardes m'horripilent, commenta Maxine en aidant Lyn à décorer un énorme gâteau en forme de Télétubby la veille du deuxième anniversaire de Maddie.

– Gemma m'a dit qu'elle avait fait un cauchemar après avoir regardé la dernière vidéo de Maddie. » Lyn forma un sourire avec un bout de réglisse et l'enfonça dans le glaçage jaune vif. « Elle était attaquée par une bande de Télétubbies sauvages.

– Cette enfant dit des choses étranges. » Maxine fronça distraitement les sourcils en voyant la photo aux couleurs criardes du livre de recettes.

« L'enfant en question a trente-trois ans.

– Hum. »

Lyn ouvrit un paquet de Smarties et observa sa mère. Elle était penchée en avant et une mèche de cheveux roux s'était échappée de derrière son oreille.

« Je crois savoir ce qu'ils faisaient, lui avait murmuré Michael quand Frank et Maxine étaient arrivés comme des fleurs ce soir-là, les joues roses et l'air guilleret.
— Tu te fais pousser les cheveux, maman ? » demanda soudain Lyn d'un ton soupçonneux.
Maxine remit la mèche derrière son oreille. « Juste un peu.
— Pour papa ?
— Ne raconte pas de bêtises. »
Tu parles. Papa voulait retrouver sa pin-up aux cheveux longs des années soixante. Elle changea de sujet. « Tu sais que Cat ne vient pas, demain ? Ça fait des semaines, et même des mois qu'elle n'a pas vu Maddie. Je comprends, mais...
— Mais tu ne comprends pas.
— Ça me dépasse ! L'anniversaire de sa nièce. Je lui ai dit que Maddie voulait qu'elle vienne ! »
C'était ce qui lui semblait inconcevable. Ça lui brisait le cœur de voir la tête de Maddie se lever, pleine d'espoir, quand on sonnait à la porte. « Ma Cat ?
— Une fausse couche et une séparation en l'espace de quelques semaines, ça fait beaucoup. Elle adore Maddie. Tu le sais.
— Je sais. » Lyn se gratta le cou avec agacement en se demandant si elle couvait un rhume. Elle avait l'impression que tout son corps avait été passé au papier de verre.
« Cat a l'air persuadée qu'elle ne pourra plus avoir d'enfants, dit Maxine. Je crois que c'est vraiment douloureux pour elle de voir Maddie.
— Elle dramatise, dit Lyn. Elle est encore jeune, elle peut tout à fait rencontrer quelqu'un et avoir des enfants. Qu'est-ce qu'elle compte faire ? Éviter Maddie jusqu'à la fin de ses jours ? »
Maxine haussa un sourcil. « Écoute, Lyn. Pour l'instant, elle mérite un peu d'indulgence. »
Lyn parsema la tête du Télétubby de Smarties en se disant : J'ai toujours été indulgente avec Cat. Tout ça parce que tu t'es soudain métamorphosée en Doris Day.

Elle se demanda comment sa mère réagirait si elle apprenait qu'elle essayait d'avoir un bébé. Michael l'avait convaincue qu'un délai de trois mois après la fausse couche de Cat était amplement suffisant.

Elle avait accepté mais non sans éprouver des émotions contradictoires. En dehors du fait qu'elle se sentait coupable vis-à-vis de Cat, elle se demandait parfois si elle avait vraiment envie d'un second enfant. Comment sa vie surchargée pourrait-elle y faire face ?

Puis elle se souvenait de l'émerveillement devant le petit visage sage tout chiffonné, les ongles miniatures, la délicieuse odeur de bébé. Et elle se souvenait aussi des mamelons crevassés, des tétées de 3 heures du matin, à moitié vaseuse, des cris assourdissants du bébé qui a été nourri, changé et a fait son rot et ne devrait par conséquent avoir aucune raison de pleurer.

C'était tellement simple pour Michael !

« Apparemment, Gemma et Cat envisagent d'emménager ensemble. »

Lyn leva brusquement la tête. « C'est du grand n'importe quoi. Elles vont s'entretuer.

– C'est ce que j'ai dit. Mais Cat veut racheter à Dan sa part de l'appartement et Gemma pourrait l'aider à rembourser l'emprunt. Au moins, ce serait plus stable que cette absurdité de home-sitting.

– Elle aime bien faire du home-sitting, protesta Lyn, bien qu'elle ait dit exactement la même chose. Gemma n'a pas d'argent. Je ne vois pas pourquoi elle devrait aider Cat à rembourser son emprunt.

– Peut-être que si elle est obligée de payer un loyer, elle sera forcée de trouver un travail à plein temps. Se choisir une carrière, enfin », dit Maxine.

Lyn se surprit à défendre avec fougue la vie de bohème de Gemma. « Gemma ne veut pas d'une carrière !

– Gemma n'a pas besoin d'une carrière. » Frank entra d'un pas nonchalant dans la cuisine et trempa le doigt dans le bol de glaçage. Michael et lui venaient de donner son bain à Maddie et sa chemise à manches courtes était mouillée. « Elle se fait un paquet de blé avec son affaire de Bourse en ligne.

– Ah bon ? » Lyn n'en croyait pas un mot. Gemma inventait toujours des histoires abracadabrantes pour impressionner Frank.

« Elle suit son instinct. Elle dit que c'est comme la roulette.

– C'est ridicule ! s'exclamèrent d'une même voix Lyn et Maxine.

– Vous avez pris le bain avec elle, tous les deux ? » demanda Lyn en voyant Michael arriver encore plus trempé que Frank. Même ses cheveux étaient mouillés.

« Elle n'arrêtait pas de nous balancer des choses, expliqua-t-il. Ça valait le coup parce que après elle était d'une humeur de rêve. Je n'ai eu droit à *Bonne nuit, petit ours* que deux fois. »

Maddie avait décidé depuis peu de se charger elle-même de la lecture des histoires du soir. Elle feuilletait les pages en babillant, imitant parfaitement le rythme palpitant des intonations de ses parents quand ils lisaient et leur jetant un coup d'œil de temps en temps pour s'assurer qu'ils appréciaient l'histoire.

« Vous parlez des actions de Gemma ? demanda Michael. Parce que si j'en crois ce qu'elle m'a dit, son instinct est basé sur une lecture sacrément affûtée des pages financières. »

Lyn et ses parents le fixèrent d'un œil incrédule. C'était encore moins plausible.

« Gemma joue les cruches, mais il n'en est rien », leur dit Michael. Il regarda le gâteau et, les bras collés le long du corps et les doigts écartés, se mit à se dandiner en gazouillant d'une voix haut perchée : « Oooh, miam miam !

– Mais qu'est-ce qui lui prend ? demanda Maxine.

– Il fait le Télétubby », répondit Lyn. Frank qui n'avait jamais vu les *Télétubbies* mais ne perdait jamais une occasion de faire le clown se mit à se dandiner de la même façon pendant que Maxine pouffait de rire.

En les observant, Lyn se gratta furieusement quelque chose d'invisible sur le bras et se demanda si durant toutes ces années, ses parents avaient juste fait semblant de se détester.

« Je dois être une vraie salope, dit Lyn à Michael après le départ de ses parents, alors qu'ils remplissaient le lave-vaisselle. Je ne supporte pas de voir mes parents heureux et j'en ai marre de plaindre Cat.

– Une adorable salope », dit Michael. Il écarta les pouces et se mit à gesticuler, les doigts pointés comme un rappeur : « *Yo mah bitch.* »

Lyn sourit et revit soudain Cat et Dan danser aux quarante ans de Michael. Ils parodiaient les mouvements des rappeurs en se tordant de rire, mais en réalité ils se débrouillaient plutôt bien, le corps souple, en rythme.

« En fait, je plains vraiment Cat, dit-elle à Michael en lui prenant des mains la poudre lave-vaisselle avant qu'il n'en mette trop. Des fois, ça me donne envie de pleurer.

– OK, là je crois que je ne te suis plus. »

Ce fut le jour de la comparution de Cat devant le tribunal que la compassion de Lyn commença à battre de l'aile.

Frank, Maxine, Nana Kettle, Lyn et Gemma étaient tous venus la soutenir. Il régnait une ambiance festive que Lyn trouvait déplacée.

Cat aurait pu se tuer, ce soir-là. Elle aurait pu tuer quelqu'un d'autre. L'alcool au volant tuait, bon sang.

Frank était particulièrement enjoué et n'arrêtait pas de bouger, prenait Cat dans ses bras, lui disait qu'il organiserait son évasion si on l'envoyait en prison.

« Tu as pu te libérer, papa ? demanda Lyn. C'est super. »

Vraiment super. Il avait loupé la remise de diplôme de Lyn et le baptême de Maddie parce qu'il ne pouvait pas prendre de congé, mais l'inculpation de Cat pour conduite en état d'ivresse, ça c'était un grand événement.

« Vous êtes venus en force, dit l'avocate de Cat en leur serrant la main tour à tour devant le tribunal.

— Ça nous fait une sortie en famille ! lança Nana Kettle avec un grand sourire.

— Elle va recevoir une sanction, Gwen, dit Maxine. Pas une récompense.

— Enfin, Maxine, je ne suis pas sénile », rétorqua Nana. Elle montra son tee-shirt bariolé des volontaires des jeux Olympiques de Sydney. « C'est bien pour ça que j'ai mis ce tee-shirt. Pour que le juge voie que Cat vient d'une famille qui a le sens de la solidarité ! » Elle jeta un coup d'œil rusé à l'avocate. « Malin, hein ? »

L'avocate cligna les yeux. « En effet. »

Comme pour lui donner raison, un passant lui lança « Chapeau ! » en apercevant la tenue familière et leva le pouce. Nana lui sourit poliment en le saluant d'une main comme la reine.

En fait, Nana n'avait fait que cinq minutes de bénévolat avant de trébucher et de se tordre la cheville. Elle avait passé les deux semaines suivantes à suivre les événements à la télévision. Sa cheville était guérie pour le défilé d'honneur des bénévoles. Elle avait défilé sous les pluies de serpentins multicolores la tête haute, en adressant un salut royal à la foule en liesse.

« Cat est une fille bien, expliqua Nana à l'avocate. Même si elle a tendance à forcer sur la boisson de temps à autre. »

Gemma regarda Lyn et se mit à rire avec sa désinvolture habituelle.

« Ses sœurs sont bouleversées », confia Nana.

Gemma laissa échapper un bruit étranglé.

Cat ne disait rien. Elle avait des lunettes de soleil, l'air pâle, de mauvaise humeur et aucunement repentante.

La famille Kettle s'entassa dans une rangée, devant la salle.

Lyn se demanda s'il fallait les prévenir de ne pas applaudir. Frank et Maxine se tenaient la main comme des adolescents au cinéma. Nana se plaignait à voix haute de l'inconfort des sièges. Gemma qui était assise à côté de Lyn n'arrêtait pas de se retourner pour observer l'auditoire.

« Qu'est-ce que tu fais ? demanda Lyn.
– Je regarde s'il n'y a pas de jolis voyous.
– Et Charlie ?
– C'est fini depuis longtemps.
– À cause de Cat ?
– Évidemment, à cause de Cat.
– C'est triste. »

Gemma se retourna brusquement. « C'est toi qui m'as dit que je devais le quitter. Le jour où Dan a déménagé ses affaires.
– Si c'était sans avenir !
– Oh, je crois que c'était sans avenir. »

Elle avait un air de dédain. Lyn sortit son PalmPilot et fit défiler son emploi du temps de la journée. Gemma jeta un œil et fronça le nez.

« Quoi ?
– Rien. »

Lyn soupira. « Ce n'est pas prétentieux. C'est pratique.
– C'est ça. »

Ils durent attendre six affaires sans intérêt avant que ce soit le tour de Cat, et à ce moment-là les Kettle commençaient à chuchoter et gigoter sur leur siège.

La magistrate semblait lasse et imperturbable. Elle feuilleta le dossier des précédentes infractions de Cat en fronçant sévèrement les sourcils. « Quinze excès de vitesse au cours des cinq dernières années », remarqua-t-elle.

Maxine toussota. Gemma donna un coup de coude à Lyn et elles baissèrent la tête toutes les deux, partageant la culpabilité de Cat.

La juge garda un visage impassible quand l'avocate lui présenta des déclarations sous serment prouvant que Cat était à bout, en raison de sa fausse couche et de sa séparation avec son mari.

« Ma cliente regrette son comportement. Il a été causé par un stress extrême et inhabituel.

— Nous sommes tous stressés », commenta la juge d'un ton agacé, mais elle ne condamna Cat qu'à six mois de suspension de permis et mille dollars d'amende.

« Vous ne pouviez pas espérer mieux, dit ensuite l'avocate.

— Six mois, ça passera à toute vitesse ! acquiesça Frank. Lyn et Gemma te serviront de chauffeurs ! »

Lyn serra les dents. « Ou alors tu peux faire comme si tu avais encore ton permis et continuer à conduire. »

Ils lui tombèrent tous dessus.

« Enfin, Lyn, mais qu'est-ce que tu racontes !

— Ce ne serait pas une bonne idée. » L'avocate parlait sans ironie. « C'est bien trop risqué. »

Lyn maugréa et réprima une envie puérile de moucharder : « Demandez-lui un peu ce que c'est que ce pick-up qu'elle conduit ! »

« Je plaisantais », dit-elle.

Pendant qu'ils regagnaient tous leur voiture, Cat la prit à part. « J'ai rendu le pick-up au carrossier. Alors épargne-moi tes leçons, merde. »

Lyn sentit son pouls s'accélérer devant le ton méprisant de Cat. Comme si elle augmentait le feu sur la cuisinière. C'est une simple réaction de lutte ou de fuite, se rappela-t-elle, c'est biologique. Respire ! Cat était la seule personne qui pouvait la mettre à ce point en colère. Comme si toutes les disputes qu'elles avaient eues depuis trente ans faisaient toutes partie d'une même querelle sans fin. À tout moment, sans prévenir, elle pouvait reprendre et les précipiter dans une fureur irrationnelle, incontrôlée, où elles en venaient aux injures.

« Tu sais le mal que j'ai eu pour venir ici, aujourd'hui ? répliqua-t-elle d'un ton rageur.

— Tu es venue uniquement parce que tu voulais jubiler et maintenant, tu es déçue parce que tu trouves que personne n'a pris ça assez au sérieux. »

L'injustice monumentale de la première accusation de Cat conjuguée à la part de vérité qu'il y avait dans la seconde lui donna envie de prendre sa mallette pour la lui balancer à la figure.

« Ce soir-là, je voulais m'accuser à ta place ! Je voulais te sortir de là ! »

Cat n'écoutait pas. « Je ne suis pas idiote. Tu crois que je ne sais pas que j'aurais pu tuer quelqu'un ? Je le sais ! J'y pense !

— Tant mieux, répliqua méchamment Lyn. Parce que c'est vrai. »

Soudain, Lyn sentit sa fureur s'estomper, la laissant sans forces, en proie au remords. « OK. Bon. Tu veux aller courir ce week-end ? On peut se faire le parcours de Coogee à Bondi ?

— Ah oui ! Ça serait super ! » Cat en rajoutait et elles se sourirent, se trouvant ridicules. « Ça ne te dérange pas de passer me prendre ? »

Lyn leva les yeux au ciel. « Bien sûr que non. »

C'était toujours comme ça. Elles ne s'excusaient jamais. Elles se contentaient de jeter leurs armes encore chargées, prêtes pour la fois suivante.

Le temps décida d'être clément pour l'anniversaire de Maddie. L'air était léger, le soleil doux et le ciel faisait plaisir à voir. Le pique-nique d'anniversaire à Clontarf Beach s'annonçait idyllique.

Maddie, heureusement, s'était réveillée d'une humeur aussi douce et charmante que le temps, mais le rhume de Lyn s'était considérablement aggravé. Elle s'était gavée d'aspirine, elle avait la tête cotonneuse et le monde extérieur était comme étouffé.

Ils s'apprêtaient à partir quand le téléphone sonna.

« Lyn, c'est pour toi, lança Michael.

– Prends le message ! répondit-elle. Il faut qu'on y aille. »

Deux minutes plus tard, il descendit dans la cuisine et prit l'énorme glacière pour la porter à la voiture.

« C'était qui ? » demanda Lyn.

Elle était accroupie et relaçait les chaussures de Maddie qui avait les mains posées sur sa tête.

« C'était Joe. »

Elle regarda les lacets rouge vif des chaussures de Maddie et eut l'impression d'avoir été prise en flagrant délit, comme si elle l'avait trompé.

« Il a laissé un message ?

– Oui. Il dit qu'il a bien reçu ton mail sur tes crises de panique et de tenir bon, parce que tu n'es pas seule et qu'il a beaucoup d'informations très utiles qu'il rassemble pour toi. »

Lyn finit de lacer les chaussures de Maddie, puis elle se releva, l'attrapa et la posa sur sa hanche. « OK. Écoute, ce n'est rien.

– Ce n'est pas rien. » Il était agité et sautillait sur place en balançant la glacière. « Tu racontes tes problèmes à un ex. Un mec que je n'ai jamais vu de ma vie m'apprend que ma femme a des problèmes ! »

Lyn lui posa la main sur l'avant-bras et glissa délibérément une pointe de fragilité dans sa voix. « J'ai un rhume. Je me sens vraiment mal. On peut parler de ça après la fête, s'il te plaît ? »

Il lui prit aussitôt Maddie des bras, comme elle s'en doutait, et répondit sans malice : « Bien sûr. »

Ah, Georgina, pas étonnant que tu aies pleuré quand je te l'ai piqué.

La tête lourdement appuyée contre le siège, côté passager, le gâteau prudemment posé sur ses genoux, elle laissa ses paupières s'abaisser et se demanda si elle tiendrait toute la journée.

Maddie gigotait et papotait dans son siège auto entre Kara et Gina, une de ses meilleures amies. Les filles jouaient à tour de rôle à « Dans le jardin tout rond, je tourne comme un ourson » en dessinant des cercles dans la paume de Maddie qui pouffait à l'avance jusqu'à ce qu'elles lui chatouillent le ventre et qu'elle s'écroule de rire.

Chaque fois qu'elle riait, tout le monde riait dans la voiture.

Alors qu'ils s'arrêtaient à un feu sur Spit Road, un coup de Klaxon retentit.

Michael jeta un œil par la vitre et dit : « Tiens, regarde qui vient, finalement. »

Lyn se pencha et vit Cat sur le siège passager de la voiture de Gemma. Elles leur faisaient toutes les deux de grands signes frénétiques. Cat baissa sa vitre et tendit une poignée de ballons aux couleurs vives.

La vision de leurs lèvres qui remuaient en silence avec animation rappela à Lyn un moment de sa vie où elle avait compris quelque chose pour la première fois. Quelque chose de triste et d'inéluctable. Mais avec ses sinus bouchés et sa tête embrumée, il lui était impossible de se souvenir de quoi.

Le feu passa au vert et la Mini de Gemma fila vers le scintillement bleu-vert de la baie, les ballons flottant joyeusement par la vitre de Cat.

En arrivant à Clontarf, Maddie fut folle de joie en voyant Gemma et Cat qui déballaient déjà le pique-nique et accrochaient des ballons à un arbre.

« Maman ! Regarde ! Cat ! Gem !

– Ça va comme ça ? » lança Cat.

Lyn lui fit signe que oui et Maddie courut en titubant sur l'herbe se jeter dans les bras de Cat qui la souleva et la fit tournoyer.

Kara et Gina ne proposèrent pas de porter quoi que ce soit. Elles allèrent directement voir Cat et sortirent des feuilles de leur sac à dos. Lyn tendit le cou pour les regarder toutes les trois se pencher sur les feuilles, tandis que les deux adolescentes riaient en montrant quelque chose. Si seulement Kara pouvait être aussi détendue et spontanée avec elle.

« De quoi elles parlent, toutes les trois, à ton avis ? demanda-t-elle à Michael en refermant le coffre.
— De devoirs ?
— Même pas en rêve. »

Le pique-nique était bien entamé quand elle reçut un appel sur son portable de son amie Kate, du groupe de mamans. Ils ne venaient pas car Jack, leur petit garçon, avait attrapé la varicelle.

« Maddie doit couver la maladie, elle aussi, dit Kate. La coupable, c'est sans doute la fille de Nicole, elle devait être contagieuse au déjeuner de Julie. Enfin, au moins ce sera une bonne chose de faite. Il y a des parents qui organisent des varicelle-parties pour que les enfants se la passent.
— J'ai fait vacciner Maddie.
— Ah, je vois. Je m'étais renseignée, évidemment, mais... »
Un enfant hurla dans le fond, si bien que Lyn se vit épargner les critiques à peine voilées qu'elle s'apprêtait à recevoir. Elle se sentait bien trop vaseuse pour ça.

« Toi, en revanche, tu es passée à côté de la varicelle, Lyn. » Maxine leva la tête du fauteuil pliant où elle était assise, une assiette en carton posée en équilibre précaire sur ses genoux. « Gemma et Cat l'ont attrapée pendant les vacances de Noël qu'elles ont passées avec votre père.
— Inutile de le rappeler à leur père, dit Frank. Quel cauchemar. »

Le souvenir lui revint soudain. C'était le jour où Cat et Gemma partaient en vacances dans la voiture de Frank pour faire du toboggan à eau. Elles étaient toutes les deux agenouillées sur la banquette arrière, le visage collé à la vitre arrière, et lui criaient quelque chose qu'elle n'entendait pas.

On ne vivra pas les mêmes choses, avait soudain compris Lyn du haut de ses six ans, et elle s'était sentie triste et émue, mais s'y était résignée presque immédiatement. C'était logique. Normal. On n'y pouvait rien.

« On a bien dû contaminer un millier d'enfants sur ce toboggan à eau, dit Cat.

— Et merde », dit Lyn. Elle repensait au déjeuner de Julie et à la fille de Nicole, la morve au nez, lui enroulant les bras autour des genoux.

Tout le monde la regarda.

« Je crois que j'ai la varicelle. »

Gemma lui tapota l'épaule d'un geste maternel. « Mais non, tu es juste un peu enrhumée ! »

Lyn remonta la manche de son gilet pour regarder le poignet qui la grattait. Il y avait une minuscule vésicule rouge. « Je crois que c'est le début de l'éruption. »

Michael laissa tomber son petit pain sur son assiette. « Et si tu es enceinte ? C'est dangereux ?

— Enceinte ? » répéta Cat. Elle était assise en tailleur sur le plaid, une bouteille de bière à la main. « Tu essaies d'avoir un autre enfant ? »

Lyn vit Cat et Gemma échanger un regard lourd de sens et ferma les paupières. Combien de personnes allait-elle encore blesser, aujourd'hui ? Soudain, elle se sentit horriblement mal. Elle rouvrit les yeux.

« Où est Maddie ? »

Personne ne lui prêta attention.

« Tu crois que tu es enceinte ? demanda Cat.

— Où est Maddie ? »

Elle s'agenouilla sur le plaid et regarda éperdument autour d'elle, le cœur étreint par l'angoisse.

« Elle est juste là, avec Kara et son amie. » Maxine regarda Lyn de plus près. « Je crois que tu n'es vraiment pas bien, ma chérie. Touche son front, Gemma. »

Lyn vit que Maddie n'était qu'à quelques mètres de là, sur les genoux de Kara.

Elle retomba sur le plaid et considéra sa famille en silence.

Gemma lui mit la main sur le front et annonça : « Elle est brûlante !
— OK, dit Michael en se levant. On te ramène à la maison.
— Ne t'en fais pas pour Maddie, lui ordonna Maxine.
— On lui chantera "joyeux anniversaire" », ajouta Gemma.
Et en un rien de temps, elle se retrouva entre Michael et Frank qui la portaient presque jusqu'à la voiture. « Je ne suis pas paralysée », protesta-t-elle. Mais elle avait les jambes curieusement flageolantes, la tête qui tournait, et ce n'était pas désagréable d'être emmenée loin de ces assiettes pleines à distribuer, de ces bougies à allumer et du visage dur et fermé de Cat.

20

Le lendemain, à son réveil, Lyn découvrit qu'une armée de boutons purulents, suintants, lui ravageait chaque parcelle du corps. Ils étaient terrés sur son cuir chevelu, embusqués dans les poils de son pubis, tapis sur son palais.

« C'est une blague, dit-elle dans son lit d'une voix enrouée, en soulevant sa nuisette pour observer avec une fascination malsaine l'ignoble éruption de boutons qui progressait avec détermination sur son ventre. Ça ne devrait pas être permis. »

Elle ne se rappelait pas s'être sentie aussi mal de sa vie.

Michael avait pris quelques jours et Maddie avait été expédiée chez Maxine.

« Ça va aller, dit-elle d'un ton pitoyable à Michael. N'utilise pas tes congés payés.

— Pour une fois dans ta vie, tu veux bien te taire et me laisser m'occuper de toi ! Bon, j'ai appelé le médecin pour voir ce qu'il en était des complications en cas de grossesse. »

Elle l'interrompit. « Mes règles sont arrivées ce matin en même temps que les boutons.

— Bien. Comme ça, je n'ai qu'un bébé à dorloter. »

Les jours suivants, il fit tellement de recherches sur Internet qu'il devint un véritable expert de la varicelle, hochant la tête avec une satisfaction professionnelle passablement énervante à l'apparition de chaque nouveau symptôme. Quand les boutons commencèrent à la démanger, il avait tout préparé, du coton, un flacon réfrigéré de lotion à la calamine et des linges humides.

« Hmmm, très érotique, lui dit-il en tamponnant les cloques qu'elle avait aux fesses, tandis qu'elle était allongée à plat ventre.

— Je suis affreuse, gémit-elle dans l'oreiller.

— Bon, maintenant, il faut que je te coupe ces ongles, poursuivit-il en la retournant. Pour éviter que tu te grattes et que tu te retrouves avec des cicatrices.

— C'est pour les enfants, espèce d'idiot. Je suis adulte. »

Il avait l'air si concentré en maniant les ciseaux à ongles qu'il lui fit penser à Pop Kettle quand il mettait du vernis à Nana. Elle dut détourner la tête en battant des paupières.

Un après-midi, elle se réveilla, la gorge en feu, et trouva sur la table de chevet une orange soigneusement découpée en quartiers dans une soucoupe, une carafe d'eau fraîche, une pile de magazines et trois livres de poche tout neufs.

« Tu as raté ta vocation, tu aurais dû être infirmier au lieu de bosser dans l'informatique.

— Il n'y a que tes boutons qui m'intéressent. »

Il s'en matérialisait sans cesse de nouveaux, dont une monstruosité de la taille d'une pièce de cinq cents au bout de son nez.

« Ah, c'est dégueu ! lança Kara en lui apportant une tasse de thé que Michael lui avait demandé de monter. Je suis contente d'avoir eu la varicelle quand j'étais petite. Celui que t'as sur le nez... beurk ! »

Lyn rit, se mit la main sur le visage et fondit en larmes.

« Oh non ! » Kara était dans tous ses états. Elle posa la tasse de thé et se glissa sur le lit à côté d'elle. « Je suis vraiment salope. Et c'est pas si horrible que ça.

— Je pleure juste parce que je suis malade, ça me rend émotive. Ne t'en fais pas. »

Kara se jeta à son cou. « Ma pauvre. »

Lyn sanglota plus fort. « Oh ! Quand tu étais petite, tu me

faisais tout le temps des câlins. Tu te souviens de ta Boîte à activités ? »

Kara lui tapota gentiment l'épaule mais jugea manifestement que la maladie s'était propagée à son cerveau. « Papaaa ! cria-t-elle. Il faut que tu montes ! Tout de suite ! »

Cet après-midi-là, Kara rentra de ses cours avec un sac du *K-Mart* et le dernier *Women's Weekly*.

Elle lui montra dans le magazine la photo d'un mobile orné d'étoiles et de lunes argent accroché dans une chambre d'enfant. « Je me suis dit qu'on pourrait peut-être le faire ensemble pour Maddie, lui dit-elle. Histoire de te faire oublier la tête que tu as. J'ai acheté tout ce qu'il nous faut.

– C'est adorable. » Lyn sortit du sac du carton, des paillettes, de la colle et des feutres. « Et ça, c'est quoi ? »

C'était un soutien-gorge noir neuf avec une étiquette qui promettait des « seins plus généreux, plus fermes, plus beaux » et la photo d'une femme qui en offrait deux magnifiques spécimens.

« C'est un cadeau pour t'aider à te rétablir, répondit Kara en l'évitant soigneusement du regard, comme si elle devait faire preuve de tact. C'est ta taille. J'ai vérifié dans le panier à linge.

– Merci ! » s'exclama Lyn. Les adolescents étaient vraiment déroutants. « Merci beaucoup.

– Ouais, bon. »

Une heure plus tard environ, alors que le lit était couvert de formes en carton, Lyn demanda d'un ton aussi désinvolte que possible :

« De quoi vous parliez avec Cat, Gina et toi, l'autre jour ? Un devoir à faire ?

– Ah », fit Kara. Elle découpait une étoile et Lyn s'aperçut que lorsqu'elle se concentrait, elle sortait toujours le bout de la langue comme quand elle était petite. Elle eut envie de lui dire : « Ah, te revoilà ! Tu m'as tellement manqué ! »

« C'est juste des mails que Cat nous envoie à mes copines et moi. Elle a commencé à Noël dernier.

– Ah. » Cat n'en avait rien dit, elle la reconnaissait bien là. « À propos de quoi ?
– Des trucs.
– Quel genre de trucs ?
– Des trucs, quoi. Au départ, c'était juste pour moi, parce que je déprimais à cause d'une histoire. Mais je l'ai montré à deux amies et après tout le monde en voulait des copies. Les filles ont commencé à lui envoyer par mail des questions et des trucs. Et maintenant, c'est une espèce de newsletter. Elle fait ça toutes les semaines. C'est cool. Elle est trop marrante. »

Lyn risqua le tout pour le tout. « Je ne peux pas la voir, j'imagine ? »

Kara soupira et posa ses ciseaux. Elle dévisagea Lyn avec une bienveillance sévère. « C'est plus ou moins perso, tu sais. Mais si tu y tiens vraiment, tu peux regarder la dernière genre dix secondes. »

Kara alla dans sa chambre et revint avec une feuille de papier qu'elle lui mit sous les yeux tout en comptant à voix haute : « Un crocodile, deux crocodiles, trois crocodiles… »

Lyn eut tout juste le temps de lire les titres.

Le problème des régimes
Le problème des petits copains comme Moz
Le dilemme Donna/Sarah/Michelle
Comment gérer la mère d'Alison
Idées pour remonter le moral d'Emma (et toutes celles qui souffrent de symptômes type Emma)
RÉPONSE À MISS X : Non, ça ne ressemble pas à un herpès !

« DIX crocodiles ! » Kara retira la feuille.
« Merci, dit humblement Lyn en priant pour que Kara ne soit pas Miss X. Tu sais, tu peux toujours me demander… des trucs. »

Kara soupira en levant les yeux au ciel. « L'idée, c'est que c'est des trucs que t'irais jamais demander à tes parents. Et même si t'es pas vraiment ma mère, tu l'es un peu. »

Tu l'es un peu. Lyn prit le tube de paillettes dorées et en versa un petit tas dans le creux de sa main. Elle regarda Kara et sourit.

« Oh non, fit Kara d'un air dégoûté. Me dis pas que tu vas te remettre à pleurer ! »

Le lendemain, elle se sentait mieux et put s'asseoir un moment sur le balcon. Elle leva son visage couvert de boutons vers le soleil pendant que Michael lui glissait un coussin dans le creux des reins.

« J'ai eu Georgina au téléphone, hier, dit-il. Elle n'arrêtait pas de répéter qu'elle voulait changer la date de son prochain week-end avec Kara, mais je crois qu'en réalité si elle appelait, c'était pour me dire qu'elle allait sauter en parachute en tandem.

— Et pourquoi elle voulait te dire ça ?

— Quand on était ensemble, elle avait toujours peur de la moindre activité physique, ne serait-ce que sportive. Elle a l'air de dire que c'était à cause de moi qu'elle était comme ça. Ou que je l'étouffais. Je ne sais pas trop.

— Quelle imbécile.

— Ça arrive, cela étant. Quand on est en couple, chacun se retrouve coincé dans un rôle. Avec moi, elle était la princesse. Et maintenant, elle me dit, tu vois, je ne suis pas celle que tu croyais !

— Mais nous, on n'est pas coincés dans un rôle.

— Bien sûr que si. Tu es Wonder Woman et moi – qui je suis ? Je suis Donald Duck. Non. Je suis Dingo. »

La minuscule pointe d'amertume qu'elle percevait dans sa voix la plongea dans le désarroi. Elle étira les doigts et lutta contre une furieuse envie de se gratter jusqu'à ce que sa peau tombe en lambeaux sanguinolents à ses pieds.

« Tu n'es pas Dingo ! » s'écria-elle et ses démangeaisons étaient telles qu'elle avait des accents hystériques.

Michael eut l'air amusé. « Merci, mon ange. »

Elle éclata : « OK ! Depuis quelque temps, j'ai des crises de panique ridicules dans les parkings et j'ai peur de devenir cinglée comme Nana Leonard et je sais que j'aurais dû te le dire et zut, zut, j'ai envie de me gratter ! »

Cet après-midi-là, pendant que Lyn dormait, bourrée d'aspirine et tartinée de calamine rafraîchie, Michael fit des recherches sur Google et téléchargea tout ce qui avait été écrit sur les crises de panique et les parkings.

Quatre jours après le pique-nique, Lyn se sentit suffisamment d'attaque pour affronter la visite de ses sœurs.

Elles arrivèrent avec des cartes lui souhaitant un bon rétablissement, une brioche fourrée à la crème et une bombe.

« Qu'est-ce que tu as dit ? bafouilla Lyn.

— Je suis enceinte de quatre mois, répondit Gemma.

— Et... quatre mois, tu dis ?

— Ouais. C'est dément, hein ? Jusqu'à la semaine dernière, je ne me doutais de rien. »

Lyn ne savait pas pourquoi elle était aussi surprise. Gemma n'était pas exactement la Vierge Marie et s'il y avait bien une fille qui était susceptible de tomber enceinte par accident, c'était elle.

Mais la grossesse, ce n'était pas pour Gemma.

« Et le père ? C'est Charlie ?

— Ben, oui.

— Comment il a réagi ?

— Il n'a pas réagi. Je ne vais pas lui dire. Je ne lui ai pas parlé depuis le mois de janvier.

— Il faut que tu lui dises, c'est évident.

— Non. » Cat posa la théière avec une brutalité inutile. « C'est évident.

— Ce n'est pas tout, poursuivit Gemma. Cat va adopter le bébé.
— L'adopter ? répéta Lyn, ébahie.
— C'est logique. Je ne veux pas d'enfants. Cat, si. Nous avons formé un partenariat synergique.
— Je savais bien que tu n'approuverais pas, lança Cat d'un ton agressif.
— Je n'ai rien dit ! » Lyn toucha la croûte qui s'était formée sur son nez. « Je suis un peu sous le choc, c'est tout. »
Mais Cat avait raison. Elle n'approuvait pas du tout.

Maxine déposa Maddie en fin d'après-midi. Elle était en ébullition. « Tu es au courant de ce projet effroyable qu'elles ont ?
— Oui. » Lyn prit contre elle le petit corps compact de Maddie. « Oh, tu m'as tellement manqué ! Elle a été sage ?
— Pas du tout.
— Ooh, maman tombée ? » Maddie montrait le visage de Lyn d'un air compatissant. « Oups ! »
Maxine fit cliqueter ses ongles sur la table basse. « Quand vous étiez petites, chaque fois que tu choisissais un jouet, Cat le voulait. Peu importe, du moment que tu le voulais, elle le voulait aussi. Elle piquait une colère, hurlait comme une folle – et qu'est-ce que faisait Gemma ?
— Quoi ?
— Elle donnait à Cat sa poupée, son nounours, tout ! Je lui ai dit : "Un bébé, ce n'est pas un jouet, Gemma ! Ce n'est pas quelque chose que tu peux donner à ta sœur sous prétexte qu'elle n'en a pas." Elle s'est contentée de pouffer de façon ridicule comme à son habitude. Enfin, franchement, cette enfant a le cerveau dérangé ! Depuis que cet horrible Marcus s'est fait tuer, elle se comporte de façon très étrange !
— Et papa, qu'est-ce qu'il dit ?
— Oh, Frank n'est d'aucune aide. Il a toujours été bien trop

conciliant avec Cat. C'est étonnant qu'on ne se soit retrouvés qu'une fois au tribunal avec elle. On a eu notre première dispute à ce sujet.
– Votre première dispute ? » dit Lyn.
Maxine arrêta de pianoter et sourit. « La première cette fois. »

Le twist

Je me souviens qu'un jour, chez un disquaire, j'ai vu une femme accompagnée de ses trois filles qui étaient déjà grandes.

Elles devaient avoir une vingtaine d'années. La mère était la bourgeoise type de North Shore, austère, chaussures confortables, lèvres pincées.

Toujours est-il qu'à un moment, le disquaire passe du rock et une des filles dit : « C'est ton époque, maman ! » et se met à danser le twist. La mère répond, d'un ton très ferme : « Ce n'est pas du tout comme ça, voilà comment on danse le twist ! » Et elle commence à danser, là, au beau milieu du magasin et, surprise, elle était géniale !

Ce n'était pas dans ses habitudes, ça se voyait. Ses filles étaient bouche bée. Et elles se sont mises à danser avec elle ! Toutes les trois – elles riaient et se déhanchaient en imitant leur mère.

C'était vraiment charmant. Et à la fin du morceau, elles se sont arrêtées, c'est tout.

Ce soir-là, en rentrant, j'ai demandé aux enfants s'ils voulaient que je danse le twist, mais ils m'ont dit : « Oh non, maman, s'il te plaît. »

21

La rupture avec Charlie avait été rapide, soudaine, comme chaque fois. C'était un mardi matin et Gemma s'était réveillée vaguement nauséeuse et pas dans son assiette. (Elle pensait que c'était sans doute la tartine de sardines qu'elle avait mangée la veille au soir. Elle ne faisait aucunement le lien avec le jour, six semaines auparavant, où, dans la salle de bain de Charlie, elle avait regardé une petite boule jaune tournoyer comme à la roulette au fond du lavabo avant de disparaître dans le tunnel obscur de la bonde. Oups, avait-elle dit. *Oups. Un nouveau destin m'attend.* Mais pas une seule seconde, elle n'avait envisagé la possibilité d'une grossesse. C'est vrai quoi, elle s'apprêtait à mettre la pilule dans sa bouche et puis elle était minuscule ! Ce n'est que quelques mois plus tard, dans le cabinet d'un médecin, qu'elle s'en souvint et fut impressionnée par la puissance de la petite bille jaune.)

Ils n'avaient pas passé la nuit ensemble, Charlie et elle, et elle aurait dû être contente de le voir débarquer à l'improviste. Jusque-là, chacune de ses apparitions sur un seuil la plongeait dans le ravissement. Mais ce jour-là, pour la première fois, le baiser qu'ils avaient échangé à son arrivée était un peu détaché, un peu hâtif. Il avait l'air trop sérieux, trop préoccupé. Et puis il sortait d'un rhume et ses narines étaient rouges et pelaient.

Il ne sentait pas aussi bon que d'habitude. D'ailleurs, tout avait une drôle d'odeur, ce matin.

Gemma sortait de la douche et elle était en peignoir, les cheveux mouillés. Elle était censée se trouver à 8 h 30 à la gare de North Sydney pour arpenter les lieux en distribuant avec entrain des boissons gratuites dites énergisantes. 8 h 30, c'était bien trop tôt pour avoir de l'entrain. Les gens feraient semblant de ne pas la voir. L'idée des relents matinaux de la gare de North Sydney lui soulevait le cœur.

« Angela vient de m'appeler, dit-il. Ta sœur lui a crevé ses pneus.

– Bien fait pour elle », répondit Gemma. C'était idiot de dire ça. Elle ne le pensait même pas.

« Gemma ! Elle ne peut pas détruire les biens d'autrui. Il faut qu'elle se ressaisisse. Les séparations, ça arrive. »

Oui, se dit Gemma. Ça arrive.

C'était la première fois qu'elle le voyait en colère et il avait un ton pédant de maître d'école qui ne lui plaisait pas. Les biens d'autrui – franchement ! Les hommes attachaient tellement d'importance à leurs voitures, à croire que c'étaient des gens.

« Bref – Charlie tambourinait du poing sur le dessus du casque de moto qu'il tenait sous son bras –, toujours est-il qu'Ange est furieuse, évidemment, et elle envisage de demander une injonction d'éloignement contre ta sœur. J'ai préféré te prévenir. Tu pourrais peut-être parler à ta sœur. Lui expliquer qu'elle ne peut pas faire ça, tu vois.

– C'est ridicule ! Elle exagère ! Les injonctions d'éloignement, c'est pour les ex-maris violents, costauds et armés.

– Elle avait un couteau. Les pneus étaient massacrés.

– Ce n'est pas pour autant qu'elle va massacrer des gens ! »

Charlie pinça les lèvres et gonfla les joues en rapprochant les sourcils. Et voilà, ça y était. La sensation de toujours. La brise glacée qui lui sifflait entre les os. Si ce n'est que cette fois, elle se doublait d'une nausée qui lui nouait le ventre.

« Je crois qu'il vaut mieux qu'on arrête de se voir. »
Il laissa retomber la main qui tenait le casque.
« Tu es sérieuse ? Ne dis pas des choses comme ça pour plaisanter.
– Je suis sérieuse.
– Gemma, non. Écoute. C'est ridicule. Ce n'est rien.
– Ce n'est pas à cause de Cat.
– C'est à cause de quoi, alors ?
– Je ne sais pas. Je suis désolée. » Elle sortit un de ses vieux classiques éprouvés. « C'est moi. Ce n'est pas de ta faute.
– Quoi ? Tu y penses depuis un moment ?
– Oui.
– Oh. »
Elle le regarda et eut l'impression de voir quelque chose se fermer – des volets rabattus, des rideaux tirés, des portes claquées. Le visage immobile et poli d'un étranger émergea. Ce n'était plus Charlie. Mais juste un homme qu'elle ne connaissait pas, qui ne la connaissait pas et n'avait pas particulièrement envie de la connaître.
Deux minutes plus tard, il était parti. Elle resta assise à la table de la cuisine des Penthurst et contempla sur la porte du réfrigérateur la photo de Don et Mary sur leur trente et un au mariage de leur fille, souriants, le soleil dans les yeux.
Elle écouta le grondement de sa moto qui s'éloignait dans la rue. Une trajectoire sonore qui s'acheva dans le silence.
Et ce fut terminé.
Il n'avait pas passé le cap des six mois, finalement.

Les semaines qui suivirent furent étranges. Il lui manquait mais de façon rêveuse, nostalgique, inévitable, comme si ç'avait été un amour de vacances où ni l'un ni l'autre n'avaient jamais sérieusement envisagé un avenir à deux.
Ses maux de ventre allaient et venaient. Elle avait perdu l'appétit et faisait souvent la sieste l'après-midi, allongée sur

le grand lit à baldaquin, écoutant la plainte des corbeaux. « Aaah », se criaient-ils tristement.

« Aaah », lançait Gemma au plafond.

« Je n'avais pas le choix, hein ? disait-elle aux Violette.

— Non, répondaient-elles en silence. Pas le choix. »

La veille du jour où Gemma apprit que sa gastro était en réalité un bébé, elle parla au téléphone avec Cat de l'anniversaire de Maddie.

« Mais tu ne peux pas ne pas y aller ! dit Gemma.

— J'instaure une nouvelle politique, dit Cat. Finis, les anniversaires d'enfant. Samedi, c'était le dernier de ma vie.

— C'était celui de qui ?

— La fille d'Emma Herbert. Il y avait un château gonflable.

— Emma du lycée ? Ça explique tout. Ç'a toujours été une garce. Elle a sûrement donné naissance à une garce.

— J'étais la seule à ne pas avoir d'enfants. Et la seule célibataire.

— Et alors ? Tu aurais dû aller jouer dans le château gonflable.

— Alors, j'en ai marre de tenir les bébés des autres, de faire risette aux bébés des autres et d'entendre parler des bébés des autres, merde ! »

Gemma trouvait quant à elle qu'il n'y avait rien de mieux que les bébés des autres. C'était particulièrement plaisant de pouvoir les rendre dès que ça se compliquait, quand ils se mettaient à pleurer, par exemple.

« OK. Mais tu auras des enfants à toi, un jour.

— J'ai trente-trois ans, se lamenta Cat, comme si c'était de la faute de quelqu'un.

— Oui, ça je le sais, dit Gemma. Tu peux rencontrer quelqu'un. Ou retourner avec Dan. Ou faire un saut à ta banque de sperme locale.

— J'y pense ! » s'écria sa sœur d'un ton menaçant, l'air de dire

« ça leur apprendra », qui lui rappela la petite Cat d'autrefois, la mine sombre, renfrognée, ourdissant des machinations extravagantes pour se venger des bonnes sœurs et des institutrices.

« Apparemment, la technique du clonage a fait beaucoup de progrès. Tu pourrais avoir un petit clone de Cat.
— J'ai déjà un clone, je te remercie.
— Oui, et elle ne sera pas contente quand elle apprendra que tu ne viens pas à l'anniversaire de Maddie. »

« Je ne peux pas avoir un bébé », dit Gemma au médecin.
Elle n'avait jamais imaginé que son corps puisse faire quelque chose d'aussi sérieux, d'aussi concret, d'aussi permanent.
« Quatre mois, c'est un peu tard pour envisager une IVG.
— Oh non. Je ne peux pas avorter !
— Bon.
— Mais je ne peux pas avoir un bébé. »
Le médecin leva les mains, l'air de dire « Que voulez-vous que j'y fasse ? ».
Gemma regarda ses propres mains. Elles tremblaient, comme celles de Cat dans la salle de bain, le jour où elles avaient appris qu'elle était enceinte. Elle songea au sac avec des éléphants rouge vif que Lyn trimballait partout. Il était plein de trucs pour Maddie. Dans sa chambre, il y avait d'autres trucs. Des trucs à l'air technique, des trucs importants, indispensables, qui la gardaient en vie.
« J'ai lu un article sur des adolescents qui avaient eu un bébé, dit Gemma. Ils lui ont donné des céréales et il est mort.
— Trop de sel, dit le médecin.
— Mais j'en suis capable ! s'écria Gemma. Tout à fait capable ! Comment savoir ?
— Vous ne feriez pas ça. Vous disposeriez de toutes les informations nécessaires. De soutien. Il y a des centres médicaux pour les jeunes mères. Des groupes de mamans. »
Je n'ai même pas le strict minimum pour moi, se dit Gemma.

Je n'ai pas de frigo. Pas de métier. Pas de petit ami. Je manque de concentration !

« Oui. » Gemma se leva. Il y avait beaucoup de monde dans la salle d'attente. « Merci.

— Il y a toujours la possibilité de l'adoption, si vos ressources ne vous permettent pas de vous occuper d'un enfant.

— Mes ressources ne me le permettent pas, dit Gemma. Je n'ai pas de ressources !

— Je peux vous donner des informations.

— Non, ça ira », dit-elle car elle savait déjà qui adopterait son enfant.

« N'importe quoi ! » dit Cat qui semblait douter que Gemma soit réellement enceinte. Elle lui demanda cent fois si elle était sûre, comme si Gemma avait pu se méprendre sur le diagnostic du médecin. « Je ne peux pas adopter ton bébé. Ça ira. Tout le monde t'aidera. Maman. Lyn. Moi. Ça ira. C'est juste le choc. Toutes les futures mères sont inquiètes. »

Elle se montra inflexible. Gemma eut beau la supplier, essayer de la convaincre, rien à faire.

Ce ne fut qu'en voyant Gemma poser les coudes sur la table, enfouir la tête entre ses mains et fondre en larmes que Cat finit par dire : « Bon, bon, d'accord, j'y réfléchirai ! »

Elle lui apporta un thé, se rassit et la regarda attentivement d'un air dubitatif. « Sérieusement, tu ne veux pas être mère ? Tu ne veux pas de cet enfant ? »

Il y avait dans sa voix un déchirement nostalgique.

« Sérieusement, dit Gemma. Je t'assure ! Et tu serais une mère géniale. Et on est des triplées ! C'est quasiment ton bébé, en fait.

— Tu ne proposes pas ça pour me faire plaisir, au moins ?

— Non. Je ne peux pas avoir un enfant et je ne veux pas me faire avorter. »

Elle ne voulait pas, parce que ce bébé, elle l'adorait déjà. Le petit garçon ou la petite fille de Cat, une autre nièce ou un neveu. Bien sûr qu'elle l'adorait.

Tout se passerait bien. C'était du gagnant-gagnant.

Lyn ne cessa de lui parler de Charlie.

« Tu ne l'as rencontré qu'une fois, dit Gemma. Je ne vois pas ce que ça peut bien te faire.

— Je pense seulement qu'il est du genre à préférer être au courant qu'il va avoir un enfant.

— Tu dis ça juste parce qu'il a évité à Maddie de se faire mal aux pieds. Comme si c'était une preuve de son instinct paternel !

— Je dis ça parce que tu as l'obligation morale de le prévenir !

— Et s'il veut s'occuper du bébé ? C'est impossible. Cat ne voudra jamais.

— Je croyais que tu aimais bien Charlie.

— Je ne veux plus en parler. »

Au grand amusement de Maddie, Lyn prit un coussin du canapé, le mit devant elle et donna un coup de tête dedans.

Gemma essayait de ne pas penser à Charlie dans la journée, mais elle avait l'impression de passer toutes ses nuits avec lui.

Ses rêves étaient devenus des films d'horreur aux couleurs criardes. Ils étaient saisissants, très longs, et Charlie y figurait systématiquement.

Le Charlie de ses rêves n'avait rien de sympathique.

Une nuit, il la poignarda en plein ventre avec un bâton de ski. Gemma regarda et vit des éclaboussures de sang écarlate s'épanouir dans la neige fraîche. « Le voilà ! » Charlie plongea les mains dans son ventre et en retira triomphalement un bébé. Le bébé n'était autre que Maddie dans sa salopette bleue, couverte de viscères et de pulpe sanguinolente. Elle souriait à Gemma en lui tendant la main pour jouer à *Dans le jardin tout rond*. « Putain, Gemma, tu charries ! hurlait Charlie. Tu savais qu'on devait aller plonger » et il repartait à ski en portant Maddie sur la hanche. Gemma essayait de le rattraper en courant mais ses jambes étaient enfouies dans la neige et elle ne pouvait pas bouger. « Lyn va t'en vouloir à mort ! » lui criait Cat en passant en ski à toute allure. Maxine traversait le champ de neige en talons hauts, l'air martial. « Essaie de te rappeler, Gemma. Où as-tu vu Maddie pour la dernière fois ? Réfléchis ! »

Elle s'arracha au cauchemar au prix d'un immense effort et ouvrit les yeux en battant des paupières.

C'était quoi cette énorme tache de sang qui se répandait sur le drap ? Était-elle en train de perdre le bébé ? Les mains tremblantes, elle alluma la lumière et le sang disparut. Le drap était blanc.

Elle se rappela la fois, avec Charlie, où elle avait rêvé qu'elle avait oublié le bébé dans le tiroir. « On n'a pas de bébé, espèce d'allumée. Reviens te coucher. »

Il avait été si gentil avec elle. Et dire que maintenant, il la poignardait avec un bâton de ski, songea-t-elle tristement.

« C'est une question d'argent ? lui demanda Lyn un jour. Tu penses que tu n'as pas les moyens d'élever un enfant ?

— C'est ça, oui, répliqua Gemma. Je suis une humble servante qui n'a pas les moyens de garder son enfant, alors je le donne à la châtelaine. Oh, madame, si seulement vous saviez ce que j'ai souffert !

— La ferme. Papa a dit que tu te faisais pas mal d'argent à la Bourse.

— Oui, enfin, je me suis un peu vantée pour lui faire plaisir.

— Mais c'est vrai que tu investis en Bourse ? Comment ça t'est venu ?

— J'ai reçu de l'argent à la mort de Marcus. Je ne savais pas quoi en faire. Maman voulait que j'aille voir un conseiller financier. Et puis j'ai lu un article qui disait que pour choisir des actions, un singe aux yeux bandés lançant des fléchettes était tout aussi performant qu'un professionnel. Alors j'ai pris la liste des actions dans le journal, j'ai fermé les yeux et j'ai posé le doigt au hasard.

— Gemma !

— La semaine suivante, la société en question a annoncé un énorme profit et les actions ont augmenté de deux cents pour cent. J'ai failli tourner de l'œil quand j'ai vu ça dans le journal. C'était dingue ! J'ai tout de suite accroché.

— Et tu continues à choisir les yeux fermés ?

— En fait, dit Gemma, un peu penaude, mon truc, c'est plutôt l'analyse technique. Je regarde les ratios. Les tendances. »

Lyn eut l'air scandalisée. « Tu te fiches de moi.

— J'ai toujours aimé les maths et l'économie au lycée. Tu te souviens ? J'étais tout le temps première. J'ai toujours cru que je n'étais pas du genre à être bonne en maths. Mais, euh… apparemment, si.

— Alors comment ça se fait que tu n'aies jamais d'argent ?

— Je ne le dépense pas. Je n'en ai jamais dépensé un centime. Je le réinvestis. Et maintenant, j'ai un joli petit trust pour le bébé de Cat.

— Ton bébé.

— Le bébé de Cat. »

À mesure que la grossesse de Gemma avançait, les tactiques de Lyn se firent plus pernicieuses.

« Tu réalises, Gemma l'entendit-elle dire un jour à Cat, que cet enfant sera de la famille d'Angela ? La femme qui t'a volé ton mari ?

— Ça m'est complètement égal. C'est Gemma qui le veut, pas moi. »

« Tu as peur de t'occuper d'un bébé ? C'est ça ? demanda Maxine. Tu sais bien que je t'aiderai.

— Merci, maman. Cat aura sans doute besoin d'aide, répondit Gemma.

— Gemma ! Est-ce que tu écoutes un seul mot de ce que je te dis ? »

« Ne vous laissez pas faire, ta sœur et toi, dit Frank. Les gens ont l'esprit étroit. Ils sont incapables d'échapper au conformisme. Moi, je ne suis pas conformiste ! J'ai dit à ta mère, du moment que ça rend mes filles heureuses, je suis heureux.

— Merci, papa. »

« Ce Charlie était charmant, dit Nana Kettle. Je suis sûre qu'il t'épouserait si tu lui disais ! J'en suis sûre. Quelle importance si Dan fait l'idiot avec sa sœur ? Je n'ai jamais vraiment aimé Dan, de toute façon. »

Tchaïkovski et guacamole

Ah, lui ! Il s'appelait Alan. C'est de l'histoire ancienne. Un soir, on est allés au festival de l'Opéra au Parc. Devant nous, il y avait toute une famille. Il y a toujours un monde fou, comme tu le sais. Alan était exaspéré parce que leur pique-nique débordait de notre côté et ils étaient bruyants. Mais bon, c'était l'opéra au Parc, pas l'opéra à l'Opéra !

Mais cette famille. Elle avait, je ne sais pas, du charisme ! Il y avait une vieille dame haute comme trois pommes qui donnait des ordres à tout le monde et une adolescente avec un casque sur les oreilles. Il y avait aussi une petite fille qui marchait à quatre pattes. Avec des boucles brunes et des fossettes. Irrésistible. Elle était tellement mignonne. Enfin, bref, au milieu de la soirée, la petite s'est levée en s'agrippant à la manche d'un homme et elle a commencé à marcher en titubant sur leur plaid.

Visiblement, c'étaient ses premiers pas ! Ils se sont tous déchaînés ! Ils applaudissaient, la montraient, sortaient leurs appareils photo. Une femme s'est mise à pleurer.

La petite se pavanait avec un grand sourire, toute fière, et quelqu'un a dit : « Attention au guacamole » et ça n'a pas raté, elle a mis le pied en plein dedans et basculé de côté sur les genoux de quelqu'un.

L'un d'eux a dit : « Ça au moins, c'est une fille qui a de la classe, elle fait ses premiers pas sur Tchaïkovski. »

J'ai dit à Alan : « Tu as vu ? » et il m'a répondu : « Ouais, tu veux qu'on aille ailleurs ? Ils nous gâchent la soirée. »

Et je me suis dit, ça ne va pas le faire.

Je l'ai viré pendant la *Cinquième* de Beethoven.

22

Cat accompagna Gemma pour l'échographie. Elles s'assirent face à face dans la salle d'attente bruissante de murmures discrets et s'engagèrent en silence dans une brève lutte acharnée pour s'emparer du magazine le plus salace de la table basse.

Gemma argumenta : « J'en ai besoin pour oublier que j'ai la vessie gonflée », ce qui était vrai, car après avoir étudié les consignes données dans *Se préparer pour l'échographie*, Cat lui avait fait boire quatre verres d'eau ce matin-là, au lieu des deux recommandés. « Plus la vessie est pleine, meilleure est l'image. Bois ! »

Cat lâcha le magazine avec indulgence. « Ils ne peuvent tout de même pas nous faire attendre trop longtemps sachant que tu souffres. »

La voisine de Cat leva les yeux de son magazine avec un sourire forcé. « Ils vont se gêner.

– C'est ridicule. » Cat se retourna pour fusiller les secrétaires du regard.

« Ça va, dit Gemma. Évite seulement de plaisanter. »

Cat se mordit l'intérieur de la joue et Gemma pouffa de rire en se tordant de douleur.

« Quoi ? Je n'ai rien dit de drôle.

– Je sais, mais on voit bien que ça va à l'encontre de ton instinct naturel. »

Cat soupira, prit un autre magazine et commença à le feuilleter d'une main un peu fébrile. « Ah, super, je peux perdre une taille d'ici samedi soir. Je n'en reviens pas qu'on sorte encore ce genre d'articles. Pas étonnant que Kara et ses copines soient aussi perturbées. Tu sais ce qu'elle m'a dit, l'autre jour ? Elle a dit qu'elle s'efforçait de devenir un tout petit peu anorexique, mais qu'elle a l'impression d'être nulle parce qu'elle n'y réussit pas. Elle a pensé à la boulimie, mais cette seule idée lui donne envie de vomir.

— Arrête de me faire rire !

— Ça n'a rien de drôle. Bref, maintenant, elle s'intéresse à un garçon. J'ai essayé de me souvenir de toutes les erreurs que j'ai faites en amour quand j'étais ado. Lesquelles tu as faites, toi ? »

Avant même que Gemma n'ait eu le temps de lui répondre, un titre détourna l'attention de Cat. « Dix façons de changer votre vie d'ici demain, lut-elle à voix haute. Quelles conneries. » Elle se plongea aussitôt dans l'article avec un air de mépris mêlé d'espoir, les chevilles croisées, battant la cadence du pied à mesure qu'elle lisait.

Gemma regarda son magazine et se demanda quels conseils amoureux elle donnerait à Kara.

Elle vit Kara virevolter dans une nouvelle robe pour son nouveau petit ami, toute rouge, un peu niaise, et dire « je t'aime » pour la première fois. Elle vit le nouveau petit ami faire brusquement claquer les tiroirs, les traits déformés par la rage. Elle se vit entrer dans la cuisine sans prêter attention au petit ami (ce n'était qu'un enfant, après tout, un enfant gigantesque qui piquait une colère, ça n'avait rien de compliqué ou de mystérieux), prendre Kara fermement par le coude et l'emmener *manu militari*. « *Non, ce n'est pas normal. Non, ce n'est pas de ta faute. Va-t'en, jeune fille.*

— Mais j'ai une nouvelle robe ! geindrait Kara. *Je veux boire du champagne !*

— *Il va recommencer, petite idiote ! Il va recommencer encore et encore, jusqu'à ce que tu sois réduite à néant.* »

« Ça va ? » Cat lui passa la main devant les yeux. « Qu'est-ce qu'il y a ? Tu es toute rouge. » Elle parla plus bas. « Tu n'as pas fait pipi dans ta culotte, au moins ? »

Gemma lâcha un petit rire perçant et Cat se leva résolument. « Bon. Je vais voir combien de temps ça va prendre. »

Quelques minutes plus tard, grâce à la tactique coercitive de Cat, Gemma était allongée sur le dos tandis qu'une fille enjouée en uniforme bleu du nom de Nicki lui étalait un gel froid et visqueux sur le ventre.

« C'est le bébé de ma sœur, expliqua Gemma pour que Nicki accorde de l'importance à Cat. Elle va l'adopter pour moi. »

Nicki ne sourcilla pas, ce qui était aimable de sa part. « Bon, la maman, dit-elle à Cat en lui montrant le moniteur accroché au mur. Regardez bien l'écran. »

Cat esquissa un sourire guindé et croisa les bras sur la poitrine, visiblement embarrassée. *Elle doit regretter de ne pas être là à ma place avec Dan*, se dit Gemma, *et de regarder leur bébé, main dans la main, en échangeant des petites blagues marrantes. Je devrais peut-être lui prendre la main. Si ce n'est que Cat serait atterrée, évidemment.*

Nicki passa un petit instrument sur le ventre de Gemma comme si elle le lustrait en douceur. « Dans un instant, votre bébé va faire sa première apparition en public !

— Nous ne voulons pas connaître le sexe, dit brusquement Cat.

— Je ne dirai rien », dit Nicki.

Cat laissa retomber ses bras tandis qu'à l'écran émergeait un étrange paysage granuleux. « Oh, regarde !

— On dirait la lune », dit Gemma qui ne croyait pas vraiment que cette image avait un quelconque rapport avec son corps ; ils devaient montrer la même image à tout le monde. C'était probablement la lune.

« Je vais vous faire la visite guidée », dit Nicki en montrant différentes parties du bébé. La colonne vertébrale. Les jambes. Les pieds. Le cœur. Gemma souriait en hochant la tête poliment, trompeusement. Il n'y avait que de la neige statique. On ne pourrait pas changer de chaîne ? avait-elle envie de demander. Mettre quelque chose de plus intéressant. De son côté, Cat semblait sincèrement convaincue de regarder un bébé. « Ah oui, je vois, répétait-elle d'une voix tremblante qui vibrait d'une touchante émotion maternelle que Gemma n'éprouvait pas du tout.
— Il n'y a qu'un bébé, observa Nicki. Pas de jumeaux.
— Ni de triplés, dit Gemma.
— Dieu merci ! » gloussa Nicki.

Ce soir-là, tout en vaquant à ses obligations de home-sitter – bavarder avec les violettes, épousseter des dizaines de petits bibelots, écouter Frances, la grande sœur rébarbative de Mary Penthurst, lui infliger au téléphone son sermon hebdomadaire –, à un autre niveau de conscience, Gemma continuait de réfléchir au conseil amoureux soudain devenu urgent qu'elle devait prodiguer à Kara.
« Tout à l'heure, je disais justement à mon amie que vous devez économiser une fortune en loyer ! » disait Frances de sa petite voix grincheuse comme si elle ne lui avait jamais fait cette réflexion. C'était un grief courant de la part des proches de ses clients de home-sitting et Gemma connaissait la parade : la reconnaissance démesurée.
« Je sais ! J'ai tellement de chance ! Je me le répète tous les matins ! Quelle chance j'ai ! »
Frances maugréa mais cela suffit à l'amadouer et elle en vint au jardin : « Vous avez bien planté les pois de senteur de Mary à la Saint-Patrick ? Elle le fait scrupuleusement depuis vingt ans. C'est son petit rituel à elle.
— Bien sûr ! » répondit Gemma et elle imagina Kara recroquevillée sur un canapé pendant que son petit ami hurlait de fureur

en l'accusant d'avoir flirté avec un de ses amis. « *Tout le monde l'a vu*, criait le petit ami. *Tout le monde était embarrassé pour moi. Tu t'es conduite comme une pauvre pute.* »

Gemma fut saisie d'une rage incandescente qui s'enflamma en elle comme un chalumeau. « *Non, ça ne prouve pas qu'il t'aime ! Je t'en prie, mon ange, je sais que ça te semble dur, mais va-t'en. C'est facile, je t'assure. Lève-toi et sors.* » Mais Kara restait là, apathique, hébétée de peur et de honte, et Gemma comprenait.

« Vous avez pensé à aérer la pièce de derrière qui sent le renfermé ? demanda Frances.

— Absolument », dit Gemma.

Quand Frances se lassa enfin et raccrocha, Gemma appela Kara.

« Tu as un nouveau petit ami ?

— Non. Pourquoi tu me demandes ça ? Cat t'a dit quelque chose ? Elle m'avait promis !

— Non, non ! Je me demandais, c'est tout. Écoute, Kara, si tu as un petit ami, il faut absolument qu'il soit vraiment gentil avec toi, c'est important. OK ? Tout le temps. Pas juste de temps en temps. Tout le temps. »

Il y eut un silence.

« OK, dit lentement Kara. Merci, Gemma. Euh... *Friends* va commencer.

— Oh ! Pardon. Je te laisse. »

Elle raccrocha et éclata de rire en imaginant l'expression condescendante de Kara. « Non mais quelle cinglée ! » devait-elle se dire. Elle avait dû se vautrer devant la télé sans plus penser au conseil bizarre de sa belle-tante.

Gemma s'enfonça dans le canapé à fleurs moelleux des Penthurst qui lui remontait les genoux jusqu'au menton et arrêta de faire semblant de parler à Kara.

« *Tu avais dix-neuf ans. Tu n'as rien inventé. Tu ne méritais pas ça. Tu n'aimais pas ça au fond de toi. Quand il est mort, ça été bizarre et déroutant. Tu l'aimais autant que tu le détestais. Je suis désolée d'avoir été aussi méchante tout ce temps.* »

« Je te pardonne », dit-elle à voix haute. Qui ça ? Marcus ? demandèrent avec indiscrétion les violettes du rebord de la fenêtre.

Non ! Je n'ai jamais arrêté de lui pardonner ! Moi. Je me pardonne à moi d'être restée avec lui.

Une pression dont elle n'avait jamais eu conscience jusque-là se relâcha soudain. Elle eut l'impression de desserrer les poings pour la première fois depuis dix ans.

Quelqu'un lâcha un petit pet distingué pendant le cours de yoga débutant pour futures mamans.

Elles étaient toutes couchées sur le dos, les yeux fermés, clouées à leur matelas en mousse bleu. La lumière était tamisée et leur professeure assise en tailleur leur donnait des consignes douces et mélodieuses. « Inspirez... un, deux, trois... et expirez... un, deux, trois. »

Les pupilles de Gemma dansèrent derrière ses paupières. Ce n'est pas drôle du tout, se dit-elle sévèrement. Tu n'es pas un potache.

« Pardon ! » Le pétillement de rire qui s'échappait de la voix de la coupable était irrésistible. Gemma sentit autour d'elle le tremblement des femmes enceintes qui pouffaient.

« Inspirez... », poursuivit le professeur d'un ton réprobateur, mais il était trop tard, la classe entière fut secouée par une tempête de rires chaleureux.

Et, au moment où Gemma rit avec elles, elle sentit dans son ventre un mouvement imperceptible mais reconnaissable entre tous, semblable au battement d'ailes délicat d'un papillon. Il n'avait rien à voir avec les gargouillements particuliers qu'elle connaissait depuis quelque temps, c'était à la fois distinct et partie intégrante d'elle. *Et coucou, petit papillon ! Alors, tu es vraiment là ! Tu trouves ça drôle, toi aussi ?*

Tandis que la classe se ressaisissait et que le professeur reprenait sa psalmodie, une larme coula sur la joue de Gemma et glissa dans le creux de son oreille, en la chatouillant.
Coucou, mon ange ! Je suis ta tante Gemma.

« C'est absolument magnifique. » Gemma se tenait dans l'ancienne chambre d'amis de Cat qui se transformait en ravissante chambre d'enfant. « C'est fou ce que tu es habile de tes mains !
— Oui. » Cat avait l'air satisfaite dans sa salopette jaune éclaboussée de peinture, un verre de vin rouge, un paquet de bretzels et une radio CD posés à ses pieds. « Je ne savais pas que le bricolage avait des vertus thérapeutiques. Et regarde un peu, j'ai fait des réserves ! » Elle ouvrit l'armoire à linge, révélant des étagères soigneusement remplies de piles d'affaires de bébé — bavoirs, chaussons, couches jetables, couvertures en peluche. « Lyn m'a donné plein de choses.
— Super ! Elle doit se faire à l'idée.
— Je ne crois pas. Chaque fois qu'elle me passe un truc, elle me dit : "Ce n'est pas pour autant que je suis d'accord !" »
— Elle aura peut-être besoin de tout ça si elle tombe enceinte.
— Elle m'a dit hier qu'ils avaient revu leur plan sur cinq ans. Ils vont attendre que Maddie ait trois ans. Lyn veut développer sa société cette année, lancer des franchises.
— Eh bien. Quelle détermination.
— Michael lui a dit qu'il la quittait si elle ne prenait pas un assistant.
— C'est adorable de sa part !
— Oui, j'étais contente de lui. Et toi au fait, c'est quoi ton plan sur cinq ans ? Qu'est-ce que tu vas faire quand le bébé sera né ? » Cat lui lança soudain un regard perçant.
« Moi, je fonctionne avec des plans sur cinq minutes, répondit Gemma. Mais depuis quelque temps, je songe à me trouver un vrai travail. Je reprendrai peut-être l'enseignement. Ou des études. Ou alors je voyagerai pendant quelque temps !

– Eh bien, Gemma. » Cat prit son verre de vin et lui fit un grand sourire. « Quelle détermination. »

En août, alors que Gemma était enceinte de sept mois, Frank réintégra la maison familiale de Turramurra.
Quelques semaines plus tard, Maxine – dont le ton badin ne trompa personne – organisa un « petit » dîner en famille. Au dernier moment, Michael dut aller travailler, Nana trouva mieux à faire et Kara décida de rester pour s'occuper de Maddie. Si bien que, pour la première fois depuis vingt-sept ans, Frank, Maxine et leurs trois filles se retrouvèrent avec embarras autour de la table du dîner.
« J'espère qu'à présent, vous mangez toutes vos légumes, les filles ! » plaisanta Frank de bon cœur, en s'empressant d'enfourner une énorme bouchée, comme s'il mesurait soudain l'incongruité de ce qu'il venait de dire, car les batailles qu'ils avaient dû livrer autrefois pour qu'elles mangent des légumes n'étaient pas si drôles que ça.
Quand elles étaient en maternelle, Cat avait conçu une aversion pathologique pour les aliments de couleur verte. « Pas vert ! » criait-elle avec véhémence, comme une profession de foi.
Dans le souvenir de Gemma, il n'y avait pas un seul dîner où Maxine ne s'emportait pas : « Tu ne sortiras pas de table tant que tu n'auras pas fini cette assiette ! » Elles se disputaient violemment jusqu'à ce que Frank explose soudain : « Mais bon sang, fiche-lui la paix, à cette gamine ! » et il ne s'agissait plus de Cat et ses légumes, mais de papa et maman, de leurs paroles dures, haineuses, des silences où ils mastiquaient avec férocité, des couverts entrechoqués et raclés avec agacement sur les assiettes. « Je vais les manger ! proposait désespérément Gemma. J'adore les légumes ! » Lyn qui avait vidé son assiette disait d'un ton blasé d'adulte : « Je peux me lever de table ? »
Il y eut un silence gêné autour de la table. « Bien sûr qu'elles aiment les légumes, maintenant. Elles sont toutes devenues

végétariennes quand elles étaient adolescentes, observa Maxine qui n'avait jamais pardonné à Cat d'avoir été l'instigatrice de cette "petite phase ridicule".

— Je peux avoir les brocolis ? demanda Cat avec gravité.

— Tu obligeras le bébé à manger tous ses légumes ? demanda Gemma à Cat.

— Bien sûr.

— Ah ! Bien sûr ! Qu'est-ce qu'il ne faut pas entendre ! ricana Maxine. Comme si c'était facile ! Lyn, dis-lui, toi !

— Elle le découvrira bien toute seule », répondit Lyn.

Gemma vit Cat relâcher les épaules face à cette acceptation apparente de son statut de future mère.

« Cat va être une maman fabuleuse, dit Frank en se penchant pour remplir les verres de vin. Comme ma belle Max. »

Maxine leva les yeux au ciel. « Je ne pense pas qu'elle ait envie de me prendre pour modèle.

— Bien sûr que si, maman, dit Cat. Regarde-nous, on s'en sort plutôt bien, hein !

— Bravo ! dit Frank tandis que Maxine esquissait un sourire dubitatif.

— Je n'étais qu'une gamine écervelée. Et tu ne valais pas mieux, Frank. Seigneur ! On était deux gamins essayant d'élever trois petites filles. »

Ce soir-là, Gemma posa les écouteurs sur son ventre pour offrir au bébé son concert rituel de Mozart.

« Coucou ! Ça se passe bien dans le caisson de flottaison ? » demanda-t-elle. Depuis les derniers mois, elle négligeait les violettes quand elle parlait au bébé, mais ces dernières n'avaient pas l'air d'en souffrir. Elles étaient même vigoureuses et dodues, comme si elles appréciaient l'atmosphère de fertilité.

« Ta maman va t'obliger à manger tous tes légumes, tu sais, dit Gemma. J'espère que le vert ne te dérange pas. Autrement, on pourra en parler, de toute façon. Il y a des légumes d'autres couleurs, après tout ! »

Elle mit la musique et entreprit de faire la liste des choses utiles à dire au bébé – des astuces pour vivre heureux, que Cat risquait d'oublier ou de ne pas connaître.

Ne ris jamais si tu n'as pas compris la plaisanterie.

Ne t'approche pas des feux d'artifice. Surtout, ne t'en approche JAMAIS !

La télévision vide le cerveau. Ne reste pas vautré devant ! Profite des publicités pour faire tes devoirs, des corvées ou de la paperasse.

Évite le mélange fatal bourbon-Twisties.

REGARDE DES DEUX CÔTÉS avant de traverser. Des DEUX côtés.

Ne t'encombre pas trop tôt d'une personnalité trop marquée, elle risque de ne plus te convenir plus tard.

Remercie les péagistes. Ta maman a été péagiste. Les péagistes sont des ÊTRES HUMAINS.

Elle voulait dire tante Gemma, bien sûr. Pas ta maman. Tante Gemma.

23

Elles avaient instauré les dîners d'anniversaire quand elles avaient une petite vingtaine d'années. C'est Lyn qui en avait eu l'idée. « Sans petit ami, avait-elle dit. Juste nous. Ça pourrait être notre cadeau à nous, puisqu'on ne s'en fait jamais.
— Les trois sœurs ensemble, dit Cat. Et qui plus est des triplées. Je vois d'ici le tableau.
— C'est une idée géniale ! Je suis pour ! était intervenue Gemma, alors que Lyn se pinçait le nez. Je sais ! On pourrait avoir chacune un gâteau d'anniversaire ! »
Et c'est ainsi que la Folle Bringue d'anniversaire était devenue une institution.
En un sens, c'était donc la faute de Lyn.
Cette année-là, elles allèrent dans un nouveau restaurant de fruits de mer de Cockle Bay, avec un parquet lustré, des murs blancs dédaigneux et d'élégantes chaises chromées. Les cuisines formaient un cube au milieu de la salle, percé d'ouvertures en bandeau par lesquelles on apercevait les toques des cuisiniers qui s'agitaient et d'inquiétantes petites éruptions de flammes de temps à autre.
« Je déteste quand on voit les gens qui travaillent en cuisine, dit Lyn. Ça me stresse.
— Tu adores être stressée, dit Cat.
— Tu me connais mal.
— C'est vrai. Je te connais à peine. »

Une serveuse avec un tablier rayé bleu et blanc et une éprouvante rangée de piercings sous la lèvre inférieure vint à leur table en tenant un énorme tableau noir entre ses bras écartés. « Les plats du jour, dit-elle, posant lourdement le tableau et se dégourdissant les doigts. Nous n'avons plus d'huîtres, de noix de Saint-Jacques, de rouffes et de truites.

— Pourquoi ne pas effacer ce qu'il n'y a plus ? demanda Cat. Pour nous torturer ? »

La serveuse haussa les épaules et leur jeta un coup d'œil.

« Très drôle.

— On va partager la fondue de fruits de mer, intervint Gemma.

— Vous pourriez nous l'ouvrir rapidement ? demanda Lyn avec insistance en indiquant d'un signe de tête la contribution de Michael à la soirée – une bouteille de Bollinger.

— Qu'est-ce que vous fêtez, mesdames ? soupira la serveuse avec des accents de prostituée désabusée tandis qu'elle levait un coude expert, débouchait la bouteille et commençait à les servir.

— C'est notre anniversaire, dit Gemma. On est des triplées !

— Ah bon ? Pas possible ! » Elle leva la tête pour les regarder et la main qui tenait la bouteille dévia dangereusement de sa trajectoire. Lyn tendit sa flûte et la guida sous le champagne qui coulait.

« Trop cool ! » La serveuse fit un grand sourire. « Ah ! Vous deux, vous êtes pareilles, hein !

— Cinq dollars et vous pouvez nous prendre en photo avec vous », dit Cat.

Les premières gorgées de champagne les mirent d'une humeur pétillante et frivole. Lyn révéla soudain une curieuse phobie des parkings qui fit hurler ses sœurs de joie. « Merci pour la compassion, dit-elle.

— Tous les parkings ? demanda Cat. Ou c'est uniquement, genre, les parkings ouverts vingt-quatre heures sur vingt-quatre qui te font peur ?

— En fait, je crois bien que j'ai la même phobie, dit Gemma.

— Mais non, dit Lyn. C'est moi qui suis intéressante.

– OK, puisqu'on en est aux confidences », dit Cat qui leur avoua que, quelques mois après avoir rompu avec Dan, elle s'était saoulée et avait couché avec son boss.

Gemma fut réellement choquée. « Mais je l'ai vu dans ton bureau. C'était un type aux cheveux gris en costume-cravate ! Je n'en reviens pas que tu aies couché avec un type aussi adulte !

– Je passe toutes mes nuits avec un mec de quarante ans, commenta Lyn.

– Oh, ne t'en fais pas, Michael n'est pas adulte.

– Il sera soulagé de l'apprendre.

– Et toi, Gemma, c'est quoi tes secrets ? demanda Cat. Comme si on ne les connaissait pas. »

Gemma qui avait du pain dans la bouche songea un instant à leur confier le secret qu'elle traînait depuis quinze ans. « Mon fiancé qui est mort était... difficile. »

« Regarde-la ! Avec ses airs mystérieux ! »

Elle ne leur dirait jamais. C'était trop compliqué et trop simple à la fois.

Elle dit : « Un jour, j'ai piqué dix dollars dans le sac de maman pour acheter des cigarettes.

– C'était moi, espèce d'idiote ! protesta Cat.

– Tout se passe bien ? On est prêtes à attaquer la deuxième bouteille ? » Elles étaient devenues copines avec la serveuse, Olivia, qui vivait à Padstow, suivait des cours de massage, avait une belle-sœur qui était enceinte et n'avait jamais rencontré de triplés, même si sa meilleure amie à l'école primaire avait une sœur jumelle.

Olivia avait manifestement décrété qu'elles étaient de charmantes aberrations de la nature, d'adorables excentriques. Et par conséquent, elles commençaient à se conduire en « sacrés phénomènes », pour reprendre l'expression de Nana Kettle.

Un serveur qui se démenait avec des plateaux de fruits de mer passa à côté de leur table. « Des triplées ! » lança fièrement Olivia en montrant leurs têtes du doigt. Elles le saluèrent de manière fantasque en le gratifiant de grands sourires.

Le serveur sourit avec circonspection.

« Loser, lâcha Olivia. Au fait, ne regardez pas, mais le chauve là-bas – ne regardez pas, j'ai dit ! »

Elles se retournèrent toutes les trois et prirent l'air penaud. « Il a demandé si vous pouviez faire moins de bruit. Moi, j'étais genre, eh connard, on se calme. Alors, allez-y, montez le son ! Faut qu'il nous lâche, le mec. »

Elles promirent de faire leur possible pour être encore plus bruyantes.

Elle disparut.

« Elle est plutôt cool, Olivia, dit Lyn. Je crois que je vais être plus cool maintenant que j'ai trente-quatre ans.

– Les gens cool comme Olivia, comme moi, sont nés cool, dit Cat. Tu es fondamentalement coincée et tu ne peux rien faire pour changer de personnalité.

– Ce n'est pas vrai ! cria Lyn. On peut être qui on veut !

– Épargne-moi tes conneries pseudo-psy de développement personnel.

– Je ne veux pas de dispute, dit Gemma. C'est mauvais pour le bébé. »

Le bébé étant prévu deux semaines plus tard, elle était d'une telle sobriété qu'elle se sentait supérieure et distinguée, négociant avec précaution sa première flûte de champagne, alors que ses sœurs en étaient déjà à vider leur troisième.

Cat et Lyn regardèrent toutes les deux son ventre.

« C'est mauvais pour le bébé de Cat, observa Lyn.

– Ne commence pas, riposta dangereusement Cat.

– Je crois que je vois nos plats arriver ! intervint Gemma, alors qu'elle ne voyait rien.

– J'ai quelque chose à dire à ce sujet, dit Lyn.

– Nos plats arrivent !

– Vas-y, dis-le, Lyn, dit Cat.

– Ah ! J'allais oublier ! s'écria Gemma. Devinez ce que j'ai apporté ce soir ! »

Elle faillit perdre l'équilibre en se baissant pour ramasser son sac qui, pour une raison ou pour une autre, ne voulait pas se laisser prendre.

La femme qui se trouvait à la table voisine dit quelque chose que Gemma n'entendit pas.

« Pardon ?

— Elle dit que la bandoulière est enroulée autour du pied de votre chaise. Tenez, levez-vous. »

Le compagnon de la femme en question se pencha et enleva le sac. Il était trapu, comme Charlie, mais blond, avec un coup de soleil sur le nez et un sourire qui lui plissait les yeux.

« Merci, dit Gemma. C'est toujours comme ça, je ne sais pas pourquoi.

— Mystère », acquiesça l'homme.

Il se rassit et Cat leva les yeux au ciel. « Le mystère, c'est qu'il y ait toujours un brave type dans les parages quand Gemma joue les demoiselles en détresse. »

Gemma sortit de son sac trois enveloppes tachées toutes froissées. « Vous vous rappelez quand Miss Ellis nous a fait écrire des lettres à nous-mêmes à ouvrir dans vingt ans ? »

Aucune réaction.

« Au collège. On avait quatorze ans.

— Ah oui, dit Lyn. Elle parlait des rêves à accomplir. C'était un exercice absurde pour apprendre à se fixer des objectifs ! Il fallait se donner des objectifs à court, moyen et…

— Quoi ? Tu as nos lettres ? Tu as réussi à les garder pendant vingt ans sans les perdre ? » Cat se pencha pour les prendre. « Montre !

— Non. D'abord il faut chanter "joyeux anniversaire". Là, on aura officiellement trente-quatre ans. »

La diversion fonctionna. Lyn et Cat se lancèrent dans une discussion passionnée sur la question de savoir si les gilets en mohair rose de Miss Ellis étaient ou non révélateurs d'une tendance homosexuelle latente, pendant que Gemma restait silencieuse et se demandait si le petit être qui était en train de lui donner des coups de pied avec une détermination aussi énergique était un garçon.

La veille, elle avait croisé un petit garçon et son père dans les rayons de *Woolworths*. Ils cherchaient une ampoule.

« Dis, papa, ça marche comment une ampoule ? » avait demandé le petit garçon en fronçant les sourcils avec une concentration masculine.

Au moment où elle passa avec son caddie, le père s'accroupissait et en sortait une de son carton.

Peut-être que le bébé serait un petit garçon comme ça.

Un de ces petits garçons robustes, sérieux, curieux.

Avec des taches de rousseur.

De longs cils recourbés.

Leurs trois gâteaux arrivèrent avec des dizaines de cierges magiques qui crépitaient furieusement. On éteignit les lumières et Olivia dirigea un chœur de serveurs et de serveuses qui reprirent *Joyeux anniversaire* trois fois en braillant de façon délirante. Tout le restaurant finit par chanter. Le tonnerre d'applaudissements qui éclata ensuite était ridicule. Olivia criait « Hip, hip, HIP ! » et la salle répondait « HOURRA ! » en tapant des pieds par terre comme s'ils étaient dans un cabaret olé-olé et non un établissement recommandé dans le *Good Food Guide*.

Gemma regarda le visage hilare de ses sœurs illuminé par les cierges magiques et repensa à l'excitation inhabituelle qui s'emparait de leur Nana Leonard, d'ordinaire si placide, le jour de leur anniversaire.

« Faites un vœu, les filles ! lançait-elle en serrant les mains avec ferveur tandis qu'elles se bousculaient pour éteindre les bougies de leur gâteau d'anniversaire commun. Un vœu qui vous tient à cœur ! » Elle semblait croire réellement que leurs souhaits d'anniversaire se réaliseraient et Gemma formulait donc des vœux très élaborés : habiter dans une maison en chocolat, devenir une ballerine, voir l'école définitivement supprimée ou papa revenir enfin à la maison.

Les lumières furent rallumées et elles se regardèrent en clignant les yeux. Olivia prit les gâteaux pour les couper, en promettant de s'en mettre une part de côté pour la rapporter chez elle.

« Voyons voir ce que nos moi de quatorze ans ont à nous dire », ordonna Cat. Elle avait les yeux vitreux. « Passe.

– Chacune va lire sa lettre. » Les mots de Lyn se brouillaient sur les bords.

Elles s'exécutèrent. Cat se lança la première.

Chère MOI,
C'est une lettre de toi qui vient du passé. Tu as probablement oublié mais à une époque, tu devais faire ces TRUCS MERDIQUES *qu'on appelle « développement personnel », avec cette prof* DÉBILE *qui* M'EMMERDE*. Tu dois être contente d'être enfin* LIBRE*, je parie ! Je parie que tu te marres en te rappelant comme tu t'emmerdais en classe et tu avais l'impression d'être en* PRISON*. (Au fait, Gemma est devant moi en train de faire du lèche-cul à Miss Ellis comme c'est pas possible. Quant à Lyn, elle cache sa feuille avec son bras comme si je voulais lui piquer son futur à elle.)*
Bon – il faut que je te dise ce que j'espère que tu as accompli. Voilà :
1. *Rouler en Mazda mx-5 rouge.*
2. *Avoir fait le tour du monde.*
3. *Avoir* BEAUCOUP *d'argent.*
4. *Avoir un tatouage.*
5. *Avoir un appartement à toi qui soit vraiment cool.*
6. *Aller à tous les concerts que tu veux.* VAS-Y MAINTENANT SI TU VEUX ! PARCE QUE TU PEUX ! *Alors vas-y !*
7. *Avoir vraiment réussi – je ne sais pas trop dans quel domaine. Tu dois être une célèbre correspondante de guerre. (Le monde n'est pas encore en paix, au moins ? Il y a encore des guerres, hein ?)*

8. *C'est à peu près tout. Je pense que tu ne dois pas encore être mariée. Attends d'avoir trente-cinq ans. Tu ne veux pas foirer ta vie comme maman.*
CATRIONA KETTLE, QUATORZE ANS

Puis ce fut le tour de Lyn :

Chère Moi dans Vingt Ans,
VOILÀ LES OBJECTIFS QUE TU DEVRAIS AVOIR ATTEINTS :
1. *Des notes suffisantes pour faire Gestion hôtelière à la fac.*
2. *Des voyages passionnants.*
3. *Une entreprise de traiteur florissante.*
4. *Un mari avec une voix comme celle de Mr Gordon. (Un mari qui t'adore, qui t'aime, qui est romantique et t'offre des fleurs.)*
5. *Une grande et belle maison donnant sur la baie de Sydney.*
6. *Une splendide garde-robe dans un dressing.*
7. *Une fille appelée Madeline, un fils appelé Harrison (comme Harrison Ford. Mmm !).*
8. *Bonne chance et au revoir !*
LYNETTE KETTLE

Et enfin Gemma :

Ohé Gemma !
C'est moi, Gemma !
J'ai quatorze ans.
Tu as trente-quatre ans !
Waouh !
Bref, voilà ce que tu devrais avoir maintenant :
1. *Un diplôme quelconque.*
2. *Une carrière quelconque.*
3. *Un mari* SUPER CANON *avec un nom qui commence par* M, S, G, C, X *ou* P *!*
4. *Quatre enfants. Deux filles et deux garçons. Dans l'ordre, un*

garçon, une fille, un garçon, une fille (mais je suis accommodante).
5. *Alors – tu y es arrivée ?? J'espère bien ! Autrement, comment ça se fait ?*
Plein de bisous de Gemma.
PS : *Hé ! Tu l'as* FAIT *? C'était comment ???!!! AAARRGH !*
PPS : *Qui l'a fait en premier ?* TOI, CAT OU LYN *??? AAARRGH !*
PPPS : *Fais un gros bisou à ton mari* SUPER CANON *et dis-lui que c'est de la part de ton moi de quatorze ans.*

« Waouh, dit Lyn. On était tellement, tellement...
— Pareilles, dit Cat.
— Différentes », dit Gemma.
Ce n'était pas tant ce que voulait celle qu'elle était à quatorze ans. Mais le fait qu'elle croyait béatement, profondément, qu'elle avait le droit de tout vouloir.
Ohé, Gemma ! Je suis désolée, mais apparemment j'ai merdé. J'ai oublié. Je ne sais pas ce que j'ai oublié. Mais je l'ai oublié.
Elle repensa à sa mère, le jour où Cat comparaissait au tribunal, regardant Cat et Lyn visiblement empêtrées dans une querelle venimeuse. « Il faut qu'elles laissent tomber ! avait-elle dit.
— Et moi, maman, avait demandé Gemma avec désinvolture. Qu'est-ce qu'il faut que je fasse ?
— Toi, c'est l'inverse. Il faut que tu t'accroches. Que tu t'accroches à quelque chose. À n'importe quoi ! »
« Alors, Lyn, il ne te manque plus qu'un petit garçon appelé Harrison et tu auras accompli tout ce dont tu rêvais, dit Cat.
— Oui, je sais. Je suis emmerdante.
— Ce n'est pas moi qui l'ai dit.
— Oh, arrêtez vous deux ! Arrêtez ! » Gemma sentit monter en elle une émotion indéfinissable.
Cat et Lyn l'ignorèrent. Elles engloutirent toutes les deux de longues gorgées de champagne.

« Je remarque que dans ta lettre, il n'était même pas question d'enfant, dit Lyn à Cat.

— Ce n'était pas un contrat.

— Non, mais c'est intéressant.

— Il y a des choses qui ne te regardent pas, vois-tu.

— Mais ça me regarde ! Le bébé de Gemma est mon neveu ou ma nièce. Et je pense que la place des enfants est auprès de leurs parents. C'est pour ça que... » Elle s'interrompit, reprit sa respiration et balaya des miettes sur la table d'un revers de main.

« C'est pour ça que quoi ? demanda Gemma.

— C'est pour ça que j'ai appelé Charlie pour lui dire que tu étais enceinte. »

Gemma faillit renverser son verre. « Qu'est-ce qu'il a dit ?

— Il n'était pas là, admit Lyn. Je n'ai pas laissé de message. Mais je le rappellerai. J'y tiens vraiment. »

Gemma regarda Cat qui commençait à trembler.

« Espèce de garce. Espèce de sale garce.

— Cat. Il ne s'agit pas de toi.

— Si, il s'agit de moi. C'est mon bébé ! »

Non, songea Gemma avec étonnement. C'est mon bébé à moi.

« Tu sais comment fonctionne une ampoule électrique ? demanda-t-elle à Cat.

— Mais tais-toi, Gemma ! C'est sérieux ! »

Charlie le saurait, lui. C'était une vérité pure, absolue, comme jamais elle n'en avait connue dans sa vie. Charlie saurait comment fonctionnait une ampoule électrique. Et il ferait une drôle de tête. Et il expliquerait si bien que l'électricité apparaîtrait comme quelque chose de magique. Et Gemma ne voulait pas rater ça. Elle voulait être là à les aimer tous les deux dans la lumière blanche éclatante de *Woolworths*.

« En fait », commença-t-elle.

Elle savait que ce qu'elle s'apprêtait à dire était d'une cruauté inimaginable, mais elle le dit tout de même.

« J'ai changé d'avis. »

24

Elle avait changé d'avis. Elle avait carrément changé d'avis.
« Je suis désolée, Cat. » En face d'elle, Gemma la regardait avec la candeur de la sincérité. « Je suis vraiment, vraiment désolée. »
Cat faillit rire car elle savait que ça risquait d'arriver. Peut-être même savait-elle depuis le début que ça arriverait.
Mais elle lui en avait donné toutes les chances.
« Tu es sûre que c'est ce que tu veux ? » lui avait-elle répété cent fois.
Et cent fois, Gemma lui avait répondu : « Sûre et certaine ! Sûre au plus profond de moi ! »
Quand Gemma lui avait fait part de son projet, Cat avait accepté d'une façon légère, presque irréelle. À la voir attablée dans sa cuisine, l'air normal, toute mince dans son short en jean, il lui avait semblé impossible qu'elle soit enceinte. Elle avait l'impression d'un jeu, d'une distraction absurde. Comme quand elle avait eu l'idée d'aller dans une banque de sperme. Évidemment, elle était sérieuse, très sérieuse même, mais les banques de sperme existaient-elles ailleurs que dans les comédies ? Y avait-il des annonces dans les Pages jaunes ?
Imaginer le bébé de Gemma dans ses bras l'aidait à ne pas penser à Dan et Angela – aux cheveux d'Angela, aux seins d'Angela, aux dessous d'Angela.
Ça l'aidait à passer à côté des parents avec des poussettes sans

avoir envie de hurler de rage à la figure de ces mères vaniteuses qui nageaient dans leur bonheur insouciant : « Qu'est-ce que vous avez de spécial ? Vous vous êtes regardée ? Vous n'êtes ni si jolie ni si intelligente que ça ! Comment vous avez fait pour avoir un enfant ? Alors que je ne peux pas ? Que pour une raison qui m'échappe, je n'ai pas réussi à accomplir quelque chose d'aussi banal et ordinaire ? »

Ça l'aidait à dormir. À se lever le matin.

Et c'est la raison pour laquelle l'opposition violente de Maxine et Lyn était si blessante. Elles réagissaient comme si l'idée venait d'elle. Une fois de plus, la méchante Cat exploitait la faible et fragile Gemma.

Pas une seule fois, elles ne lui avaient dit : « Nous comprenons tes raisons. »

Elles n'avaient pas l'air de se rendre compte que c'était un miracle que Cat soit encore debout alors qu'elle avait l'impression d'avoir été fragmentée en millions d'éclats. Elles n'avaient pas de mal à croire, comme Cat jour après jour, que Dan soit réellement parti, qu'il se réveille dans le lit d'une autre femme.

Sa souffrance lui donnait une détermination farouche. Et pourquoi pas, après tout ? Pourquoi ça ne marcherait pas si c'était ce que voulait Gemma ? Pourquoi pas ?

Elle avait passé des heures à peindre la seconde chambre couleur beurre frais. Pendant qu'elle grattait et peignait les murs, elle avait l'esprit vide, paisible.

La chambre d'enfant était magnifique. Tout le monde le disait.

Hier encore, elle avait acheté un fauteuil en rotin blanc avec des coussins bleus, qu'elle avait installé près de la fenêtre d'où l'on voyait le magnolia. Elle s'y était assise un moment dans un rayon de soleil matinal, imaginant donner son biberon au bébé et songeant que le bonheur était possible.

Ce seraient eux deux contre le monde entier. Le bébé et elle. Personne d'autre.

Et voilà que Gemma avait changé d'avis.

Toute cette douceur, ce soleil lui avaient été arrachés et Cat se retrouvait dans le morne vide des mémos, des bureaux cloisonnés, de la procédure de divorce, de l'appartement où personne ne l'attendait.

Il aurait mieux valu avoir froid tout ce temps que goûter ainsi à la chaleur.

Cat resta impassible dans le restaurant bruyant, en proie à un violent mal de crâne dû au champagne, un énorme triangle écœurant de fondant au chocolat devant elle, et pendant quelques secondes, elle ne ressentit rien, puis un torrent vénéneux se déversa soudain.

C'était de la simple déception enfantine.

C'était l'humiliation de s'entendre dire : « Ha ha ha, qui s'est bien fait avoir, cette fois ! »

C'était le haussement de sourcils arrogant de Lyn.

C'était le lendemain. Et le jour d'après.

C'était la Cat Kettle de quatorze ans qui l'aurait trouvée nulle.

Quelle qu'en soit la raison, elle fut entraînée dans un tourbillon gémissant et fut incapable par la suite de se rappeler comment elle en était venue à se lever, ni ce qu'elle avait dit, ni ce qu'elle tenait à la main jusqu'à ce qu'elle le lance en hurlant : « Toutes les deux, vous avez foutu ma vie en l'air ! »

Et puis :

« *Un jour, tu iras trop loin* », répétait Maxine.

Elle était allée trop loin.

La fourchette ridiculement, invraisemblablement plantée dans le ventre de Gemma.

Le sang !

Sa première idée fut : Oh non, je l'ai tuée.

Puis : Je vais vomir.

Un grondement dans ses oreilles.

Et elle se retrouva par terre avec une douleur phénoménale qui lui défonçait le côté du visage et le creux de l'oreille et quelque chose de métallique qui lui emplissait la bouche.

Olivia, la serveuse, était accroupie à côté d'elle. « Ne vous inquiétez pas. Vous vous êtes évanouie. Ça va ? Vous vous êtes salement cogné le menton contre la table. »

Tout autour d'elle, Cat voyait des mollets. Leur table était encerclée d'un groupe déchaîné d'inconnus qui se disputaient.

« Calmez-vous ! Dites-lui de se calmer ! Soyez très, très calme !

— L'ambulance arrive ! Chuuut ! C'est la sirène qu'on entend ?

— Quelqu'un a appelé la police ? Parce que j'ai tout vu ! C'était une agression !

— Vous avez entendu ? Elles sont sœurs ! Incroyable.

— Ils flippent tous ! dit joyeusement Olivia.

— Euh, Lyn ? » C'était la voix de Gemma. Elle semblait tout à fait en vie et vaguement préoccupée. « Je viens d'avoir une contraction, je crois. »

Olivia en resta bouche bée de façon comique.

La foule sembla soupirer et chanceler devant l'horreur de la scène. Cat vit une paire de souliers masculins s'éloigner discrètement de la table. Puis elle entendit Lyn, la voix sombrant dans une panique qui ne lui ressemblait pas : « Y a-t-il un médecin ici ? »

Cat pria, éperdument, servilement. *Pitié, mon Dieu, Jésus, le Saint-Esprit, la mère de Marie, vous tous, je vous en supplie, faites que le bébé ne meure pas !*

« J'ai mon certificat de premiers secours, proposa quelqu'un.

— Elle n'a pas besoin d'être réanimée.

— Bien sûr, je n'ai jamais eu de contractions, poursuivit Gemma d'un ton pensif. Alors, comment savoir ?

— Aichez-moi », marmonna Cat, un goût de sang dans la bouche. Olivia la tira par les poignets et la releva.

« Tiens, voilà la patronne. » Visiblement, Olivia s'amusait comme une folle. « Oooh ! Elle va péter un câble ! Son parquet couvert de placenta ! »

C'était la même femme élégante et tout en noir qui les avait si poliment accompagnées à leur table au début de la soirée. Elle lança à Cat un regard de dégoût horrifié et envoya les clients se rasseoir en les chassant du revers des mains. « Pourriez-vous vous écarter ? L'ambulance est en chemin. »

Les adultes arrivaient. Les gens se hâtèrent de retourner à leur table en chuchotant gravement, l'air un peu embarrassé.

Dix minutes plus tard, les secours entrèrent dans le restaurant, auréolés de suspense et d'autorité tranquille comme des stars de cinéma arrivant nonchalamment devant un parterre de journalistes pour tenir une conférence de presse.

Lyn commença à leur parler, mais Gemma l'interrompit, d'un ton bref et pressant, péremptoire, même.

« Je dois accoucher dans deux semaines. J'ai vu mon obstétricienne hier, et elle m'a dit que je devais m'attendre à avoir de petites fausses contractions. Je ne sais pas si c'est ce que j'ai senti. Le tissu qui entoure l'utérus est épais, non ? La fourchette n'a pas pu blesser mon bébé ?

— C'est peu probable, acquiesça l'infirmier. Il aurait fallu qu'elle s'enfonce très profondément. Apparemment, elle n'a fait qu'entailler la peau. On va vérifier votre tension.

— Vous feriez mieux d'écouter le cœur du bébé, si vous voulez mon avis », répliqua Gemma.

Elle parlait exactement comme Lyn, se dit Cat.

Ou peut-être Maxine.

Elle parlait comme une mère.

Cat tenait sa mâchoire en silence dans le creux de sa main et regardait les lumières de la ville par la vitre de la voiture. Le client de la table d'à côté, celui qui avait aidé Gemma à dégager son sac, les conduisait à l'hôpital. Cat ne savait pas ce qui était arrivé à la fille qui était avec lui et elle s'en fichait.

Il s'était présenté mais elle ne lui avait pas prêté attention. Il ne lui semblait pas tout à fait réel. Ni lui ni personne. Elle avait l'impression d'être séparée du monde par une membrane floue. La seule chose qui lui importait, c'était que Gemma et le bébé aillent bien. La douleur qu'elle ressentait sur le côté du visage était insoutenable et elle était étrangement consciente de chaque respiration.

Elle entendait Lyn, à l'avant de la voiture, qui était au téléphone avec Maxine.

« Oui, je sais, c'est notre anniversaire. C'est pour ça... »

« Oui, je sais quel âge on... »

« Non maman, on n'est pas ivres... »

« Bon, d'accord. Peut-être un peu éméchées. »

« Oui, une fourchette. Une fourchette à fondue. »

« Une fondue de fruits de mer. »

« Nous, ça nous a plu ! »

« C'était juste une petite dispute, maman. Je t'expliquerai... »

« Bon, d'accord, peut-être pas si petite que ça. Mais... »

« Absolument, oui. Tout le restaurant a dû voir. Mais... »

« Le Royal Prince Alfred. »

« D'accord. À tout'. »

Lyn appuya sur une touche de son téléphone et se retourna vers Cat. « Maman te dit de prendre bien soin de toi, elle nous embrasse et arrive tout de suite. »

Cat la regarda d'un air d'incompréhension et Lyn s'esclaffa : « Je blague ! »

Le type qui conduisait pouffa de rire. Cat se retourna vers la vitre, la serviette sur la bouche. Cette fois, c'était Lyn qui parlait comme Gemma. C'était le monde à l'envers.

Une fois à l'hôpital, Cat descendit de voiture sans dire un mot, claqua la portière derrière elle et plissa les yeux, déroutée par les lumières aveuglantes et l'agitation étouffée : les téléphones qui sonnaient, un enfant qui hurlait sans relâche, des grappes de gens qui marchaient d'un air pressé dans toutes les directions.

Lyn était apparemment devenue copine avec le client du restaurant. Cat la regarda se pencher par la vitre et lui parler avec enthousiasme avant de se redresser et de lui faire signe de la main.

Elle tenait un petit éventail de cartes de visite. « Il est paysagiste, photographe de mariage et coach ! lança-t-elle comme si ça avait un quelconque intérêt. On lui avait organisé une *blind date*, mais apparemment, ça ne se passait pas très bien. »

Cat haussa les épaules.

Lyn rangea les cartes dans son sac. « Bon, on va voir où en est Gemma et puis il faudrait te trouver un médecin. Je me demande si tu ne t'es pas mordu la langue. »

Cat haussa de nouveau les épaules. Elle pouvait peut-être renoncer à parler une fois pour toutes. Ça lui faciliterait la vie.

« Vous êtes bien Lyn ? Euh, Cat ? »

Elles se retournèrent. C'était Charlie qui se dirigeait vers elles. Il était en bas de jogging couvert de boue, tee-shirt et bonnet noir. Il était en nage, l'air agité.

« Je rentre du *touch rugby* et votre sœur m'appelle pour la première fois depuis six mois, dit-il. Elle me demande comment fonctionne une ampoule électrique. Alors je commence à lui expliquer. Typique Gemma, quoi. Elle a toujours posé des drôles de questions. Et là, elle fond en larmes comme si son cœur allait se briser et me dit qu'elle appelle d'une ambulance, qu'elle va avoir un bébé et est-ce que je veux bien venir l'aider à respirer si je ne suis pas trop débordé. Vous êtes bizarres, les filles, ou quoi ?

– Ah ! c'est sûr, pour être bizarres, on est bizarres », dit Lyn.

Il leva les mains au ciel d'un geste très italien. « Enfin merde ! Elle me plaque, elle ne voulait même pas me prévenir qu'elle était enceinte et là soudain, elle veut que je l'aide à respirer ?

– Elle est gonflée, acquiesça Lyn.

– Et je ne sais pas comment on fait ! » Une expression de terreur passa sur son visage. « Il y a des cours, pour ça. Des livres. Des vidéos. J'aime bien savoir comment ça marche ! »

Lyn lui fit un grand sourire. « Tenez-lui la main. Faites comme dans les films.

– Merde. » Il ôta son bonnet, se passa une main sur le crâne et respira à fond. « Et elle va comment ?

— Oh, il y a eu un petit accident, mais ils sont en train de s'occuper d'elle. »

Charlie vit alors la serviette pleine de sang que tenait Cat. Celle-ci baissa les yeux au sol en faisant comme si elle n'était pas là.

« Un accident ?

— Venez, on va demander ce qui se passe », dit Lyn.

Pendant que Lyn et Charlie allaient trouver un responsable quelconque, Cat s'assit sur une chaise verte en plastique et entama de laborieuses négociations avec Dieu.

Tout ce qu'elle voulait, c'était que Gemma et le bébé aillent bien. Ce n'était pas excessif, de demander ça. Elle voulait seulement qu'un geste précis soit sans conséquence.

Et si Dieu voulait bien, Cat renoncerait à l'alcool et à toutes les activités potentiellement agréables. Elle accepterait volontiers de ne jamais avoir d'enfants elle-même et de vivre une existence de bonne sœur en ne pensant qu'aux autres.

Elle pourrait même envisager un travail bénévole extrêmement rebutant.

Après une discussion qui dura une éternité, Charlie et Lyn revinrent vers Cat. Elle les regarda sans dire un mot.

« On va venir nous voir », expliqua Lyn.

Charlie examina Cat. « Ça va ? Vous n'avez pas l'air bien. »

Cat hocha la tête et marmonna : « Cha va, merchi.

— La famille de Gemma Kettle ? » Une infirmière apparut, le sourcil froncé d'un air efficace. « Elle va bien. Le col est dilaté à quatre centimètres. Qui assiste à l'accouchement ?

— Juste le père », dit Lyn.

Charlie eut un léger sursaut. « Ça doit être moi. »

L'infirmière lança à Cat et Lyn un regard entendu on ne peut plus injuste, l'air de dire « Ah les hommes ! » et dit : « Par ici, je vous prie.

— Ça marche. » Charlie tendit à Lyn un sac de sport et suivit docilement l'infirmière sans se retourner, les épaules très droites dans son tee-shirt sale.

Lyn s'assit à côté de Cat et secoua la tête. « Cet homme est un saint. Si elle ne fait pas tout pour le garder, je lui balance une fourchette ! »

Sur ce, Maxine débarqua au pas de charge dans la salle d'attente de l'hôpital et trouva ses filles qui se tordaient de rire, épaule contre épaule.

Elle serra la bandoulière de son sac contre sa poitrine avec désapprobation. « Franchement ! »

À 8 heures du matin, le lendemain, Cat prit son neveu dans ses bras pour la première fois. Un ballot bien ficelé de trois kilos six avec une figure rouge toute fripée, des cheveux noirs emmêlés et de longs cils mystérieusement posés sur une peau caramel.

Cat et Gemma étaient seules dans la chambre.

Charlie était rentré se changer. Lyn reviendrait avec Maddie et Michael en fin d'après-midi. Maxine et Frank étaient allés prendre un café à la cafétéria.

« Je suis désolée, Cat. » Contre l'oreiller, le visage de Gemma était marbré, bouffi et empreint de joie. « C'est horrible, ce que je t'ai fait. »

Cat lui fit signe que non sans quitter le bébé des yeux.

La veille au soir, un médecin l'avait informée qu'elle avait la mâchoire cassée. Ses dents du fond et celles de devant étaient à présent liées par un fil métallique. Dès qu'elle essayait de parler, sa bouche se remplissait de bulles de salive.

Elle avait l'impression d'être un monstre, non sans à-propos. C'était sa pénitence.

« J'ai toujours considéré que c'était ton bébé. Je te le jure. Et puis soudain, je me suis mise à le vouloir, je voulais le bébé, je voulais Charlie. Je voulais tout. »

Cat glissa son auriculaire dans le creux de la main du bébé et regarda ses doigts minuscules s'enrouler en une poigne miniature.

Des bulles de savon sur le Corso

Il a fait un temps magnifique, aujourd'hui. Tu as passé une bonne journée ? Je parie que tu n'as pas bougé de cette marche. J'ai pris le bus pour descendre sur le Corso, j'adore ça, tu le sais. Je suis sûre que l'air du large est miraculeux pour mon arthrite.

Je me suis assise sur mon banc préféré et j'ai mangé mon sandwich à la banane en regardant les familles. Il y avait des filles charmantes installées à l'ombre avec leurs enfants. Il y avait une petite fille – une vraie terreur ! Elles n'avaient pas une minute à elles. Et puis il y avait aussi un bébé absolument adorable ! Les filles le prenaient à tour de rôle dans leurs bras. Je ne sais pas trop laquelle était la mère, mais elles étaient sœurs, ça j'en suis sûre. Elles le berçaient exactement de la même façon, en se balançant doucement. Elles étaient grandes, gracieuses. J'ai toujours voulu être grande.

Oh, et puis elles avaient une façon très ingénieuse de distraire la petite terreur ! Elles avaient des petites bouteilles avec du liquide vaisselle dedans et lui soufflaient des bulles. La petite courait partout les mains tendues en riant, essayant de les attraper. C'était si joli, ces bulles qui volaient et dansaient dans le vent – on aurait dit des centaines de tout petits arcs-en-ciel. Ça m'a un peu fait pleurer. Mais de joie.

Mais, vois-tu, une des filles n'était pas si heureuse que ça.

Elle était déprimée. Elle s'efforçait de ne pas le montrer, mais je le voyais bien. Cette façon qu'elle avait de se tenir. Comme si elle était vaincue. Tu vois ce que je veux dire ? Abattue. Voilà, c'est le mot.

J'avais envie de lui dire : Ne soyez pas triste, ma petite chérie. Je ne sais pas ce qui vous tracasse, mais il est probable qu'au bout du compte, ça s'avérera n'être qu'une broutille. Ou qu'avec le temps, ça n'aura plus d'importance. Et plus tard, vous vous souviendrez seulement qu'un jour vous avez soufflé des bulles sur le Corso avec vos sœurs. Que vous étiez jeunes et belles et que vous n'en aviez même pas conscience.

Mais elle m'aurait prise pour une vieille folle. Hein, mon minou ? Mais oui.

25

Cat arriva au parc avec quelques minutes d'avance et s'assit sur une balançoire pour attendre Dan. C'était un samedi matin, le froid était glacial et le parc vide. Les jeux désertés avaient un côté sinistre et les chaînes de la balançoire cliquetaient au vent en faisant un bruit de ferraille macabre, pareil aux rires de fantômes d'enfants.

Une bribe de souvenir qui semblait lui revenir pour la première fois lui surgit à l'esprit. Maxine poussant Lyn sur une balançoire. Une robe jaune.

« Dis, maman, c'est quand mon tour, maman ? »

Lyn volait très haut.

Elle ouvrit et referma la bouche comme un poisson, heureuse d'avoir enfin retrouvé la liberté d'une mâchoire en parfait état de fonctionnement.

Six semaines s'étaient écoulées depuis l'épisode de la fourchette à fondue.

Apparemment, l'histoire avait circulé. Michael disait que lors d'une soirée de boulot, il avait entendu un type raconter que quelqu'un avait lancé une fourchette à une femme enceinte dans un restaurant chinois et que la femme avait ensuite accouché de triplés à même le sol du restaurant.

Michael n'avait pas pris la peine de rectifier. « J'espère que tu n'as pas honte de nous connaître, dit Lyn.

— Mais au contraire, ma chérie ! Je ne voulais pas me vanter. »

Gemma et Charlie avaient appelé le bébé Salvatore Lesley en hommage à leurs grands-pères respectifs.

Le petit Sal était un bébé infernal. Il n'avait hérité ni de l'amour du sommeil de sa mère ni de la sainteté de son père. Gemma et Charlie tournaient en rond en transes oniriques sans pouvoir dormir.

Heureusement, le mardi, Sal eut l'intelligence de sourire pour la première fois à ses parents, ce qui les fit aussitôt fondre d'adoration devant ses petits pieds en chaussons.

Cat gardait la porte de la chambre jaune soigneusement fermée et vivait comme un robot. *Je ne ressens rien. Je ne ressens rien* était son nouveau mantra. Elle travaillait si dur chez Hollingdale que Rob Spencer avait jugé bon de lui servir un petit sermon faux-cul sur la nécessité d'avoir une vie « équilibrée ».

Elle ne but pas une goutte d'alcool pendant quatre semaines, un véritable record, jusqu'au jour où elle décréta « Bon, mon Dieu, je crois que ça suffit comme ça » et retrouva sa foi de fervente athéiste.

Dan avait appelé la veille en disant qu'il voulait lui parler.

« On peut prendre un verre ?

— Tu n'as qu'à me dire au téléphone, répliqua-t-elle de cette petite voix frêle, légèrement moqueuse, qu'elle semblait avoir créée exprès pour communiquer avec Dan.

— Je préfère qu'on se voie. » Lui aussi avait changé de voix. Elle était plus solennelle, contenue, comme s'il était à la barre des témoins. Ça lui brisait le cœur.

Je connais l'expression de ton visage quand tu jouis. Je sais comment tu te coupes les ongles des pieds, comment tu te brosses les dents, comment tu te mouches. Je sais que ton père t'énerve, que les araignées te font peur et que le tofu te dégoûte.

« D'accord. Mais pas au pub. » Elle ne voulait pas être

entourée de gens heureux qui parlaient normalement. « On se retrouve au parc. »

Elle donna des coups de pied dans les copeaux de bois en se demandant ce que voulait Dan.

Ils étaient séparés depuis sept mois, désormais. La loi disait que pour divorcer, il fallait être séparés depuis un an. Aucune tentative de conciliation n'était autorisée dans l'intervalle.

Il fallait prouver au gouvernement que ce n'était pas qu'une petite querelle d'amoureux, que votre serment de mariage était bel et bien réduit en lambeaux.

Le voilà.

Elle le regarda descendre de voiture et étudier le panneau de parking, les sourcils froncés. Il jeta un œil à sa montre puis fixa de nouveau le panneau en plissant le front. Il avait toujours eu du mal à déchiffrer les panneaux de parking. Tout va bien, Dan. Il est 9 heures passées et pas encore 15 heures.

Il finit par descendre le talus d'herbe à grandes enjambées. Il la vit, sourit et lui fit signe d'une main, et elle songea avec détachement qu'elle l'aimait encore.

« Salut.
— Salut.
— Il fait froid.
— Très. »

Il s'approcha comme pour l'embrasser sur la joue, et elle baissa la tête et lui montra la balançoire. « Assieds-toi. »

Il s'assit et allongea maladroitement ses grandes jambes. Il regardait droit devant. « Comment tu vas ?
— Ça va. »

Il était probable qu'il savait par Charlie et Angela ce qui s'était passé dans le restaurant. Son humiliation était si grande que ça lui était presque égal. Elle n'avait plus de dignité à perdre.

Il avait choisi Angela. Gemma avait choisi son bébé.

« Cat. »

Un fol instant, son cœur battit la chamade et elle crut qu'il allait dire qu'il avait fait une erreur, qu'il voulait revenir, arranger les choses, réessayer.

« Je pars en France. Nous partons en France. »

Je ne ressens rien.

« Le poste à Paris s'est libéré ? J'ignorais. »

C'était leur rêve. Angela allait vivre le rêve de Cat.

« Je l'ai appris il y a une semaine. »

Il s'efforçait de garder un ton impassible mais sous la surface, elle l'entendait frémir d'enthousiasme. Ils avaient dû tellement se réjouir !

« Je ne voulais pas que tu l'apprennes par quelqu'un d'autre.
– Comme c'est gentil. »

Il lui lança un regard incisif. « Je ne sais pas quoi faire pour que tu comprennes à quel point je suis désolé. Pour tout. Je regrette... Je ne voulais pas... Je suis vraiment désolé. »

Cat se dit soudain qu'un jour, Angela aurait peut-être des enfants de Dan. Le petit garçon que Cat avait toujours imaginé, la version miniature de Dan, serait désormais à Angela.

Cette femme allait vivre ses rêves et avoir ses enfants.

Et quand il rentrerait, aujourd'hui, Angela lui dirait : « Alors, comment elle l'a pris ? » et Dan lui répondrait tristement : « Mal » et Angela serait compatissante et jolie avec de gros seins.

Cat sauta brusquement au bas de la balançoire et se plaça derrière Dan. Il était hors de question que cette femme entende parler de ses yeux emplis de larmes.

« Tiens, je vais te pousser.
– Hein ? » Il raidit les épaules.

Elle le poussa doucement dans le dos et dit : « Ta maman ne te poussait pas sur la balançoire ?
– Euh, sûrement. »

Elle le poussa, les mains à plat sur ses omoplates.

Il traînait les pieds au sol et s'agrippait à la balançoire.

Je ne ressens rien. Je ne ressens rien. Je ne ressens rien.

« Alors, Paris ! Enfin ! lança Cat comme une charmante invitée croisée dans un cocktail. Et vous serez logés sur place ?

— Nous serons hébergés dans un appartement meublé pour un mois, le temps de trouver quelque chose.

— Et Angela ? Qu'est-ce qu'elle fera ? Elle travaillera ?

— Elle ne sait pas encore.

— Mmm et il y a beaucoup de choses à faire, j'imagine. Tu vends ta voiture ? Tu mets tes affaires au garde-meuble ?

— Je donne ma voiture à Mel.

— Dan. »

Parce que soudain, c'en était trop, elle n'en pouvait plus.

Elle se pencha près de son oreille et, de sa voix normale, lui parla doucement, d'un ton pressant comme si elle n'avait qu'une minute pour lui transmettre ce message urgent.

« Merci de me l'avoir dit. Ça va. Sincèrement. Mais tu peux me rendre un service ? Tu peux partir maintenant, sans rien dire, sans me regarder ? Ne dis rien, ne te retourne pas. S'il te plaît. »

Il se figea. Il n'était pas du genre à obéir à une demande aussi étrange et mélodramatique. Mais il posa la main sur la sienne, la serra très fort et pendant une seconde, elle sentit l'odeur de ses cheveux. Il lui pressa la main, se leva et s'éloigna pour regagner sa voiture.

Le moment était délicieusement tragique, si ce n'est que lorsqu'il arriva au talus, son pied dérapa et il trébucha.

Que voulez-vous, elle n'était pas faite pour les moments délicieusement tragiques. Son style à elle, c'était plutôt la farce.

Cat applaudit. « Au revoir, espèce d'empoté ! »

Sans se retourner, il leva le pouce d'un geste ironique et se dirigea vers sa voiture.

26

Vers 21 heures, la veille du jour où Cat avait rendez-vous avec Dan dans le parc, Nana Kettle prenait un bon thé accompagné d'un toast au fromage en regardant un enregistrement de son épisode préféré de *Qui veut gagner des millions ?*, quand une brique fracassa une vitre de la porte de la cuisine et atterrit avec un bruit sourd sur le lino.

Nana entendit un bruit bizarre et supposa naturellement que c'était le satané cabot de Pop. Elle aimait bien gronder le chien et mit aussitôt la vidéo en pause.

« Qu'est-ce que tu as fait cette fois, espèce de sale bête, vaurien ? » lança-t-elle d'un ton grincheux, comme si Pop pouvait l'entendre. Quand elle hurlait contre le chien, elle avait l'impression que Les était encore en vie et travaillait à un quelconque projet dans la pièce du fond. Elle l'entendait presque lui répondre : « Je m'en occupe, chérie ! Ne bouge pas. »

Ça la rendait folle, cette manie qu'il avait de gâter ce cabot.

Elle maugréait toute seule à la porte de la salle de télé quand elle entendit des pas.

« Qui est là ? » demanda-t-elle, plus agacée qu'effrayée, en parcourant le couloir. Frank et ses petites-filles avaient tous la clé. Mais franchement, ils pourraient avoir la politesse de frapper avant d'entrer.

C'est alors qu'un inconnu se précipita vers elle, un étranger, dans sa propre maison, et une immense vague de peur jaillit en elle, de la plante de ses pieds jusqu'à sa gorge.

Il s'avança droit sur elle, sans hésiter, comme s'il l'attendait, et lui donna un coup de poing en pleine figure.

Elle tomba. Son épaule heurta violemment le mur.

L'espace de quelques secondes, tout sombra dans un rouge nébuleux. Des larmes lui brouillèrent les yeux. Du sang lui coulait du nez.

Dans la salle de télé, la vidéo reprit. « Que voulez-vous faire ? Continuer ou empocher l'argent ? » demandait Eddie McGuire à la candidate.

Elle entendait le jeune homme dans sa chambre, qui ouvrait des tiroirs, tripotait ses affaires.

Je parie que tu me prends pour une de ces petites vieilles stupides qui gardent tout leur argent sous le matelas, se dit-elle. Dommage pour toi, mon bonhomme, il est bien à l'abri à la Commonwealth Bank !

Par la suite, elle s'aperçut qu'il avait pris son sac, ses plus beaux bijoux, son pot de pièces de deux dollars pour la machine à poker et un billet de dix dollars tout neuf qu'elle avait mis sur la table de la salle à manger pour le glisser dans la carte d'anniversaire de Kara. Il avait également pris le nouvel appareil photo qu'elle avait gagné un soir en direct à la radio pour avoir su combien valait le poulain dans *L'Homme de la rivière d'argent*.

Il passa vingt minutes à faire le tour de la maison en choisissant ce qui lui plaisait comme s'il se croyait au supermarché. Puis il repartit par la porte d'entrée sans même la regarder.

Le chien réapparut de Dieu sait où et passa cinq bonnes minutes à tourner désespérément en rond avant de s'arrêter pour lui lécher la joue en gémissant, pantelant.

Elle essaya de se lever mais elle ne pouvait plus bouger le bras.

Elle réessaya puis renonça. « Les », dit-elle, le nez dans la moquette.

Le lendemain matin, vers 10 heures, Bev dit à Ken, son mari, que c'était bizarre que Gwen Kettle ne soit pas encore sortie pour arroser son jardin. Elle arrosait toujours son jardin le samedi et n'avait pas mentionné qu'elle faisait quelque chose de particulier ce samedi-là. Peut-être avait-elle de la visite ? Cela étant, il n'y avait pas de voiture inconnue garée devant. Qu'en pensait Ken ?

Ken n'en pensait rien. Alors, avec un soupir – c'était impossible d'avoir une conversation avec un homme –, Bev alla voir sur place et poussa la porte entrouverte de sa voisine d'une main hésitante.

Quand elle vit Gwen allongée dans le couloir, elle ressortit sur la véranda et appela Ken en criant si fort qu'il faillit se faire un tour de reins en sautant par-dessus le mur de soutènement pour venir voir en courant ce qui se passait.

« Bon sang, tu en as mis du temps, Bev », dit Nana. Elle avait un vilain amas de sang séché sous le nez.

Bev plia ses genoux arthritiques pour tirer en vain sur la manche de Nana et, pour la première fois de sa vie, fut incapable de parler.

Cat prit un taxi pour aller à l'hôpital. Sur le siège arrière, les mains crispées entre les genoux, elle imaginait une vie parallèle où, par chance, elle serait passée voir Nana Kettle pile au moment où ce fumier entrait par effraction chez elle.

« Hé, connard ! » aurait-elle crié.

Et quand il se serait retourné, elle lui aurait balancé un coup de pied dans les couilles.

Lorsqu'il aurait basculé en avant, tête la première, elle l'aurait attrapé par les oreilles et lui aurait collé son genou en pleine figure. Et pendant qu'il gémissait pitoyablement au sol, elle l'aurait bourré de coups de pied dans les reins.

« On ne s'attaque pas aux plus faibles ! »

Cat vit sa famille avant de voir Nana. Ils étaient assis très droit, sans bouger, en demi-cercle autour du lit de Nana.

« Ah, bien, tu es là », dit Maxine.

Frank ne dit rien et se contenta de lever une main. On aurait dit qu'il souffrait de la fièvre. Son cou était marbré de taches rouges.

Gemma, quant à elle, était blanche comme un linge. Sal était à ses pieds dans son siège auto et suçait frénétiquement sa tétine, la prunelle sombre, jetant des coups d'œil dans tous les sens.

« Regarde, Nana, c'est Cat ! dit Gemma.

– Salut, Cat », dit Lyn avec un drôle de rictus qui se voulait sans doute un sourire. Les yeux rouges et larmoyants, elle arrangeait des fleurs dans un vase.

« Nana », commença Cat d'un ton enjoué, mais elle ne put achever sa phrase. Elle comprenait à présent pourquoi ils semblaient tous figés de stupeur, comme s'ils venaient de recevoir une violente gifle à laquelle ils ne s'attendaient pas.

Voir Nana, c'était voir l'agression se dérouler sous leurs yeux.

Elle avait un énorme bleu qui lui recouvrait la bouche et une croûte sanguinolente sur la lèvre inférieure. Un de ses bras était en écharpe. Le spectacle de ses cheveux était particulièrement éprouvant. Nana passait toujours beaucoup de temps à se coiffer en se servant de bigoudis chauffants qui lui faisaient un joli casque de boucles d'un blanc neigeux. Aujourd'hui, ils étaient gras et collés à plat sur son crâne.

Elle avait l'air d'une vieille femme laide et frêle. Quelqu'un d'autre. Et non la grand-mère de Cat si fringante que c'en devenait agaçant.

« Tu as appris ? lui dit Nana en lui agrippant la main alors qu'elle embrassait sa joue fripée. Il a pris l'appareil photo que j'ai gagné à la radio. J'avais attendu plus d'une heure pour passer !

– On vous rachètera un autre appareil, Gwen, dit Maxine. On en trouvera un encore mieux. »

Nana ne parut pas l'entendre. Elle se cramponnait à la main de Cat. « C'était juste la semaine dernière, il y avait un petit carton vert dans ma boîte aux lettres. Et j'ai dit à Bev : "Qu'est-ce que ça peut bien être ? Il paraît qu'il y a un paquet pour moi à la poste !" J'avais complètement oublié que j'avais gagné à ce jeu, vois-tu. Et Bev m'a dit... »

Soudain, elle s'interrompit, regarda Cat et ses yeux bleus s'emplirent de larmes.

« J'ai eu tellement peur hier soir, ma chérie. » Sa voix était tremblante.

« Oui, Nana, j'imagine », parvint à dire Cat.

Frank se leva brusquement en faisant racler sa chaise au sol. « Merde, c'est... Merde, je ne... c'est... Bon sang ! »

Il abattit violemment les deux poings sur le dos de sa chaise.

Nana lâcha la main de Cat et prit instantanément un ton péremptoire. « Calme-toi, Frank ! Inutile de te conduire ainsi. C'est la vie ! Ce sont des choses qui arrivent ! »

Ils fixèrent tous sans rien dire son visage tuméfié.

« Bonjour, Mrs Kettle ! » Une infirmière qui respirait l'efficacité vint rompre leur silence. « Vous êtes très entourée, à ce que je vois. Tous ces charmants visiteurs ! Et regardez-moi toutes ces fleurs !

– J'ai très mal au dos, dit Nana.

– Bien, on va voir ce qu'on peut faire pour vous soulager. Vous pouvez peut-être revenir dans quelques minutes ? »

L'infirmière les regarda tous d'un air enjoué mais ferme.

« On va aller déjeuner en bas, déclara Lyn. On ne sera pas longs.

– Prenez tout votre temps, dit Nana. Tu parles de charmants visiteurs, quelle bande de geignards. »

Gemma sortit Sal du siège auto.

« Passe le bébé à ton père. » Maxine avait les yeux posés sur Frank.

« Tu le veux, papa ?

— Quoi ? Ah oui, bien sûr. » Il prit le bébé dans ses bras. « Salut, mon petit pote. »

Cat regarda Sal en barboteuse orange vif, qui agrippait la chemise de Frank de son poing potelé. Dès qu'elle voyait Sal, désormais, c'était comme une vieille blessure qui se rappelait à elle, une douleur réflexe devenue familière.

« Que voulait Dan ? lui demanda Lyn pendant qu'elles se dirigeaient toutes les trois vers l'ascenseur.

— Il a eu le poste à Paris. Il part avec Angela. »

Lyn et Gemma se retournèrent toutes les deux vers elle, stupéfaites.

« Je ne savais pas, dit aussitôt Gemma. Charlie ne m'a rien dit.

— Tu n'es pas responsable de tout ce que fait Angela, répondit Cat.

— Je croyais... » Lyn se mordit la lèvre. « Pardon.

— Oui. Je croyais aussi », dit Cat alors que l'ascenseur arrivait et que leurs parents les rejoignaient. Les portes se refermèrent et Frank rendit soudain Sal à Gemma pour enfouir son visage entre ses mains. Ses épaules furent agitées de tremblements. Cat mit une seconde à comprendre qu'elle voyait son père pleurer pour la première fois de sa vie. Il releva la tête et s'essuya le nez d'un revers de main. Une haine violente lui tordit la bouche. « J'ai envie de tuer ce type. »

Au moment précis où l'avion de Dan et Angela devait décoller de Sydney, Cat trimballait un énorme sac-poubelle vert dans la véranda de sa grand-mère, le nez qui picotait et les yeux qui coulaient à cause des nuages de poussière.

Se tiendraient-ils la main ? Plaisanteraient-ils nerveusement sur leur nouvelle vie tandis que Sydney s'éloignait en dessous ?

Cat et Maxine vidaient la maison de Nana où elle avait vécu

pendant plus de cinquante ans. Nana s'installait dans une « résidence de luxe réservée aux plus de cinquante-cinq ans ».

« Évidemment, c'est un village retraite, avait dit Nana en leur montrant la brochure de papier glacé avec ses photos de couples aux cheveux blancs trinquant au champagne d'un air extatique sur leur "balcon spacieux". Je ne suis pas idiote. C'est plein de vieux croûtons. Mais je me sentirai bien plus en sécurité et franchement, à quoi bon cette grande maison ? Je ne sais pas pourquoi aucun d'entre vous ne l'a jamais suggéré. Je parie que vous avez peur que je dilapide votre héritage ! »

La famille s'était héroïquement abstenue de dire qu'ils le lui suggéraient depuis dix ans. À présent, c'était l'idée de Nana – et qui plus est, une idée très intelligente et tout à fait raisonnable.

Elle avait dit sur son lit d'hôpital qu'elle avait bien trop peur pour passer une nuit de plus seule dans cette maison.

« Bien sûr, maman ! dit Frank. Tu peux venir vivre avec Maxine et moi ! »

Cat vit le regard de sa mère vaciller, mais Nana l'interrompit.

« Ne sois pas ridicule, Frank. Pourquoi veux-tu que j'aille vivre chez vous ? Je veux vivre dans une résidence de luxe. »

Depuis l'agression, Nana Kettle semblait avoir développé deux traits de personnalité contradictoires.

Il y avait des moments déchirants où Cat la voyait frêle et apeurée, comme une enfant se réveillant en plein cauchemar. Quand elle décrivait l'agression, elle avait des larmes étonnées dans la voix. Elle semblait peinée. « Il ne m'a pas regardée, répétait-elle. Je te l'ai dit ? Il ne m'a pas regardée une seule fois. » Mais à d'autres moments, elle semblait plus vive que jamais. Elle avait une nouvelle façon de lever le menton, une nouvelle détermination dans la voix.

Le fait qu'elle soit devenue une petite célébrité n'y était peut-être pas étranger. Un article était paru dans le *Daily Telegraph* avec en titre : « AGRESSION D'UNE BÉNÉVOLE DES JEUX OLYMPIQUES ! » Lyn leur avait donné une photo qu'elle avait prise de

Nana défilant parmi les bénévoles. Nana souriait sur la page d'un air effronté – une charmante et innocente vieille dame qui pouvait réciter par cœur le poème de *L'Homme de la rivière d'argent* et dont le mari était un vétéran de la Seconde Guerre mondiale !

Sydney leva les bras d'épouvante. Nana fut inondée de lettres de soutien, de fleurs, d'ours en peluche, de cartes, de chèques et de près de cent appareils photo tout neufs. Des gens écrivirent au journal et téléphonèrent en direct à la radio. C'était antiaustralien, c'était effarant, c'était abominable.

L'agresseur fut arrêté, après avoir été dénoncé par sa petite amie qui l'avait reconnu sur le portrait-robot que Nana avait contribué à dresser.

« Quand j'ai vu cette gentille petite mamie dans le journal, je me suis dit, ça suffit », déclara la petite amie d'un air suffisant aux équipes de télévision.

« Une gentille petite mamie, je t'en ficherais, oui, dit Maxine qui rejoignit Cat dans la véranda en traînant derrière elle un autre sac vert de déchets. Elle me rend dingue.

– Moi aussi. » Cat s'essuya le nez d'un revers de main et regarda son tee-shirt et son jean. Ils étaient couverts de poussière.

Naturellement, sa mère était impeccable.

« Elle n'a rien dû jeter depuis 1950 », soupira Maxine.

Nana insistait de façon catégorique pour qu'on lui demande son autorisation avant de déterminer si une chose était « à jeter », « à donner » ou « à emporter ». Ensuite, elle voulait s'étendre longuement sur l'histoire de chacun des objets, et quand elle avait enfin pris une décision, changeait le plus souvent d'avis, exigeant que Cat et Maxine fouillent dans le sac-poubelle et le ressortent pour en rediscuter interminablement.

Ni Cat ni sa mère n'avaient le tempérament nécessaire pour ce genre de choses.

« On a besoin de Gemma, dit Cat. Elle pourrait bavarder avec Nana pendant qu'on balance tout.

– Elle est avec les parents de Charlie, dit Maxine, puis elle pinça les lèvres en s'apercevant de sa gaffe et, s'empressant de changer de sujet, sortit des feuilles de papier froissées et décolorées. Regarde ce que j'ai trouvé ! »

Cat sourit en reconnaissant son écriture d'enfant. « Holà, ça remue des souvenirs. »

C'était le *Kettle Scoop*, un journal familial hebdomadaire que Cat fabriquait quand elle avait une dizaine d'années. Il y avait eu quatre numéros, puis elle s'était lassée.

« Je suis ravie, dit Maxine. C'est le numéro manquant ! J'étais sûre que c'était Gwen qui l'avait ! Tu venais me le montrer avec un petit air sérieux. Et il fallait que je le lise sans rire. J'avais un mal fou à me retenir. Et dès que tu sortais de la pièce, je me tordais de rire. Tu étais une enfant si drôle et si passionnée.

– Je croyais que je publiais un journal sérieux ! »

Cat lut la première page :

ENTRETIEN AVEC POP KETTLE !

Mr Les Kettle (également connu sous le nom de Pop Kettle) est un très vieux monsieur très grand, âgé d'à peu près soixante ans. Il a les cheveux gris et ce qu'il préfère manger, ce sont les plats au four et ce qu'il préfère boire, la bière Tooheys. Ce qu'il préfère faire, c'est lire le journal, parier sur les courses de lévriers et faire les ongles de sa femme. Ce qu'il aime le moins, c'est tondre la pelouse et les brocolis.
L'auteur de cet article l'a déjà vu donner en douce des brocolis à son chien sous la table. Pop Kettle a trois petites-filles (ce sont des triplées) et quand elles sont toutes ensemble il les appelle par le même prénom, qui est « Susi ». Il ne sait pas pourquoi il fait cela. Notre journaliste infiltrée a demandé quelle était sa Susi préférée. Il a répondu CAT*. « Mais ne le dis pas à tes sœurs », a déclaré Mr Kettle confidentiellement à voix basse. Mr Kettle ne savait pas à ce moment-là qu'il parlait à une journaliste infiltrée mais ce sont ses propos. C'est un exemple de* LIBERTÉ DE LA PRESSE*.*

À côté de l'article était collée une photo floue de Pop Kettle que Cat se rappelait avoir prise elle-même. En bas de la page, il y avait une étoile : *Exclusif ! Dans le prochain numéro du* Kettle Scoop, *nous révélerons qui sont les* VRAIS *parents de Gemma ! Tout le monde le sait, Gemma a été adoptée.*

Maxine qui pleurait de rire s'essuya les yeux.

« Donne-le-moi, réclama-t-elle. Maintenant que je l'ai retrouvé, je ne le lâche plus. »

Cat le lui rendit. Elle était contente de s'entendre dire qu'elle était une enfant « drôle et passionnée ».

« Alors – Maxine plia soigneusement la page en deux et la tapota contre sa main – que comptes-tu faire de ta vie ?

– Pardon ? »

C'était typique, se dit Cat. Dès l'instant que sa mère devenait un tant soit peu aimable, il fallait qu'elle répare les dégâts en repassant en mode garce.

« Eh bien ? Peu de gens ont la chance que tu as. J'espère que tu ne vas pas passer ta vie à te morfondre en balançant des couverts aux autres quand tu n'obtiens pas ce que tu veux. »

Cat la dévisagea. Elle n'en revenait pas. Et dire qu'elle l'aidait à déménager les affaires de Nana pendant que Lyn et Gemma passaient la journée avec leur jolie petite famille. Cat avait l'impression d'être la vieille fille de la famille, la plus dévouée, Beth dans *Les Quatre Filles du docteur March* – si ce n'est qu'elle n'était pas mourante, malheureusement.

« Comment ça ? » Sa voix était emplie de rancœur et d'amertume. « Peu de gens ont la chance de faire une fausse couche et de divorcer ? Les pauvres.

– Peu de gens ont la chance de pouvoir se choisir une nouvelle vie, dit Maxine. Tu es jeune, intelligente, talentueuse, tu n'as pas d'attaches, tu peux faire ce que tu veux.

– Je ne suis pas jeune ! Et j'aimerais avoir des attaches ! Je ne pourrai peut-être jamais avoir d'enfants !

— Peut-être, acquiesça Maxine. Ça serait vraiment la fin du monde ?

— Oui ! » C'était un sanglot étranglé où la peur se mêlait à l'apitoiement sur son sort.

Maxine soupira. « Écoute. Quand j'avais ton âge, j'avais trois filles adolescentes qui étaient toutes persuadées que je voulais gâcher leur vie. J'avais un poste sans avenir et un ex-mari qui avait la curieuse habitude de me présenter toutes ses nouvelles petites copines. Je me sentais piégée, déprimée – et quand j'y réfléchis, un peu folle. J'aurais tout donné pour être à ta place et avoir autant de choix.

— Mais je n'ai pas de choix ! Ou rien de ce que je veux. »

Je veux être à côté de Dan. Je veux mon bébé. Je veux Sal. Je veux être quelqu'un d'autre.

« Mais si, tu es exaspérante, enfin ! »

La voix de Nana jaillit en trilles impérieux du fond du couloir. « Maxine ! Cat ! Où êtes-vous passées, toutes les deux ?

— Regarde ta grand-mère, dit Maxine.

— Quoi ?

— Oh, mais tu le fais exprès ! »

Nana cria de nouveau : « Maxine !

— Une minute, Gwen ! »

Sur ce, un avion passa dans le ciel, et Cat posa les mains sur la balustrade et le regarda se changer en poussière à l'horizon.

Maxine ouvrit la porte moustiquaire pour rentrer. « La France, c'était le rêve de Dan, dit-elle la main sur la poignée. Il serait temps que tu trouves les tiens.

— Ce n'est pas vrai », protesta Cat avec virulence, mais sa mère était partie en claquant la porte derrière elle.

C'était la fierté qui l'empêchait d'aller de l'avant. Il y avait quelque chose de pitoyable chez ces épouses rejetées qui se ressaisissaient vaillamment, s'inscrivaient dans un club de tennis, prenaient des cours de photographie, se coupaient les cheveux, se hasardaient timidement à réintégrer le monde des célibataires. Comme une façon d'accepter la punition infligée par les forces malveillantes du destin. Elle n'avait aucune intention de reprendre stoïquement le cours de sa vie comme une gentille petite fille.

Si sa vie personnelle était pulvérisée, sur le plan professionnel, les choses marchaient plutôt bien.

La campagne de la Saint-Valentin, « Séduisez-vous », avait obtenu un franc succès et les ventes avaient grimpé en flèche. Il y avait même des plaintes ! Elle avait toujours voulu faire une campagne qui suscite des plaintes. (« *Il n'était certainement pas dans nos intentions d'offenser qui que ce soit », a déclaré la directrice marketing, Catriona Kettle.*) Les animateurs des émissions du matin faisaient des plaisanteries osées sur les chocolats Hollingdale. « Et que comptez-vous faire après, Cat ? lui avait demandé Rob Spencer. Offrir un vibromasseur avec chaque boîte de chocolats ?

— Ça, c'est une idée », lui avait-elle répondu.

Loin d'être embarrassé par leur nuit ensemble, Graham Hollingdale semblait se délecter de la situation. Il lui glissait des clins d'œil salaces d'un air finaud dans les réunions. Parfois, elle les lui rendait. Il était trop lourd pour être obscène. Pour lui, le polyamour n'était jamais qu'un nouveau hobby très intéressant.

Un jour, il la fit venir dans son bureau et lui annonça qu'il lui accordait une promotion. Son titre, interminable, serait désormais Directrice générale – marketing et ventes – région Asie Pacifique. Rob Spencer et son équipe seraient sous sa responsabilité. (Rob Spencer préférerait être attaqué par un chien enragé.) Elle aurait une augmentation de salaire de vingt pour cent.

Graham lui sourit et Cat se dit : Je rêve ou c'est une promotion canapé ?

« Vingt pour cent ? dit-elle.

— Oui, répondit Graham d'un ton affectueux. Le conseil

est enchanté des derniers résultats. Votre nouvelle stratégie est incroyable ! »

Jusqu'où pouvait-elle aller ? Pouvait-elle obtenir plus ? Pouvait-elle obtenir le double ?

« Le triple, s'entendit-elle dire.
— Vous voulez une augmentation de soixante pour cent ?
— Oui.
— D'accord. »

Merde alors !

Elle soupira et repensa à sa mère qui lui conseillait de se trouver ses propres rêves.

« En fait, dit-elle à Graham, je n'ai plus envie de vendre des chocolats. »

Il la regarda avec une compassion attristée. « Non. Moi non plus. Qu'est-ce que vous voulez faire d'autre ?
— Je ne sais pas.
— Moi non plus. »

Ils rirent d'un air coupable, comme deux adolescents attendant devant le bureau du conseiller d'orientation.

« Le mercredi, ça ne vous arrange toujours pas ?
— Non, Graham. »

C'était un dimanche après-midi et Cat reprenait légalement le volant pour la première fois depuis six mois. C'était agréable de reconduire après si longtemps. Ça lui rappelait la sensation de voler librement qu'elle avait éprouvée le jour où elle avait conduit seule pour la première fois quand elle était jeune. C'était loin d'être aussi bien, mais toutes ses émotions d'adulte étaient comme des ombres, des imitations conscientes des sentiments réels, intenses de son enfance.

Elle avait eu son permis du premier coup à 9 heures du matin, le jour même de ses dix-sept ans – dès qu'elle avait été en âge de le passer. Ses sœurs ne s'étaient pas dérangées. Lyn n'était pas pressée et Gemma n'arrêtait pas de percuter des obstacles.

Frank l'attendait au bureau de l'état civil et lisait son journal, la tête baissée. Quand il leva les yeux et vit son expression, il sourit, replia son journal et le glissa sous son bras. « Bravo, ma grande. »

Il lui prêta sa Commodore toute neuve pour faire un tour. « Surtout, ne va pas te tuer. Avec ta mère, je n'aurais pas fini d'en entendre parler. »

Elle alla jusqu'à Palm Beach. La voiture lui semblait si vide sans adulte sur le siège passager ! À chaque virage en descente, elle accélérait avec une sensation enivrante de liberté. Elle pouvait tout faire ! Si elle pouvait faire un créneau, elle pouvait conquérir le monde !

À l'époque, se disait-elle, son avenir était semblable à un long buffet garni de plats exotiques attendant qu'elle fasse son choix. Cette carrière-ci ou bien celle-là. Ce garçon-ci ou bien celui-là. Le mariage et les enfants ? Plus tard, qui sait – pour le dessert, peut-être.

Elle n'avait pas mesuré qu'ils commenceraient aussi vite à débarrasser les assiettes.

Une voiture se rabattit devant elle sans avoir mis son clignotant et Cat appuya simultanément sur le frein et le Klaxon. C'était fini. En quatre minutes, la nouveauté de la conduite avait perdu tout son charme.

Elle allait prendre le café chez Lyn.

Le célèbre Joe, le sublime petit copain américain de Lyn, était à Sydney et, pour une raison mystérieuse, Lyn voulait que Cat le rencontre.

« Tu n'essaies pas de me caser avec lui, au moins ? » demanda Cat. Lyn avait la voix curieusement essoufflée.

« Mais non, il est marié ! dit Lyn. Et de toute façon... enfin, tu verras. Viens. Apporte une brioche. »

Elle se gara en face de la boulangerie et sauta de la voiture. Les véhicules ralentissaient et un camion s'arrêta à sa hauteur.

Le bras posé sur la vitre abaissée, les pieds sur le tableau de bord, le passager lui jeta un coup d'œil et la siffla avec nonchalance.

Cat leva les yeux et croisa son regard. Il lui fit un grand sourire. Elle le lui rendit. Les voitures redémarrèrent et elle traversa la rue en courant, le soleil dans la nuque.

Alors qu'elle attendait son tour à la boulangerie, la Cat narquoise qui l'observait en coulisse lui surgit à l'esprit. *Tu sais pourquoi tu te sens un peu plus joyeuse, hein ? C'est parce que ce mec t'a sifflée ! Au lieu d'avoir l'impression d'être traitée en objet comme toute féministe qui se respecte, tu te sens flattée, hein ? Tu te sens* JOLIE *! Et même* RECONNAISSANTE *! Si ça te fait plaisir de te faire siffler par un abruti dans un camion, c'est que tu te fais vieille. Tu me dégoûtes !*

« Et que puis-je faire pour cette jolie jeune femme ? »

Le petit vendeur lui fit un grand clin d'œil aguicheur.

« Mmm. Je ne sais pas. Qu'est-ce que vous me proposez ? répondit Cat et l'homme éclata d'un rire admiratif en frappant le comptoir.

— Eh ben ! Si j'avais vingt ans de moins ! »

Merde alors ! Voilà que tu dragues les petits vieux.

La ferme, espèce d'emmerdeuse ! Lâche-moi !

Tout en conduisant, la brioche dans son sachet en papier blanc posé sur le siège d'à côté, avec en prime un éclair au chocolat offert par la maison – « Surtout, ne dites rien à ma femme ! » –, elle repensa à la façon scandaleuse dont Nana Kettle flirtait avec le boucher, le marchand de journaux et le vendeur de fruits. Quand on faisait les courses avec Nana, on avait l'impression d'être dans un village. « Attention, ça va chauffer ! » lançaient les gens quand elle approchait.

Cat prit l'éclair au chocolat et croqua dedans à pleines dents. Le chocolat, la pâte et la crème explosèrent délicieusement dans sa bouche.

Nana devrait se refaire de nouveaux amis dans son centre

commercial local. Et elle y arriverait. Au bout d'une semaine, elle connaîtrait probablement tous les commerçants par leur nom.

Cat était là le jour où Nana avait fait pour la dernière fois le tour des pièces vides de sa maison. Ses ecchymoses s'étaient estompées et elles étaient à présent d'un jaune sale. Ses cheveux avaient retrouvé leur gonflant et leurs boucles. « Ça a l'air bien plus grand, hein, ma chérie ? »

Puis elle avait respiré à fond, tourné les talons et elle était sortie.

« C'est comme ça », avait-elle dit avec fermeté.

Cat conduisait avec une main sur le volant en léchant la crème qu'elle avait sur les doigts.

En arrivant dans la rue de Lyn, elle reprit un énorme bout d'éclair.

Le soleil était vraiment agréable. L'éclair vraiment délicieux. Elle se gara, enleva son pull en sortant de la voiture, remonta l'allée et frappa chez Lyn, en guettant le bruit des pas de Maddie courant joyeusement dans le couloir pour se catapulter dans ses bras.

Ce n'était peut-être pas si difficile que ça d'être heureuse.

Peut-être que demain, elle irait voir Graham Hollingdale dans son bureau pour lui donner sa démission, se libérer en se jetant dans l'inconnu et voir ce qui se passerait. Peut-être vendrait-elle l'appartement.

Et puis merde, peut-être même se couperait-elle les cheveux.

On se calme, ma fille, dit la Cat des coulisses.

Peut-être n'était-ce pas une façon de céder. Mais plutôt de riposter.

Quatre heures plus tard, environ, Cat ressortit et regagna sa voiture. Elle attacha sa ceinture de sécurité et mit le contact.

L'espoir du possible lui donnait la chair de poule. Ses doigts dansaient allègrement la gigue sur le volant.

27

Joe allait arriver et Lyn alla voir Kara dans sa chambre pour lui demander si sa nouvelle chemise était mieux boutonnée ou déboutonnée par-dessus un caraco. Un des nouveaux objectifs que s'était fixés Lyn était de demander plus souvent leur aide à son entourage. (« *Demander au moins deux choses par semaine, nécessaires ou pas.* ») Jusque-là, ça fonctionnait étonnamment bien. Ils étaient tous ravis d'être sollicités (sa belle-mère avait failli pleurer de joie quand Lyn lui avait demandé d'apporter le dessert pour le dîner) et il arrivait même que leur aide soit la bienvenue.

Elle s'était également inscrite à un cours de méditation. Certes, elle avait abandonné après le premier cours (le professeur parlait avec une lenteur insupportable), mais comme elle l'avait expliqué à Michael, la Lyn d'avant se serait forcée à poursuivre, c'était donc qu'il y avait un réel progrès.

Elle luttait toujours contre les crises de panique dans les parkings, mais elle était convaincue qu'elle finirait par gagner. Elle aborderait la vie de façon plus calme et détendue – quand bien même elle devrait y laisser sa peau.

Lyn frappa à la porte de Kara. « J'ai besoin d'un conseil de mode. Ton père n'est d'aucune utilité, lui dit-elle. Il se contente de grommeler. Qu'est-ce que tu en penses ? »

Kara baissa son casque et se redressa sur son lit. « Moi, je dirais déboutonnée mais sans caraco. Histoire de montrer ton ventre sexy à ton ex. »

Lyn déboutonna la chemise jusqu'au nombril et se regarda dans le miroir de la penderie de Kara.

« Je suis trop vieille pour ça, tu ne crois pas ?

— N'importe quoi. Tu es canon. Papa va flipper. »

Lyn sourit et roula des hanches.

« D'accord. » Il était probable que Michael ne s'en apercevrait même pas. Elle voulait juste faire plaisir à Kara, en fait. « Merci. »

On sonna à la porte.

« Ooh ! Tu ferais mieux de te dépêcher avant que papa ne lui colle son poing dans la figure ! » dit Kara d'un ton vaguement condescendant, comme s'il n'y avait aucun espoir que les histoires de Lyn et Michael présentent un jour un quelconque intérêt.

Lyn croisa dans le couloir Michael qui allait ouvrir en tirant sur ses manches avec sévérité tandis que Maddie le précédait en courant.

Il lui bloqua le passage. « Cache-moi ce ventre ! »

Lyn feinta et l'esquiva facilement.

Elle ouvrit la porte et tomba sur un visage souriant au teint rose avec un double menton. « Joe ?

— Salut, Lyn ! »

Elle le dévisagea. Le garçon qu'elle avait connu en Espagne était toujours là. C'est juste qu'il était gonflé comme un ballon.

« J'ai pris quelques kilos, comme tu vois.

— Comme nous tous ! » Lyn ouvrit la porte d'une main tout en reboutonnant sa chemise de l'autre.

« Pas toi ! Tu es magnifique ! Waouh !

— Joe ! lança gaiement Michael en lui tendant la main, les joues creusées de fossettes. Ravi de faire ta connaissance, mon vieux ! »

Le fait est qu'il semblait excessivement ravi de le rencontrer, se dit Lyn.

« T'es qui ? demanda Maddie d'un ton soupçonneux en tirant sur son pantalon.

— Je m'appelle Joe, ma puce ! »

Maddie l'observa d'un air dubitatif et soudain, son visage s'illumina de bonheur en le reconnaissant et elle lui fit un grand sourire : « Télétubby !

— Entre ! » s'écrièrent Michael et Lyn d'une même voix en baissant délibérément la tête pour éviter de se regarder.

Ils lui avaient préparé un barbecue sur le balcon. Joe était agréablement conquis par la vue de la baie et l'Australie en général.

« C'est la belle vie ! » répétait-il en buvant sa bière et Lyn et Michael, dont c'était après tout la vie, se firent exubérants, somme toute assez contents d'eux.

Au bout d'un moment, l'embonpoint de Joe parut s'estomper et quand il riait, Lyn entrapercevait l'espace d'un instant son sex-appeal d'autrefois. Il était peu probable cependant qu'il refasse une apparition érotique dans ses rêves. Elle rougit à l'idée de manger des mangues dans un bain avec Joe, son double menton dégoulinant de jus, « C'est la belle vie ! ».

Kara vint déjeuner avec eux et se montra volubile, intelligente et curieuse, posant des questions à Joe sur les États-Unis. Elle débarrassa même la table, comme si c'était dans ses habitudes.

« Quelle fille charmante ! lança Joe lorsque Kara fut remontée dans sa chambre. Ma fille est adolescente, elle aussi, et elle refuse de me parler. Elle se contente de ricaner à la porte de sa chambre.

— Oh, Kara ne me parle pas non plus, dit Michael. Elle me trouve complètement débile.

— Ah les adolescents ! s'exclama Joe. Tous les articles sur l'éducation des enfants disent qu'il faut leur parler, les écouter !

Mais comment voulez-vous faire quand le seul fait de nous regarder paraît presque douloureux pour eux ?

— Kara marche à dix pas derrière moi, dit tristement Michael en resservant Joe de vin. Elle dit qu'il ne faut pas que je me vexe — c'est juste au cas où elle croiserait quelqu'un qu'elle connaît.

— Et toutes ces inquiétudes ! Les suicides ! Les drogues ! Les garçons ! poursuivit Joe. Ces gamins qui se lancent dans des fusillades meurtrières. Je n'ose pas imaginer la culpabilité des parents.

— Oh, je ne pense pas que Kara irait tuer qui que ce soit, dit Michael d'un air soucieux.

— Cette année, on veut publier une sorte de guide de développement personnel à l'usage des adolescents, dit Joe. Quelque chose de drôle. Pas moralisateur. Dans leur langage. Mais je peux vous dire qu'on a un mal fou à trouver un bon manuscrit. Ce qui montre bien que c'est impossible de parler aux adolescents !

— Je vais chercher une autre bouteille de vin », dit Lyn.

Elle monta voir Kara.

« Tu sais, ces newsletters que Cat écrit pour toi et tes amis. Tu pourrais en montrer quelques-unes à Joe ? Il est éditeur et il est à la recherche d'un auteur. Je pense que ça pourrait être Cat.

— Même pas en rêve, répondit Kara d'un ton dédaigneux. C'est perso.

— Ça pourrait être bien pour Cat, essaya-t-elle de l'amadouer. Et je te prêterai mon blouson en cuir pour l'anniversaire de Sarah. »

Kara lui jeta un coup d'œil rusé. « Et tes nouvelles boots ? »

Lyn se tortilla, embarrassée. « Je ne les ai jamais portées ! Bon, d'accord, ça marche.

— Ne les montre pas à papa ! cria Kara alors qu'elle était dans l'escalier.

— Tiens, ça pourrait t'intéresser, dit-elle à Joe. Tu n'as qu'à les lire maintenant, pendant que Michael m'aide à préparer le dessert.

— Oh, fit Joe, visiblement déçu. D'accord, si tu veux. » À en juger par les hurlements de rire qu'elle avait entendus en descendant, Michael et lui avaient fraternisé.

« Tu es sûre que du fromage et des fruits, ça va suffire ? s'esclaffa Michael dans la cuisine. Il doit manger des tartes au potiron ou, je ne sais pas, des pancakes. Je ne savais pas que tu aimais les hommes aussi... enveloppés. »

Lyn lui fourra un morceau de brie dans la bouche et une passoire dans les mains. « Tais-toi et lave les fraises. »

« Qui est l'auteur ? » demanda Joe quand ils ressortirent dans la véranda. Avec son ton professionnel, il paraissait plus mince.

« C'est ma sœur, répondit fièrement Lyn.

— Qui déteste les guides de développement personnel, ajouta Michael.

— J'aimerais bien la rencontrer tant que je suis ici. » Joe se coupa un morceau de fromage et reprit aussitôt son allure bedonnante. « Elle aurait exactement le ton qu'il faut, je pense. Ça pourrait être génial.

— Je vais lui dire de venir tout de suite, dit Lyn.

— Oh, ce n'est pas nécess... »

Mais Lyn se précipitait déjà vers le téléphone.

Quand Cat arriva, Lyn la présenta à Joe et embarqua Michael pour l'aider à distraire Maddie. Vingt minutes plus tard, Joe rentra à l'intérieur pour aller aux toilettes.

Lyn apporta le café dehors et s'assit devant Cat. Elle posa les coudes sur la table et leva les sourcils.

« Cet homme, dit lentement Cat en étudiant ses ongles, veut que je lui soumette un projet de livre. Il a l'air de penser que ça pourrait rapporter. Et même rapporter gros.

— Et tu vas le faire ? » demanda Lyn.

Cat leva la tête avec un sourire. Le même grand sourire diabolique qu'elle avait à dix ans quand elle échafaudait un nouveau plan pour échanger leurs classes, sécher les cours ou embobiner Maxine. Lyn ne l'avait plus vue sourire ainsi depuis sa fausse couche.

« Et comment. »

« Papa. Comment ça va ? » Lyn sursautait toujours un peu quand elle voyait son père lui ouvrir la porte, à Turramurra. Il avait un torchon sur l'épaule.

« On ne peut mieux, mon ange. »

En réalité, il n'avait jamais eu l'air aussi vieux, se dit Lyn. Il avait encore son sourire enjoué, mais ses joues semblaient affaissées et il avait deux sillons profonds de part et d'autre de la bouche. Son père éternellement jeune faisait soudain son âge.

Frank était extrêmement affecté par l'agression dont sa mère avait été victime. Il ne pouvait pas lire le journal ou regarder les informations sans se mettre dans tous ses états. Maxine disait qu'il avait des cauchemars. Il n'arrêtait pas de sauter hors du lit et de s'en prendre à divers meubles.

À l'âge de cinquante-quatre ans, Frank Kettle venait apparemment de faire une découverte sidérante. Toutes les horreurs qu'il voyait au journal télévisé – les attaques au couteau, les attaques terroristes, les attaques de tireurs solitaires – arrivaient réellement à des gens. Ça pouvait arriver à n'importe qui. Ça pouvait arriver à sa famille. Il écrivait des lettres à ses députés. Il parlait à longueur de temps de « tarés » et de « salopards ». Il voulait la peine de mort. Il voulait des peines de prison plus longues. Il voulait qu'on les fasse tous sauter.

« Il éprouve de l'empathie pour la première fois de sa vie, dit Cat avec un manque d'empathie manifeste. Ce n'est pas trop tôt. » « Pauvre papa, il est juste étonné », dit Gemma, qui, de son côté, avait toujours souffert d'une empathie excessive. Lyn l'avait déjà vue longer des voitures garées dans la rue en grimaçant chaque fois qu'elle apercevait une contravention sur un pare-brise.

Lyn était surprise par sa propre réaction. Elle avait toujours pensé que son père ne prenait pas la vie suffisamment au sérieux, et maintenant que c'était le cas, elle voulait qu'il arrête. Elle voulait lui épargner de poser ses yeux déroutés sur le monde, elle voulait retrouver papa le clown. Papa, qui se comportait de façon si ridicule que Nana lui disait toujours : « Arrête de faire le cabot, Frank ! » Un jour, Cat transforma la chose en « Oui, papa, arrête de faire le paquebot ! », ce que Gemma trouva si désopilant qu'elle en tomba littéralement de sa chaise tant elle riait. Après ça, elles disaient toujours : « Papa recommence à faire le paquebot » pendant qu'il se dandinait en se livrant à des bouffonneries grotesques ; n'importe quoi, pourvu que ça fasse rire.

Elle repensait aux jours où ils allaient à la plage de Manly. Chaque fois, ils étaient obligés de courir pour attraper le ferry. Ça la rendait folle. Elle se retournait et le voyait chanceler avec Cat et Gemma sous le bras, poussant des grognements et balançant la tête sous prétexte qu'il jouait au gorille, bon sang ! Lyn hurlait : « Allez, papa, dépêche-toi ! » Elle était tellement coincée, quand elle était petite.

« Tu dors mieux ? demanda-t-elle à son père en le suivant dans le couloir.

– Max me dit que je me suis expliqué avec la penderie, hier soir, dit Frank. Je ne me souviens de rien. Je crois qu'elle invente.

– Pourquoi tu as un torchon sur l'épaule ?

– C'est à moi de faire la cuisine. La première règle, quand on cuisine, c'est de draper soigneusement un torchon sur l'épaule gauche. C'est ta mère qui me l'a appris. »

Maxine buvait un thé dans le salon en faisant des mots croisés. « Maddie ne s'est pas encore réveillée de sa sieste, dit-elle en ôtant ses lunettes. Prends un thé avec moi. Je viens d'en préparer.

– Je retourne trimer aux fourneaux, dit Frank.

– C'est ça, mon chéri.

– Vous vous relayez en cuisine ? demanda Lyn.

– Bien sûr ! » Maxine se servit du thé. « On est un couple new age. »

Lyn haussa les sourcils et ne releva pas.

« Comment ç'a été, avec Maddie aujourd'hui ?

– Épouvantable. » Maxine eut un geste de dédain. « Je voulais te demander quelque chose. Quel effet ça vous fait, à tes sœurs et toi, qu'on se soit remis ensemble ?

– Euh... », fit Lyn. Elle ne s'attendait pas à cette question. Elle avait l'esprit en ébullition après sa journée de travail. Sa nouvelle assistante voulait créer un programme de fidélité pour les clients de Brunch Bus. Elle était très professionnelle avec juste ce qu'il fallait d'enthousiasme, mais également sympathique et très drôle. Lyn avait l'impression qu'elle allait se faire une nouvelle amie. Cela faisait des années qu'elle ne s'était pas fait une nouvelle amie – c'était un peu comme de tomber amoureux, le stress en moins.

« Au repas de Noël, quand tu es partie en claquant la porte... », commença Maxine.

Elle avait l'impression qu'il s'était écoulé des siècles depuis Noël.

« J'avais eu une journée stressante, dit Lyn. J'avais la tête qui explosait. Je n'aurais pas dû réagir comme ça, je suis désolée. »

Maxine eut l'air agacée. « Au lieu de t'excuser, dis-moi ce que tu as ressenti. Je trouve qu'on n'exprime pas assez nos émotions, dans cette famille.

– Tu plaisantes ! On les exprime bien trop !

– De façon calme, réfléchie, je veux dire.

– D'accord. »

Lyn baissa la voix. Elle entendait Frank siffloter *Rhinestone Cowboy* dans un vacarme de casseroles au fond de la cuisine.

« J'ai toujours pensé que papa te traitait mal, dit-elle à voix basse.

– Parle plus fort ! Il n'entend rien ! Il devient de plus en plus sourd.

– Papa te traitait mal. Je m'en souviens. Alors, quand il a annoncé ça, j'ai eu l'impression... »

Maxine l'interrompit et Lyn sourit dans sa tasse de thé.

« C'est vrai qu'il me traitait mal. Et moi aussi. Mais nous avons changé, depuis ! C'est ce que vous ne comprenez pas, les filles ! Tu te rappelles l'orthodontiste que je fréquentais, à une époque ? Il admettait qu'il avait été horrible avec son ex-femme. Ça m'était égal ! Il était totalement inintéressant, comme tu le sais, et on en est restés là, mais ce que je veux dire, c'est que lorsque je pense à l'ex-femme de Frank, j'ai l'impression que c'est une étrangère ! Je n'ai pas l'impression que c'est moi ! Il a commis des erreurs par le passé. Moi aussi. Le fait que ces erreurs nous concernent l'un et l'autre est sans importance !

– D'accord, dit Lyn.

– Bien sûr, ton père prétend toujours que nous n'avons pas changé et qu'il n'a jamais cessé de m'aimer – Maxine leva les yeux au ciel, mais elle ne pouvait pas cacher son plaisir. Mais ça, c'est Frank.

– Du moment que tu es heureuse. » Lyn se demandait où elle voulait en venir.

« Enfin. Depuis quelque temps, il m'inquiète. »

Lyn mit le doigt sur ses lèvres.

« Je te l'ai dit, il n'entend rien. J'ai eu une idée pour lui remonter le moral.

– Oui ? »

Sa mère entrelaça les doigts sur son ventre, l'air pudique.

« Demain soir, je vais lui faire ma demande.

– Tu vas le demander en mariage ?

– Oui, évidemment, je vois mal ce que ça pourrait être d'autre. Qu'est-ce que tu en penses ?

– Je pense... – Lyn reposa sa tasse, ne sachant pas trop ce

qu'elle pensait au juste. Je pense que c'est une excellente idée. »
Après tout, il y avait pire, comme idée.

« Bien ! lança Maxine, l'air de dire : "Voilà qui est réglé." Je vais aller voir si cette petite terreur commence à émerger. »

Lyn entendait son père qui continuait à siffloter dans la cuisine. Ce n'était plus *Rhinestone Cowboy*. Elle débarrassa les tasses et les emporta à la cuisine.

Frank leva les yeux de la casserole de sauce pour les pâtes qu'il remuait et la regarda d'un air innocent en continuant à siffloter. C'était une version plutôt guillerette de la *Marche nuptiale*.

« Quel paquebot tu fais, papa. »

Et elle se surprit à coller un baiser sur la joue de son père.

« J'en ai de la chance », dit Frank.

28

Biberons. Tétines. Couches. Lingettes. Lotion. Talc. Album d'histoires. Pyjama. Salopette pour demain. Vêtements de rechange pour ce soir. Jouet amusant pour le bain. Jouet en peluche pour la nuit. Jouet bruyant pour détourner en vitesse son attention. Jouet d'urgence à réserver aux crises de hurlements. Ah oui ! Et si je mettais un des jouets qu'ils lui ont offerts ? Ça leur plairait. Sa compote préférée, pomme-poire. Biscuits pour bébé.

Quoi d'autre ?

Gemma préparait le sac pour la première nuit que Sal passait chez quelqu'un d'autre. Il dormait chez les parents de Charlie pour qu'ils puissent aller au mariage.

Les parents de Charlie n'appréciaient pas Gemma. Ils étaient perturbés que leur fils soit devenu père du jour au lendemain et trouvaient toute cette affaire louche. De plus, ils associaient injustement Gemma à Dan, le nouveau petit ami déplorable de leur fille cadette qui l'avait embarquée en France avant qu'elle ait fini ses études de droit.

Quand ils leur rendaient visite, Gemma restait raide comme un piquet à sourire bêtement pendant que Charlie et ses parents débitaient des rafales d'italien d'un ton agressif. Sa mère poussait des assiettes remplies dans sa direction sans un sourire tandis que son père assénait régulièrement des coups de poing sur la table. C'était stressant. D'habitude, les gens l'aimaient bien.

« Enfin, Gemma, franchement, lui disait Maxine. Qu'est-ce que tu crois ? Moi non plus, je ne t'apprécierais pas. »

Mais les parents de Charlie appréciaient Sal, et Sal les appréciait également et se propulsait littéralement hors des bras de Gemma dès qu'il les voyait.

Gemma referma le sac bourré à craquer et, une dernière fois, passa mentalement en revue sa check-list. Elle avait sans doute oublié quelque chose de fondamental qui prouverait qu'elle était une mère malpropre et incompétente.

Et s'ils refusaient de lui rendre Sal ? Et s'ils appelaient les Affaires sociales en disant : « Regardez un peu ce sac ? C'est inimaginable. Et ça se dit mère ! »

À cette seule pensée, elle était glacée d'effroi. Et puis ils découvriraient qu'elle avait projeté de faire adopter Sal, de l'abandonner. « De toute façon, vous n'en vouliez pas », lui diraient-ils.

Durant les premiers mois où Sal ne cessait de hurler sans raison, Gemma avait le sentiment que c'était un cri de douleur : « Tu ne voulais pas de moi ! Tu voulais te débarrasser de moi ! »

L'estomac noué par la culpabilité, elle arpentait inlassablement le couloir du petit appartement de Charlie, le berçant, le caressant, le suppliant, l'implorant d'arrêter de hurler.

À 3 heures du matin, une nuit, alors que Sal venait de passer deux heures à pleurer, Charlie lui dit, les yeux rougis : « Tu ne veux pas appeler Cat ? Lui dire qu'on a changé d'avis. Elle peut l'avoir, finalement. »

Gemma éclata en sanglots.

« Je plaisantais ! » s'écria Charlie et il avait une expression de désarroi si sincère qu'elle pleura encore plus car elle l'avait abandonné lui aussi, alors qu'il était si gentil, si merveilleux. (« Alors comme ça, c'est vous qui lui avez brisé le cœur », lui avait dit le meilleur ami de Charlie la première fois qu'il avait rencontré Gemma.)

« Tu fais peut-être une dépression postnatale, dit Charlie tandis que Gemma et Sal pleuraient contre lui.

— Une dépression tout court, plutôt. »

Le lendemain, Charlie téléphona à Maxine et elle débarqua comme la cavalerie.

« Trois ! s'exclama Gemma en la regardant bercer le bébé. Tu as eu trois Sal, d'un coup ! Et tu avais vingt ans !

— C'était un cauchemar monstrueux, répondit Maxine avec emphase. Le pire moment de ma vie.

— Oh là là, je veux bien te croire, souffla Gemma.

— Ta sœur a dit exactement la même chose quelques mois après la naissance de Maddie. J'ai hâte que Cat le découvre à son tour. Ce sera particulièrement satisfaisant. »

La tête de Sal retombait dans le creux du bras de Maxine comme s'il était ivre.

« Il y en avait toujours une qui hurlait. » Maxine effleura les cils de Sal du bout du doigt. « Toujours. Je rêvais que vous soyez toutes contentes en même temps, ne serait-ce qu'un moment. »

Gemma cessa de se demander ce qui pouvait manquer à Sal et apporta le sac devant la porte.

« Il faut partir d'ici vingt minutes si on ne veut pas être en retard, lança Charlie de la chambre où il habillait Sal. Tu entends ? Vingt minutes. »

Il semblait à cran.

Curieusement, Gemma aimait bien quand il pestait contre elle. Il ne devenait pas un autre homme. Il ne lui faisait pas peur. Il n'éveillait en elle aucune honte.

Il lui arrivait seulement d'être de mauvaise humeur. Comme tout le monde.

Parfois, elle sentait encore se lever la brise glacée qui lui sifflait entre les os, mais désormais, elle savait comment y remédier.

Il lui suffisait de repenser au jour où Sal était né, à la voix de Charlie dans l'ambulance lui expliquant le fonctionnement d'une ampoule électrique. « Il y a un petit fil métallique qui résiste au courant électrique. C'est ce qui fait briller le filament... Tout doit revenir à la terre, tu vois... Dis, Gemma, tu n'as pas l'intention de refaire l'électricité ou autre chose, hein ? »

C'était comme si elle se souvenait d'un beau poème « *... qui résiste au courant électrique... c'est ce qui fait briller le filament...* »

Elle passa la tête par la porte. Sal regardait son père en gloussant et pédalait frénétiquement tandis que Charlie essayait de l'habiller.

« Je t'aime, dit-elle.

– J'espère bien », répondit Charlie d'un ton agacé.

Frank et Maxine se marièrent pour la seconde fois sous la petite rotonde blanche qui se dressait sur la pelouse face à Balmoral Beach. Des familles venues pique-niquer et des couples main dans la main observaient la scène avec curiosité derrière leurs lunettes de soleil.

Maddie qui était la demoiselle d'honneur était tellement fascinée d'être aussi jolie qu'elle passa toute la cérémonie à balancer la jupe en soie de sa robe et resta sage. Kara amena un jeune garçon grand et maigre qui ressemblait beaucoup à son père, ce que, heureusement, personne n'eut la bêtise de lui dire. Nana Kettle qui était en rose vif parla longuement de George, son charmant nouveau voisin. La femme de George, Pam, était très malade. Nana espérait que Pam ne souffrirait pas trop longtemps.

Avant le dîner, le photographe que Lyn avait fait venir prit de magnifiques photos de la famille au soleil couchant.

Mais la meilleure, celle qu'ils firent agrandir et encadrer par la suite, fut prise à leur insu.

Ils se dirigent tous vers le restaurant. Nana Kettle s'est arrêtée pour leur faire une démonstration de ses nouveaux talents en taï-chi et elle est légèrement accroupie, les mains recourbées en l'air. Cat, Gemma et Lyn donnent une interprétation maladroite et instable des mouvements de taï-chi et Gemma est en train de tomber sur ses sœurs. Charlie et Michael marchent derrière elles, riant à gorge déployée. Maddie s'est arrêtée pour admirer ses nouveaux souliers. Kara et son petit ami regardent également leurs chaussures en se tenant discrètement la main.

Frank et Maxine se tiennent la main, eux aussi. Frank marche à grandes enjambées en consultant sa montre. Maxine s'est retournée pour observer ses filles, la main en visière. Elle sourit.

Épilogue

Mais attends, ce n'est pas fini ! Écoute ça ! Six mois plus tard, je retrouve la Cheryl du bahut un samedi après-midi. Elle est à Mosman, supersnob et tout, alors on va prendre un café à Balmoral Beach. Bref, on regardait un cortège de mariage qui venait de faire sa séance photo. C'étaient deux vieux qui se mariaient, ce qui était plutôt mignon.

Soudain, une fille du cortège m'appelle. Olivia ! Et c'est elles ! Les triplées foldingues du resto ! Pas possible, je n'en revenais pas !

J'étais flattée qu'elles se souviennent de mon nom !

Du coup, les trois viennent bavarder et il s'avère que c'est leurs parents qui se marient, et pour la seconde fois ! Toute la famille m'a l'air complètement cinglée !

Celle qui était enceinte est redevenue toute mince et je flippe en me disant, oh non, pourvu que la fourchette n'ait pas tué le bébé. Je n'ose pas leur demander. Mais elle me dit qu'elle a eu un petit garçon, qu'il va bien et elle me montre les photos. J'étais soulagée. C'est horrible, je ne sais jamais quoi dire quand il y a une tragédie, ce genre de trucs.

Celle qui avait lancé la fourchette avait changé. Je ne sais pas ce que c'était. Peut-être qu'elle s'était fait couper les cheveux.

Elles m'ont demandé si je reconnaissais le photographe — et je leur ai fait, mais il était à la table d'à côté, ce soir-là ? Et elles me disent que oui. Et là, la lanceuse de fourchette me fait : Vous le trouvez mignon ? Quand elle a dit ça, ses sœurs étaient éclatées ! Elles disaient, oooh, elle est amoureuse, elle est amoureuse ! Elles ont beau avoir une trentaine d'années, elles sont hyperjeunes, normales quoi. Cheryl n'en revenait pas quand je lui ai dit l'âge qu'elles avaient. Je serai comme ça quand je serai plus vieille.

Bref, la lanceuse de fourchette me fait un clin d'œil et me dit : Je vais lui demander de sortir avec moi, vous en pensez quoi ? Je lui ai dit que c'était une bonne idée. Ses sœurs étaient tellement surexcitées que j'ai cru qu'elles allaient avoir une crise cardiaque.

Et là, elle est allée parler au photographe. À voir la tête qu'il faisait, je crois bien qu'il a accepté.

REMERCIEMENTS

Je remercie Vanessa Proctor, pour les très longues heures qu'elle a passées à lire et commenter les épreuves ; Jaci Moriarty (ma sœur et mon inspiratrice) pour ses suggestions, ses conseils et ses encouragements ; mon beau-frère, Colin McAdam et mes amies, Petronella McGovern et Marisa Medina pour tous leurs précieux commentaires ; ma mère, Diana Moriarty, de m'avoir donné ses avis éclairés dans divers domaines, allant des fleurs aux bébés. Ce livre a été écrit dans le cadre d'un diplôme de master de Macquarie University ; merci aux professeurs et particulièrement le Dr Marcelle Freiman et mes camarades d'études pour tout leur soutien. J'aimerais également remercier mon agente Fiona Inglis, pour l'enthousiasme avec lequel elle a soutenu ce projet et Julia Stiles, pour sa relecture méticuleuse. Enfin, j'aimerais remercier mon éditrice, Cate Paterson, pour la finesse de ses suggestions et de ses conseils. Le livre de Lawrence Wright, *Twins : Genes, Environment and the Mystery of Identity* (1997) m'a permis de mieux comprendre la relation unique entre les triplés.

DU MÊME AUTEUR

Aux Éditions Albin Michel

LE SECRET DU MARI, 2015

PETITS SECRETS, GRANDS MENSONGES, 2016

UN PEU, BEAUCOUP, À LA FOLIE, 2018

À LA RECHERCHE D'ALICE LOVE, 2019

NEUF PARFAITS ÉTRANGERS, 2020

Compositions : Nord Compo
Impression : CPI Bussière en janvier 2021
Éditions Albin Michel
22, rue Huyghens, 75014 Paris
www.albin.michel.fr
ISBN : 978-2-226-44095-2
N° d'édition : 23401/01 – N° d'impression 2052041
Dépôt légal : février 2021
Imprimé en France